古典文獻研究輯刊

十七編

曾永義 主編

第5冊

唐代書論與詩論之比較研究（上）

洪曜南 著

國家圖書館出版品預行編目資料

唐代書論與詩論之比較研究（上）／洪曜南 著 — 初版 — 新
北市：花木蘭文化事業有限公司，2018〔民 107〕
目 4+220 面；19×26 公分
（古典文學研究輯刊 十七編；第 5 冊）
ISBN 978-986-485-322-9（精裝）
1. 中國文學 2. 書法 3. 文藝評論 4. 唐代
820.8   107001698

ISBN-978-986-485-322-9

古典文學研究輯刊
十七編　第五冊   ISBN：978-986-485-322-9

唐代書論與詩論之比較研究（上）

作　　者　洪曜南
主　　編　曾永義
總 編 輯　杜潔祥
副總編輯　楊嘉樂
編　　輯　許郁翎、王筑　美術編輯　陳逸婷
出　　版　花木蘭文化事業有限公司
發 行 人　高小娟
聯絡地址　235 新北市中和區中安街七二號十三樓
　　　　　電話：02-2923-1455／傳真：02-2923-1452
網　　址　http://www.huamulan.tw 信箱 hml810518@gmail.com
印　　刷　普羅文化出版廣告事業
初　　版　2018 年 3 月
全書字數　362088 字
定　　價　十七編 26 冊（精裝）新台幣 50,000 元

唐代書論與詩論之比較研究（上）

洪曜南　著

作者簡介

洪曜南，南投縣草屯鎮人。台灣師大工業教育系 73 級、中興大學中文系碩專班 96 級（碩士論文：《篆刻與書法之關係研究》）、彰化師大國文系博士班 103 級（博士論文：《唐代書論與詩論之比較研究》）。曾發表〈略論莊子思想的脈絡與功夫〉、〈「印從書出」說探析〉、〈熊十力「經」「權」思想析論——以《讀經示要》為核心之考察〉、〈人的詩意棲居——王國維「境界說」析論〉、〈嚴羽《滄浪詩話》詩學方法論探析〉、〈從成中英「易之五義」說論書法本體美學〉……等論文多篇。

提　　要

　　本文從成中英「本體詮釋學」本體與方法為一之理念出發，企圖以歷史發展的觀點切入唐代書論與詩論之比較。首先指出書法與詩歌的本質差異在前者具備身體義的直接性，而後者則為符號義的間接性。其次梳理唐以前書論與詩論之發展，認為前者乃由「形」、「勢」而「意」的發展，而後者為「志」、「情」而「意象」的發展，直至盛唐，二者之發展脈絡基本一致。再者，本文將唐代分初、盛、中、晚四期予以論述，指出初唐有由政策引導逐漸轉向審美自覺之發展，其主要內容在積極立「法」和「法」的背反以及對「意」的深化上；盛唐不但有相關之理論專著，以及「神」、「逸」和「興象」、「風骨」等論述，更有新批評模式的出現，展現了十足的高峰現象；中唐書論與詩論的發展開始出現異趣，書論基本沉潛，而詩論則有因時而變的轉進，又此期有書體與字體分流、古文與詩歌分流之現象，亦值注意；晚唐釋、道思想進一步融入，在詩論方面乃有意境論之成熟，但書法因直接性本質而在理論方面少有表現，然而對法式的強調與理論之整理，則是二者在此期的共同現象。本論文另就唐代美學範疇的熱點予以討論，認為具身體義的「勢」、「骨」和活躍生命的「氣」、「神」，皆是唐代前期注重創作主體性的反映，而「法」與「非法」則是典型樹立及其背反，對「意」、「象」的重視則為主客相兼的表現，又「境」與「外」的強調，更反映了主客相融的理想追求。最後本文更從歷史發展的視角，指出「儒、道、釋思想之影響」、「美學內涵之轉進」、以及「完整的發展週期」三者，是為唐代書論與詩論發展之特色所在，由此也更進一步肯認了盛、中唐的發展轉向，誠具有「百代之中」的關鍵轉折地位。

上 冊

第一章　緒　論 1
　第一節　研究緣起、範圍與目的 1
　第二節　相關研究成果綜述 5
　第三節　研究方法 11
　　一、方法論的基礎 11
　　二、研究分期 17
　　三、相關文獻問題 20

第二章　書法與詩的本質 23
　第一節　書法的本質 23
　　一、書法的書寫 23
　　二、書法的筆畫 31
　　三、書法的文字 35
　　四、書法的書體 38
　第二節　詩的本質 43
　　一、詩的語言 43
　　二、詩的聲音 48
　　三、詩的文字 51
　　四、詩的格律 57
　第三節　書法與詩的本質異同 61
　　一、「文字」的藝術 62
　　二、「身體感知」與「符號意義」 66
　　三、時空特性 74

第三章　唐以前的書論與詩論 79
　第一節　唐以前的書論──由「形」「勢」而「意」
　　　　　的發展 79
　第二節　唐以前的詩論──由「志」「情」而「意
　　　　　象」的發展 88
　第三節　唐以前書論與詩論之比較 98
　　一、先秦的實用觀與漢代的文藝自覺 98
　　二、魏晉言意論下的形象類比與緣情感物 102
　　三、六朝之重「意」傾向 105

目 次

四、小結：藝術自覺之後的情、勢、意發展
......109

第四章　初唐的書論與詩論......111
第一節　中和與發展的初唐書論......111
一、前期——「法」的發展與「中和」觀......111
二、後期——系統專論與「逸品」的提出......124
第二節　兼融與復古的初唐詩論......132
一、前期——政策導向的南北兼融主張......132
二、後期——復古求變與「風骨」的強調......140
第三節　初唐書論與詩論之比較......154
一、帝王與政策的影響......154
二、文人書論與史官教化觀......156
三、政策引導轉向審美自覺......157
四、南北兼融與創作滯後......159
五、「意」的深化與「法」的建立和背反......160

第五章　盛唐的書論與詩論......163
第一節　高峰期的盛唐書論......163
一、書論中的《文心雕龍》——張懷瓘書論......163
二、書法審美批評模式的開拓——《述書賦》
......171
三、筆法師承及「肥」之審美......172
四、草書審美與書如其人......176
第二節　成熟與蘊釀轉折的盛唐詩論......186
一、重「立意」與「意境」的提出......186
二、「興象」與「風骨」的兼融觀......193
三、「以詩論詩」的新批評模式......199
四、儒家詩教的基本立場......201
五、融儒、道、釋於一的皎然詩學......204
第三節　盛唐書論與詩論之比較......213
一、作者身分背景的轉換......213
二、論述內容的發展與開創......214
三、批評模式的推陳出新......216
四、高峰與蘊釀轉折......216

下　冊

第六章　中唐的書論與詩論⋯⋯⋯⋯⋯⋯⋯⋯⋯⋯221

第一節　沉潛的中唐書論⋯⋯⋯⋯⋯⋯⋯⋯221

一、高峰後的沉潛⋯⋯⋯⋯⋯⋯⋯⋯221

二、對「筆法」的重視⋯⋯⋯⋯⋯⋯224

第二節　儒家心性觀與因時而變的中唐詩論⋯228

一、儒家心性觀的強調⋯⋯⋯⋯⋯⋯228

二、因時而變的發展⋯⋯⋯⋯⋯⋯⋯231

第三節　中唐書論與詩論之比較⋯⋯⋯⋯⋯240

一、沉潛與因時而變的轉進⋯⋯⋯⋯240

二、分流觀比較⋯⋯⋯⋯⋯⋯⋯⋯⋯243

第七章　晚唐的書論與詩論⋯⋯⋯⋯⋯⋯⋯⋯⋯245

第一節　略乏新意的晚唐書論⋯⋯⋯⋯⋯⋯245

一、細密化的筆法論⋯⋯⋯⋯⋯⋯⋯245

二、草書審美一枝獨秀⋯⋯⋯⋯⋯⋯250

三、理論總集的出現⋯⋯⋯⋯⋯⋯⋯253

第二節　多元紛呈的晚唐詩論⋯⋯⋯⋯⋯⋯254

一、修辭觀之轉進⋯⋯⋯⋯⋯⋯⋯⋯254

二、儒家詩教及其變風⋯⋯⋯⋯⋯⋯258

三、「意境」論之深化⋯⋯⋯⋯⋯⋯262

四、返古與整理⋯⋯⋯⋯⋯⋯⋯⋯⋯266

第三節　晚唐書論與詩論之比較⋯⋯⋯⋯⋯266

一、差異化的發展⋯⋯⋯⋯⋯⋯⋯⋯266

二、釋、道審美思想的融入⋯⋯⋯⋯267

三、法式強調與理論整理⋯⋯⋯⋯⋯268

第八章　唐代書論與詩論之美學範疇⋯⋯⋯⋯⋯271

第一節　唐代書論與詩論之「勢」、「骨」⋯271

一、唐代書論之「勢」、「骨」⋯⋯271

二、唐代詩論之「勢」、「骨」⋯⋯276

三、「身體」意涵之「勢」與「骨」281

第二節　唐代書論與詩論之「氣」、「神」⋯284

一、唐代書論之「氣」、「神」⋯⋯284

二、唐代詩論之「氣」、「神」（兼論「韻」）
⋯⋯⋯⋯⋯⋯⋯⋯⋯⋯⋯⋯⋯⋯⋯⋯⋯⋯287

三、活躍生命之「氣」與「神」（兼論「如
其人」）⋯⋯⋯⋯⋯⋯⋯⋯⋯⋯⋯ 293

第三節　唐代書論與詩論之「法」、「非法」⋯⋯ 297

一、唐代書論之「法」、「非法」⋯⋯⋯ 297

二、唐代詩論之「法」、「非法」⋯⋯⋯ 300

三、典型樹立及其反撥之「法」與「非法」 301

第四節　唐代書論與詩論之「意」、「象」⋯⋯ 303

一、唐代書論之「意」、「象」⋯⋯⋯⋯ 303

二、唐代詩論之「意」、「象」⋯⋯⋯⋯ 305

三、主客相兼之「意」與「象」⋯⋯⋯⋯ 309

第五節　唐代書論與詩論之「境」、「外」⋯⋯ 311

一、唐代書論之「境」、「外」⋯⋯⋯⋯ 311

二、唐代詩論之「境」、「外」⋯⋯⋯⋯ 312

三、主客相融之「境」與「外」⋯⋯⋯⋯ 316

第九章　唐代書論與詩論之發展 ⋯⋯⋯⋯⋯⋯⋯⋯ 319

第一節　儒、道、釋思想之影響 ⋯⋯⋯⋯⋯ 319

一、儒家思想的復歸 ⋯⋯⋯⋯⋯⋯⋯⋯ 319

二、道家思想的融入 ⋯⋯⋯⋯⋯⋯⋯⋯ 321

三、佛釋思想的影響 ⋯⋯⋯⋯⋯⋯⋯⋯ 323

四、三教競合的發展 ⋯⋯⋯⋯⋯⋯⋯⋯ 329

第二節　美學內涵之轉進 ⋯⋯⋯⋯⋯⋯⋯⋯ 332

一、法的樹立 ⋯⋯⋯⋯⋯⋯⋯⋯⋯⋯⋯ 332

二、意的強調 ⋯⋯⋯⋯⋯⋯⋯⋯⋯⋯⋯ 338

三、境的完成 ⋯⋯⋯⋯⋯⋯⋯⋯⋯⋯⋯ 341

第三節　完整的發展週期 ⋯⋯⋯⋯⋯⋯⋯⋯ 343

一、初唐之醞釀 ⋯⋯⋯⋯⋯⋯⋯⋯⋯⋯ 343

二、盛唐之開創 ⋯⋯⋯⋯⋯⋯⋯⋯⋯⋯ 346

三、中唐之轉折 ⋯⋯⋯⋯⋯⋯⋯⋯⋯⋯ 347

四、晚唐之潛化 ⋯⋯⋯⋯⋯⋯⋯⋯⋯⋯ 348

第十章　結　論 ⋯⋯⋯⋯⋯⋯⋯⋯⋯⋯⋯⋯⋯⋯ 351

參考書目 ⋯⋯⋯⋯⋯⋯⋯⋯⋯⋯⋯⋯⋯⋯⋯⋯⋯ 359

附表：唐代重要書論家、詩論家生卒年及相關文
本一覽表 ⋯⋯⋯⋯⋯⋯⋯⋯⋯⋯⋯⋯⋯ 389

第一章　緒　論

第一節　研究緣起、範圍與目的

　　中國傳統文化乃以「人」為核心而發展開來，各類文化藝術之間本自有一定的互動和影響，其相關性不言自明，但在分類細密的今日，有時反易忽略其間的緊密關聯，以致有進一步釐清的空間。書法與詩的關係正是其一。書法與詩本是最具中國傳統文化特色的藝術類別，但二者的關係至今尚缺乏較全面而深入的研究，由此凸顯出現階段就此領域研究的必要與價值。

　　李澤厚在論及中國哲學的發展趨向時曾提及：「無論莊、易、禪（或儒、道、禪），中國哲學的趨向和頂峰不是宗教，而是美學。中國思想的道路不是由認識、道德到宗教，而是由它們到審美。」﹝註1﹞中國思想的道路走向美學而非宗教，可視為在人與神的選擇上側重於人，且視「人」為一活潑潑的、可發展的、多元而實際的生命體，因而中國傳統思想與文藝皆與「人」緊密融合，乃以「人」為核心而發展出來的文化。藝術與人之關係極為密切，所謂「人文」，正在此中生成、發展。李氏更指：

> 在中國所有藝術門類中，詩歌和書法最為源遠流長，歷時悠久。而書法和詩歌卻同在唐代達到了無可再現的高峰，既是這個時期最普及的藝術，又是這個時期最成熟的藝術。……它們都分別是一代藝術精神的集中點。唐代書法與詩歌相輔而行，具有同一審美氣質。

﹝註1﹞李澤厚：〈莊玄禪宗漫述〉，氏著：《中國思想史論》（合肥：安徽文藝出版社，1999年），頁219。

其中與盛唐之音若合符契、共同體現出盛唐時代風貌的是草書，又
特別是狂草。〔註2〕

宗白華亦曾指：「由舞蹈動作伸延，展示出來的虛靈的空間，是構成中國繪畫、
書法、戲劇、建築裡的空間感和空間表現的共同特徵，而造成中國藝術在世界
上的特殊風貌。它是和西洋從埃及以來所承受的幾何學的空間感有不同之處。」
〔註3〕宗氏之說是否爲不可挑戰的權威之論且另當別論，但他卻間接指出了傳
統中國文化藝術乃由「人」出發，而此「人」並不只是一個思維的人，更是一
個有身體且會動作的「活」人。由此著眼，即觸及了中國傳統文化的核心。

傳統中國文化中，直接與文字相關的藝術門類即書法與文學（特別是
詩），二者實際上堪稱是傳統中國文化的核心代表，具有相當重要的文化地
位，探討二者在理論方面的關聯，自有其不容忽視的研究價值。然而，理論
與實際作品既相關連又有所差別，誠如宗白華所言：「詩與詩學是兩個不同的
領域，詩，重感性、重情意、形象、辭藻，重個體生命的當下發越；詩學，
則重理性，重分析、概括、推論，重創作經驗的總結和理論的提升。」〔註4〕
雖然如是，但二者亦非全然無關，畢竟理論之闡發乃以作者個體生命之歷練
與思考爲背景，仍與文藝創作具有難以分割的關係。此外，不容忽視的是二
者的發展並不必然同步，實際創作易受時代風氣之影響，而理論則需要識見
的積累，它建基於前人論述的基礎之上，有其自身的發展源頭和歷程。〔註5〕
就此而言，今日書法的學術性格明顯弱於詩學，沈語冰即指出現今書法史研
究中最大的二個問題：一是從根本上缺乏人文學科的意識；二是滿足於似是
而非的直觀式描述與批評。〔註6〕而馬欽忠則提醒吾人「書法的整個現象是文
化系統中的客觀的社會存在，對於這種存在，完全可以在一定程度上提供確
實的可驗證的知識」〔註7〕，只是目前的成果明顯不足。

〔註2〕李澤厚：《美的歷程》（台灣版，無出版資料，約1989年），頁175～176。

〔註3〕宗白華：〈中國藝術表現裡的虛和實〉，氏著：《宗白華全集（第三卷）》（合肥：
安徽教育出版社，1994年12月），頁390。本文原載《文藝報》1961年第5期。

〔註4〕喬惟德、尚永亮：《唐代詩學》（長沙：湖南人民出版社，2000年11月），頁1。

〔註5〕朱志榮主編：《中國古代文論名篇講讀》（北京：北京大學出版社，2006年1
月），頁2。

〔註6〕沈語冰：〈關於書法風格史的反思〉，《中國書法》2000年第1期（總第81期），
頁47。

〔註7〕馬欽忠：〈論書法學和書法史學的幾個方法論問題〉，《書法研究》1995年第4
期。收入上海書畫出版社編：《二十世紀書法研究叢書・品鑒評論篇》（上海：
上海書畫出版社，2000年12月），頁593。

　　張伯偉特別指出：「在文學思想與藝術思想——包括音樂，書法和繪畫之間，一方面是發展的不平衡，一方面又互為影響，許多概念、範疇及術語常彼此轉換。這是中國古代文學思想的一大特色。」〔註8〕而張少康則說：「我認為中國古代文學批評史的研究要深化，有一個問題特別值得我們重視，這就是必須把文學批評的研究和藝術批評的研究緊密地結合起來，考察他們之間的交互影響和發展演變。」〔註9〕譚好哲亦引錢中文的說法提醒吾人：「如何才能全面、深入了解文學現象，綜合研究看來是必由之路，這種宏觀的研究方法的特點，在於把文學與其他藝術部門如音樂、繪畫等聯繫起來加以考察，以至與其他種類的意識形態部門一起加以綜合研究。」〔註10〕肯定從不同藝術門類乃至不同意識形態部門超領域、跨學科聯繫的角度理解的綜合研究。又陳良運在《美的考索・餘論》第一章「書法藝術對中國美學的特殊貢獻」，其中第一節論「草書藝術興起引發的審美觀念變革」、第二節論「書法藝術推動各門類藝術全面『新變』」，此種切入角度和觀點的提出在學界也顯得新鮮。〔註11〕龔鵬程更直指：「唐人重法，不僅是書法史上的問題，也是文學批評史上的現象，這即意味著一種文化史綜合考察的必要。」〔註12〕而左東嶺更指：「中國古代的文人往往是詩文、書法、繪畫、琴棋乃至茶道各類藝術兼通……我們以前更多的是強調它們相通的一面，而相對忽視了它們差異的一面。」〔註13〕高友工在論中國抒情美典的發展時提及「先秦兩漢萌芽時期以音樂美典為中心，六朝奠基時期以文學理論為中心，隋唐實踐時期以詩論和書法理論具體實現早期理論中所提出

〔註8〕張伯偉：《中國古代文學批評方法研究》（北京：中華書局，2002年5月），〈導言〉頁2～3。

〔註9〕張少康：《文心與書畫樂論》（北京：北京大學出版社，2006年12月），頁133。

〔註10〕譚好哲：〈走向文藝理論研究的綜合創新〉，文史哲編輯部編：《文學：批評與審美》（北京：商務印書館，2011年3月），頁150～165（本文原刊《文史哲》2003年第6期）。錢中文之說參見氏著：〈文藝理論的發展和方法更新的迫切性〉，《文學評論》1984年第6期。

〔註11〕陳良運：《美的考索》（南昌：百花洲文藝出版社，2005年11月）。

〔註12〕龔鵬程：《中國文學批評史論》（北京：北京大學出版社，2008年6月），頁299。

〔註13〕左東嶺：〈中國古代文學研究的中心與邊緣——關於古今文學觀念的差異與整合〉，左冬嶺主編：《中國古代文藝思想國際學術研討論文集》（北京：學苑出版社，2005年12月），頁47。

的理想。」〔註14〕直指唐代詩論與書法理論在整個抒情美典發展歷史中所具有的重要地位。趙逵夫亦指「近百年來研究中國古代文論者，很少關注它同畫論、書論的關係，研究畫論、書論者也很少關注它們同文論的關係。」〔註15〕以上所提，皆令人感受到現階段對詩文與他類藝術關係研究之必要與實際研究之不足，特別是書法與詩文關係的探討。

在中國傳統文化中，「詩、書、畫」三者雖常被同時提起，一般也認爲其間之關係匪淺，但對於三者關係的研究，前人在「詩與畫」和「書與畫」方面著力較多，對「詩與書」的研究相對較少。〔註16〕竊以爲書法與詩之間關係的相對隱晦，或許是造成此現象的原因之一，而跨書法與詩二個不同領域（若再加上美學，則是三個領域）的研究，對研究者所須具備條件的要求也相對較爲嚴苛。因此，考量研究之範疇、時間和其他各方面的限制，爲避免牽連過廣而帶來不利的影響，最終鎖定在有文本可據的理論，並將時間限縮於唐代。這是因爲理論的提出代表了一定程度的自覺，可以有效說明時人的看法；而選擇唐代，則因此期乃中國傳統書法和詩之發展的成熟和轉變期，

〔註14〕高友工：《美典：中國文學研究論集》（北京：生活‧讀書‧新知三聯書店，2008 年 5 月），頁 164。又臺大出版中心曾於 2004 年出版高友工：《中國美典與文學研究論集》。二書相較，前者多出四篇文章。此處所引〈試論中國藝術精神〉亦在其中，故本論文以前書爲主要參考。

〔註15〕張克鋒：《魏晉南北朝文學與書畫的會通》（北京：中國社會科學出版社，2010 年 12 月），〈序〉頁 4。

〔註16〕關於詩與畫關係的探討酌舉數例如朱光潛譯：《詩與畫的界限》（又名《拉奧孔》）（臺北：蒲公英出版社，1986 年）、朱光潛：《詩論》（臺北：正中書局，1962 年 9 月臺初版）、宗白華〈中國詩畫中所表現出來空間意識〉（見《宗白華全集（2）》（合肥：安徽教育出版社，1994 年 12 月），頁 141～148）、錢鍾書：《中國詩與中國畫》（香港：龍門書店，1969 年 4 月）、徐復觀〈中國畫和詩的融合〉（見氏著《中國藝術精神》（臺北：臺灣學生書局，1966 年 2 月初版，1988 年三版），頁 474～484）、戴麗珠：《詩與畫》（台北：聯經出版社，1978 年）、陳華昌：《唐代詩與畫的相關性研究》（西安：陝西人民美術出版社，1993 年 4 月）、曹愉生：《唐代詩論與畫論之關係研究——僅以詩、畫論之專著爲研究對象》（台北：文史哲，1997 年 10 月）、葛曉音：〈王維神韻說、南宗畫——兼論唐代以後中國詩畫藝術批評的演變〉，《文學評論》1982 年 1 期……等。關於書與畫的探討則自唐代張彥遠《歷代名畫記》作出有關陳述以來，已累積無數文獻，此部分可參見邱振中主編：《書法與繪畫的相關性》（北京：中國人民大學出版社，2011 年 1 月）之〈前言〉。關於詩書畫三者如金伯昀：〈詩書畫三絕思維初探——詩書畫的媒體觀念爲主〉，左冬嶺主編：《中國古代文藝思想國際學術研討論文集》（北京：學苑出版社，2005 年 12 月）……。

二類藝術均有非常豐富的創作質量，相對地在理論方面也有可觀的表現，於歷史發展上更具有劃時代的意義，確是不容忽視的一環。

第二節　相關研究成果綜述

　　前人對於詩、書、畫三者關係之研究，若非泛論，則多於詩、畫或書、畫的關係上著墨，於詩與書的關係著墨者相對較少，針對詩論與書論之關係進行研究的就更少了，特別是對於唐代詩論與書論之異同及其關係加以探討的，目前尚無專書或學位論文，惟有少數單篇論文涉及，茲分別簡述如下：

一、專書

　　黃峰《中國古代書論與文論的關係研究》〔註17〕乃由作者之博士論文（中國美術學院，2008 年）增補而成，分「本原研究」、「中國古代文論對古代書論的影響」、「中國古代詩論對古代文論的影響」、「古代書論與古代文論的相通之處」四章進行闡述。此書實際上概述文論、詩論和書論三者之關聯，視角獨特。

　　葉鵬飛《書法與詩詞十講》〔註18〕首講「『心畫』和『心志』的共鳴——書法與詩詞的關係」，乃針對書法與詩詞之關係進行論述，共分四小節，分別是「書法藝術依賴文字內容」、「詩詞對書法形式的支撐」、「書為心畫、詩為心志」及「詩詞是書家傳統文化修養的折射」。此講之論述多點到為止，誠為所憾。本書其餘九講乃依朝代列序，第四講為「『法』與『律』的異曲同工——書法與詩歌的強音」，又分「唐人書法之『法』及其成就」、「唐人詩歌之『律』及其成就」、「『法』與『律』的成因」及「唐代的詩人書家」等四小節，可見其論述重點在唐代書法之「法」與詩歌之「律」之關係，論述相對聚焦。

　　由興波《詩法與書法：從唐宋論書詩看書法文獻的文學性解讀》〔註19〕乃在作者之博士論文《詩法與書法——宋代「書法四大家」詩學思想與書法理論比較研究》基礎上改寫增添而成。首章從歷史發展的角度對「中國詩學

〔註17〕黃峰：《中國古代書論與文論的關係研究》（武漢：華中師範大學出版社，2009
　　　　年 9 月）
〔註18〕葉鵬飛：《書法與詩詞十講》（北京：文物出版社，2009 年 9 月）
〔註19〕由興波：《詩法與書法：從唐宋論書詩看書法文獻的文學性解讀》（桂林：廣
　　　　西師範大學出版社，2012 年 11 月）

思想與書學理論關係」進行初步的探索（約一萬字，其中隋唐不及一千字），指出唐代在文學和書法都與功名掛鉤的情況下，自然促進了二者的發展，而初唐太宗書論以陳、隋書風爲基礎發揚中原古法，盛唐李陽冰爲中唐書法復古最成功者，爲中唐文學與書法復古之先導。第二章爲「唐宋論書詩形容語研究」，分別就其比況物與比況方法進行論述。第三章「從論書詩看唐宋文藝思想的嬗變」，指出唐代論書詩重「情」與宋代論書詩重「理」的文化特質，前者更分二期，前期更多對書家人格魅力的讚美（感悟性），中唐以後則探討書法理論的成分增多（走向理性思考）。第四章以後則爲宋代之個案研究。

張少康《文心與書畫樂論》〔註 20〕分爲上篇、下篇及附錄三大部分，上篇「《文心雕龍研究》」、下篇「《文心雕龍》、古代文論和書畫樂論」、「附錄」則爲書評及文論書序等。其下篇第一章第二小節「六朝書畫創作理論對文論發展的影響」，分別對「心手相應」、「遷想妙得」、「意在筆先」、「以形寫神」、「應目會心」、「風清骨峻」等加以闡述；其第三小節「隋唐以後文學批評和藝術批評相互影響的幾個典型例子」中論及「唐代書法理論批評和韓愈〈送高閑上人序〉和文論發展的聯繫」，顯見新意。

蘭翠《唐詩與書畫的文化精神》〔註 21〕與本論文相關之處主要在第七章「唐代詩人與書法家的交往」（第一節論「唐代善書的詩人」）及第八章「唐代論書詩」，但未針對唐代詩論與書論之關係加以論述。

張克鋒《魏晉南北朝文學與書畫的會通》〔註 22〕由作者博士論文《魏晉南北朝文論與書畫論的會通》修改而成，分「魏晉南北朝文學與書畫的交融」、「魏晉南北朝文論與書畫論範疇的會通」及「魏晉南北朝文學和書畫批評方法的會通」三篇。上篇第一章和後二篇均書畫並提，上篇第二章則專論「魏晉南北朝文學與書法的相互交融」〔註 23〕，第三章論「魏晉南北朝文學與繪畫的相互交融」。第二章「魏晉南北朝文學與書法的相互交融」主要論述「書法以文學作品爲書寫內容」和「文學以書法爲描寫對象」，前者實乃書法以文字爲媒介的自然發展；後者談魏晉南北朝咏書文學的特色及書法理論價值，

〔註 20〕 張少康：《文心與書畫樂論》（北京：北京大學出版社，2006 年 12 月）

〔註 21〕 蘭翠：《唐詩與書畫的文化精神》（濟南：齊魯書社，2009 年 4 月）

〔註 22〕 張克鋒：《魏晉南北朝文學與書畫的會通》（北京：中國社會科學出版社，2010 年 12 月）。本書由作者博士論文《魏晉南北朝文論與書畫論的會通》（西北師範大學，2007 年）修改而成。

〔註 23〕 本章總共 34 頁，與第三章的 53 頁比較，分量較少。又以 34 頁的篇幅論述一個朝代，自然較難細緻、深入。

此節所論或許「並不是書法所特有的現象」。〔註24〕總體而言，此書主要探討魏晉南北朝時期文學與書畫的關係，在年代上可與唐代相銜接，又其內容無論是「文學與書法的相互交融」或對文學與書畫之範疇論、批評方法的探究，均有一定的參考價值和啓發作用。

其他如曹愉生《唐代詩論與畫論之關係研究——僅以詩、畫論之專著爲研究對象》〔註25〕以專著爲研究對象，主要在探討唐代詩、畫理論的相關性。又如王元軍《唐人書法與文化》〔註26〕，亦與本論文之主題略有關聯。

透過以上之概覽，可以發現多數於書中一部分涉及相關問題，現今仍缺乏針對唐代「書與詩」或「書論與詩論」進行相關研究的專著，更遑論權威性之著作。

二、學位論文

曾瑞雯《中國律詩、書法史中文質中和觀念與實踐——以南北朝至杜甫、顏眞卿的詩歌、書法發展爲觀察對象》〔註27〕就律詩與書法史中的文質中和觀念與實踐進行探討，並選擇以杜甫和顏眞卿爲觀察對象，其探討之焦點相對集中。

許擇文《唐代論草書詩研究》〔註28〕針對唐代論草書詩而發，而「論草書詩」爲唐代「論書詩」的重要一環。

蔡顯良《唐代論書詩研究》〔註29〕鎖定唐代論書詩進行綜合式的論述，以安史之亂爲界，將唐代論書詩分爲成熟期和高峰期。全文重心在從論書詩中窺見唐代書法理論和風尙。

〔註24〕 白謙愼評胡新群〈中國古代書法家的具像意識〉語，見孫曉雲、薛龍春主編：《請循其本：古代書法創作研究國際學術討論會論文集》（南京：南京大學出版社，2010 年 10 月），頁 464。

〔註25〕 曹愉生：《唐代詩論與畫論之關係研究——僅以詩、畫論之專著爲研究對象》（台北：文史哲，1997 年 10 月）

〔註26〕 王元軍：《唐人書法與文化》（台北：東大圖書股份有限公司，1995 年 3 月）

〔註27〕 曾瑞雯：《中國律詩、書法史中文質中和觀念與實踐——以南北朝至杜甫、顏眞卿的詩歌、書法發展爲觀察對象》（淡江大學中國文學系 2003 年碩士論文）

〔註28〕 許擇文：《唐代論草書詩研究》（台灣師範大學國文研究所 1999 年碩士論文）

〔註29〕 蔡顯良：《唐代論書詩研究》（南京藝術學院 2004 年碩士論文），另見《全國第六屆書學研討會論文集》（鄭州：河南美術出版社，2004 年 3 月），頁 194～219；又見《書法研究》總第 124 期（上海：上海書畫出版社，2005 年 5 月），頁 1～38。

　　由興波《詩法與書法——宋代「書法四大家」詩學思想與書法理論比較研究》〔註30〕，本論文前四章分別對宋代書法四大家的詩學思想與書法理論進行論述，第五章則為綜合式的比較。最後作者綜論認為四家在詩學思想與書法理論中既有相互借鑑，又有創新，形成中國文化史上一道獨特而亮麗的風景線。與由氏此文性質相近的學位論文尚有金炳基《黃山谷詩與書法之研究》、莊子茵《宋代書法及其文學涵泳之研究》、蔡顯良《宋代論書詩研究》……等。〔註31〕其探討時代雖與本論文不同，但因內容主題接近，亦羅列之，以便參酌。

　　由以上所述學位論文，可知其所採取的研究策略，大都是以「類」為區分（如蔡顯良《唐代論書詩研究》），或以「人」為線索（如由興波《詩法與書法——宋代「書法四大家」詩學思想與書法理論比較研究》）。

三、單篇論文

　　探討唐代詩、書問題的單篇論文近年來有逐漸趨多的傾向，顯示此問題已逐漸受到學界的重視，然而仍屬於初步發展的階段。以下擇要述之：

　　任文京〈中國古代詩學書學互通論〉〔註32〕首指詩歌與書法在遵循自身規律運行時，由於二者內在層面的互通並共同受時代變遷和文化發展的影響，因而呈現出相同的發展趨向；次謂書法和詩歌的創意，常常可以體現在筆法和句法之中；三就詩歌與書法的「風格」、「妙悟」、「勢」三個方面論述詩學與書學的互通。

　　馮翠兒〈初盛唐書論與詩格關係初探〉〔註33〕就詩格類與書格類著作分從產生的時間、書名、寫作形式、內容、作用等進行考察和比較。

〔註30〕由興波：《詩法與書法——宋代「書法四大家」詩學思想與書法理論比較研究》（復旦大學中國語言文學系 2006 年博士論文）

〔註31〕金炳基：《黃山谷詩與書法之研究》（中國文化大學中國文學研究所 1988 年博士論文）、莊子茵：《宋代書法及其文學涵泳之研究》（中興大學中國文學系碩士在職專班 2002 年碩士論文）、蔡顯良：《宋代論書詩研究》（南京藝術學院 2007 年博士論文），後經修改而成《宋代論書詩研究》（北京：人民出版社，2013 年 3 月）。

〔註32〕任文京：〈中國古代詩學書學互通論〉，《河北學刊》第 27 卷第 3 期（2007 年 5 月），頁 133～139。

〔註33〕馮翠兒：〈初盛唐書論與詩格關係初探〉，《古典文學知識》2005 年第 3 期，頁 121～127。

　　汪軍〈〈文賦〉與〈書譜〉——中國古代文論與書論之間關係的個案分析〉〔註34〕主要就〈文賦〉與〈書譜〉對於不同體裁的要求、創作心理及藝術靈感、個性特徵與風格的關係、藝術對於情感的表現、藝術創作中的主次關係、整體文風、類似的創作和理論上的背景等進行論述。

　　胡遂、禹媚〈盛唐詩歌與書法——以李白、張旭和杜甫、顏眞卿爲中心〉〔註35〕以李白、張旭和杜甫、顏眞卿兩組人物爲例，說明盛唐詩歌與書法在創作來源、構思過程、藝術技巧和美學追求等方面的相通之處。主要指出兩點：從無法之法到新的法度、從狂士風流到儒士典範。

　　章繼光〈杜甫的詩藝與唐代書法〉〔註36〕認爲杜甫與唐代書法家的廣泛交遊及對書藝的探討，對其詩學觀和詩藝產生了不可忽視的積極影響。杜甫對書法藝術的借鑑，體現出他詩歌創作上「轉益多師」、「集大成」的精神與開闊的文化視野。文中聚焦於杜甫「瘦硬通神」的美學理念進行闡述。

　　崔成宗〈杜詩與書法〉〔註37〕指出杜甫書法系出家學，遠紹褚遂良，其詠書詩能入木三分，多有精妙之評，並開啓了唐代詩壇以詩作歌詠書法的風氣，以及後世以詩論書和論書絕句等許多法門。

　　陳允鋒〈論韓愈詩學理想與書法審美觀念之關係〉〔註38〕首先提及韓愈審美理想包含對盛唐藝術範式的崇敬和仰慕，而其在尙怪審美的追求上也跟盛唐風範的變異一脈相傳；次指韓愈好「奇」與好「古」緊密相連；最後則說明韓擇木與李陽冰對韓愈的影響。

〔註34〕汪軍：〈〈文賦〉與〈書譜〉——中國古代文論與書論之間關係的個案分析〉，《東南大學學報（哲學社會科學版）》第 6 卷第 3 期（2004 年 5 月），頁 83～85。

〔註35〕胡遂、禹媚：〈盛唐詩歌與書法——以李白、張旭和杜甫、顏眞卿爲中心〉，《柳州師專學報》第 22 卷第 2 期（2007 年 6 月），頁 26～29。

〔註36〕章繼光：〈杜甫的詩藝與唐代書法〉，《江西社會科學》2004 年 4 月，頁 93～95。

〔註37〕崔成宗：〈杜詩與書法〉，陳文華編：《杜甫與唐宋詩學：杜甫誕生一千二百年九十年國際學術研討會論文集》（台北：里仁書局，2003 年 6 月），頁 657～670。

〔註38〕陳允鋒：〈論韓愈詩學理想與書法審美觀念之關係〉，見左冬嶺主編：《中國古代文藝思想國際學術研討論文集》（北京：學苑出版社，2005 年 12 月），頁 320～329。本文又收於陳允鋒：《中唐文論研究》（北京：中國社會科學出版社，2010 年 6 月），頁 72～115。

　　章滌凡〈論司空圖《二十四詩品》與中國古代書論的契合及相互影響〉〔註39〕主要從「意味與神采」、「天然率眞與自然天趣」、「學養」三方面對司空圖《二十四詩品》與中國古代書法理論的契合及相互影響加以論證。

　　除以上所述之單篇論文外，其他大抵多係泛論性質，不然就是與本論文探索主題略有出入，仍試舉之如：張偉生〈書法藝術中的詩意美〉、王樹先〈關於書法美與詩詞美的思考〉、趙志偉〈「溫柔敦厚」與「平和簡靜」──淺談詩與書法的中和美〉、王飛〈杜詩與中國書畫創作〉、張穎煒〈試論唐代書法與唐詩的相互關係及影響〉、張學忠〈唐代詩歌書法共同繁榮原因探微〉、啓功〈詩與書關係〉、王海華〈放浪思想，取璧生輝──談唐代詩歌與書法藝術的相互影響〉、陳凌雲〈詩不能盡，溢而爲書──歷代書論與文論的相互貫通和影響〉、馮翠兒〈書法理論與詩文理論的關係──以「象」爲中心〉、許四輩〈盛唐浪漫豪放的藝術高峰──論李白、張旭的詩歌與書法共生現象〉、胡湛〈古文運動對唐宋書法的影響〉、侯東菊〈淺析唐楷書尙法和唐詩重律的政治原因〉、崔成宗〈書論修辭美學初探──以書勢群篇之修辭爲例〉、吳榮富〈書論與文論的異離與妙合〉、簡月娟〈黃庭堅的詩論與書論〉、張巍《杜詩及中晚唐詩研究》第三章論「公孫大娘劍器舞、張旭草書、杜詩──杜甫與盛唐藝術關係的個案研究」……等。〔註40〕

〔註39〕　章滌凡：〈論司空圖《二十四詩品》與中國古代書論的契合及相互影響〉，《楚雄師範學院學報》第 22 卷第 10 期（2007 年 10 月），頁 46～51。

〔註40〕　張偉生：〈書法藝術中的詩意美〉，《書法》1989 年第 2 期，收入上海書畫出版社編：《二十世紀書法研究叢書‧審美語境篇》（上海：上海書畫出版社，2000年 12 月），頁 241～245。王樹先：〈關於書法美與詩詞美的思考〉，《中國書法》1996 年第 2 期（總第 52 期），頁 73～74。趙志偉：〈「溫柔敦厚」與「平和簡靜」──淺談詩與書法的中和美〉，《書法》1989 年第 5 期（總 68 期）。另見《書法》雜誌編輯部編：《美的沉思──美學篇》（上海：上海書畫出版社，2008年 1 月（《書法文庫》）），頁 91～95。王飛：〈杜詩與中國書畫創作〉，《杜甫研究學刊》2002 年第 4 期（總第 74 期），頁 10～18。張穎煒：〈試論唐代書法與唐詩的相互關係及影響〉，《江蘇石油化工學院學報》第 3 卷第 4 期（2002年 12 月），頁 40～42。張學忠：〈唐代詩歌書法共同繁榮原因探微〉，《陝西師範大學學報（哲學社會科學版）》第 32 卷第 2 期（2003 年 3 月），頁 76～82。啓功：〈詩與書關係〉，《啓功書法叢論》（北京：文物出版社，2003 年 12 月），頁 214。王海華：〈放浪思想，取璧生輝──談唐代詩歌與書法藝術的相互影響〉，《佳木斯大學社會科學學報》第 22 卷第 4 期（2004 年 8 月），頁 55～56。陳凌雲：〈詩不能盡，溢而爲書──歷代書論與文論的相互貫通和影響〉，《江南論壇》2006 年 8 月，頁 50～51、59。馮翠兒：〈書法理論與詩文理論的關係──以「象」爲中心〉，莫礪鋒編：《誰是詩中疏鑿手：中國詩學研討會論

綜合以上之概述，可知目前學界對於唐代書論與詩論關係的探討仍處於萌發階段，尚無專書針對此一問題進行全面的論述；少數學位論文則已觸及此一問題，且多以魏晉南北朝、唐及宋代爲研究對象；單篇論文則有愈來愈重視此一研究方向之趨勢。就內容而言，關注唐代論書詩者較多，且有一定的研究成果；對於書法與詩二者審美風格關係的研究，亦已跨出了腳步。若以人論，則有關杜甫的詩、書審美被討論的頻率較高，其次則是韓愈；若就主題言，則以馮翠兒〈初盛唐書論與詩格關係初探〉與本論文直接相關，其次是任文京〈中國古代詩學書學互通論〉。既有的相關研究成果有待整合，而不足的部分仍須填補，以此襯顯出本論文之適時與研究之必要。

第三節　研究方法

本節首述方法論之基礎，以爲研究之進行奠基。研究方法之所以重要，蓋在其可能影響研究之成果。本論文基於「本體詮釋學」的理念，著眼於唐代書論與詩論之比較，因而特別看重本體與方法的合一。其次，唐代歷時二百餘年，其間之發展自有盛衰起伏，分期論述乃有其必要，故對本論文如何分期及其原由略加說明。再者，探討書論與詩論必然面臨文獻取捨的問題，特別是書論方面，以往對部分書論文本之作者與年代略有誤解，亦一併於此概述之。

一、方法論的基礎

方法是重要的，因爲方法足以影響研究的品質、方向和結果，然而方法的背後，還有一個方法論，而「所謂文學研究方法論，也就是從哲學的角度

文集》（南京：鳳凰出版社，2007 年 7 月），頁 58—71。許四輩：〈盛唐浪漫豪放的藝術高峰——論李白、張旭的詩歌與書法共生現象〉，《青海師範大學學報（哲學社會科學版）》2008 年第 4 期（總第 129 期），頁 112～114。胡湛：〈古文運動對唐宋書法的影響〉，《書法賞評》2010 年第 2 期，頁 22～26。侯東菊：〈淺析唐楷書尚法和唐詩重律的政治原因〉，《書法賞評》2010 年第 5 期，頁 29～30。崔成宗：〈書論修辭美學初探——以書勢群篇之修辭爲例〉，《哲學美學與傳統修辭：「修辭學之多元詮釋與教學」學術研討會論文集（一）》（台北：新文豐出版公司，2012 年 10 月），頁 151～189。吳榮富：〈書論與文論的異離與妙合〉，《成大中文學報》第 5 期（1997 年 5 月），頁 283～302。簡月娟：〈黃庭堅的詩論與書論〉，《興大中文學報》第 15 期（2003 年 6 月），頁 107～123。張巍：《杜詩及中晚唐詩研究》（濟南：齊魯書社，2011 年），頁 46～66。

尋找一種文學研究的方法」〔註41〕。學界對於方法之運用,自然是各就需求、喜好與所長而有不同的操作,其間優劣各有短長。童慶炳提醒:「多少年來,我們的文學理論所使用的方法論,僅僅是哲學的方法論。用現成的哲學概念簡單地去套文學理論問題。」因此他主張「應該把文學理論問題從哲學的台階提到美學的台階。」〔註42〕張高評則對於今後如何提高唐宋文學的研究成果提出三種主要的途徑:材料新生、觀點殊異、方法獨特。〔註43〕祁光祥指出六種古代文論方法論:一、「訓詁」——名言概念的闡釋方法;二、「折中」——矛盾關係的分析方法;三、「類比」——因果關係的推理方法;四、「原始表末」——歷史發展的觀照方法;五、「以少總多」——思想感受的表述方法之一;六、「假象見義」——思想感受的表述方法之二。〔註44〕陳伯海在論宏觀研究時說:

> 不論採用哪種方法,作為其深層結構的思維方式,則必須是整體綜合的思維,它有別於那種「見木不見林」的知性分析方法和「囫圇吞棗」的直觀思維,要求把文學的歷史過程視以為一條奔流不息、通貫而難以切割的長河,一個由各要素、各局部按特定方式組合而成的有機進展著的整體,就其內部與外部、共時與歷時、前因與後果諸種聯繫來加以立體式觀照,作出比較全面的綜合的把握。〔註45〕

而馮毓雲曾從功能價值與適應範圍及程度相結合的原則將文藝學方法論分為四個層次:哲學方法、一般研究方法、特殊研究方法及具體的研究手段。〔註46〕基本上這是一種縱向的分類;相對於此,則有難以計數的橫向式分類。又中國傳統書法及詩歌批評,多以印象式批評為主,這種傳統批評的主流模

〔註41〕趙敏俐編著:《文學研究方法論講義》(北京:學苑出版社,2011 年 3 月,2 版),頁 2。

〔註42〕童慶炳:《文學審美論的自覺——文學特徵問題新探索》(北京:北京師範大學出版社 2011 年 1 月),頁 30。

〔註43〕張高評:〈五十年來唐宋文學研究的回顧與前瞻〉,龔鵬程主編:《五十年來的中國文學研究》(台北:台灣學生書局,2001 年 3 月),頁 179〜216。

〔註44〕祁光祥:〈古代文論方法論的文化闡釋〉,《文藝理論研究》1992 年第 5 期,收於許建平主編:《去蔽、還原與闡釋:探索中國古代文學研究的新路徑》(北京:社會科學出版社,2007 年 7 月),頁 716〜728。

〔註45〕陳伯海:《中國文學史之宏觀》(北京:中國社會科學出版社,1995 年 12 月),頁 8。

〔註46〕馮毓雲:《文藝學與方法論》(北京:社會科學文獻出版社,2002 年 12 月),頁 11〜13。

式，具有較大的模糊和想像的空間，常因人而有不同的解讀和領悟，它要求讀者對於批評的對象要有相當程度的經驗和掌握，才能貼近論者所言，進而取得某種程度的理解連繫，如此才能進行有效的闡釋活動。這對現今一般之讀者而言，帶來了解讀上的困擾。然而此種方法自亦有其優點，畢竟對無法言說者加以言說，則此言說實際上只是一種無效的言說，為有效達到言說的溝通目的而採用類比、形象喻知、看似模糊的操作方式，其實是一種有效的溝通策略。關於言與意的問題，前人已多所討論，結論應是明顯的（言不盡意），問題出在今人已逐漸喪失古人的生活文化背景，思維模式或亦有所改變，此外又有進一步深化和發展的需求，因而以今日之語言重新詮釋古代之論述，乃有其必要性。

　　以上見解，對本論文之選題與研究方法之採用及進行具有一定的影響。然就實際的層面而言，只要是有效的方法都是好方法，非得只用某一種不可，也不太可能僅限於在某一層次中實施。實際的操作經常是需要多種方法並用，惟其如此，所以需要一個根本的本體核心概念以為操作之依據和出發，使不同方法得以互補其不足，以確保研究之穩定進行並保障其品質。本論文即以成中英（1935～）所倡之「本體詮釋學」（onto-hermeneutics）〔註47〕為本體論和方法論之依歸。所以言「本體論和方法論」，乃因「本體詮釋學」即合二者為一，成氏如是說：

> 本體詮釋學主張方法與本體的結合。……新的方法論的提出應導致本體論的建立，而本體論的建立則相應於新的方法和方法論的建立。這就彰顯本體與方法的互動。〔註48〕

> 所謂「本體詮釋學」，即是方法論與本體論的融合，用方法來批評本體，同時也用本體來批評方法；在方法與本體的相互批評中，真理就逐漸顯露了。〔註49〕

〔註47〕西方現代闡釋學的發展，自〔德〕馬丁·海德格爾（Martin Heidegger 1889-1976）的語言闡釋學之後，又有〔德〕漢斯～格奧爾格·伽達默爾（Hans-Georg Gadamer，1900-2002）的哲學闡釋學，而成中英的本體詮釋學乃繼伽達默爾之後的又一發展，且是結合中西、以《易》為核心的本體闡釋學。參見李翔海、鄧克武編：《成中英文集第四卷——本體詮釋學》（武漢：湖北人民出版社，2006年5月）。

〔註48〕成中英：《世紀之交的抉擇》（上海：知識出版社，1991年），頁82～83。

〔註49〕成中英著，李翔海編：《知識與價值——成中英新儒學論著輯要》（北京：中國廣播電視出版社，1996年），頁156。

又成氏〈論「觀」的哲學涵義〉〔註50〕，以「論作爲方法論和本體論的本體詮釋學的統一」爲副標題，可見成氏「本體詮釋學」視方法論與本體論是互動與融合的，而這種互動與融合至少已顯示在「觀」上了。成氏的學生林碧玲則如是闡釋：

> 所謂「本體詮釋學」，就筆者從學於成先生的了解，乃是本體與詮釋交修共參的學問，既是對本體體驗的創造性詮釋，同時也要求以本體體驗所顯發的價值，提領詮釋理論的方向與作用，而兼具「創造性的理性理解」與「和諧性的價值創造」兩大特性，以融貫智與德之人性創生大能，整合知識與價值兩大文化系統，實現和諧創生的最高文化境界爲目標。因此「本體詮釋學」既是對生活經驗與價值實踐之整體性、歷史性的理性反思，同時也是具方法思維功能的理論鑄造，是一個富有應變創新、一體多元、動態平衡活力的開放性學問體系。〔註51〕

可知成氏「本體詮釋學」重視本體體驗與理性理解的結合，並融創造與和諧爲一。中國傳統向來強調「天人合一」、「知行並重」、「情、理、法」兼顧，相對於西方精密的邏輯思維，可謂各有優劣，而今成氏之說不但是西方思想的延續，更是中國傳統思想的發揚，乃深刻而有效地融貫中西的難得見解。成氏的「本體詮釋學」目前仍在持續發展之中，吾人透過以上簡要的探討，或可得成氏「本體詮釋學」之體要。

伽達默爾（Hans-Georg Gadamer，1900-2002）曾說：「在藝術的體驗中存在著一種意義的豐滿（Bedeutungsfulle），這種意義的豐滿不只是屬於這個特殊的內容或對象，而是更多地代表了生命的意義整體。」〔註52〕又說：「凡是以某種體驗的表現作爲其存在的規定性的東西，它的意義只能通過某種體驗才能把握。」〔註53〕重視生命的意義和體驗，正是中國傳統文學和藝術的特

〔註50〕 成中英主編：《本體詮釋學‧第二輯》（北京：北京大學出版社，2002年3月），頁31～60。

〔註51〕 林碧玲：〈成中英先生《易經》本體詮釋學與《易》學出土資料之研究〉，潘德榮主編：《主體與詮釋‧第五輯──賀成中英先生70壽誕論文專輯》（上海：上海社會科學院出版社，2005年7月），頁160～184。林氏在本引文的注釋中列了成氏近幾年著作中對「本體詮釋學」的闡釋，可以參見（是書頁160～161）。

〔註52〕 〔德〕伽達默爾著，洪漢鼎譯：《眞理與方法》（上海：上海譯文出版社，2004年），頁90。

〔註53〕 〔德〕伽達默爾著，洪漢鼎譯：《眞理與方法》，頁91。

色，而「體驗」則同時涵具了本體與方法。成中英「本體詮釋學」既是伽達默爾「哲學詮釋學」的進一步發展，也是中國傳統思想向世界的開展和發揚。

陳伯海曾認爲所謂的理論「方法」，至少包括理論研究的工作方法和研究工作者的思維方法兩層涵義，又將前者歸爲三種類型：直觀、知性分析和辯證綜合的方法。〔註 54〕依此而論，則「本體詮釋學」屬於後者，又兼括前二者。由「本體詮釋學」出發的方法當是辯證綜合的，但是此處所謂的「辯證」，非西方傳統邏輯思維的辯證法，而是回歸至中國傳統《易》學的整體而動態的陰陽辯證法。「本體詮釋學」向《易》的回歸，並不是傳統易學的復原，而是以現代學術高度對中國傳統《易》學的發揚，基本上它融合中西並有所推進。例如阿多諾（Theodor W. Adoeno, 1903～1969）對直觀的見解：「直觀性的規範在強調突出藝術有別於推理性思維的同時，卻輕視和低估了非概念性的中介作用，也就是由非感性契機所構成和分化的感性結構中的非感性契機（the non-sensuous moment in the sensuous structure）。」〔註 55〕阿多諾並非完全否定藝術直觀的感性契機，而是強調理性在此間的作用及功能。這種兼含感性與理性的見解，和「本體詮釋學」的觀點相當接近，二者都強調在可能的範圍內盡力明晰因方法所導致的遮蔽。阿多諾《美學理論》在強調理性的同時並不排除感性；成中英「本體詮釋學」則在向中國傳統思想回歸的同時，融納了西方重邏輯的思維傳統。〔註 56〕

「本體詮釋學」對本體與方法兼容互通的見解，當能有效解決長期以來在傳統文學理論研究方法和導向的歧異，它能融合以「創作主體」爲主的「人格」與以「語言形式」爲主的「風格」；化解「鏡」和「燈」的爭議；〔註 57〕它既是西方現象學、闡釋學的進一步發展，又是中國傳統《易》學思想的發揚，對於文學與藝術的研究而言，不失爲取得一個較佳的切入與深化研究內容的適切方法。

〔註54〕 陳伯海：〈文藝方法論討論中的一點思考〉，華中師範大學文學研究所編：《中國古代文論研究方法論集》（濟南：齊魯書社，1987 年 3 月），頁 95、102。本文原載《上海文學》1985 年第 9 期。

〔註55〕 〔德〕阿多諾著，王柯平譯：《美學理論》（成都：四川人民出版社，1998 年 10 月），頁 169。

〔註56〕 阿多諾與成中英的觀點自亦有差異之處。阿多諾《美學理論》基本上是純西方式的論述；相對地，成中英則較有融合中西的「方便說法」傾向。惟二者之異同非本文重點，故就此打住。

〔註57〕 林素玟：〈文學理論研究概況〉，龔鵬程主編：《五十年來的中國文學研究》（臺北：臺灣學生書局，2001 年 3 月），頁 261～302。

　　然而「本體詮釋學」如何體現在美學或藝術方面的研究？除了前所提及成氏已指出的「觀」之外，再引陳望衡、吳志翔〈從「道」到「境界」——成中英關於「道」的詮釋的美學啟迪〉為例說明之：

> 成中英先生認為，中國的本體—方法論「將展示某種實在的廣闊範圍和廣闊視域而有時被指稱為『境界』的東西。」境界生根於道，道展開為境界，這就使得中國的文化包括哲學天然地具有濃郁的美學色彩。〔註58〕

> 中國美學雖然重視生命，並不簡單地將物比喻成人。中國美學對物的生命性的理解更多地將其理解成「生意」——生命的意味。我們說道具有生命性，準確地說，應是具有生命的意味。〔註59〕

「道」可以視為本體，它本然無處不在而有所體現，並且是具有生命意味的「反者道之動」，在「動」（體現）之中就呈顯了「理」，〔註60〕因有「理」遂有「理解」的問題，也就有方法論（闡釋）的問題。於此，「道」與「理」、「本體」與「方法」實為一體兩面的關係，就主體的人而言，它顯示為「境界」，「美學」、「文藝」或「藝術」僅是其展現的某個層面，「本體詮釋學」自能涵蓋並加以發展。若考量中國傳統文學與藝術及其理論的富有生命色彩的特性，則「本體詮釋學」將本體與方法相互融通的主張是最適切不過的了。

　　中國傳統美學對詩性感悟的重視，是否與西方講求精密的邏輯思維格格不入？中西接觸已有數百年的歷史，近百年來的交往更是密切，西方哲學自胡塞爾現象學、海德格爾語言闡釋學、伽達默爾哲學闡釋學之後，已有很大的轉向，明顯注意到東方思想的特質；而中國經過百年的文化衝擊與思想摸索，學者間的歧見也逐漸縮小，愈來愈具共識，此所以成中英倡導「本體詮釋學」能得到眾多學者的肯定。中西思想隨著時間的推進而逐漸獲得有效的溝通與理解，從「模糊數學」現象亦可看出一點端倪：

〔註58〕陳望衡、吳志翔：〈從「道」到「境界」——成中英關於「道」的詮釋的美學啟迪〉，見潘德榮主編：《本體與詮釋（第五輯）——賀成中英先生70壽誕論文專輯》（上海：上海社會科學院出版社，2005年7月），頁421～422。

〔註59〕陳望衡、吳志翔：〈從「道」到「境界」——成中英關於「道」的詮釋的美學啟迪〉，頁423。

〔註60〕這裡所謂的「動」乃相對於「靜」而言，若將「靜」理解為完全的、絕對的不動，則因「動」才呈顯了「有」（此處之「有」包括「無」），因「有」，吾人才得以認知這個世界。

> 模糊數學，簡而言之，即以定量方法研究事物模糊性的一門科學。
> 模糊性一向被看成事物的定性類屬性，不可能被量化。而模糊數學
> 改變了這種狀況，它使定性的模糊性可以定量表達，即計算模糊性
> 的模糊度、隸屬度。那麼什麼是模糊性呢？模糊性是一種不確定性。
> 不確定性有兩種：一類是隨機性，一類是模糊性。模糊性就實際存
> 在而言，如前所述是指其實體屬性與其他屬性沒有明確界限；就概
> 念而言，是指那些概念外延不清晰不確定而言……〔註61〕

數學向來被認為是精密的一門科學，如今也向「模糊」這種感性的特質叩門，可見「模糊」現象的「真理」本質，作為最具精密科學代表的數學也不得不具體回應它的挑戰。數學的這種努力有點類似於言欲及意的努力，其「精確」的本質已註定僅能接近而無法完全掌握「模糊」現象的理想。所以馮毓雲說：「情感組合複雜度不可能有數學的精確表達和抽象理論框架的等值表述，情感運動變化的複雜度的曲線也不可能找到等值的多變量函數曲線。」〔註62〕難以為數學所精確表達的情感，卻能透過藝術有效傳達，此間顯示了與某種本體現象的關聯，而為吾人所無法逃避，自應加以面對和重視。回到「本體」再出發，似乎是一個有效的可行之道，此所以本論文有第二章「書法與詩的本質」之論述，以便由此出發展開唐代書論與詩論的比較研究。

二、研究分期

　　本論文基於成氏「本體詮釋學」本體與方法緊密相聯的見解，首先探討書法與詩的本質問題，以為開展唐代書論與詩論比較之論述奠基，藉由對本質的認知，或能使相關的探討更切中問題的核心，進而深化研究的質量；其次依時間的先後順序分初、盛、中、晚四期加以探討，各期分別就書、詩理論進行摘要式的重點論述，再將二者加以比較；最後從歷史的高度，對唐代書論與詩論之美學觀及其發展進行比較，以獲取理論研究的深度和整體的宏觀視野。

　　關於分期，史學界並無所謂的「四期」之分，歷史上對唐詩的分期亦非以社會歷史為依據，而嚴羽所說的「盛唐」亦僅指唐代的詩歌之「盛」，亦

〔註61〕 馮毓雲：《文藝學與方法論》（北京：社會科學文獻出版社，2002年1月修訂再版），頁214。

〔註62〕 馮毓雲：《文藝學與方法論》，頁230。

即並不存在一個同時指稱時代之「盛」和詩歌之「盛」的「盛唐氣象」概念。
〔註63〕吾人當然「不能期望用統一的分期方法來解決一切問題，而要視所需
解決問題的性質來選擇和確定合理的分期方法。」〔註64〕在唐詩的分期史上，
有許多不同的說法，基本上可以分為三類：三唐說和六唐說、五唐說、四唐
說（含兩期說）和八唐說，其中較被學界接受並運用的是高棅的四唐說。主
張三唐說的譚丕模、倪其心和陳伯海等人，基本上是將高棅四唐說中的初、
盛唐合併為一；許總的六唐說則大致與高棅四唐說中的「六段」相對等；蘇
雪林及羅宗強的五唐說則是嚴羽五體說的進一步發展，而嚴羽的五體說又與
高棅的四期說緊密相關；八唐說大抵是四期說的拆分；兩期說是四唐說的併
總。可見唐詩分期基本上是以四期說為中心。〔註65〕當然四期說中又有不同
的分法，但多數以天寶末為盛、中唐的分界，這種現象反映了人們在給唐詩
分期時受到安史之亂的影響。若從唐詩分期的淵源看，嚴羽、方回、楊士弘、
高棅等人基本上是從純詩學的意義上來把握，因而「四唐」的概念是詩學的；
現代人們則是從史學與詩學兩相滲透的角度來把握，而多數仍接受四期的分
法。四期說經歷千年的變遷和唐詩學界長期的關注，已不僅是分期的概念，
更具有哲學意味與審美評價的內涵，並能從總體上揭示唐詩的發展規律。如周
祖譔編選《隋唐五代文論選》、喬象鍾及陳鐵民主編《唐代文學史》〔註66〕……
等均從四期說，本論文因而仍將唐詩及詩論的發展分為四期，並依張紅運之
整理將其劃分如下：初唐──高宗武德元年至玄宗先天元年（618～712）；盛

〔註63〕黃霖主編，羊列榮著：《20世紀中國古代文學研究史·詩歌卷》（上海：東方
　　　　出版中心，2006年1月），頁219。

〔註64〕陳伯海：《中國文學史之宏觀》（北京：中國社會科學出版社，1995年12月），
　　　　頁76。

〔註65〕〔日〕川合康三曾指出：「追述唐代文學的分期方法，可以明確兩點：一是無
　　　　論三變說也好，四變說也好，與其說是不同時代文學觀的反映，不如說是主
　　　　張各自文學觀的手段。三變說與對韓愈等古文運動的好評及其復興主張聯繫
　　　　在一起，四變說則是在對盛唐詩的絕對肯定上提出的。二是要注意，三變說
　　　　是專著眼於文的分期，而四變說則是以詩為中心的，其他文類不過是從屬於
　　　　詩來把握的。」又：「四變說不只是作為一種宏觀上妥帖的時期劃分，更主要
　　　　的是作為詩歌的一般樣式區分而被接受的。」見氏著：劉維治、張劍、蔣寅
　　　　譯：《終南山的變容：中唐文學論集》（上海：上海古籍出版社，2007年8月），
　　　　頁5。

〔註66〕周祖譔編選：《隋唐五代文論選》（北京：人民文學出版社，1999年1月）、喬
　　　　象鍾；陳鐵民主編：《唐代文學史》（北京：人民文學出版社，1995年12月第
　　　　1版，2006年6月重印）

唐——玄宗開元元年至代宗大歷五年（713～770 杜甫卒）；中唐——代宗大歷
六年至穆宗長慶四年（771～824 韓愈卒）；晚唐——敬宗寶歷元年至哀帝天佑
三年（825～906）。〔註 67〕

　　唐詩既分四期，唐代書法及書論是否也可如是分期？一般在唐代書法分期
方面較少引起書法學者的關注。目前介紹書法史的專書有依風格表現或人物及
作品來劃分唐書者，也有依時代發展來分期的。前者如徐利明《中國書法風格
史》、朱仁夫《中國古代書法史》、鍾明善《中國書法史》……等；〔註 68〕後者
如〔日〕眞田但馬《中國書法史》〔註 69〕分前後二期；朱關田《中國書法史：
隋唐五代卷》〔註 70〕雖未明列四期，但基本上仍依四期之理念，惟將盛中唐併
論。然而在書法理論方面則多有分期，如朱關田《中國書法史：隋唐五代卷》
將唐代書論分初唐、盛中唐、晚唐及五代三節敘述；姜澄清《中國書法思想史》
〔註 71〕基本上亦將盛中唐合論而爲三期；陳方既、雷志雄《書法美學思想史》
〔註 72〕分初、盛、中、晚四期；王鎮遠《中國書法理論史》〔註 73〕將隋及初唐、
晚唐及五代合併，加上盛唐、中唐，亦分爲四期；何炳武主編《中國書法思

〔註 67〕本段所述主要參見張紅運：〈二十世紀唐詩分期研究述略〉，《南京社會科學》
　　　　2006 年第 6 期，頁 102～108。另參張紅運：〈「四唐」說源流考論〉，《貴州社
　　　　會科學》總 202 期（2006 年 7 月），頁 124～128；申東城：〈高棅與「四唐」
　　　　分期的定型〉，《湖州師範學院學報》第 30 卷第 3 期（2008 年 6 月），頁 20～
　　　　23。又 20 世紀論及唐詩發展分期問題的主要論文如：許惠芬〈唐詩「四唐」
　　　　說考異〉、黃澤浦〈「755 年」在唐詩上的意義〉、李嘉言〈唐詩分期問題〉、王
　　　　氣中〈關於唐詩的分期問題〉、余冠英〈唐詩發展的幾個問題〉、倪其心〈關
　　　　於唐詩的分期〉、詹杭倫〈方回在唐詩分期問題上的貢獻〉、袁行霈〈初唐詩
　　　　歌下限新說〉……等（可參見杜曉勤撰著：《20 世紀中國文學研究・隋唐五代
　　　　文學研究》（北京：北京出版社，2001 年 12 月），頁 104）。
〔註 68〕徐利明：《中國書法風格史》（鄭州：河南美術出版社，1997 年 1 月）；朱仁夫：
　　　　《中國古代書法史》（臺北：淑馨出版社，1994 年 2 月）；鍾明善：《中國書法
　　　　史》（石家莊：河北美術出版社，2001 年 6 月 2 版）
〔註 69〕〔日〕眞田但馬、〔日〕宇野雪村著；瀛生、吳緒彬譯：《中國書法史》（北京：
　　　　人民美術出版社，1998 年 9 月）
〔註 70〕朱關田：《中國書法史：隋唐五代卷》（南京：江蘇教育出版社，1999 年 10
　　　　月）
〔註 71〕姜澄清：《中國書法思想史》（鄭州：河南美術出版社，1994 年 3 月），頁 116
　　　　～129。
〔註 72〕陳方既、雷志雄：《書法美學思想史》（鄭州：河南美術出版社，1994 年 3 月）；
　　　　又陳方既著；田耕之整理：《中國書法美學思想史》（鄭州：河南美術出版社，
　　　　2009 年 1 月）分期亦同前書。
〔註 73〕王鎮遠：《中國書法理論史》（合肥：黃山書社，1990 年 7 月）

想史》〔註 74〕將盛中唐合一，成為三期……。此外又有將作者、作品與時代分期夾雜並用者，如姜壽田執行主編的《中國書法批評史》〔註 75〕分「初唐技法理論」、「孫過庭《書譜》」、「張懷瓘書論」、「中晚唐技法理論」、「韓愈〈送高閑上人序〉」等節介紹；蕭元《書法美學史》〔註 76〕則以人物分……。殷蓀‧王鑫〈唐代書史的分期〉先分四期再各分二小期（618～649、650～712、713～741、742～765、766～805、806～835、836～873、874～907）。〔註 77〕黃緯中《唐代書法社會研究》依書家活動情形分為四期（618～715、716～785、786～860、861～906）。〔註 78〕由以上之概述，可知唐代書法及書論的分期並不一致，其中書論部分以分四期或將盛中唐併論分為三期為主。本論文合併考量唐詩與書法發展之分期特色，仍以「初、盛、中、晚」四期分述之。

三、相關文獻問題

　　一般而言，文藝理論作為對文藝創作的理論總結以及觀念化、理論形態化的產物，其發展與流變總是受著創作的許多制約，與文藝的發展並非總是累積進化的關係，也並非總是不斷地趨於深刻、精密與完滿。它在思想觀念、致思方式與文本樣態上似乎更多地受到特定時代學術文化的影響，且在表述形態上與文藝作品基本上是兩種全然不同的言說方式。因而非原文藝類別的其它因素之影響，便不能輕率地予以忽視。〔註 79〕

　　為了更有效而全面性地掌握唐代書論與詩論的實際內涵與脈動，本論文排除僅以少數重要著作為對象文本的研究方式，而企圖擴大文本範圍，以相較完整的理論文本作為論述的依據。在書法理論方面，面臨許多偽作及實際出現年代的難題，其中部分是學界至今仍未有定論者，而部分則已有較深入的考據，本論文參考相關研究成果，希望整理出一個比較有序的唐代書論文本，作為此方面的論述基礎。較有疑義之理論文本，將於第四至七章提及時再分別進行相關之探討（詩論亦同）。詩論方面向為古今學人所重視，故數量

〔註 74〕何炳武主編：《中國書法思想史》（西安：陝西人民出版社，2008 年 5 月）

〔註 75〕姜壽田執行主編：《中國書法批評史》（杭州：中國美術學院出版社，1997 年10 月）

〔註 76〕蕭元：《書法美學史》（長沙：湖南美術出版社，1990 年 6 月）

〔註 77〕殷蓀、王鑫：〈唐代書史的分期〉，《美術史論》1989 年第 4 期，頁 90～94。

〔註 78〕黃緯中：《唐代書法社會》，頁 44。

〔註 79〕楊玉華：《文化轉型與古代文論的嬗變》（成都：巴蜀書社，2000 年 7 月），頁21～22。

龐大，僅能選擇較具代表性者，但仍希望在歷史發展的全面性和個別理論的深掘上取得某種平衡。又古人論文，大抵兼及於詩，有時甚至偏重於詩，因此在選擇詩論文本時，並不僅以「詩論」為限，偶亦跨及「文論」，此間抉擇，自難免有爭議之處，只能勉力而為了。

　　唐代詩學理論的形式主要約有四類：首先是詩學論著，其次是詩選，再次是序跋書信，最後則是借助詩歌來表述詩學觀點。〔註 80〕唐代書學理論的形式亦大抵類似，但因於書法形式本質的差異而在選輯的理論成分相對弱於詩論；至於涉及書法的詩，則多為詠書之作，以詩來表述書學理念的意識亦不如以詩論詩來得明顯。本論文所依據之相關理論文獻資料即以此四類為主。

　　筆者原則上認同「同一文體之間的影響相對來說比不同文體之間的影響更直接，相近時代之間的影響相對來說要比跨越時代的影響更直接。」〔註 81〕因而論述書論與詩論之間的相關，相較之下似乎就需要更多的依據，這是本論文努力的重心之一。本論文首先釐清書與詩的本質相關，以為後續論述之基礎。又為了呈顯時代發展的脈絡，明晰歷史的傳承，於是先對唐以前之發展略作概述，然後再將唐代分四期論之，這些章節皆先述書論，後敘詩論，最後再對二者進行比較與綜合論述。此外再專列一章論述唐代書論與詩論的美學範疇，以便深掘其審美內涵並其發展之脈絡。另從歷史宏觀的角度論述唐代書論與詩論之發展，以便有效掌握唐代書論與詩論發展的總體面向，最後就全文予以結論。

〔註 80〕喬惟德、尚永亮：《唐代詩學》（長沙：湖南人民出版社，2000 年 11 月），頁 3。
〔註 81〕黃霖主編，羊列榮著：《20 世紀中國古代文學研究史・詩歌卷》（上海：東方出版中心，2006 年 1 月），頁 19～20。

第二章　書法與詩的本質

　　莊子與惠子在爭辯魚之樂時，各執一端，缺乏交集，於是莊子說：「請循其本」，也就是要回到事物最初的出發點，而這或許是探討藝術相關問題時最關鍵之處，也是本體詮釋學何以要回歸「本體」論述的重要原因之一。又「比較是邏輯陳述，不是簡單的事實陳述。比較的語意意向總要指向超事實性之維」、「在一個可為比較的系統中，『種』之於『屬』的歸依是所有差異性陳述的前提」。〔註1〕因而本文在進行詩論與書論的比較之前，有必要闡明書法與詩的本質，以作為比較論述的基礎。這當然關涉全文的觀點和開展的模式及方法，然而這種探討卻又不是絕對的，此處之用意只在凸顯切入問題的角度與觀察的方法。根據伽達默爾的說法，「前理解」是必然的，並且是之後理解的基礎。〔註2〕以下即基於本體闡釋美學的觀點分別展開書法與詩的本質論述。

第一節　書法的本質

一、書法的書寫

　　書法之所以是書法，乃在於它有別於他種藝術門類而有其存在的價值和

〔註1〕吳興明等著：《比較研究：詩意論與詩言意義論》（北京：北京大學出版社，2013年8月），頁20。
〔註2〕伽達默爾：「那指導著我的前理解的前判斷同樣經常處於問題之中，直到它們投降的那一刻——這種投降也可以叫做一種轉換。在不斷得到教誨的過程中，人不停地形成一種新的前理解，這正是經驗的不知疲倦的力量。」見〔德〕加達默爾著：夏鎮平、宋建平譯：《哲學解釋學》（上海：上海譯文出版社，2004年7月），頁40。

意義。實際上，書法語言體現了身體和心靈的交融，反映了身體與自然的共生。當手的運動作用於某種物質媒介之上，其所留下的「線」基本上具有兩個層面的意義：一是人的手跡的個性化表現，二是任何手跡最終都要表現在一種具體的材料之上，於是會產生相對於這種材料的表現技法。〔註3〕書法的根本特性就在於「寫」，它有別於「畫」。「寫」具有一種操作上的連續性，這種連續性所促成的形式空間上的轉換，使得吾人能經由事後的作品加以追蹤書寫者的創作歷程，因而使書法在空間形式的表現上又深具時間性，這種時空交融共在的現象，可以說就是書法之所以獨特的根本特性。〔註4〕但是這種特質的深層意義何在？葉秀山認爲：「書法藝術的形式說來很簡單，就是『劃道道』。」〔註5〕他說：

> 「劃道道」是「有意識」的活動，不是「無意識」或「潛意識」的活動。「劃道道」表現了「人」在文字出現之前的一種「有意義的」活動。〔註6〕

「劃」是身體的一種活動，這種活動本身與求生似乎沒有直接的關聯，它實際呈顯了人的某種獨特性，即「劃」是人的有意識的活動。而「道道」是一種痕跡，一種人的意識所顯現出來的痕跡，更確切地說是「軌跡」，因爲它將劃的動態過程部分遺留在「道道」之中，因而「軌跡」是具時間性的「痕跡」。葉氏的學生周膺更加以說明：

> 「痕跡」沒有超越的「所指」（Signifie），不是「在場」（Presence），但也不是不在場（Absence），所以它不是「差異」，而是「延異」。德里達意義上的「痕跡」，不是海德格爾的「存在」；「延異」雖非「有」，又非「無」，而是「變」（Devenue）……。〔註7〕

> （書法的）這種意味或意蘊不是字意、字形和字音所提供的邏輯的理智的內容，不是理智性的意識，但也不是非理智或反理智的本能

〔註3〕羅彤：《線形象：中國繪畫的起源與形成》（武漢：武漢大學出版社，2013年1月），頁29。

〔註4〕關於書法之空間與時間交融的特性問題，可參見邱振中：〈書法作品中的運動與空間〉，《二十世紀書法研究叢書：審美語境篇》（上海：上海書畫出版社，2000年12月），頁496～505。

〔註5〕葉秀山：《葉秀山文集——美學卷》（重慶：重慶出版社，2000年3月），頁307。

〔註6〕葉秀山：《葉秀山文集——美學卷》，頁312。

〔註7〕周膺：《書法審美哲學》（杭州：西泠印社出版社，2011年6月），頁14。

衝動。書寫是人的精神活動的一種，是不可用概念化的語言邏輯地
表達出來的一種意識性的活動。〔註8〕

「劃道道」是人的一種有意識的活動，它是人的精神活動之一，兼融理智與
非理智，無法以概念化的語言邏輯完整地表達出來。而書寫的原初面貌就是
「劃道道」，它是一種「有意義的」活動。「劃道道」本是古今中外的兒童都
擅長的——「塗鴉」。「塗鴉」源於個體情感抒發或意念表達的需要，在此過
程中充滿許多不確定性，這種不確定性乃因主體與外在環境（包括材料、筆
觸⋯⋯）不斷接觸、碰撞、溝通與妥協，以致難以事先掌握。由「塗鴉」的
普遍性和原初性，可知其對吾人而言應具有最為原初的本質意義。微妙的手
感對書法而言是重要的，事實上，幾乎在所有人類的技術性行為中都不可或
缺，而且它也觸動和引發了人的情感交流活動的萌發。應該說，手的具體操作
實現了人腦最初的創意，並由此感觸到越來越豐富的情感體驗的因素。〔註9〕
「書寫」是這種「劃道道」的文明轉化（或說是一種提升），因為書寫不僅僅
是原初的劃道道而已，而是人類在長遠的歷史發展過程中，不斷地將其所感、
所悟灌注其中，因此「道道」蘊藏了豐富的人類探索、成長以及智慧的痕跡，
亦即它具有「歷史性」。書寫是「劃道道」文明化的發展，因書寫更為有意識
（自覺）地反映了書寫者的「有」，即「人的存在」。

周俊杰曾如是描寫書法的書寫活動，他說：

> 在真正的、高層次的藝術創造中，尤其主體性體現得最強的書法藝
> 術創作中，人們所體驗到強烈個體生命的存在，所展示的心弦中最
> 細微的、隱密的那些或柔情、或胸中塊壘、或在生活中追求卻永遠
> 難以企及的慾望，或連本人也未能訴說出的種種潛意識、以及人心
> 理、生理中與整個宇宙渾圓之氣暗合的、為主體根本認識不到的律
> 動法則，便會通過強烈節律性的線條的揮動爆發出來，這時，人成
> 了自己生命的主宰。〔註10〕

而美學家魯道夫・阿恩海姆（Rudolf Anheim, 1904～2007）則說：

> 書寫的過程，實際上也就是用內在的力量，將那些具有標準化的字

〔註8〕周腯：《書法審美哲學》，頁18。
〔註9〕羅瑩：《線形象：中國繪畫的起源與形成》（武漢：武漢大學出版社，2013年
　　　　1月），頁42～44、47。
〔註10〕周俊杰：《書法復興的尋繹》（鄭州：河南美術出版社，2004年2月），頁32
　　　　～33。

母形狀進行再創造的過程。……因此，書法一般被看作是心理力的
活的圖解。〔註11〕

　　書法藝術在毛筆的揮運之中，抒發個人之情志，甚至連自己也不自知。
這種不自知或有潛意識的成分的活動，可能是創作的特性因素（必須專注於
一而無暇其他）使然，更可能是創作者某種藝術修養境界的體現。同時在書
寫之後，透過所書寫的形式而留下他人得以追蹤的痕跡，使得書法之欣賞不
只是純空間形式的，而且是追蹤式的、具有時間性的一種欣賞。這種既含空
間又具時間的特性，使書法作品有如凝結在空間中的音樂，當觀賞者進行觀
賞之時，這種凝定的音樂便又動了起來，以活生生的、具有生命力的方式呈
顯出來。觀賞者藉由空間形式入手，追蹤書寫的過程，有效地聯繫了創作者，
從而達到審美、感通之效用。陳方既將書法這種書寫的揮運與「人」緊密地
連結在一起，他說：

　　　實際的揮寫，使書寫者確實看到了：筆畫的揮運，就是由點到線的存
　　　在運動。其所構成的形象，就像有血肉、筋骨、神氣的生命，書法實
　　　踐和其審美效應喚醒了人們的宇宙生命存在和運動意識。人們轉而要
　　　求點畫具有充實明確的存在運動感，具有揮運的時序性。〔註12〕

書法實踐和審美效應喚醒人們的宇宙生命存在和運動意識，這是「人」透過
「書寫」取得了與生命本質相聯繫的通路，於是書法自然蘊含了生命最本質
的內涵。經過數千年的歷史發展，此間之內蘊不斷地豐富，顯現了人們長期
以來的努力成果。

　　史作檉曾以宏觀的角度從人類發展的整體著眼，認爲時間性之聲音表達
與空間性之圖形或文字表達最大的不同，在於它與自然間保持一種最爲直接
之關係。〔註13〕這種最直接的關係，就書法來說，相當接近「劃道道」的關
係。筆者以爲這種直接的關係具有五個特點：一是「自然」，此乃吾人天生所
具之本能，不假外求、自然而然。二是「直接」，這種溝通的模式，並不需要
透過語言、文字或符號等中介，即可達到一定程度的溝通目的。三是「整體」，

〔註11〕〔美〕魯道夫・阿恩海姆著；滕守堯、朱疆源譯：《藝術與視知覺》（成都：
　　　　四川人民出版社，1998年3月），頁597。

〔註12〕陳方既：《陳方既論書法（第二卷）——中國書法精神》（北京：華文出版社，
　　　　2003年5月），頁47～48。

〔註13〕史作檉：〈美學與人類文明再建之可能性〉，《文藝美學研究》第二輯，（濟南：
　　　　山東大學出版社，2003年8月），頁68。

其感知的模式乃整體性的，而非零散或分離式的。四是「瞬間」，其感應的模式是瞬間完成的。五是「非思維」，其感應過程並不須透過吾人所謂之「思維」，它是一種有別於「理性」思維的感知模式。

　　與自然之間保有最爲直接之關係者，事實上不是只有聲音一種，「劃道道」也具有直接之關係，只是前者透過身體的發聲及耳朵的接收而有所感知；後者則透過身體（基本上是手）的揮運及眼睛的接收而有所感知，這是聲與形的差異，但二者皆有某種身體的、直接的特質。簡言之，這種直接性與身體無法分離，蓋身體乃吾人存在之最終依歸。因此，凡對人有意義者，必然直接或間接地與此身體相關。宗白華曾言：「中國哲學是就『生命本身』體悟『道』的節奏。『道』具象於生活、禮樂制度。道尤表象於『藝』。燦爛的『藝』賦予『道』以形象和生命，『道』給予『藝』以深度和靈魂。」〔註14〕在傳統中國文化中，「身體」可謂是「道」、「藝」之間的一個重要聯繫。

　　書法的本體表達有其「模糊性」（相對於精確性而言），先天具有含藏多種隱微信息的能力，乃使其歷史性發展成爲可能。書法不僅涵藏了相當的文化訊息，它亦具備與自然的本質關聯，亦即書法不只是人們後天努力的成果，同時也是其先天的本質使然。因而人們長期以來對書法的勞動，就不僅僅是後天賦予的意義，亦是人們先天的自然本質的某種轉化和呈顯，它因此具有溝通「天」、「人」的效能，從而保證了由技而道的可能。

　　人類的意識受到理性思維的牽制，因而意識先天就沒有絕對的能力來確定每一要素的行爲和感情，從而控制住藝術諸要素的複雜關係。藝術家感覺到他那筆下的力，但是，產生這些力的眞正原因卻在「意識水平以下的區域裡」。「在這種情況下，藝術家只能受益於神經系統所具有的那種把大量的活動過程組織成一個統一的整體活動的不可思議的能力。」〔註15〕這是藝術之所以爲藝術的特殊之處，也是其對人類的重要價值所在。書法似乎又較其他類別的藝術更具有這種「藝術」特質，因爲它更單純、更直接，透過「書寫」，它不假思索地顯露了許多原本看不見的秘密，聯繫了自然而遠古的意識，進而探索人類存在的本質和發展的可能。

〔註14〕宗白華：〈中國藝術意境之誕生（增訂搞）〉，《宗白華全集（第二卷）》（合肥：安徽教育出版社，1994年12月），頁367。
〔註15〕周俊杰：《書法復興的尋繹》，頁75～76。

　　書寫本質上是一種人的「流出」，它雖然必須透過某種媒介（例如文字）方能顯示其形，但那是它的「產出」而不是它所以產出的基石。葉秀山即曾指出書法不僅僅是一種符號，它還要做另一些事。他說：

> 「寫字」是「寫」一種「文字」，而「文字」從本質上說是「語言」的記錄。……「語言」本身與世界的關係只是「指示」的「符號」關係。「語言」這種「指示性」的符號關係的特點，同樣也影響了文字。……（但）書法又不僅僅是文字、語言的「符號」，（它是）還要做另一些「事」的「符號」，這些「事」不是抽象語言所能表達，而就在書法的形式之中，「書法藝術」的「意蘊」不在「筆墨」之外，而就在「筆墨」之中。〔註16〕

正是在書法的筆墨之中，涵藏著語言文字所難以表達的意蘊。書寫和文字在本質上有根本的差異，而漢字也不僅是「語言」而已，它更是「文字」。文字可以是一種「語言」，具有指示性的符號作用及其限制；而書法則跳脫指示性的符號作用，往另一個方向發展。值得注意的是書法的這種「藝術」性是非常特別的一種，這也造就它在現今世界上獨一而二的地位。其特出之處，正在於「書寫」。

　　書法的「流出」反映在創作上，不可避免的是與外在環境的碰撞和妥協，於是先天地有了「權變」的需要，因而中國歷代書論幾乎都強調臨機應變；這種應變的特質乃即時而不加思索的，它要求身心的敏銳感知與反應。書法的「流出」反映在其鑑賞上，則是一種追蹤式的摹擬，摹擬創作主體的創作過程與其可能之遭際和回應。

　　埃倫‧迪薩納亞克（Ellen Dissanayake, 約1945～）《審美的人》根據進化論和人類學的觀察，認為人類的藝術和審美行為具有滿足人們的基本需求和維持人類生存的價值。〔註17〕這為藝術存在的價值提供了一種說法，然而藝術和審美對於吾人來說，是否僅具有此種價值呢？藝術行為與人並存於世，已證明其對人類具有不可或缺的價值意義。藝術和審美行為具有保存、涵養、溝通、呈顯人類之精神、智慧、文化、情感等作用，更值得重視的是它是人類自我提升（理想的追求）的重要方式，人們自明的一種重要手段，也是使人的生命意義得以落實的重要因子。

〔註16〕 葉秀山：《葉秀山文集——美學卷》，頁306～307。

〔註17〕 〔美〕埃倫‧迪薩納亞克（Ellen Dissanayake, 約1945—）著，户曉輝譯：《審美的人——藝術來自何處及原因何在》（北京：商務印書館，2004年），第三章，頁70～102。

卡西爾（Cassirer,E.）《人論》以爲：

> 美感就是對各種形式的動態生命力的敏感性，而這種生命力只有靠
> 我們自身中的一種相應的動態過程才可能把握。
>
> 一個偉大的畫家或音樂家之所以偉大並不在於他對色彩或聲音的敏
> 感性，而在於他從這種靜態的材料中引發出動態的有生命的形式的
> 力量。〔註18〕

卡西爾「生命的形式」的觀點與中國傳統藝術觀極爲相近，雖然卡西爾未提
到書法，但書法可能是中國傳統藝術門類中最符合其所強調的動態的有生命
的形式力量的一門藝術。陳方既更指書法因宇宙生命意識之喚起而成爲藝
術，他說：

> 從文字的創造到書法藝術的自覺把握，不僅僅是爲實用生產符號，
> 而且在符號生產中因宇宙生命意識的喚起，使這一行爲的成果變成
> 了藝術。書家的運筆結體，不僅有主體情性的流露，而且有客觀自
> 然諸種形、質、意、理的汲取，有得自宇宙中存在運動規律的運用，
> 宇宙生命的把握。〔註19〕

陳氏強調書法超脫了文字的實用功能而提升到藝術的層次，其創作與自然宇
宙之間具有一定程度的聯繫，而且這種聯繫含蘊了對生命存在的某種體悟和
把握。葉秀山則以不同的方式論述了此種「超越」：

> 從「字」與「文」的關係來看，賦予「字」本身的意義則「超越」
> 了「文」的意義。「字」的藝術不在於「文」中所說的故事和道理，
> 而自有「意義」在，於是這個「意義」就「超越」了「文」的「故
> 事」和「道理」的，是一種「超越」的「意義」。……書法藝術之所
> 以有這種「超越性」，初不在於我們的祖先獨具慧眼，從「字」裡看
> 出什麼高級的東西，而實際上是一種遠古意義的存留，只是我們歷
> 代祖先不但並未把這個歷史的存留「遺忘」掉，而且還不斷地維護、
> 加工，使其成爲多姿多彩的獨特藝術品。〔註20〕

〔註18〕〔德〕恩斯特‧卡西爾（Cassirer, E.）著；甘陽譯：《人論》（上海：上海譯文
　　　　出版社，2004年6月），頁209、221。

〔註19〕陳方既：《陳方既論書法（第二卷）——中國書法精神》，頁107。

〔註20〕葉秀山：《葉秀山文集——美學卷》，頁840。

葉氏所謂「遠古意義的存留」一針見血地點出了書法藝術的深層內核，雖然他在此處係從「文」「字」論起，但「字」裡所蘊藏的「遠古意義的存留」，實即吾人與此遠古意義取得聯繫的重要因素，而這種遠古意義經過書法藝術的長期經營，已深深地涵藏於書法之中。筆者以爲此「軌跡」所蘊藏的遠古意義，要比空間架構中的「字」所蘊藏的遠古意義更爲原初、直接，相對地也更爲深邃幽邈，對吾人欲復返於天或與天合而言，也更爲重要且關鍵。

史作檉曾說：

> 一種純正美學性存在根源力量之尋獲，才是一切文字操作或應用之正途，否則，大凡文字都在於一種技術性之操作，或一種片面主觀之不當或濫用之狀中了。……文字的存在性之解構，其實際的意思，即在求得存在性力量與文字形式性操作之重新縫合，亦即文字發生與文字應用之重新縫合。

〔註21〕

史氏此段論的雖是文字，但他所謂「文字的存在性之解構，其實際的意思，即在求得存在性力量與文字形式性操作之重新縫合，亦即文字發生與文字應用之重新縫合」，不已經在書法中發生了嗎？「書寫」因爲其操作的直接性而具有這種縫合文字發生與應用的功效，書法藝術的可貴之處，正在連繫這種遠古的自然本質，探尋自我理解和超升之道。史氏又認爲人於文明中重新找出人與自然間之「直接」關係，即美學存在的第一任務，因爲惟此才是恢復一切表達之眞屬存在性原創力量之可能。〔註22〕筆者以爲藝術固具有這種聯繫人與自然間的「直接」性，然書法更是所有藝術門類之中具有這種「直接」性的佼佼者，這原是爲其本質所規定了的。所以葉秀山說：「中國的書法藝術爲保存那基礎的、本源性的『意義』提供了一種有價值的『儲存方式』」〔註23〕，可謂爲書法之重要意義下了一個總結。我們似乎還可以進一步說，書法藝術不但爲保存那基礎的、本源性的意義提供了一種有價值的儲存方式，更敞開了一個人們自我發現、呈顯與救贖的舞台，一條由技而道的解脫之道。

〔註21〕 史作檉：〈美學與人類文明再建之可能性〉，《文藝美學研究》第二輯，頁63。
〔註22〕 史作檉：〈美學與人類文明再建之可能性〉，《文藝美學研究》第二輯，頁74。
〔註23〕 葉秀山：《葉秀山文集——美學卷》，頁842。

　　中國傳統思想特重實踐、體悟，從未以「坐而言」的文字語言遊戲自滿自足，展現了一定的思想深度。書法是中國傳統文化的核心之一〔註24〕，更聚焦展現了這種隱晦的深層智慧。唐虞世南《筆髓論‧契妙》說：「字雖有質，跡本無為。稟陰陽而動靜，體萬物以成形，達性通變，其常不主。故知書道玄妙，必資神遇，不可以力求；機巧必須心悟，不可以目取也。」〔註25〕巧妙地強調了這種隱晦難言的「玄妙」之道。書法之所以玄妙，應與它和身體的緊密連結有關。海德格爾（Martin Heidegger, 1889～1976）即認為「使用著操作著打交道不是盲目的，它有它自己的視之方式，這種視之方式引導著操作，並使操作具有自己特殊的狀物性。」〔註26〕而梅洛—龐蒂（Maurice Merleau-Ponty, 1908～1961）則謂：

> 我們是在被感知的空間裡寫字，在這個空間裡，相同形式的結果一上來就是相似的，等級的差異被忽略，就像用不同音高演奏的同一旋律能直接被分辨出來。我們用來寫字的手是一隻作為現象的手，它以運動的方式起作用，就像運動得以實現的特例的有效規律。
>
> 我運動我的身體，雖然我不知道起作用的是哪些肌肉，哪些神經通道，也不知道應該在哪裡尋找這種活動工具，就像藝術家能使他的風格展現在他加工的材料的纖維中。〔註27〕

人在書寫中存在，書寫呈顯了人的存在，因而也可以說人實際是在書寫「人」，而此「人」是一有待開發的場域，它沒有窮盡，難以捉摸，故而玄妙。

二、書法的筆畫

　　原初書寫的進一步發展就是作為文字構成基本元素的「筆畫」，較「筆畫」

〔註24〕金開誠曾論及中國書法藝術對陰陽五行、天人相應、中和中庸、克己修身等傳統文化四大思想支柱的體現。參見金開誠：《書法藝術論集》，頁93～95。又熊秉明曾說「書法是中國傳統文化核心中的核心」，而姜壽田更有〈書法為中國文化核心的核心〉（見《中國書法》2006年2月，頁31～33）一文。

〔註25〕虞世南：〈筆髓論〉，《墨藪》第十三，盧輔聖主編：《中國書畫全書（一）》（上海：上海書畫出版社，2009年12月修訂版），頁22。

〔註26〕〔德〕海德格爾著，陳嘉映、王慶節譯：《存在與時間》（北京：三聯書店，1987年），頁86。

〔註27〕〔法〕莫里斯‧梅洛—龐蒂著，姜志輝譯：《符號》（北京：商務印書館，2003年9月），頁79、80。

具更大普遍意義的一般稱之為「線條」，葉秀山曾指出這種筆畫線條具有深刻的人文意涵：

> 「刻劃」的「道道」，是一種「軌跡」，它不是幾何學上的「線」，不是「符號」，而是實實在在的「有」。「符號」的意義在「他者」身上，而「軌跡」本身就有意義，是為「他者」提供意義的。……這種「道道」的意義在於它「顯示」了「人」的「存在」，即「有」「人」「在」。……被辨識出來的人類的軌跡表明：「有」「人」「在」「思」。〔註28〕

書法的筆畫不只是構成文字的元素，它本身就具有意義，因為它呈顯了「有人在思」。此「思」乃是刻劃或書寫的當下之思，它是人類運用自身本質可能的一種理解努力，卻在此中留下了解讀的痕跡，而這種痕跡卻又如此籠統模糊，以致難以確切的語言文字說清楚（語言、文字和符號均有其先天之限制）。書法的「線條」不只是物理意義上的線條，而是含藏了人類經驗與智慧的「痕跡」，它甚至是人類溝通宇宙自然的一個可能管道。書法的線條正視了這種「有人在思」的意義，歷經無數前人的開發、提升、累積，成就了書法筆畫的豐厚寶藏。

當然，吾人也應看到在現實狀態下，線並不是一種實際的物質性存在，但從科學的角度來看，則線在本質上是一個平面或體積，於是線的存在本身兼具了虛和實兩種屬性。〔註29〕線的形成產生佔有和排擠效應，因而使其具有分界和造型的功能，類似「計白當黑」的陰陽辯證法乃得以適用。線條是早期人類藝術最早使用的造型手段，而後期人類藝術的發展，始終沒有丟開線的使用。〔註30〕蓋「線」的表現手段具有簡潔和明確之特性。〔註31〕線條的「聯想」和「象徵」作用乃人類文明的發展，但若只是強調其聯想和象徵而不及其它，則同時也遺失了線條「原初」、「根本」和「直接」的意義，它使得吾人將關注的重心轉移至「人」的思維，而逐漸與「天」拉開了距離，加深了現今人們回返於天的困難度。「線條」從一開始就是人的思想意識活動所產生的一種認識或感覺〔註32〕，除了「聯想」和「象徵」之外，就書法而

〔註28〕葉秀山：《葉秀山文集——美學卷》，頁840～841。
〔註29〕羅瑩：《線形象：中國繪畫的起源與形成》（武漢：武漢大學出版社，2013年1月），頁15。
〔註30〕丁夢周：《中國書法與線條藝術》（合肥：安徽教育出版社，1994年5月），頁6。
〔註31〕羅瑩：《線形象：中國繪畫的起源與形成》，頁23。
〔註32〕羅瑩：《線形象：中國繪畫的起源與形成》，頁15。

言更重要的是它「本身」。認知這種「本身」的意義，需要直接的接觸、體悟，不管是「寫」或是「看」。或許「看」較乏身體性，故其感知受到某種限制；而「寫」的身體性似乎更易於接近其本質義。這也是爲什麼書法之欣賞往往要求欣賞者必須具備一定的書寫經驗的原故了。

　　周鴈在葉秀山論述的基礎上，連結現當代西方哲學思想，更詳細的說明了書法線條的深度意涵：

> 寫字是「劃道道」，但「劃道道」不是畫畫。「劃道道」主要不畫閉合的「輪廓」或「界線」，而主要以開放線條的組合作爲符號的表徵。漢字雖然具有很強的象形性，但它總體上的開放性說明其構造本不是爲了勾畫輪廓或分割界線，對它的「劃道道」重在「道道」的軌跡，形狀只是軌跡本身的空間組合。從這種意義上來説，漢字的軌跡不僅是抽象的、符號式的「線」，而且本身也有「面」的意義在内。中國書法還進一步將文字單純的線擴展爲具有無窮變化的有「寬度」的線條，它又構成另一重「面」。……書法可以被看成是軌跡本身的圖形，而不是軌跡畫出來的圖形。圖形是空間的，軌跡是時間的，軌跡本身的圖形則是時間中的空間，因而書法是時間與空間的統一，是「歷史」與「現時」的統一。從海德格爾的意義上來説，書法是空間性的時間綿延，是歷史的顯現和存在狀態，也是歷史和存在意義的顯現。在胡塞爾的意義上，書法構建的是「生活的世界」或「活的現時」，是活的歷史意義的喚醒。在德里達的意義上，書法更是成就爲「實在的時間」或「多面的時間」，它雖不是眞實的在場，但比海德格爾、胡塞爾的在場具備更多的開放性和可能性。如果要選擇一種直觀的媒介來解釋「延異」，那麼書法與許是最好的範例。

〔註33〕

　　書法之「書寫」的直接對象是「線條」、「筆畫」，透過「筆畫」才構築成「字」。因此，書法當下所寫的是「筆畫」而不是「字」，「字」是一種較「筆畫」更爲人文化的構成。鍾孺乾認爲中國書畫中有明顯的「體觀念」〔註34〕，如王僧虔〈筆意贊〉：「骨豐肉潤，入妙通靈。」蘇軾〈論書〉：「書必有神、氣、骨、肉、血，五者缺一，不爲成書也。」米芾《海岳名言》：「字要骨骼，

〔註33〕周鴈：《書法審美哲學》（杭州：西泠印社出版社，2011年6月），頁13～14。
〔註34〕鍾孺乾：《繪畫跡象論》（北京：人民美術出版社，2004年11月），頁51～63。

肉須裹筋，筋須藏肉。」〔註35〕明顯可見「人」「體」的痕跡，這種與人體緊密結合的理念，顯露了「技」「道」之間的連結關係。「道」是給人走的，唯有人的身體力行才能達道。「人」賦予「線條」以意義，並構築爲文字，於是「線條」就成爲「筆畫」，攜帶更多的人文密碼，透過人體的操作（書寫），呈顯了人達道的努力。羅瑩在《線形象：中國繪畫的起源與形成》中有一段話頗爲深刻，很適合作爲此處的註腳：

> 「線形象」從產生的那一刻起，就不可能是一個單純的形態的問題，它必然同時擁有著外在的表現形式和內在的「能引起人的思想或感情活動的」的內容。並且，這個「外在的形式」在人的視覺思維中必然會因其長期的存在而產生出一種視覺慣性和心理定勢，由此導致了人對已有形象樣式的認同和對繪製這種形象樣式的手段的認同，符合樣式規則及符合製造手段規則的線形象最終會獲得人的文化認同，而獲得文化認同的線形象才可能在特定的文化環境中產生出「引起人的思想或感情活動的」內容，這其實就是人的精神審美的開始。〔註36〕

書法雖以文字爲媒介，但其筆劃、形態具有自身的意義而與文字有別。〔註37〕文字原本只須具備「符號」性質即可達到造字之目的，而漢字又特具一種結構上的形式之美，但書法筆畫賦予構成文字之線條以更多的變化，更突破文字結體原有的架構規範（如草書的發展），從而開出精彩的書法藝術形態。「人」參與了此改造的過程，也將其自身的所思所感寄於其中，甚至不知不覺地把密碼給遺留了下來，於是書法文字不再只是文字，而是與「人」有著密切關聯的一種藝術呈顯，蘊含了「道」的意義。書法把文字轉化、提升，它使文字變得更富有「人」的意義，更充實其審美意涵。葉秀山因而指出：「用筆問題的提出，說明了我國書法由側重文字符號的實用階段，進入了較爲成熟的藝術創作時期，也就是標誌著書法藝術的成熟時期。」〔註38〕確是一語中的。

〔註35〕華正人：《歷代書法論文選》（台北：華正書局，1984 年 9 月），頁 58、288、334。

〔註36〕羅瑩：《線形象：中國繪畫的起源與形成》，頁 92。

〔註37〕張稼人：《書法美的表現──書法藝術形態學論綱》（上海：上海書畫出版社，1994 年 6 月），頁 28。

〔註38〕葉秀山：《葉秀山文集──美學卷》，頁 352。

　　書法筆畫往往直接作爲審美對象發揮美感作用，這是因爲它已經不只是最初的「劃道道」，而是「劃道道」的人文化發展，超脫了原先的現實效用，大大地豐富了書法的藝術生命。

　　周俊杰從讀者的角度認爲書法藝術給予欣賞者的聯想，是抽象線條這「有意味的形式」所能引發主體進入的境界，是普遍人類象徵性的各種主體精神、情緒以及整個人的生命的表現。〔註39〕陳方既也說：

> 這種有功夫的揮寫的主體，是一個經修養、磨練的有特定精神氣格的「我」的存在。這就是說，書法意象，不是一般幾何意思的「有意味的形式」，而是由一個特定的「我」賦予了精神內涵的有情志、有境界的意象，具有能喚起觀賞者的人的本質力量豐富性的自我意識的意義。〔註40〕

「形式」爲什麼會有「意味」呢？因爲它含藏了人的精神、意識、情感、智慧……，才使得該形式具有「意味」，亦即人賦予形式以「意味」，若將「人」的因素拿掉，「形式」也不成其「形式」了，這就是書法筆畫的本質意涵，它特別強調的是一種「屬人的形式」。

三、書法的文字

　　文字是書法的母體，是其所以存在的依據，而從文字到書法，有一個歷史發展的過程，最早或許只是先有文字（然而「劃道道」又早於文字），而後文字與書法並融一體，最後二者才分道揚鑣，逐漸發展出獨立的書法藝術，因此：

> 一部中國書法史，還是應該從倉頡寫起，而不是從東漢的趙壹寫起。書法史與文字史，並不是兩種不同的東西，只是書法史更應偏重於對於書寫形式的研究而已。草書的發展，激活了書寫活動在創始早期所具有的取象於自然之勢的意識。從更爲根本的意義上說，在當時，與其說是書法作爲一門藝術的形成，不如說是書寫活動在那個

〔註39〕周俊杰：《書法復興的尋繹》，頁 93。關於「有意味的形式」一詞，係李澤厚在《美的歷程》（台灣版修訂本，無版權頁）第一章第三節中，引用克乃夫・貝爾（Clive Bell）（按：亦有譯爲克萊夫・貝爾）之語來指稱「美」，隨即獲得書法界的認可而經常被引用。

〔註40〕陳方既：《陳方既論書法（第二卷）——中國書法精神》，頁 126。

時代尋求新的表意性，是這種符號活動在當時向著更爲深入的層次
的發展。〔註41〕

漢字在人類歷史上確是一種難得的文字，它與拼音文字有著根本上的差
異，不但保留了文字之「形」，又成功地將「音」與「義」有效的結合成一體。
因爲有這樣的文字，才有「詩性智慧」的文化，也才使書法藝術的發展成爲
可能。

書法既就文字所具之「形」加以發揮，因而它是文字的進一步發展。文
字基本上是透過符號作用傳達某種意涵，而書法雖也可以視爲某種符號，但
這種符號因爲沒有受到一定的規範，其意義不是給定的而是模糊的，並不具
有精確的普遍共通性，它須由觀賞者親自去感受、體悟，因而也可說書法並
不具有一般的符號意義，其所攜帶的符號意義仍應歸於文字的作用，雖然在
實際上我們無法將二者予以分割。葉秀山認爲：

> 書法受字形結體的制約，不受外在形狀的制約，因而在某種意義上，
> 它遵守視覺形式的規律更加直接，但其變化則不受外物的形象的決
> 定，而是按照一定的韻律表達思想和感情。

> 漢字作爲圖形的開放性，說明了漢字的構造本不是爲了鈎劃輪廓或
> 分割界線，它的「劃道道」活動，重在「道道」的「軌跡」，「形狀」
> 是「軌跡」本身的空間組合，而不是「軌跡」所鈎出的空間組成的。

〔註42〕

鈎劃輪廓或分割界線乃爲繪畫之所重，但漢字作爲圖形的開放性，卻重在「軌
跡」本身的空間組合；書法則更進一步強調「劃道道」本身，也就是「軌跡」
所鈎（刻）出的過程及其效果。書法不只重書寫的過程，亦涵融其形式空間，
惟書法凸顯了「軌跡」的意義，因而成就了以「線」和「筆」爲主軸的中國
書畫傳統，而與西方以「面」和「光」爲主的繪畫傳統拉開了距離。

吾人若探詢書法在字體演變階段的過程，可以發現篆書階段尙屬於對文
字構形要求掌握其規律的時期，故空間性較強而時間性較弱，因而比較容易
從字形探知文字之「意象」。到了隸書階段開始大變，有意識地樹立了書法筆
畫的自身意義。「隸變」使漢字進一步符號化，拉大了文字「形」與「意」的

〔註41〕高建平：〈「書畫同源」之源〉，邱振中主編：《書法與繪畫的相關性》（北京：
中國人民大學出版社，2011年1月），頁38。

〔註42〕葉秀山：《葉秀山文集——美學卷》，頁349、309。

距離，文字的意義更多地依附符號的作用；但相對地，它的線條「筆畫化」是書法意識真正萌芽的表現，乃有後來行、草書體之發展。從這個角度而言，「隸變」乃因書法而導致的漢字形態上的變革，實具有文字和書法二方面的重要意義。「隸變」可說是書法意識真正萌芽的表現。

　　無可諱言地，空間形式上的表現也是書法藝術的重要內涵，但它僅是必要的元素之一，卻不是書法之所以為書法的深層立基。繪畫比書法更重空間形式，文字符號基本上就是依靠其形式，書法則更多的偏重線條的本質義，將其視為一種生命的展現。陳方既即認為：

> 無論當初的甲骨文、鐘鼎銘文和後來演變的小篆、隸、章、草、真、行等，一個個字的結體，形體完整，獨立自足，正是一種「完整的生命形象」意識貫串於文字創造和文字營構，才使千千萬萬的字既相互區別、又體現出生命形象所共同具有的形體結構規律。這種「完整的生命形象意識」，不是得自某一事、某一物，而是得自人賴以休養生息的整個世界，是宇宙自然的存在運動決定的。[註43]

陳氏論述了文字結體與人的生命形象之間的關聯，這種關聯來自於造字者對於此間實存的提取，但此種論法乃就漢字本身的特性加以分析，其中賦予形體以「完整的生命形象」的是創作主體，而漢字以一個個「字」為基本單位，確使賦予其以完整的生命形象成為可能。然而文字符號與人的生命形象的這種關聯卻欠缺直接性，不如「書寫」所具備的與人更為直接而本質的聯繫。一般有所謂「書畫同源」之說，其實若謂「書文同源」，或許更為適切，但書法與文字二者的發展方向明顯有別，這是書法與文字的根本差異。

　　漢字自有其「意象」，戶曉輝即指出：「對漢字的閱讀，既可以領會其意，也可以感受其潛在的形象，這種『意』與『象』的雙重流動決定了中國人傳統思維方式的一些根本特徵。」[註44] 但這種意象畢竟是文字的意象而不是書法的意象，於是金開誠明指：

> 漢字經過千變萬化的加工而成為書法藝術，它的形象感更大大加強；又因為充分利用了凝結在漢字上面的歷史文化澱積，從而使書法形象所有的啟發聯想和想像的作用也大大增強。這都是書法藝術

〔註43〕陳方既：《陳方既論書法（第二卷）——中國書法精神》，頁106。

〔註44〕梁一儒、戶曉輝、宮承波：《中國人審美心理的發生學研究》（濟南：山東人民出版社，2002年3月），頁105-106。

的作用，而不是所謂「漢字象形」的作用。〔註45〕

書法凸顯出漢字中的「象」（「盡意莫若象」），並就潛藏在文字裡的意象和審美特徵加以開發、轉化，成就了獨樹一幟的藝術型態。

書法的「軌跡」以及因於漢字母體所展開的特性，蘊含了豐厚的中國傳統詩性智慧和審美精神。吾人只要將其與西方的抽象繪畫加以比較，便可以清晰地看出東西方精神和觀念的根本差別。抽象畫再怎麼畫還是抽象畫，吾人不會將其視為書法，其中的原因除了書法寫的是「漢字」之外，更重要的應該是創作主體所賦予的「線條」內涵。這就牽涉整個文化背景、思維模式和認知方法上的差異了。

「劃道道」是人存在、探索、呈顯此間原初的主體性展現，經文明化的發展而衍生出符號、圖像、書法、繪畫、文字等各類藝術型態。書法不是繪畫的一支，它是有別於繪畫的另一種藝術表現，而且這種特殊的、具有濃厚的東方漢字文化內涵的藝術形式，似乎更足以為整個中國傳統精神之代表。西方傳統觀點大抵是「理性至上」、「邏輯為先」，這已是與原初存在決裂的二分法，有別於中國的「道」或「天人合一」觀。基本上，中國傳統上對書法採取的是一種動態、整體、實存的觀點，它不把人與自然割裂開來，而是要求人與天相應，並由此達到人與天相合的理想境界。

書法受漢字之制約乃無可否認的事實，但這種制約卻也同時提供了書法以更多的文化內涵和發展的潛能。漢字是書法的耕地，失去了耕地，書法將無所作為。當然，書法之所以為書法，不僅在其形式，更在筆墨。透過對書法之創作和欣賞，吾人得以聯繫人類遠古的、本源的意義，亦即對「天」的理解；也能夠一探人們所賦予的智慧積累和文化厚度，亦即對「人」的理解。總而言之，書法提供了人們一個對此間的「理解」與自身「昇華」的有效管道。

四、書法的書體

前三小節論述之內容皆與「人」有不可分割的關係，這種關係終究必須落實於形式之中，而書法之形式與文字既相關又有所區隔。書法的形式可說是一種意象，其抽象後的點畫結體最終所表達的不只是漢字，而是超越漢字結構形式的某種意象。〔註46〕

〔註45〕 金開誠：《書法藝術論集》，頁72。
〔註46〕 胡抗美：《中國書法藝術當代性論稿》（北京：榮寶齋出版社，2012年9月），頁3。

　　後期維特根斯坦（L. Wittgenstein, 1889～1951）有句名言說：「對於不可言說的東西必須保持沉默。」〔註47〕這是其《邏輯哲學論》全書的最後結語。我們不得不承認某些東西確實是不可言說的，但又不能對那些關乎人類安身立命的問題沉默不語。所謂「不可言說」其實是指無法以語言文字說清楚，卻並不排除其他表達方式的可能，且雖無法精確傳達亦不表示即無法傳達，透過一種看似模糊或否定的方式，仍具有一定程度的傳達效果（傳達從來就不是百分之百的）。形式本身就是語言所難以言傳者（從某種意義上講，語言本身也是一種形式），這是因於吾人本然的天賦，形式本質上是視覺的，而視覺原即是最本質的現象之一，亦即形式具有某種直接性，語言無法取代形式本身的這種直接性（既言直接性，就是無法取代的）。高行健以為「理性和感性同樣支配藝術，藝術創作並不排斥理性，審美中感覺和智能同時在起作用。人的感受力和理解力都是審美活動的基礎。」而「意識不同於理性，大於理性，或在一定程度上涵蓋理性。理性通過思考，借助語言和邏輯來實現，意識卻在混沌的自我中發光，不受因果的限制，又同時制約、指導人的行為。」〔註48〕強調直接性旨在凸顯理性或語言的限制，也許應該說這是人類理解此間的最重要的兩種方式，其中又以「直接性」更具人類理解的本源性。

　　書法之形式除了前述的線條、漢字之構成外，也展現在書體及其構成上，不同的書體明顯地具有形式上的差異，當然也會影響其表出的內涵。書法中的不同書體，其時間和空間特性各有程度上的差異。一般而言，篆書和楷書的時間性較弱；草書的動態感最為明顯，其時間性自然是最強的；隸書與行書則處在二者間。當然這只是就大體上說的，個別的作品仍有一定的呈顯彈性及差別，因而也有個別書家之書體說。然而不論哪一種書體，都必然兼容時間與空間兩種性質，只是二者比重有所不同而已。〔註49〕

　　不同書體的構成傾向也有明顯的差別，如鐘鼎文刻鑄在鐘鼎上，自是十分慎重的事；碑刻亦甚費工，意在傳之廣泛而久遠；私人手札則隨意而書，最能顯出書寫者的性格與涵養。篆書、隸書、楷書大底較為規範（均曾是官

〔註47〕　宋一葦：〈藝術或美的思與言何以可能〉，《中國美學》總第二輯，（北京：商務印書館，2004 年 11 月），頁 225～226。

〔註48〕　高行健：《談創作》（台北：聯經出版事業，2008 年 4 月），頁 152、158。

〔註49〕　雖然高建平從實用的觀點認為草書（按：實際應還有行書）具有依附性，不能成為一個獨立的書體，但本文基於書法藝術的立場仍如一般之書體分類。高氏之說見氏著：〈「書畫同源」之源〉，邱振中主編：《書法與繪畫的相關性》，頁 37。

方規範的正書），行書、草書則較為自由，揮灑的空間更大。再者，篆書多中鋒行筆，其書寫運筆多以「引」法，形式偏縱；隸書則橫向發展，故有蠶頭雁尾及一波三折之勢；楷書筆法最為複雜，運筆多提按，行、草書與其關係最為密切。行、草書原亦出自實用，隨著書法歷史的發展，其審美意味亦逐漸強化，特別是狂草，幾乎已將其藝術性發揮至極致的境地。書體的差異不只是外在的形式，其內涵更值得重視，實際上書體的內涵與書法的歷史一起發展，二者關係密切，如隸書的出現與書勢的強調、形草書的盛行與對書意的重視、篆隸書與古文字學的關連……等。

然而中國傳統上不僅僅視線條為實用交流的符號，更將其看成表示萬物生變的象徵。〔註50〕漢字在始創之時，並未將符號義與實質義截然二分，當文字愈來愈強化其符號義時，書法仍保有其實質義，並特別加以強調和保留。古代中國人賦予書法線條以「生」的意義，同時也抒發了「人」之生變，且試圖透過書法之涵泳而達到「天人合一」的境界。金開誠就指出了這種形式的意義：

> 書法藝術之所以能使人想到這麼多美的形象，正是因為它並不模擬物象，而是通過特殊的形象思維活動來攝取事物在線條、結構、情態、氣勢等方面的美的特徵，鎔鑄並表現於漢字的書寫之中。唐代李肇《唐國史補》記大書法家張旭說：「始吾見公主擔夫爭路而得筆法之意；後見公孫氏舞劍器，而得其神。」〔註51〕

書法形式是在漢字基礎之上的發展，它攝取的是在「線條、結構、情態、氣勢」等的美的特徵，透過生命的感發、身體的書寫與筆墨形式的結合，有效地將「人」含藏於其中，不但書寫者本身獲得某種情感紓解或賦予其意義，觀賞者也可透過該形式與書寫者取得某種程度的溝通與了解，這正是書法形式的功能。

書法形式的特殊性還表現在它的要求精純——白紙黑字的陰陽對比、落筆即是而不能修改。〔註52〕前者與《易》的哲理頗有相關；後者則是書法與繪畫的重要差異，更是「書寫」的本質所在。因為書法的不可修改性使得觀

〔註50〕姜澄清（1935～）：《易經與中國藝術》（瀋陽：遼寧教育出版社，1990 年 1月），頁 258。

〔註51〕金開誠：《書法藝術論集》（《北京大學文化書法研究叢書》）（北京：北京大學出版社，2008 年 4 月），頁 112。

〔註52〕金開誠：《書法藝術論集》，頁 8。

賞者追蹤作品內容的時間性成爲可能，它保障了書法形式的空間與時間兼容的特性。其實踪跡與目標事件同時發生，只是踪跡對於觀察者來說，當時不在場。踪跡是觀察者對目標事件回溯的依據。〔註53〕書法的「劃道道」有別於踪跡之處，乃其所關注的不只是它的標示（外加的意義），更包含踪跡本身及其與創作者（人）的關聯。葉秀山更指：

> 強調藝術作品的動感，並不是完全拘泥於藝術家創作的具體過程，而是著重表明這個藝術的世界原本是活的世界，是生活的世界，組成世界的時間和空間不是計量的工具，而是生活的過程。因此藝術作品的存在，就是藝術作品的世界的眞實性。〔註54〕

書法極重視這種生命的動感（力），因而能深入生命之內核，貼近世界的眞實性。

此外關於書法的實用性與藝術性的問題，也值得一談。顏崑陽認爲：

> 在未經創作實踐以產生成品之前，「類體」本身價值中立。我們不能直接給定「藝術性」與「實用性」這種充滿價值判斷意涵的概念作爲「類體」既成而恆定的本質；意即「文體」所指假如是「類體」而非個別作品或作家的「體貌」，則文體並沒有「藝術性」或「實用性」之分。但它卻以公約性、中介性的言語形構，在創作實踐的動態過程中，提供「藝術審美的向度」與「社會實用的向度」。
>
> 「文類體裁」所指涉的不是一篇作品形構「殊相」，而是諸多作品「聚同」而成「類」之後的形構「共相」……。其形構與功能，只以工具之體用，提供書寫者在創作實踐時，結合其社會文化處境與倫序，人格、才情與學養，創作動機與目的以及修辭原則與技巧，而導向於實現作品之「藝術」或「實用」的可能性。故「文類體裁」本身只涵具「藝術性向」與「社會性向」的潛能，並形成「雙向成體」卻隨使用者調節的動態關係。〔註55〕

〔註53〕黃華新、陳宗明主編：《符號學導論》（鄭州：河南人民出版社，2004 年 12 月），頁 203。

〔註54〕葉秀山：《思・史・詩：現象學和存在哲學研究》（北京：人民出版社，2010 年 3 月），頁 294。

〔註55〕顏崑陽：〈論「文類體裁」的「藝術性向」與「社會性向」及其「雙向成體」的關係〉，左冬嶺主編：《中國古代文藝思想國際學術研討論文集》（北京：學苑出版社，2005 年 12 月），頁 7、27。

藝術審美與社會實用本即一體，渾融不分，此「體」原是中性的，其中的藝術審美或社會實用僅是一種潛能，有待吾人之開發方得顯露，而顏氏點出了此間調節的動態關係。此處雖就文體而言，但與書法之理同，亦可轉用於書體。金開誠亦曾論及書法之實用與藝術密不可分的現象，更指出此種現象的二個優點：

> 我認爲傳統的實用與藝術密不可分是有很多長處的。其中最爲重要的有兩點：第一，由於實用與藝術不分，所以書者的寫作實踐量非常之大。知識份子一輩子離不開用筆寫字，也就等於一輩子都在練書法之功，於是越練就越熟，熟能生巧，故其書法線條質量很高。這線條質量本身就給善於鑑賞者以隱微而深入的美感，使人感到富有「含金量」。這是一種高層次的書法審美活動。……第二，由於實用與藝術不分，所以傳統的書法藝術往往有情性的自然流露，不矯揉造作，不媚俗求寵；這自然會有一種感染力，非刻意求工者可比。〔註56〕

書法藝術與實用緊密結合的現象，使得書者在書寫時更能處於「無意而爲」的狀態，將內心的感受與見解直接展露於水墨線條之中，從而與創作主體緊密地結合起來，表達了深刻的人文意涵。文字與書法的關係正如實用與藝術的關係一般，實是一體二面，難以分割。生活即藝術，藝術即生活，二者本不即不離，此是中國傳統藝術之特質，更是書法之本色。

陳方既曾爲書法下定義說：「從審美意義上，從藝術本質上說，它是人的形式，是體現人的生存發展精神和力量的形式，是生命情慾的形式，是體現民族文化精神的形式，是創作主體的精神氣格的形式，是人的本質力量豐富性展現的形式。」〔註57〕確實從根源、本體上掌握了書法的藝術特質。

總之，書法建基於身體義的書寫，因而有其直接性，它的本質義涵乃「有人在思」的「劃道道」遠古意義的存留。而「筆畫」是人文化的線條，因而賦予了書法以「人」的意味。「文字」（漢字）則是書法的載體，雖對書法之表現有所限制，卻也同時提供了藝術化的可能。又作爲視覺藝術的書法必然重視「形式」，書法的所有表現皆須透過形式方能有所呈顯。

〔註56〕金開誠：《書法藝術論集》，頁148。
〔註57〕陳方既著；田耕之整理：《書理思辨》（鄭州：河南美術出版社，2012年1月），頁39。

第二節　詩的本質

一、詩的語言

　　如果回溯詩歌的本源，可以很清楚地看到詩歌與語言、音樂的關係，更往前一步，則是詩、樂、舞的合一，這種現象既是歷史的眞實，便不容輕忽。原初的詩尚未獨立爲一種藝術的形態，與現實生活緊密關聯，本具有某種實際的「經驗性」，即與「人的身體」脫不了關係。後來人類文明的發展使其逐漸分流，《毛詩・大序》遂謂：「詩者，志之所之也，在心爲志，發言爲詩。情動於中而形於言，言之不足故嗟嘆之，嗟嘆之不足故詠歌之，詠歌之不足，不知手之舞之，足之蹈之也。」〔註58〕可見此時已經有所分流了。葉秀山認爲：

> 從本源意義上來理解的「語言」，並不需要抽象的符號體系，也不要按什麼語法的公式結構起來，而是詩的語言，「詩」使語言可能，「詩」也是最原始的語言。在這種語言中，語詞的抽象意義與感性的意義沒有什麼裂痕，語言的「意義」、「聲調」、「韻律」是結合在一起的，這就是爲什麼在原始民族中「詩」、「音樂」、「舞蹈」常是結合在一起的原故。本源意義上的「人」，有「話」要「說」，也就是有「歌」要「唱」，有「詩」要「吟」。〔註59〕

葉氏此處的「詩」強調其存在、直接、實際義，這是本源意義的「語言」，實際聯繫了人的存在活動，這種具有存在意義的語言並無抽象與感性之分，透過「活」「動」，「人」才「存在」，而這種存在乃是一種「詩意」的存在，本即自然而不分的，後來雖然逐漸分流，但也因爲本源的相關，隱約仍可追尋其遺留之跡。然而葉氏的說法基本上是由「詩」而「語言」的回溯；若是從「語言」而「詩」的角度觀察，則不須特別強調語言的這種本源性的「詩意」，反而應該說本源性的「語言」中涵藏了「詩意」，實即在其本源處，語言即詩，詩即語言，後來才逐漸有了分別。因而未分之前的詩或語言，實際上有別於已分之後的詩或語言；然而已分之後的詩或語言，仍本然地含藏有未分之前的詩或語言。詩和語言的這種「你中有我，我中有你」的關係，實類同於書法和文字的關係。

〔註58〕《毛詩・大序》，《十三經注疏》冊二（台北：藝文印書館，1965 年），頁 13。
〔註59〕葉秀山：《思・史・詩：現象學和存在哲學研究》，頁 164。

　　金健人從能指與所指的自然或任意關係說明了詩（文學）與語言的這種關連：

> 正是這種藝術符號系統中能指與所指的自然關係與語言符號系統中能指與所指之間的任意關係，使文學的特殊本質陷入二重矛盾中挣扎。由於無法擺脫任意關係，能指與所指必然受編碼的嚴格約定，運行機制必具推理性，整個系統也必具語言的性質；由於無法擺脫自然關係，能指與所指只在鬆散的編碼中對應，運行機制必具類比性，整個系統也就必具藝術的性質。〔註60〕

文學（詩）的本質既有能指與所指的自然關係，亦無法拋棄任意關係，因為任意關係是語言符號義的立基，而文學（詩）仍必須以語言文字為媒介，自然無法完全隔離語言符號義與藝術符號義。詩因具有能指與所指的自然關係才得以成就其自身。金氏進一步從字面義與聯想義的角度說明了這種藝術符號的自然關係的特質：

> 字面義與聯想義的結合，從古至今都是個人性的，它體現著以經驗的相互關聯為基礎的思維間的聯繫，其編碼是自然形成的。所以，因個人的素質和經歷的不同，字面義與聯想義之間的結合便具有極易變化、不可限定的特點。從作者創作到作品存在到讀者接受便不是一個一般的編碼解碼的過程，而是由個體編碼轉換成集體編碼又再轉換成個體編碼的過程。〔註61〕

一般的語言義正是集體編碼的結果，個體編碼則須具有個人的「經驗」，因而難以限定，而這種難以限定性使藝術（文學、詩）成為可能。金氏更指這種「本性使然」的「經驗」之所以可能，實際上包括了四個特徵：

> 這種「本性使然」的內在聯繫包括四個方面：一是現實世界所指對象的特徵；二是人在感知這些所指對象時的心理特徵；三是藝術中能指形式的特徵；四是人在感知這些能指形式時的心理特徵。這四方面的特徵應能建立起相似性類比關係。〔註62〕

簡言之，要建立起相似性類比關係必然進行主客體間的互動、交流，這就是「經驗」對藝術（文學、詩）之所以不可或缺的本質意義。也就是說，詩之

〔註60〕金健人：《論文學的特殊本質》（杭州：杭州大學出版社，2009年5月），〈自序〉頁8～9。

〔註61〕金健人：《論文學的特殊本質》，〈自序〉頁5。

〔註62〕金健人：《論文學的特殊本質》，〈自序〉頁7。

所以是「詩」，必與個人的體驗有所聯繫，因爲它才使得聯想、類比成爲可能，最終促成藝術作品的完成。葉秀山指出：

> 一切語言，從其本源性上來考慮，都有這種詩的意味——即「揭示」一個世界，「預言」一個世界，傳達一種「信息」，而不是傳達一種「知識」。「詩」不是「自然」的模仿，也不是「詩人」的表現，而是把「世界」的眞理，「大地」的眞實性揭示出來，「詩人」是「大地」「意義」的「領略」者，同時又是這種「意義」的「傳達」者。「傳達」給誰？「傳達」給「他人」，使「他人」也「領略」到這種「意義」。然而，「他人」之所以能夠「領略」這種「意義」，正因爲「他人」也是「詩意地」存在於「世界中」。〔註63〕

吾人是此間之一員，因而其「傳達」、「揭示」實際也是世界存在活動的展現之一，亦即吾人具有「詩意地」存在於此間的本源性。因爲具有這種本源性，才能夠「領略」，才能夠「詩意地」存在。

　　人的經驗具本源性，與身體及各種感知官能密切關連，然而這種具本源性的「經驗」，卻難以用語言文字的邏輯形式精確地表現出來。基本上，語言的本質是不帶情感（或加上情感）的「意念」，但是人類最初傳達「意念」不是用聲音，而是用肢體，特別是手的動作。〔註64〕雖然在語言的論述中也可能產生具有眞實藝術效果的詩的結構，但詩「從本來意義上說並不是一種敘述，而是創造出來的作用於知覺的人類經驗」。〔註65〕蘇珊‧朗格認爲：

> 這樣一種對情感生活的認識，是不能用普通的語言表達出來的，之所以不可表達，原因並不在於所要表達的觀念崇高之極、神聖之極或神秘之極，而是由於情感的存在形式與推理性語言所具有的形式在邏輯上互不對應，這種不對應性就使得任何一種精確無誤的情感和情緒概念都不可能由文字語言的邏輯形式表現出來。〔註66〕

〔註63〕 葉秀山：《思‧史‧詩：現象學和存在哲學研究》，頁10。
〔註64〕 彭鋒：《詩可以興：古代宗教、倫理、哲學與藝術的美學闡釋》（合肥：安徽教育出版社，2002年12月），頁310。
〔註65〕 〔美〕蘇珊‧朗格：《藝術問題》（北京：中國社會科學出版社，1983年），頁146。
〔註66〕 〔美〕蘇珊‧朗格：《藝術問題》，頁87。

情感的存在形式與推理性語言的形式並不對應，因而詩是語言陣營中的反動者，一心一意的追求推理性語言形式以外的自由領域。這種非推理性語言形式的作用不是透過理性邏輯的模式而是一種藝術的作為，因而：

> 詩或審美的作用不是解釋、說明這個世界，而是把人們帶到、使人們想起這個世界，讓人們在這個世界中自己領悟不可思議者。詩用可感覺者表現不可感覺、不可思議者。因為詩並不直接訴說不可感覺、不可思議者，而是用可感覺者喚起一種可想像的生活，讓讀者在想像的生活中直接領悟不可思議者。〔註67〕

將人們帶到「世界」，使人們自己直接去接觸、去領悟，而不是透過間接的推理的手段，這就是詩與一般語言最主要的差異所在。

宋一葦說：

> 回歸存在本源及深度的語言，絕不是單純的理性邏輯透明化的語言。在存在之中的語言不單是理性邏輯的工具，而是存在自身的道說；不單是事實對象的陳述，而是存在價值的判斷；不單是關於客觀對象的指涉，而是存在意義的顯示。在這樣的理解中，作為存在的語言就不僅指可以清晰言說的語言……原初語言或詩性道說才是本真本源的語言，它源於存在並置身存在之中。〔註68〕

此種說法基本上依循海德格爾對「語言」的看法，強調「語言」本質上的存在義。應該說語言不但有其「存在」的本質意義，也有其非本質意義，只是我們常將前者給忘了，因而需要特別地提醒。然而若把「語言」定義無限擴張，將減弱「語言」與他詞的區別，降低該詞的確指性，進而影響、模糊其能指之功能，增添傳達上的困難度，故宜適可而止。當然，更重要的不在所使用之語言文字為何，而是吾人之態度——對之如何「理解」。

為什麼必須要回到存在的本源來論述呢？懷海德說：

> 實際經驗裡所見的不整齊和不協調的個性，經過了語言的影響和科學的塑模，完全被隱藏起來。這個齊一調整以後的經驗便被硬硬的插入我們的思想裡，作為準確無誤的概念，彷彿這些概念真正代表了經驗最直接的傳達。結果是，我們以為已經擁有了直接經驗的世界，而這個世界的物象意義是完全明確地界定的，而這些物象又是

〔註67〕彭鋒：《詩可以興：古代宗教、倫理、哲學與藝術的美學闡釋》，頁403～404。
〔註68〕宋一葦：〈藝術或美的思與言何以可能〉，《中國美學》總第二輯，頁229。

包含在完全明確地界定的事件裡……我的意見是……這樣一個（乾
淨俐落確切無誤的）世界只是「觀念」的世界，而其內在的串連關
係只是「抽象概念」的串連關係。〔註69〕

「抽象概念」是人造物，人要回到存在的本源不能依據自己所造之物，而必
須回到原初的世界，才能真正的回到存在的本源，也才能真正地「看見」。然
而，「無疑的，詩，用了語言，物象也只能依次呈現，但它們並不如戲劇動作
那樣用一對它們全面的美感印象，還要等到它們全部『同時』投射在我們覺
識的幕上始可完成。物象不但以共存並置的關係出現；這些空間性的物象，
由於觀者的移動而被時間化。」〔註70〕所以，詩只是引領我們回到那個原初
的世界，而我們得自己去體會。

　　法國的莫里斯・梅洛—龐蒂（Maurice Merleau-Ponty, 1908～1961）則認為：

語言的明晰建立在黑暗的背景上，如果我們進一步深入研究，那麼我們
最終將發現，語言同樣也沒有說出除本身以外的任何東西，語言的意義
和語言是不可分離的。因此，應該在情緒動作中尋找語言的最初形態，
人就是通過情緒動作把符合人的世界重疊在給出的世界上。〔註71〕

莫里斯・梅洛—龐蒂強調情緒動作，然而情緒動作偏向於「人」而忽略了「物」
（世界），因而應該是「置於其中而整體地觀照」，更能有效而全面地「看見」。
梅洛—龐蒂提醒吾人應該從情緒動作中尋找語言的最初形態，事實上就是呼
籲重視「第一性」（直接性），也即是對「身體」的重視。套用梅洛—龐蒂的
話，我們可以說：「書法的意義和書法是不可分離的」。書法有其本身的意義，
書法的深層的、本質的意義就在其「直接性」。此處所謂的「直接性」，可以
李澤厚〈略論書法〉的一段話來加以說明：「這遠遠超出了任何模擬或借助
具體物象、具體場景人物所可能表現再現的內容、題材和範圍……它直接地
作用於人的整個心靈，從而潛移默化地影響著人的身（從指腕神經到氣質性
格）心（從情感到思想）的各個方面……」〔註72〕亦即書法不只是「表現」，

〔註69〕轉引自葉維廉：《比較詩學》（台北：東大圖書，1983 年 2 月），頁 97；或參
　　　　見 The Aims of Education（New York, 1967）pp. 157～8.
〔註70〕葉維廉：《比較詩學》（台北：東大圖書，1983 年 2 月），頁 202。
〔註71〕〔法〕莫里斯・梅洛—龐蒂著；姜志輝譯：《知覺現象學》（北京：商務印書
　　　　館，2001 年 2 月），頁 245。
〔註72〕李澤厚：〈略論書法〉，《中國書法》1986 年第 1 期，收錄於上海書畫出版社編：
　　　　《二十世紀書法研究叢書：審美語境篇》（上海：上海書畫出版社，2000 年
　　　　12 月），頁 157～160。引文見該書頁 159。

它更重視的應該是「呈現」，一種難以言喻、無須再加以解釋的、瞬間的感知。

　　進一步言，「符號」也不全是絕對的理性：

> 把感覺世界「符號」化，是人的意識的特有的功能，通過這種活動，
> 人把感覺世界提升到規律的層次，從而體現出人的主動性：不僅適
> 應感覺世界，而且干預感覺世界的進程，使之適應自己。正因為人
> 與世界的關係是相互適應、相互調節的過程，所以「符號」本身也
> 不是像黑格爾的「理念」或康德的「道德命令」那樣「絕對」，而是
> 歷史的、經驗的，因而是相對的。〔註73〕

雖然從這個角度看，「符號」並不是那麼地絕對，但它的主要特色仍是由人所
賦予的概念意義，因而欲回復人的本源性存在，仍有賴「詩」（藝術）的接引。
因此葉秀山說：

> 「歷史」（Historie）以記述人的活動為對象，但它把人的活動當作
> 「事實」和「事件」來描述，是一種科學的、知識性的記錄，因而
> 它記下來的則是「死東西」，是「過去了的」「既成事實」。要重現以
> 前的真正的、本源性的「人」，即 Dasein，只有通過「詩」，通過「藝
> 術」（戲劇、音樂、雕塑、繪畫等）。在「詩」和「藝術」裡「說」
> 的人和事，才是真的、活的人和事。〔註74〕

語言與詩之所以有這樣的差別，主要在於二者對人形成意義的方式不同：前
者是借由「形式理念」的操作而構成；後者則透過人親身的體驗而達成。方
法不同，效用不同，對人的意義也不同。

二、詩的聲音

　　狹義的語言本體原是用來溝通、具有意義的聲音，詩當然離不開聲音，
它不但難以拒絕聲音的介入，更正視了聲音的作用，因而有了詩的聲韻要求。
事實上，最早的詩與樂乃是合一的，朱自清《詩言志辨》即曾言：「詩樂不分
家的時代只著重聽歌的人；只有詩，無詩人，也無『詩緣情』的意念。詩樂
分家以後，教詩明志，詩以讀為主，以義為用；論詩的才漸漸意識到作詩人
的存在。」〔註75〕而馬森說：

〔註73〕葉秀山：《思·史·詩：現象學和存在哲學研究》，頁14。
〔註74〕葉秀山：《思·史·詩：現象學和存在哲學研究》，頁166。
〔註75〕朱自清：《詩言志辨》（上海：華東師範大學出版社，1996年11月），頁28。

> 詩，本來就不應該只寫在紙上，而應該可以上口朗誦的，這正是詩
> 之所以在音律上有所要求的原因。……所以詩之為詩，不在歌，而
> 在吟誦。凡詩皆可誦，古今中外皆然也。〔註76〕

當詩以文字的形態出現，讀者閱讀詩的文字時，並不只接受其字義，同時也
帶入了聲音，亦即就文字而言，符號形式與語言聲音乃緊密結合在一起的，
吾人若強予分離，便大大的減損了詩的表現領域，只是一種削足適履的不智
作為。漢字之所以有別於非文字的符號，正因為它除了具備一般的符號義之
外，更結合了語言義的聲音，於是漢字有別於語言，也別於符號，它結合了
形、音與義。然而文字聲音的特質也有別於音樂，基本上：

> 語言文字其中一種主要的性能正是要「說明」「陳述」思想與情感。
> 所以我們不能、甚至不應把它們看作音樂的音那樣對待。現代詩與
> 現代藝術的理論就是在這個取向上有所發明，但也構成許多困難。
> 為了要達致感情和思想的「生成狀態」，詩便要消弛文字的述義性，
> 轉而依賴一種音樂與繪畫的結構或程序。〔註77〕

詩的聲韻之所以有別於音樂的主要原因，當是受限於文字組成的語法結構；
就漢字而言，更受到漢字獨體、一字一音的影響。在聲音方面，不同的文字
自有不同的條件與限制，漢字的條件與限制造就了漢詩的聲韻特色。

　　所有文字始創之時，即與語言有了緊密的聯結，但在漢字的發展過程中，
形聲字在某一時期之後大量出現，表示此前二者乃是在一種無意識狀態下的
結合，而之後人們發現文字與聲音的某種關係可用來簡單而有效地造字，至
於對於詩的聲韻方面的自覺就更晚了。高建平認為：

> 視覺符號與聽覺符號的相遇、結合，相互刺激，才是語言發展之
> 途。即使在文字與語音的的交配形成以後，文字仍並非僅僅對語
> 音具有從屬的、記錄的關係。文字的獨立性仍然存在，它表現在
> 一字多讀，與一音多字上，也表現在書面與總是與口語保持一定
> 距離之上。〔註78〕

〔註76〕 馬森：〈詩與誦〉，《文學的魅惑：馬森文論六集》（台北：麥田出版社，2002
　　　　 年），頁101～103。原刊《中國時報‧人間》1983年8月16日。
〔註77〕 葉維廉：《比較詩學》，頁218。
〔註78〕 高建平：〈「書畫同源」之源〉，邱振中主編：《書法與繪畫的相關性》，頁35。

文字具有獨立性，這是可以確認的，因而它與語言不同，與書法不同，與繪畫不同，也與音樂不同。然而詩不只是文字，文字只是詩的基本元素之一，就如書法一樣，文字也只是書法的基本元素之一。或者可以說，文字是詩與書法最主要的基礎媒介。對詩而言，聲韻的重要性可以說是僅次於文字。詩對聲韻的關注非對其符號性的關注，而是對其藝術性的關注，也是對聲音的本源性的關注。

　　詩對聲音的關注除了個別的聲音之外，當然也包括其組合形態——「節奏」的關注。節奏是一種動態的組合性關係，與人的情感具有一定的類比性，因而在各種不同的藝術類別中均受到程度不一的重視。朱光潛就曾指出語言腔調上的差別，「是同時屬於情感和語言的。離開腔調和它同類的生理變化，情感就失去了它的強度，語言也就失去了它的生命。」又說：「詩的音律起於情感的自然需要」、「節奏是傳達情緒的最直接而且最有力的媒介，因為它本身就是情緒的一個重要部分」。〔註 79〕中國傳統詩歌有聲、有頓、有韻，顯示它正視並處理了語言和情感在聲音本質及節奏的問題。

　　節奏為何如是重要？卡西爾（Cassirer, E. 1874～1945）曾說：

> 藝術家的眼光不是被動地接受和記錄事物的印象，而是構造性的，並且只有靠著構造活動，我們才能發見自然事物的美。美感就是對各種形式的動態生命力的敏感性，而這種生命力只有靠我們自身中的一種相應的動態過程才可能把握。

> 一個偉大的畫家或音樂家之所以偉大並不在於他對色彩或聲音的敏感性，而在於他從這種靜態的材料中引發出動態的有生命的形式的力量。〔註 80〕

節奏可說是最近似於「動態的有生命的形式」，由此可知它在藝術中的重要性。

　　詩對聲韻的重視不只是對其符號性的關注，更重要的是對其藝術性的關注，也即是對聲音的本源性的關注，這其實是要求保留語言的審美本質（為符合詩的藝術創作需求，當然也不排除有所轉化），因為語言較文字符號在人類的發展歷史上更具本源性，聲韻具有較文字符號更原初的本質意義。葉嘉瑩即曾說：

〔註 79〕朱光潛：《詩論》（台北：正中書局，1962 年 9 月台初版），頁 76、100、117。
〔註 80〕〔德〕卡西爾著；甘陽譯：《人論》（上海：上海譯文出版社，2004 年 6 月），頁 209、221。

　　　　「興」的作品一般本是指由物象所引起的一種感發，不過這種感發
　　　　還有一點值得注意之處，那就是這種引起感發的「物象」，有時與後
　　　　面所敘寫的詩意卻似乎並無意義上的關聯。因此我在〈中國古典詩
　　　　歌中形象與情意之關係例說〉一文中，乃又曾補充說，這種感發關
　　　　係，也許並非理性可以解說，卻必然有著某種感性的關聯，既可能
　　　　為情意之相通，也可能為音聲之相應。而如果就「興」之直接感發
　　　　的特色而言，則「音聲之相應」實在應該乃是較之「情意之相通」
　　　　更為基本的一種引起感發之動力。〔註81〕

葉氏肯定音聲之相應較之情意之相通具有更為基本的引起感發的動力，此即
指出了音聲的本源特性。聽覺、視覺原是本源性的存在，所以詩必須借助聲
音、畫面、或某種情境來表述它所欲表述的「經驗」，無法僅依靠符號達成任
務，就如同書法須借助於具本源性的「手感」來呈顯一樣。

　　詩對聲音的重視也可說是對「體知」的保留，即詩並未完全放棄直接性
的契入，它透過聲音取得與此間的直接性接觸與感受；但從另一角度看，（文
字）詩的聲音又是附加義的，是人給予的，這就又回到了人的「身體」。在不
無獨特的中國傳統對身體的理解裡，「體知」的直覺性恰恰是「思在合一」的。
而「體知」不僅是直覺性之知，它也是關係性、踐履性之知。所謂「關係性」
之知，乃是「場有」（場中之有、依場而有、即場即有）的感通之知；而所謂
「踐履性」之知，乃是動態化生、交流參贊之知。〔註82〕中國傳統詩學中之
所以出現「意境」或「境界」理念，當亦與此相關。

三、詩的文字

　　「詩於聲音之外有文字意義，常由文字意義託出一個具體的情境來。因
此詩所表現的情緒是有對象的，具體的，有意義內容的」〔註83〕。這種「文
字意義」是吾人附加上去的，不是文字本身的意義，亦即它是一種「符號」意
義。然而漢字的符號意義又是特別的，它有別於拼音文字，成中英（1935～）
曾指出：

〔註81〕 葉嘉瑩：〈談古典詩歌中興發感動之特質與吟誦之傳統〉，氏著：《迦陵論詩叢
　　　　稿》（北京：北京出版社，2008年4月），頁56～57。
〔註82〕 張再林：《作為身體哲學的中國古代哲學》（北京：中國社會科學出版社，2008
　　　　年6月），頁170～171、178、187。
〔註83〕 朱光潛：《詩論》（台北：正中書局，1962年9月台初版），頁118。

漢語對世界的理解根基於人們對世間萬物的綜觀博覽。我們可以看到，漢字往往刻劃了觀察所得的事物形象或形式。人們甚至可以認爲，漢語始於顓頊氏的「觀察句」。「觀察句」爲共同體所普遍接受，它所開啓的意義理解維度根基於我們的所見所聞所指，以及所見所聞所感相關的所思。公元前一世紀，偉大的字典編纂家許慎所提出的「六書」說就已經雄辯地證明，漢語在源頭處是一種觀察語言。〔註84〕

實際上，中文首先就是一種視覺想像的語言，主要由所有關於世界的感覺──情感的視覺反映構成。中文是視覺現象的語言，通過自然理解和自我修養，它深化爲或提升到心與大腦的語言、本性與原則的語言。〔註85〕

成氏強調漢字在源頭處是一種「觀察」語言，乃以「形」爲主而兼「音」、「義」的「視覺想像」文字體系。這種「觀察」語言（文字）含藏了它與觀察對象再次連繫的管道，這是中國傳統詩學之所以強調「興」與能夠「興」的重要原因之一。

高行健更指出「觀看不只是攝取客觀世界的圖像，還同時和心理的活動有所互動。取景的選擇和注意力的集中也即聚焦所得到的圖像，已經包含了觀者的趣味和審美，而這視覺圖像同時也複印了主觀的感受。」〔註86〕彭鋒則分析了漢字能指與所指間的關聯：

作爲表義文字的漢字同表音文字有一個最大的區別，即漢字的「能指」和「所指」之間有一種自然的意義關聯。也就是說，漢字的「形」與「義」之間是可想像的，通俗地說，是可以「望文生義」的。這就使漢字具備了這樣的一些特徵：1、「能指」與「所指」之間的自然的意義關聯，使字形容易沾染字義甚至可以說生長出字義，從而使字形在某種意義上成了「有意味的形式」。2、「能指」與「所指」之間的自然的意義關聯，使中國人由「形」會「義」的能力非常發

〔註84〕成中英著，劉梁劍譯：〈略論漢語的特質〉，潘德榮、陳望衡主編：《本體與詮釋‧第六輯：美學研究與詮釋》，頁435。

〔註85〕成中英：〈論「觀」的哲學涵義──論作爲方法論和本體論的本體詮釋學的統一〉，《本體詮釋學》第二輯（北京：北京大學出版社，2002年3月），頁37。另參成中英：〈中國傳統哲學中的漢語與思維模式〉，《中國思維偏向》（北京：新華出版社，1991年），頁190～200。

〔註86〕高行健：《談創作》（台北：聯經出版事業，2008年4月），頁94。

達，也就是說，使中國的直覺力和想像力非常發達。3、這種發達的直覺力和想像力勢必要影響到「所指」，使漢字的「所指」具有開放生成的特性，隨著想像的廣度和直覺的深度而展現出不同層次的意味——即所謂「詩無達詁」，不像表音文字那樣，「所指」是抽象的、一成不變的概念。〔註87〕

詩對於文字的運用與普通語言不同，基本上它與語言強調的普遍字面義和邏輯性的敘述方式恰恰相反，它所努力的乃是要跳脫普遍字面義的束縛，透過邏輯與非邏輯的方式賦予深意並創造新意，而漢字的特質正適於這樣的一種操作，它沒有真偽的問題，因此：

> 「願意終止懷疑」是對詩的意象部分應該具有的態度。根據這種態度，意象是真實的，而且根本不存在真偽的區別；詩的意象部分只能間接欣賞而無法直接觀照，因為它是詩人觀察世界的結果。
>
> 對於傳達信息的普通語言來說，充分的區別與對立是必不可少的，而在詩中，單個的語言特徵則被暫時用來構成支配性的對等原則……。〔註88〕

詩的運作方法不同於普通語言，後者必須明確（充分的區別與對立是必不可少的），而詩則打破了普通語言的操作邏輯，建立起自己的模式與規範，這種模式與規範遠較普通語言更有彈性，能有效提供藝術創作之所需。簡政珍從不同的角度觀察，所得結果與此近似：

> 文字意象甚至打破一般對於意象的既定觀念，拒絕被視覺化。……因此，意象不是再現現實，而是反映意識。
>
> 文學的語言是符號，它不只是被動的傳達訊息，它也抗拒被定於一的詮釋。它以繁複的語義來綿延文學的生命。
>
> 訊息溝通中，意符持續向接受者挑戰。意符和意旨中橫互一個無法跨越的鴻溝。符號系統真正的意義不在於系統的建立，而是符號的尋求。〔註89〕

〔註87〕彭鋒：《詩可以興：古代宗教、倫理、哲學與藝術的美學闡釋》（合肥：安徽教育出版社，2002 年 12 月），頁 22～23。

〔註88〕高友工、梅祖麟：《唐詩的魅力——詩語的結構主義批評》（上海：上海古籍出版社，1989 年 11 月），頁 112、113～114。

〔註89〕簡政珍：《語言與文學空間》（台北：漢光文化事業，1989 年 2 月），頁 97、98、140、145。

文學語言以拒絕被定於一的詮釋的方式來成就自身，強調在意符與意旨的連結過程中意義的尋求。此是引領讀者回至賦予符號以意義的原初，因為在原初這裡意識找到了與存在的聯繫，從而確認了人自身的存在。高友工則指：

> 敘述性的藝術無疑會企圖反映現實或真理，傾向於客觀人物在現實世界的活動；而抒情性的藝術有意無意地會轉向自我內心的經驗，這種經驗常集中在自我的瞬間感受，內觀的形象自然是可預期的結果。〔註90〕

敘述性與抒情性藝術的關係類似散文與詩的關係，後者更多地呈顯出自我內心的瞬間感受。或許可以這麼說，散文多以一種由外而內的方式想要說些什麼；而詩則更多是由內而外地想要呈顯些什麼。

基本上，「語言現象實際上是一種活動，而往往是一個大的環境，甚至於一個更大的活動的其中一環。」「而文字可以說是一個固定的對象，根據此對象我們要了解的是它所蘊含的意義，這個意義不再是交流中的一個訊息，而是個人探索追尋中的一個收穫。」〔註91〕文字的意義乃由吾人所附加，因而必須透過個人的探索理解。當個人的理解與他人大抵一致時，彼此的溝通方為可能；若此理解是相當個人化的，那麼在與他人溝通的過程中便會遇到困難，此時普通文字義已然失效，須出之以創造性的方法，詩（藝術）於焉誕生。

漢字是一種表意的文字，而：

> 表意文字既不是純語法的，又不是純邏輯的：它同時是兩者，並且兼有修辭，因為像修辭一樣，它把觀眾帶進了實在之中，加強了意識語言和聯想語言的關係。簡言之，表意文字是一種比喻，是兩件事的統一，而其每一件都保持了它自身的形式，是意識到這種關聯域中你所提 X 的意思即我們所指的 Y。這樣，一個表意文字可以不同於詩歌的純假定性比喻，但比喻在思想上總是要從簡單的「這是指那」的標誌中跳開，這一點也表現於其中。〔註92〕

〔註90〕高友工：《美典：中國文學研究論集》（北京：生活・讀書・新知三聯書店，2008 年 5 月），頁 203。

〔註91〕高友工：《美典：中國文學研究論集》，頁 120～121。

〔註92〕〔加拿大〕諾思羅普・弗萊（Northrop Frye，1912～1991）著，陳慧等譯：《批評的剖析》（南昌：百花文藝出版社，1998 年 11 月），頁 442。

表意文字因其字形的「表意」作用能把觀眾帶入實在之中，能在統一的狀態下保持其各自的形式，而此形式具有某種直接性，能與此間進行本質的聯繫。表意的漢字在某種程度上可以說是一種「詩」的文字，葉嘉瑩曾指出：

> 中國文字最明顯的特色可以說有兩點：其一是單形體，其二是單音節。因為是單形體，所以宜於講對偶；因為是單音節，所以宜於講聲律。〔註93〕

漢字的表意、單形體、單音節與拼音文字具有極大的差異，因而法國漢學家弗朗索瓦‧于連（Francois Jullien, 1951～）也認為：

> 中國的語言外在於龐大的印歐語言體系，這種語言開拓的是書寫的另外一種可能性（表意的而非拼音的）。……在我看來，中國是從外部正視我們的思想——由此使之脫離傳統成見——的理想形象。〔註94〕

脫離西方的什麼傳統成見呢？大抵可以說是邏輯的、形而上學的成見。表意的漢字更適於詩的操作，也更接近「由技而道」的傳統。彭鋒即說：

> 從道具有不可言說的性質來看，道作為技所顯現的藝術精神要比作為形上學的思辨對象更為優越。也就是說，技比言更容易接近道。在這裡我們可以把技理解為廣泛的生活形式，而言則是指對再現（描述）生活的語言形式。〔註95〕

詩明顯地較普通語言更接近「技」，因為它並未從廣泛的生活形式中抽離出來，像普通語言一樣地陷入自我織成的網絡之中而無法自拔，它仍具備了自我拔昇、轉化進而超脫的能力，因而也比語言更具備了「由技而道」的優勢。因此：

> 不論創作或閱讀，詩重點不在敘述故事，而是在捕捉一些經驗。經驗在語言中會留下空隙，語言的空隙會引起不同層次的閱讀。詩本體上是存在於空隙和沉默。詩的存在是因為散文有些狀況難以表達，而散文難以表達的正是繁複語言和經驗中的沉默。〔註96〕

實際的情形是不只未書寫的部份留下空隙、刺激想像，對讀者而言，凡陌生的都留下空隙，都刺激想像，而這正是藝術創造所產生和追求的效果。詩與散文這種互補辯證關係，猶如書法的黑與白，表面上似是矛盾，實際上卻又

〔註93〕葉嘉瑩：〈簡談中國詩體之演進〉，氏著：《迦陵論詩叢稿》，頁4。
〔註94〕〔法〕弗朗索瓦‧于連（Francois Jullien, 1951～）著，杜小真譯：《迂迴與進入》（北京：三聯書店，1998年2月），〈前言〉頁3。
〔註95〕彭鋒：《詩可以興：古代宗教、倫理、哲學與藝術的美學闡釋》，頁243。
〔註96〕簡政珍：《語言與文學空間》，頁56。

緊密相連。詩存在於空隙和沉默造成語意的模糊，導致符號的多義性，使讀者有了更開闊的想像空間。

葉維廉從古典詩的傳釋角度對此有過詳細的敘述：

> 中國古典詩的傳釋活動，很多時候，不是由我，通過說明性的策略，去分解、串連、剖析原是物物關係未定、渾然不分的自然現象，不是通過說明性的指標，引領及控制讀者的觀、感活動，而是設法保持詩人接觸物象、事象時未加概念前物象、事象興現的實際狀況，使讀者能夠，在詩人引退的情況下，重新「印認」詩人初識這些物象、事象的戲劇過程。為了達成這一瞬實際活動狀況的存真，詩人利用了文言特有的「若即若離」、「若定向、定時、定義而猶未定向、定時、定義」的高度的語法靈活性，提供一個開放的領域，使物象、事象作「不涉理路」、「玲瓏透徹」、「如在目前」、近似電影水銀燈的活動與演出，一面直接佔有讀者（觀者），美感關注的主位，一面讓讀者（觀者）移入，去感受這些活動所同時提供的多重暗示與意緒。〔註97〕

詩企圖引領讀者面向創作者所面向和感知的世界，它並不以「說明」的方式，而是引導讀者去體驗，因而必須跳脫普通語言既定的意義和模式，運用各種可能的辦法去達成目標，而漢字恰恰具備了這方面發展的潛能。

詩並非不具備敘述性，而是它的「敘事邏輯的自由度比較大，可以打亂時空，顛倒順序，是一種主體性的邏輯」。〔註98〕這種可以打亂時空的主體性敘述邏輯，實際上是降低敘述的時間性侷限而相對地增強其空間性的結果，也就是說它雖「敘述」，卻採用空間性的操作方法和形式，因而大大地強化了主體敘述的自由度，但也因此而使得其敘述的時間性減弱，其所欲表達的意義因之而變得更為複雜和模糊。

詩所運用的空間性特徵之一是所謂的「意象」，而「意象是概括的，它暗示情感意向和渲染特定的氛圍，它不作細緻刻畫，也不充分展開；而以一種特徵性的情感象徵物喚起讀者的相似情感體驗，從整體上受到浸染，而無意去詳究其細節和所以然。」「意象的概括性還表現為歷史意蘊的接續。有的意象經過若干代人的反覆運用和轉述加工，凝聚了多層次的內涵，可以引起豐富

〔註97〕葉維廉：〈中國古典詩中的一種傳釋活動〉，氏著：《歷史・傳釋與美學》（台北：東大圖書公司，1988年3月），頁86～87。

〔註98〕吳戰壘：《中國詩學》（台北：五南出版社，1993年11月），頁10。

的聯想和歷史性的回味。」〔註99〕詩放棄以普通語言的表述方式而多採比興，透過某種中間物來達到所欲的效能，這是詩之所以爲詩的「詩文字」特性。

四、詩的格律

　　葉嘉瑩認爲詩歌之所以與散文有別，「除去外表的聲律之美外，更在於詩歌特別具有一種感發的質素。詩歌是訴之於人之感情的，而不是訴之於人之知性的。」〔註100〕因於詩歌與散文本質上的差異，其操作方式自亦有不同的發展。蔡瑜亦言：「詩作爲一種文學形式，雖然以語言文字爲媒介，其本質並不在傳達意念，而是創造經驗的外觀。因此，詩之內容無法脫離它的形式來談，實不僅是一語言策略與說話方式的問題，更在於詩之思維方式是基於想像而非邏輯思辨。」〔註101〕內容與形式本是一體兩面的關係，詩自然也不例外。宗白華曾從形與質的角度說：

> 我想詩的內容可分爲兩部分，就是「形」同「質」。詩的定義可以說是：「用一種美的文字——音律的繪畫的文字——表寫人的情緒中的意境。」這能表寫的、適當的文字就是詩的「形」，那所表寫的「意境」，就是詩的「質」。〔註102〕

而卡西爾（Cassirer, E. 1874～1945）說：

> 它（詩）是以形象、聲音、韻律寫成的，而這些形象、聲音、韻律，正如同在劇體詩和戲劇作品中一樣，結合成爲一個可分割的整體。在每一首偉大的抒情詩中我們都能夠發現這種具體的不可分割的統一性。像所有其他的符號形式一樣，藝術並不是對一個現成的即予的實在的複寫。它是導向對事物和人類生活得出客觀見解的途徑之一。它不是對實在的摹仿，而是對實在的發現。〔註103〕

〔註99〕吳戰壘：《中國詩學》，頁28、31。
〔註100〕葉嘉瑩：〈中國古典詩歌中形象與情意之關係例說〉，氏著：《迦陵論詩叢稿》，頁8。
〔註101〕蔡瑜：《唐詩學探索》（台北市：里仁出版社，1998年4月），頁180。
〔註102〕宗白華：〈新詩略談〉，《宗白華全集（第一卷）》（合肥：安徽教育出版社，1994年12月），頁168。原刊《少年中國》第1卷第8期（1920年2月15日）。
〔註103〕〔德〕卡西爾著：甘陽譯：《人論》（上海：上海譯文出版社，2004年6月），頁198。

卡西爾強調形質的統一性，並指出藝術（形）不是對實在的複寫，而是一種發現。「形」並非直接呈顯了藝術直觀的結果，因為藝術直觀無法以除了它自身以外的任何形式呈顯，形式乃引導讀者進入作者藝術直觀的媒介，透過這些形式媒介，使得讀者可能被引進某種相近的直觀情境中，然讀者之所感知，仍須依賴其個人化的解讀，故而其被引入之後的所得可能與作者接近或有別。總之，其間的對應關聯並非是明確而必然的，因為所謂「直觀」具有相當的個別性，而「實在」則無可取代。

基本上，「語言符號連接的不是事物的名稱，而是概念和音響形象。後者不是物質的聲音，純粹物理的東西，而是這聲音的心理印跡，我們的感覺給我們證明的聲音表象。它是屬於感覺的。」〔註104〕語言符號所連結的概念和聲音，可以視為一種心理印跡，因而能以類比的方式呈顯相應的形式，但這僅是類比性的而非直接性的呈顯。

詩在本質上可以說是對「形」的超越，它因此是對作為藝術空間的繪畫的超越。〔註105〕實際上，歷時性的、通感的、移情且發生變化的景物，不能充任繪畫的素材，但它們卻是最具詩性的素材。〔註106〕詩的直觀不只是當下的直觀，更是歷時的直觀。法國學者余蓮曾如是描繪中國語文傳統：

> 中國人所用的美詞彙是通過相連的關係，彼此用反差對照來相互暗示，而不是因為各自屬於不同的領域才產生差異的。它們不是事先有規律的建立的識別類型（這樣的類型必定是抽象的，但是非常便利），而是經常通過它們豐富不絕並且富於暗示能力的平行對仗及互相應和來傳遞含義的；因此傾向使用兩極對立，而不是以概念化，來表現美學現象。〔註107〕

作為一個外國學者，余蓮強調傳統中國詞彙的空間特質，這與西方語文思維的線性時間特性形成明顯的對比。在傳統中國詩歌中，這種特質展現得尤為明顯，顯示了中國詩體的特殊性。

〔註104〕〔瑞士〕費爾迪南・德・索緒爾著；高名凱譯：《普通語言學教程》（北京：商務印書館，1980年11月），頁101。

〔註105〕黃霖主編，羊列榮著：《20世紀中國古代文學研究史・詩歌卷》（上海：東方出版中心，2006年1月），頁239。

〔註106〕蔣寅：〈對王維「詩中有畫」的質疑〉，《文學評論》2000年第4期。

〔註107〕〔法〕余蓮著：卓立譯：《勢：中國的效力觀》（北京：北京大學出版社，2009年6月），頁58。

形式指向視覺，詩與敘述性的普通語言最大的形式差異，是前者具有更大的空間特性，例如「並置」就是其中之一；而後者之時間特性較爲明顯。簡政珍即提及：

> 並置的結果提供了多義性的意符；語意延伸超越任何單方向的解釋。……並置所造成語意的投射使詩更仰賴意象而不落於言詮。〔註108〕

「並置」形成一種獨特的空間關係，這種空間關係將因讀者的介入而活動起來，開始發揮它多面向的功能，大大地擴充了詩的藝術可能性。

除了並置的運用之外，體裁也是重要的形式之一。根據顏崑陽的說法：

> 「文類體裁」所指涉的不是一篇作品形構「殊相」，而是諸多作品「聚同」而成「類」之後的形構「共相」，也就是某一文類由文學社群與傳統逐漸地公約化、成規化的普遍性形構及其對應之功能。分解而言之，「文類體裁」又有「格式性形構」、「程式性形構」與「倫序性形構」三義。它雖然是由文學創作的歷史傳統與社群互動而具體地成形，但類型化之後，則又超越個殊而成爲抽象、普遍的範型。因此，它是後起文學家在創作實踐之前的「規範性話語」，而不是創作實踐之後已完成的個別作品的「評價性話語」。換言之，它只是一種文學創作、批評與社會致用的公約性、中介性文字書寫形構；其價值中立，故無既成的，恆定的「藝術」與「實用」的價值性。〔註109〕

簡言之，文類體裁乃是一種中立性的文字書寫形構，它對後起的作者具有某種規範性，而其本身則具有「藝術」與「實用」的發展潛能。形式之「體」必然具有相對的限制；而形式之「用」則有調節的彈性。

詩是一種文類體裁，古體詩則是次一層級的文類體裁，葉嘉瑩更指出：

> 在這種演變之間（按：指由四言至五言）有一件頗可注意的事，即是以音節句法論，四言及騷體多與散文有相通之處（騷體去其「兮」字則句法頗近於文，四言體兩字一頓亦與散文之四字句頓挫相同），而五言詩之句法及音節則與散文迥異，散文之五字句，其句法多爲

〔註108〕簡政珍：《語言與文學空間》，頁28。
〔註109〕顏崑陽：〈論「文類體裁」的「藝術性向」與「社會性向」及其「雙向成體」的關係〉，左冬嶺主編：《中國古代文藝思想國際學術研討論文集》，頁27。

　　　　上三下二，五言詩之句法則多爲上二下三，是五言詩之成立，實爲
　　　　詩與文分途劃境之始。〔註110〕

葉氏以五言詩的成立爲詩與文分途劃境之始的觀點，頗值重視。她更進一步
指出「詩歌之體式，其既不同於朗讀爲主的散文，也不同於歌唱爲主的詞曲，
而是以吟誦爲主的一種特殊的性質」。〔註111〕

　　就唐代而言，律詩是最具時代代表性的詩體。以下以律詩爲例，說明該
詩體的特質。高友工認爲：

　　　　律詩的第一個限制是把開放式的詩體侷限爲關閉式的詩體……。等
　　　　到四聯定型爲律體正格後，這種侷限就有了新的意義。一個最顯著
　　　　的意義即是給詩人想像活動的領域一個界限和座標。……更重要的
　　　　是在這字的個位與全詩的定位之間，它還有三層的中間位，這是音
　　　　節、句和聯。這三個中間層次正是使每個字位有一個非常具體而明
　　　　顯的空間感。

　　　　因爲整個律詩是奠基於一個象徵的形式空間之上，在這個空間中詩
　　　　人的「意」才能展示。這個空間取代了一般語言交流時的現實狀況，
　　　　成爲用文字表現內心心境的形式架構。〔註112〕

律詩在形式上限縮了它的空間，由於空間的限縮，使得字與字之間的關係變
得密切，從而改變散文式的向前推動，造成一種迴旋返復式的形態。因而高
氏又說：

　　　　這套律詩都不是基於重複，而是基於對照。因此由平仄形成的節奏
　　　　不是像由字數章節形成的節拍只是推動向前，而是一種迴旋反復的
　　　　調式，律詩的句形重複往往是在四句的終結。因此它整個看來實是
　　　　一種圖案。圖案正是空間具體化的結果，與節奏是時間具體化正是
　　　　相反相成。

　　　　如果說平仄相輔的圖案造成一種反復不前的節奏感，那麼對仗的圖
　　　　案更使詩的時間前衝，轉爲空間的平行拓展。〔註113〕

〔註110〕葉嘉瑩：〈簡談中國詩體之演進〉，氏著：《迦陵論詩叢稿》，頁3～4。
〔註111〕葉嘉瑩：〈談古典詩歌中興發感動之特質與吟誦之傳統〉，氏著：《迦陵論詩叢
　　　　稿》，頁43～44。
〔註112〕高友工：《美典：中國文學研究論集》，頁123～124、126。
〔註113〕高友工：《美典：中國文學研究論集》，頁125。

律詩（近體詩）在形式上的限縮，不但改變了原本敘述的、向前的時間性，同時增添了空間的操作功能，當然也帶來了可能的不同效果。可以說，它使得文字的組合跳脫語言的束縛，而朝藝術方向邁進了一大步。吳戰壘也認為：

> 律詩的對句，由於句法、聲律的緊密對應，產生了一種強大的相關引力，它可以省略意象之間有關因果、承續、遞進等邏輯聯繫，而形成一種高度凝練而富有張力的特殊結構，拓寬和深化詩的意蘊。
> 〔註114〕

這是指律詩形式的空間限縮帶來了凝練的結構，深化了詩的意蘊。事實上高友工也指出了：「節奏是在語音上的重複，而對仗是在語意和語音兩層次上重複。然而由一般重複對仗轉變為律對正是在放棄表面重複的原則。」〔註115〕由此，我們可以說律詩是唐代文學高度自覺的產物。

　　總之，詩的本質與語言有密切的連繫，因而它與聲音也有難解難分的關係，由此可以說詩是文字形態的音樂。語言具有某種直接性，而文字的詩卻喪失了這種直接性，但它以聲律來彌補這方面的不足。文字是詩的載體，惟其偏重對字義之操作，而與書法之重字形不同。又詩之「形式」明顯被限縮，此為強化其自身之空間關係及節奏形態使然，由此獲取了更為耐人尋味的意涵而樹立起屬己的體格。

第三節　書法與詩的本質異同

　　與西方傳統藝術的崇尚「寫實」不同，中國傳統藝術明顯地偏向「寫意」，詩歌、書法、繪畫、戲劇……等皆然。中國傳統藝術自有其特色，而其中詩歌與書法亦有其關聯。錢鍾書即曾將書法與詩文加以比類說：「書之楷與草，猶文之駢與散，詩之律與古。二體相較，均前者難作而易工，後者易作而難工爾。」〔註116〕

　　可見詩歌與書法雖屬不同的藝術表現型態，但其相關亦甚明顯，有必要進一步探究和釐清。吾人若觀察詩歌、書法發展史，可知唐代開始體現主體在詩歌和書法兩方面同時具備創作和審美上的藝術自覺，並有意識地將二者融合成為一個完美的藝術整體，又對二者之間的內在聯繫在理論上加以確

〔註114〕吳戰壘：《中國詩學》（台北：五南出版社，1993年11月），頁37。
〔註115〕高友工：《美典：中國文學研究論集》，頁202。
〔註116〕錢鍾書：《管錐篇》（香港：太平圖書，1980年），頁1126。

認。〔註 117〕就詩歌與書法的發展而言，唐代確是一個不容忽視的時代。本節將暫時跳脫唐代的時限，從宏觀的總體面向比較詩歌與書法的本質，以凸顯二者之關聯。

一、「文字」的藝術

文學（詩）與書法都是本於文字而發展出來的藝術，離開了文字，文學、書法就不再是文學、書法了。

「文字」基本上是一種線條組合，普通語言文字因重在一般的傳達功能，它需要普遍性，不能任由個人隨意加以改造，因而缺乏藝術的發展空間；但詩（文學）是一種藝術的表現，透過文字組合的特殊操作，它跳脫了普通語言文字的限制而發展了屬自的創作空間。從此角度言，普通語言文字強調的是穩定與普遍性；詩則強調其藝術的表現，亦即創造性。然而文字組合關係的藝術發展，並不只有文學一途，書法就明顯往文字的視覺形式發展，也累積了豐碩的成果。文學（詩）與書法皆不離文字，卻有不同的發展路徑與方向。

從另一個角度看，文字（特別是漢字）乃圖象和語言的綜合產物。文字本身是一種圖象形式，但又不僅僅是一種圖象形式，它必須和語言結合，方能成就其文字的功能，否則就只能是一種純粹的符號，一種無法以語言讀出的符號。於是，文字的本質是視覺的圖象與聽覺的語言的結合體。某些時候，文字似乎可以獨立於語言之外，但若真是這樣，文字將成為純粹的符號，它不再具有語言的功能，其溝通與理解的方式就絕不是人類目前發展的這種情況。從人類歷史發展的角度觀察，語言可以脫離文字而獨立（歷史上有許多僅有語言而沒有文字的民族），文字卻不可沒有語言的支持。文字和語言是不可分的，只是不同文字之間的偏向不同而已。文字晚於語言出現在人類的歷史上，它是人類圖象能力發展過程中與語言相融合的產物，初期圖象應是單獨發展，到了某一個時期才與語言結合，從而成就了文字的功能。因此，文字的前身應是圖象符號，當它與語言結合而具有文字功能時，就已轉換了原本僅能親自感受而難以言喻的圖象符號本質，變成與語言意義相連結的「文字」了。可見文字意義的賦予，既有來自造字時的創造，亦有來自語言的直接轉換，後者是既有意義的轉移，而前者則是一種新的發展，一種創造。

〔註 117〕張學忠：〈唐代詩人與書法〉，《書法研究》1999 年第 6 期，頁 15～16。

語言本身自有其限制，劉士林即指出：

> 由於語言本身無法接觸到事物的存在，它只能圍繞著作為人的主觀
> 表象而存在的「對象」轉，無法鑽進事物的內部，所以它始終侷限
> 在人的主觀世界範圍之內。〔註118〕

此處的「語言」實包含了「文字」，是廣義的語言。語言無法直接「鑽進事物的內部」，這就是它的「間接性」。語言之所以始終局限在人的主觀世界範圍之內，乃因其操作具有這樣的間接性因素；相對的，視覺的形式卻具有直接的第一性意義。如果從此點出發觀察，則可以說語言是後於形式的。語言自有其直接性，但其第一性的展現不在形式而在作為聽覺的聲音的直接性上。雖說文字不具有直接的特性，但漢字的間接性卻是特別的，杜文涓指出了：

> 漢字的形與義之間是可以想像的，字形表現著字義甚至能生長出字
> 義。由於漢字能指和所指之間意義的自然關聯，使得中國古人「會
> 意」的能力非常發達，即直覺力和想像力十分發達，這種發達的直
> 覺力和想像力影響到「所指」，使漢字的所指可以隨著想像的廣度和
> 直覺的深度而展現出不同層面的意味。〔註119〕

漢字這種「表意」文字具有先天的直覺和想象的優勢，即使文字本身是間接的，但漢字卻具有與「世界」聯繫的本質傾向。

從本質面看，文字不是語言的附屬，它可以是一種獨立的存在，一種與聲音言說平行對等的表達符號形式。〔註120〕相對而言，書法不是文字的附屬，它也可以是一種獨立的存在，一種與繪畫、符號甚至文字平行對等的視覺形式。但詩終究在未離棄語言的情況下成就為一種文學藝術形式；書法也在未離棄文字的情況下成就為一種非常獨特的視覺藝術形式。

王國維〈叔本華之哲學及其教育學說〉曾說：「美術（指文學藝術）之知識，全為直觀之知識，而無概念雜乎其間。」「唯詩歌一道，雖借概念之助，以換取吾人之直觀，然其價值全存於其能直觀與否。詩之所以多用比興，其源全由於此也。」〔註121〕詩意的營造有賴於比興，蓋在強化詩的直觀性，此

〔註118〕劉士林：《澄明美學——非主流之觀察》（鄭州：鄭州大學出版社，2002年1月），頁160。

〔註119〕杜文涓：《感悟之道：中國傳統山水畫心物論》（北京：清華大學出版社，2011年11月），頁62。

〔註120〕周膺：《書法審美哲學》，頁11。

〔註121〕王國維：〈叔本華之哲學及其教育學說〉，謝維揚、房鑫亮主編：《王國維全集》（杭州：浙江教育出版社，2009年12月），第1卷，頁50。

舉雖付出了語言的精確的代價，但也因此而獲得一種相對隱約而整體的藝術內涵，拉近了詩歌與書法藝術特質的距離。

　　高友工認為文字和語言的功能分別是記錄與交流，這是兩個不同層次的活動。一方面文字記錄活動有時與口語交流活動不可或分，但另一方面它卻可以與更大的人際活動劃清界線。他更提到「直到春秋戰國之際文字雖早已相當普及，文化似乎還是圍繞著『言、說』的實際活動而生，而不是如後世所予的印象以『文、辭』為根據。其實這正是兩個傳統並存的時代。」〔註122〕語言與文字自有其發展脈絡，雖然龔鵬程《文化符號學》認為中國文化是以「文字」為中心的表現〔註123〕，但語言仍無可替代地在此間存在、發展，並一直普遍地佔有重要的地位。語言和文字可以被視為兩個不同的層次或範疇，卻也有其相融的部分。高氏曾將音樂、美術和語言、文字加以對比，他說：

> 美術作為視覺藝術，和音樂作為聽覺藝術，都有他們自身不同的形式，而這種形式自亦有一種形式的意義。這是較為模稜，難以言傳的意義，而語言也分別地以其聲音或文字的結構表現出這類的形式意義。無論是內容意義或是形式意義都又可以歸納為視覺意象和動感意象這兩種基型。〔註124〕

這是以視覺意象和動感意象來劃分音樂和美術、語言和文字。當然這種劃分只是一種操作上的方便，而非絕對性的表述，人們通常以空間性和時間性來劃分。此處高氏之所以用「動感意象」一詞，蓋在其認為語言文字兼具有時間和空間性。無論何種劃分法，總是有闕漏之處，總是一種方便，但是由此卻也指出語言和文字在本質上確有不同，一如文字和書法在本質上也有其差異一般。在本論文中，將文字和書法均納入「文字的藝術」，表示視覺圖象的文字為二者不可或棄的立基，而又分別走向不同的發展之路，這當然與其本質緊密連繫。從上引文中還可以發現書法與語言、文字的相關，因為書法藝術既重視覺意象，同時也強調動感意象，它不但兼具二者，而且都是不可或缺的。書法可說是介乎音樂和繪畫、語言和文字之間的一種文化和藝術。

　　此外，也可以從空間的角度來觀察詩的構成。高友工指出：

〔註122〕高友工：《美典：中國文學研究論集》，頁 187～188。
〔註123〕龔鵬程：《文化符號學》（臺北：臺灣學生書局，1992 年 8 月），第二卷，頁 131～306。
〔註124〕高友工：《美典：中國文學研究論集》，頁 190。

> 字與字組正像抽象系統的圖解；它們之間的字意和句構交織成各關
> 節之間的脈絡。積極地，它更象徵了心理活動的動力和方向。這一
> 方面是在書法藝術得到全面的體現，和詩律關係不大。值得一提的
> 是在魏、晉時書法藝術的風靡一時，當然更肯定了書法的地位，更
> 有助於詩人對文字在心理上獨立空間的潛意識的認識。所以我認爲
> 律詩的形式正代表一種文字形成的空間架構……。〔註 125〕

高氏本意在談詩律的文字空間架構，卻指出了書法的形式更能體現心理活動
的動力和方向，對二者在空間形式上給予了有效的比較。

關於文字、書法與繪畫的分流，吾人若從原初的劃道道出發往視覺方面
思考，當可得到如下所示的發展路徑：

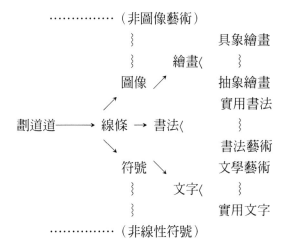

以上乃以文字、書法和繪畫藝術之間的關係及區別構築而成的簡表，難免有
所疏漏，當然也不是絕對的。例如文字藝術中所蘊含的聲音元素就沒有被納
入考慮；又如圖象、實物、動作等也可以是一種符號。又若從語圖一體的原
始岩畫觀察，則岩畫發展爲文字與繪畫，前者再發展爲文學與書法；後者再
發展爲抽象與具象繪畫。然而這亦有疏漏之處，即岩畫創作中與身體的關係，
以及其作爲儀式的相關活動與意義等，仍未能納入。〔註 126〕

〔註 125〕高友工：《美典：中國文學研究論集》，頁 204。

〔註 126〕李彥鋒將原始岩畫的發展分爲具象性繪畫、抽象符號性的文字和半抽象化的
　　　　　裝飾性圖案，基本上僅是從視覺角度觀察，而忽略了聲音以及身體方面的觀
　　　　　察。參見李彥鋒：〈中國美術史中的語圖關係〉，包兆會主編：《中國美學（第
　　　　　一輯）》（上海：上海古籍出版社，2010 年 7 月），頁 24～43。

　　書法、繪畫與聲音的關係不如文學與聲音來得密切，而文學與聲音的關係乃是語言與聲音的另一發展。拼音文字從聲音出發，與語言關係極爲密切；但即使是「表意」的中文，也無法和語言切割。人類歷史的發展，在很早的原始時期，即發現有線條或塊面的圖象（例如原始岩畫），顯見視覺的圖象和聽覺的聲音，都是人類求生存的天賦能力，隨著發展的進程更互有關聯。〔註 127〕早期人類對圖象和聲音的發展乃以生存爲核心，因而不應忽視它與身體的關係。中國早期詩、樂、舞和祭典一體不分的情形，正說明了此間的緊密聯結。葉秀山曾指：

> 「話」與「劃」（畫）在漢語同音，「說」就是「劃道道」，刻痕跡，
> 因此，「道」又與「軌跡」「紋路」相通。海德格爾說，「話」不是抽
> 象的「精神」、「思想」，而是在萬物中留下（刻出）「存在」的「痕
> 跡」，使事物本身「明朗化」。〔註 128〕

賦予聲音與圖像以意義，並且將二者予以聯繫，似乎是人類本能的自然作爲，無疑的，這大大提升了人的能力，有效保障了人在此間的生存。

　　文字的組合、書寫是一種能夠跳脫原有僵化語言意義的創造性活動，它具備了成爲藝術的必要條件——創造的可能性。然而，語言雖不足以指示一切事物或表述一切意義，但語言另外還具有一種轉換、自行顛覆、自行解潰的特質，〔註 129〕而這正是一種藝術化的特質。

二、「身體感知」與「符號意義」

　　詩與書法的差異或許應該從其媒介談起，畢竟形式與內質具有不可分離的關係，我們可以將前者歸屬於語言文字藝術，將後者歸屬於視覺形式藝術，然而「藝術形象獨立於語言。形象超越觀念，而觀念總是某種抽象，也因爲語言的基礎是詞，詞本身便是抽象的概念。」〔註 130〕這或許是詩與書法的最大差異所在了。

　　宗白華曾說：「中國人這枝筆，開始於一畫，界破了虛空，留下了筆跡，

〔註 127〕如李彥鋒即認爲「原始岩畫是語圖一體形態的主要代表」，參見李彥鋒：〈中國美術史中的語圖關係〉，包兆會主編：《中國美學（第一輯）》，頁 28。
〔註 128〕葉秀山：《思・史・詩：現象學和存在哲學研究》，頁 162。
〔註 129〕彭雅玲：《唐代詩僧的創作論研究——詩歌與佛教的綜合分析》，頁 179。
〔註 130〕高行健：《談創作》，頁 90。

既流出人心之美,也流出萬象之美。」〔註131〕這說明書法是人與天(萬象)互動的結果,它透過筆跡顯明了人的存在並參贊天道,使人與天有了聯繫,並使向天人合一的理想邁進成為可能。這樣的一種精神內質,絕不僅存於書法之中,蓋書法乃書寫文字(漢字)的活動,其對象本身所具有的符號意義不可能不對書寫產生影響,更何況一個民族的思想文化底蘊基本上具有普泛性,遍及於相關的領域,因而這種透過筆而呈顯人的意義的作為,在一定程度上也存在於詩的創作之中。也許可以說,凡藝術之創作,均是吾人本於主體自覺而參贊此間的積極作為,它具有一種向上的力量,朝著人類的理想而進。

　　語言(包括詩)通過身體(發聲)與情感取得聯繫;同樣地,書法亦通過身體(揮寫)與情感取得聯繫。與吾人內在節奏相契合的,不只有聽覺上的音樂、語言,也有視覺上的書法,甚至繪畫,只是其直接或間接性的程度有別而已。然而透過文字表現的詩,並不只有聽覺的部分(聲音),它也有視覺的部分,但「詩人的形象是以語言說出的形象,而不是我們眼睛看見的形象。」〔註132〕而錢鍾書也說:「《易》之擬象不即,指示意義之符也;《詩》之比喻不離,體示意義之跡也。」〔註133〕詩實際是透過視覺與聽覺的作用更聯繫上「體覺」,從而引導出更本源性的感覺。因此,朱光潛才會說:

> 領悟文字的聲音節奏,是一件極有趣的事。普通人以為這要耳朵靈敏,因為聲音要用耳朵聽才生感覺。就我個人的經驗來說,耳朵固然要緊,但是還不如周身筋肉。我讀音調鏗鏘,節奏流暢的文章,周身筋肉彷彿作同樣有節奏的運動;緊張或是舒緩,都產生出極愉快的感覺。〔註134〕

朱光潛將被動地聽轉移到主動地讀,將本屬於耳朵的聽覺與身體的體覺加以連結,從而更具有審美的直接特性。詩歌的文字和聲音使其具備了韻律性和隱喻性,「詩歌的韻律突出了語言的能指,使語言的能指不立即過渡為所指而自身具有玩味價值」〔註135〕,聲音的韻律自有其價值,但它必依附於語言之

〔註131〕宗白華:〈中國書法裡的美學思想〉,氏著:《宗白華全集(第三卷)》(合肥:安徽教育出版社,1994年12月),頁409。

〔註132〕〔法〕加斯東・巴拉什著,劉自強譯:《夢想的詩學》(北京:三聯書店,1996年),頁145。

〔註133〕錢鍾書:《管錐編(一)》(北京:中華書局,1979年),頁12。

〔註134〕朱光潛:〈散文的聲音節奏〉,《文藝雜談》(合肥:安徽人民出版社,1981年),頁82。

〔註135〕彭鋒:《詩可以興:古代宗教、倫理、哲學與藝術的美學闡釋》,頁305。

上，特別是詩之上。爲何如此？黑格爾引歌德之言曰：「古人的最高原則是意蘊，而成功的藝術處理的最高成就就是美。」他並加以解釋道：

> 遇到一件藝術作品，我們首先見到的是它直接呈現給我們的東西，然後再追究它的意蘊或內容。前一個因素——即外在的因素——對於我們之所以有價值，並非由於它所直接呈現的；我們假定它裡面還有一種內在的東西，即一種意蘊。那外在形狀的用處就在指引到這意蘊。因爲一種可以指引到某一意蘊的現象並不只是代表它自己，不只是代表那外在形狀，而是代表另一種東西。就像符號那樣，或者說得更清楚一點，就像寓言那樣，其中所含的教訓就是意蘊。文字也是如此，每個字都指引到一種意蘊，並不因它自身而有價值。〔註 136〕

黑格爾強調那外在形狀之外的「內在」的東西——意蘊，這是基於文字的符號功能而有的一種文學現象。然而「外在」形狀本身卻自有其意義，只是這種外在形狀本身的意義並不爲文學藝術所重，書法則強調了此一部分並予以發揮，而這種「外在」形式本身實際具備了第一性（直接性），它具有不須透過思維而直接獲得感受及某種不可言喻的理解，相對於基於思維運作的第二性（間接性）的語言文字有所不同。這正是書法與詩的根本差異所在。

魯道夫·阿恩海姆《藝術與視知覺》曾指出：

> 表現性乃是知覺式樣本身的一種固有性質。……一棵垂柳之所以看上去是悲哀的，並不是因爲它看上去像一個悲哀的人，而是因爲垂柳枝條的形狀、方向和柔軟性本身就傳遞了一種被動下垂的的表現性；那種將垂柳的結構與一個悲哀的人或悲哀的心理結構所進行的比較，卻是在知覺到垂柳的表現性之後才進行的事情。一根神廟中的立柱，之所以看上去挺拔向上，似乎是承擔著屋頂的壓力，並不在於觀看者設身處地地站在了立柱的位置上，而是因爲那精心設計出來的立柱的位置、比例和形狀中就已經包含了這種表現性。〔註 137〕

〔註 136〕〔德〕黑格爾著；朱孟實譯：《美學（一）》（台北：里仁書局，1981 年 5 月），頁 25～26。

〔註 137〕〔美〕魯道夫·阿恩海姆著，滕守堯、朱疆源譯：《藝術與視知覺》，頁 619～620。

因此，人們逐漸將形式概念擴展爲與內容相融合的概念，視其爲藝術本體；將形式研究從對文本語言的細節式解讀擴展爲對作品形式美的整體式探尋。〔註138〕

　　爲了避免對「外在」形式的視而不見，蘇珊‧朗格（Susanne K. Langer, 1895～1982）特別指出了：

> 一件藝術品就是一個表現性形式，也就是一種符號，但它並不是那種超出了自身的、而且使人的思想轉向被表示的概念上去的符號。〔註139〕

> 詞本身僅僅是一個工具，它的意義存在於它自身之外的地方，一但我們掌握了它的內涵……我們便不需要這個詞了。然而，一件藝術品便不相同了……我們看到的或直接從中把握的是滲透著情感的表象，而不是標示情感的記號……藝術符號的情緒內容不是標示出來的，而是接合或呈現出來的。〔註140〕

簡言之，蘇珊‧朗格強調藝術品的非符號意義，亦即強調藝術之所以爲藝術的本體義。周膺在《書法審美哲學》中也說明了「象」（外在形式）的性質：

> 「象」標誌著主體在特定的認知情境中對客體和環境的整合關係進行直觀體悟。同時，「象」也是無限性和超越性的具體性關係的集合。象作爲表徵「意」的荃蹄、工具、手段，始終是隨機的不確定的東西。〔註141〕

周氏說明「象」「意」之間的聯結（亦即符號意義的賦予），始終是隨機不確定的。因而，藝術不能只是「理解」，它更需要「體驗」、「感知」，而後者的個人性相當明顯，且經常是難以言喻的。找回那最原初的感動方式，才能跳脫劃地自限的圈圈，也才可能眞正找到一條回家的路。藝術是指引人們回家的路。

〔註138〕俞敏華：〈藝術「形式」及其「形式研究」內涵新探——兼及新時期以來的研究綜述〉，《文藝理論研究》2010年第3期，頁17～22。
〔註139〕〔美〕蘇珊‧朗格著；騰守堯等譯：《藝術問題》（北京：中國社會科學出版社，1983年6月），頁55。
〔註140〕〔美〕蘇珊‧朗格著；騰守堯等譯：《藝術問題》，頁128～129。
〔註141〕周膺：《書法審美哲學》，頁188。

　　書法的感知模式基本上是直接的，但是詩呢？詩雖說以文字的意義爲主要的表達媒介，惟其仍企圖向文字意義以外的領域傾斜，故而有「味外之味」、「象外之象」之說。法國學者余蓮認爲：

> 中國人認爲呈現文章體勢的形式，一如書法，是一種特殊的表現形式，並且會自然而然地產生作用。這意味著，我們習慣以「形式」來翻譯中國文學評論的那個概念，事實上並不與「內容」相對，它是現實化的過程所造成的結果；勢正是象徵每一次現實化的特殊可能性。中國人認爲文章的寫作是一種正在形成的過程，處於可見之境與不可見之境之間。這個進程發自作者的情感和精神狀態，最後產生一種特殊表達方式；它也指從文章字句具體含有的力量到讀者無窮盡的種種可能的閱讀反應之間的過程。〔註142〕

余蓮指出中國傳統文章的形式與內容的相關性，強調其中的時間性訊息，這與書法的現象十分接近。不過，此處所論畢竟指的是「文章」，就詩而論，在空間上受到一定的限制，借此換取時間上的迴旋反覆的可能。然而，詩中還是有這種「勢」，且其與書法的「勢」似乎更爲相近。一般說來，散文的勢較接近行草書這種強調連續的書體（形式上偏重時間性）；詩的勢較接近篆、隸、楷書等字字分離的組合形態（形式上偏重空間性，時間性相對隱晦）。

　　余蓮更進一步說明了詩中因「直觀」所帶來的「勢」：

> 這種直觀絕對是碩果累累的，因爲它超越一切內容實質與外在形式的對立（該對立是抽象而徒勞的分別），統一具體地解釋詩的生成。這種直觀也如勢，詩句因勢上下有機地連貫著，以致於每一個新發展都能重新激起詩的活力，並且在更新的過程之中，所有的組成要素都實際參與了詩的轉化。〔註143〕

詩之所以能有這種直觀，乃是以限制空間性換取的，透過詩的格律達到某種形式的直觀效果。當然這種形式與書法不同，但其「直觀」性確比散文更爲直接。「勢」，其實是將對象視爲活生生的生命整體才有的結果。姜耕玉曾指出直覺經驗的藝術辯證法思維的五個特點：經驗的審美性、直覺的深刻性、思維的逆向性、把握的混整性、描述的意會性。〔註144〕書法的直接性十分顯

〔註142〕〔法〕余蓮著：卓立譯：《勢：中國的效力觀》，頁68。

〔註143〕〔法〕余蓮著：卓立譯：《勢：中國的效力觀》，頁118。

〔註144〕姜耕玉：《藝術辯證法：中國智慧形式》（北京：高等教育出版社，2012年3月），頁10～16。

著，因而可以說完全符合姜氏所言的五個特點；而詩雖不若書法之具有明顯的直接性，但仍向此傾斜，藉以營造「詩境」。

或許加拿大學者諾思羅普‧弗萊（Northrop Frye，1912～1991）的說明可以使我們更明白詩的時空特質：

> 個人的思想和觀念領域與視覺有一種相應的緊密關係。幾乎我們所有的關於思想的表達，自希臘字「思維」（theoria）起，都與各種視覺隱域相聯。進一步講，藝術作為一個整體，似乎處於事件和觀念的中心地位，而且就各種藝術來講，文學似乎在一定程度上也處於中心位置。文學訴諸聽覺，因此帶有音樂的性質，但音樂是一種更集中的聽覺的和時間上富於想像的藝術。文學訴諸心靈的眼睛，因此帶有造型藝術的特色；但造型藝術，尤其是繪畫，更多地集中在視覺和空間世界上。〔註145〕

吾人思想、觀念來源於「置身其中」的仰觀俯察及親身的體驗，基於天賦而有人為，其中最根本也運用得最多的非視覺和聽覺莫屬。詩和書法都屬於視覺類，但卻又涵融了時間性，當然二者的時間性嚴格說來不是直接的，就創作者而言，大底透過「身體」的本能而取得聯繫，然而更多的則是讀者的時間性解讀。就前者言，書法的身體直接性明顯較詩要高多了，這是二者本質規定性的必然結果。

身體是吾人最具體的存在，「親自勞動更多地意味著人對自己的本質力量的直接佔有，並使自己擁有那份對真實世界『不隔』的親切感。」〔註146〕凡直接的，必然與身體有關。因為身體乃一生命有機體，於是童慶炳認為「與生命這一有機整體性的特徵相對應，文學結構的第一原理是有機的統一原理；第二原理是主題原理；第三原理是節奏原理。」〔註147〕與文學相較，書法似乎是當下的、可以缺乏主題的、富有節奏的，此乃因為「主題」是一種概念性的理念，然而詩則可能是文學藝術中最缺乏主題性的文類。

〔註145〕〔加拿大〕諾思羅普‧弗萊（Northrop Frye，1912～1991）著，陳慧等譯：《批評的剖析》，頁304。

〔註146〕劉紹瑾：《復古與復元古：中國復古文學理論的美學探源》（北京：中國社會科學出版社，2001年1月），頁179。

〔註147〕童慶炳：《文學審美論的自覺──文學特徵問題新探索》（北京：北京師範大學出版社2011年1月），頁255～267。

高友工對於詩與書法的差別曾有相關的論述，他說：

　　文學是可以完全在運思的階段完成，最後的外現階段誠然是必不可少的，但是其外現的方式（或口述，或筆錄；而筆錄時或草書，或楷書）是無關宏旨的；相反的，我們都知道書法家也必須先有其內思，才能迅速地完成他的創作，但這一階段的準備全借最後體現於筆跡來決定。所以文字在文學和書法中分別重點是放在兩個不同的階段。於是雖同為文字，在文學中它內涵的意義是內思階段的素材，而在書法中它外形的意義則是外現階段的素材。〔註148〕

　　我們知道律詩的創作是集中在心構的階段，而書法的創作則著眼於物化的階段。這並不是說二者都可以只有一個階段就能完成創作。只是說詩的外觀和書法的內思都只是輔助的階段。詩在理論上是可以在詩人心中完全不借外現完成的。而使詩保留和傳播的方式可以借口傳，也可以借文字，文字的傳播又可以有各種手書，甚至印刷，都於詩之好壞沒有影響，相反的，書法憑藉這個物化來表現，故一點一劃都可以決定其結果之成敗。〔註149〕

此段主要指出書法的當下性與詩的非當下性。雖然前人論書常提到「意在筆前」，但最終還是由書寫的當下決定了作品的結果；相對而言，詩則是可以在寫出之前就先預擬好的，這就表示了詩的間接性。詩是可以「改」的，書法則不行，它只能另起爐灶。詩的這種可以修改的特性，在重格律的近體詩中顯得特別明顯，這是因為近體詩透過格律限縮了空間，使得敘述性的時間轉化為往復迴旋式的時間，於是一首近體詩的完成須經多次的斟酌與修改，此乃係近體詩犧牲部份的敘述性而強化了文字與文字間的空間關係使然。

　　高氏進一步說：

　　詩人所運用的材料可以說是「意」，書家的整個活動是基於「氣」。前者是歸結於文字的抽象結構，可以運籌於心，後者全寄託於文字的具象流轉，全憑手的運筆。故而詩中的佈局、位置以至對應的形構都可以在想像中完成，書中的變化、收放以及運轉節奏都需要具體的實現。〔註150〕

〔註148〕高友工：《美典：中國文學研究論集》，頁122。
〔註149〕高友工：《美典：中國文學研究論集》，頁133。
〔註150〕高友工：《美典：中國文學研究論集》，頁133～134。

「意」是「心」意,「氣」則是「體」氣,雖然二者可以有某種聯繫,但基本上確也有不小的差別。葉維廉則指出了詩如何得其「氣勢」:

> 文字的作用像啞劇的擬態者,為了重現一件無形事物的活動,必須強調某些姿式和某些瞬間,使其顯現出原來支持該項活動的「氣之運行」。要體現某一瞬間的「氣韻」,語言必須按著該瞬間原來打動觀者的方式活動。即蘇東坡所謂「隨物賦形」。……我們談到書法的藝術,一筆過去,中間雖然飛白,我們知道氣曾通過;每一鉤一轉,形狀都可以用水流遇石成漩來說明其氣勢。詩中的文字,隨著經驗觸及我們的氣勢與姿式或我們與物接觸時所感到的層次的變化,一步一步的組合和演出,可以得「氣勢」而忘「文字」。〔註151〕

總之,詩的本質傾向「意象思維」,書法的本質傾向「身體感知」; 前者間接(第二性),而後者直接(第一性)。

此外,近體詩之重聲律,乃有意將「音」納入詩中並特重其節奏,此與書法之保有文「義」相類,但亦有不同之處。前者可謂語言於詩的轉化,顯示了某種自覺的主動性,將聲音視為操作對象之一;後者則是文字符號義隨著文字的使用自然地在書法的留存,基本上是不得不然的結果,書家未必將其視為創作的操作對象。對此問題,金開誠認為:

> 文學藝術給書法藝術提供的好處有三項:(一)給書法創作者以思想的、藝術的滋養,提高其文化知識的水平和審美的情趣與能力。(二)為書法創作提供極其豐富多彩的藝術形象,使書法家得到啓示,吸取形象,並巧妙地融入書法創作(張旭觀公孫大娘舞劍器而有悟於書法,便是最好的一例)。(三)大量的詩詞作品與警語格言往往與書法藝術互為載體,從而在審美感染中相互生發,在藝術上相得益彰,起到 $1+1>2$ 的神奇作用。〔註152〕

金氏的說法大抵不具特殊性,它其實可以應用於許多不同的藝術類別。詩與書法當然可以是彼此影響的,未必是單向的關係。

〔註151〕葉維廉:《比較詩學》,頁 214。

〔註152〕金開誠:《書法藝術論集》(《北京大學文化書法研究叢書》)(北京:北京大學出版社,2008 年 4 月),頁 73。

三、時空特性

　　語言意義的賦予來自個人的經驗和學習，而語言文字的組合又能進一步刺激這種個人的經驗，從而發展出新的意義，其中之關鍵正在其「過程」，伽達默爾稱之為「效果歷史因素」：

> 歷史流傳物只有在我們考慮到它由於事物的繼續發展而得到進一步基本規定時才能被理解……。通過在理解中新的強調，本文被帶進某個真正進程之中，這正如事件通過其繼續發展被帶入真正進程中一樣。這正是我們所說的詮釋學經驗裡的效果歷史因素。……即對於同一部作品，其意義的充滿正是在理解的變遷之中得以表現，正如對於同一個歷史事件，其意義是在發展過程中繼續得以規定一樣。〔註153〕

這種效果歷史是一種累積性的因素，它以個別經驗為基礎，透過互動交流達到整體的效能，在整個過程中不斷地累積經驗和成果，形成一種「活」歷史。中國傳統向來重視這種「活」歷史，甚至可以說中國傳統文化正是以動態、有機、整體、互動交流、生生不息為其特色。書法如是，詩亦如是。

　　過程是一種時間形態，對過程的重視表示對時間性的重視，而時間具有動態的本質，它隨時處在變動之中，而變動的累積形態可以視為是某種節奏，因此也可以說「過程」顯示了「節奏」或「節奏」呈顯了「過程」。

　　普通語言的聲音基本上是一種時間的、動態的過程，但視覺形式的文字組合（包括文學、書法）則是空間的、靜態的，靜態的視覺形式之所以能夠涵納時間，主要是因為人的參贊，讀者的參與使得作品「復活」了，於是作品具有如生命一般的活力，不再是靜態的死物了。雖然萊辛在《拉奧孔》中說：「繪畫只能滿足於在空間中並列的動作或是單純的物體，這些物體可以用姿勢去暗示某一種動作。詩卻不然……。」〔註154〕但中國書畫卻刻意將過程納入其中，使讀者感受到的不只是凝定的一瞬間。即便如是，視覺的圖象形式基本上仍是凝定的瞬間，而不是動態的時間。

　　宗白華曾指出：「中國的樂教失傳，詩人不能弦歌，乃將心靈的情韻表現

〔註153〕〔德〕伽達默爾（Gadamer H. G.）著，洪漢鼎譯：《真理與方法》（上海：上海譯文出版社，2004年7月），頁484～485。

〔註154〕〔德〕萊辛（1729～1781）著；朱光潛譯：《詩與畫的界限（又名「拉奧孔」）》（台北：蒲公英出版社，1986年），頁82。

於書法、畫法。書法尤爲代替音樂的抽象藝術。」〔註155〕實際上,書法當然無法取代音樂,但爲何宗白華會認爲書法尤爲代替音樂的抽象藝術?此蓋因書法涵藏了許多與音樂十分相近的性質,其中最主要的就是它線性形式的時間特徵。就各種書體而言,這種線性形式的時間特徵主要表現在行草書中(非謂篆、隸、楷書無時間性,它只是相對隱微)。

書法所呈現的是否爲「抽象」尚有爭議,但它絕不是具象卻是可以肯認的。「抽象」一詞容易受到現代抽象繪畫認知的影響而模糊了所指,也許可以說,書法既非具象也非抽象,它就是以線條組成的文字形式爲表現的媒介。書法雖未拋棄文義,但也不刻意強調,甚至可以忽略文義而僅關注形式。這樣的一種形式表現勢必無法像普通語言文字那樣得到精確的相映式理解而必然具有模糊性。金開誠即認爲:

> 書法藝術的表情達意是有模糊性的,它不可能像詩歌、散文那樣清晰。它的情況有點像音樂,懂音樂的人可以感知樂曲所表現的情意,但畢竟有模糊性,所以個人的感受與解釋也往往有一定的差別。書法的表情達意也是如此,而且比音樂還要模糊。〔註156〕

書法的模糊性是否比音樂還要模糊,實際上不易比較,但二者在解讀上的確有很大的個人性和模糊性;相對的,詩也有個人性和模糊性,但詩畢竟須透過文意理解來呈顯其內容,故其模糊性相對書法而言明顯有別。書法這種「以時間爲主導,在時間的推移中同時創造三維空間幻象的方法有它的局限性:它只能在一定的尺度內運用」。〔註157〕若從此角度觀察,則可以說書法是「文字」的藝術,而詩是「語言」的藝術。

回到詩與書法的關係。律詩和草書可以說是中國文字藝術發展的雙峰,高友工認爲:

> 律詩將時間性的節奏轉化爲空間性的圖案,把時間性的語言所代表的現實世界提升爲空間性的文字所象徵的形象世界。而書法卻創造了一種空間性的節奏,象徵了一個動感世界。〔註158〕

〔註155〕宗白華:〈論中西畫法的淵源與基礎〉,《宗白華全集(第二卷)》(合肥:安徽教育出版社 1994 年 12 月),頁 101~102。
〔註156〕金開誠:《書法藝術論集》(《北京大學文化書法研究叢書》),頁 29。
〔註157〕邱振中:〈在第三維與第四維之間〉,見邱振中主編:《書法與繪畫的相關性》(北京:中國人民大學出版社,2011 年 1 月),頁 13。
〔註158〕高友工:《美典:中國文學研究論集》,頁 206。

一個（律詩）是由時間向空間拓展其藝術領地；另一個（書法）則是由空間向時間發展其藝術。二者本質不同，但其發展卻使彼此關係更加接近，從而強化了彼此的影響力度。

只要論及時空問題便會涉及「當下性」，詩與書法的「當下性」皆頗值得探討。周策縱曾以「當下」這個觀念，作為評論中國詩詞的一個首要標準。〔註159〕以「當下」論詩「並不限於詩歌只描述當下的情景，其要義乃在描述一切題材與時間狀態時，最好都要求做到當下直接出之，當下直接得之」。〔註160〕周氏且認為：

> 詩原與射有關係……這可見中國「詩」字的原始意義實本於迅速的運動和有目標的指向這兩個觀念。而這兩點也正是時間的特質，即流動（flowing）與指向（direction）。這與古代希臘「詩」字取義自「造作」（tomake），便有很大的不同。〔註161〕

周氏沒有指出的是「射」與身體的在場及其相關性，這牽涉空間及身體哲學。此外，古代希臘「詩」取義自「造作」，其義與古代中國的「技」、「藝」相當接近，而「射」也是「技」、「藝」，就此而論，二者則有相通之處。

強調身體的在場有可能是後來詩學重視「觸物以起情」的內在原因之一。書法通常經過長期的臨摹，練就相當的功力，詩又何嘗不然？乍看之下書法與詩的要求「觸物以起情」似有距離，但它亦講究當下心境的真實呈顯，雖未強調「觸物以起情」（草書較具有這類傾向），實際上在作者運筆的當下（實質的「觸物」）即隨時反應，可謂即觸即起，觸起合一。

嚴格說來，時空本不可分，「我們看時間本來都是把它空間化了」。〔註162〕當我們在談論時間時，實際隱藏了空間因素；當我們在談論空間時，其實亦

〔註159〕周策縱：〈詩詞的「當下」美——論中國詩歌的抒情主流和自然境界〉，中國古典文學研究會主編：《古典文學‧第七集——中國古典文學第一屆國際會議論文專集》（台北：台灣學生書局，1985年8月），頁683。

〔註160〕周策縱：〈詩詞的「當下」美——論中國詩歌的抒情主流和自然境界〉，中國古典文學研究會主編：《古典文學‧第七集——中國古典文學第一屆國際會議論文專集》，頁719。

〔註161〕周策縱：〈詩詞的「當下」美——論中國詩歌的抒情主流和自然境界〉，中國古典文學研究會主編：《古典文學‧第七集——中國古典文學第一屆國際會議論文專集》，頁704～705。

〔註162〕周策縱：〈詩詞的「當下」美——論中國詩歌的抒情主流和自然境界〉，中國古典文學研究會主編：《古典文學‧第七集——中國古典文學第一屆國際會議論文專集》，頁722。

隱藏了時間因素。因此，中國古代文學中五方、四季、五聲等觀念之間以及與它們相關的詞彙之間都存在某種對應關係，李瑞卿認為：

> 在這種對應關係中，時間、空間、色彩、五聲、五行等一起形成一個可以互相解釋、彼此映射的體系。於是，物理概念也保留了神話與倫理性質，情感也沒有失去具體對應物。〔註163〕

簡言之，「時」、「位」是緊密連結在一起的。於是：

> 這些方位不只是表達某種情調，而是有著深厚的歷史寄託，也即是說，它們同時又是有厚度，有時間性的，就在這情感與空間、歷史的交錯中形成其獨特的審美性時空。……更普遍的情況是，方位與方位之間的呼應和對偶，使線性的時間和情感有了肌理與層次，於空間化的漩渦裡呈現出色彩鮮明、具體而微的秩序美。〔註164〕

當然，這不是說詩與書法的時空性質只是「時」、「位」的關係而已。二者都是從傳統思維裡發展出來的，自然也都具備了這樣的一種時空理念和元素，但因本質上的差異而各有傾向和表現罷了。

　　總之，書法與詩都是「文字」的藝術，只是發展方向不同，因而各有所成；若從直接與否的角度觀察，則詩依賴「符號意義」而具間接性，書法則主要訴諸「身體感知」而具直接性，這分別造就其創作與審美的特質；此外二者雖均兼具時空特質，但因於各別本質的規定性而形成一定的差異。書法與詩在本質上既有相同亦有相異之處，此實因於本質媒介及發展方向的異同。

〔註163〕李瑞卿：《中國古代文論修辭觀》（北京：中國傳媒大學出版社，2007 年 10月），頁 13。

〔註164〕李瑞卿：《中國古代文論修辭觀》，頁 26。

第三章 唐以前的書論與詩論

　　歷史既是連續綿延的發展過程，總是有其時空和人為的因素牽連其間。在探討唐代書、詩理論之前，有必要就唐以前的情況作一簡要的描述和說明，以便大略掌握其來龍去脈。特別是書論的部分，一般認為唐以前的文本，或有偽作及晚出者參雜其間，須藉此機會加以釐清，以避免混淆和不必要的困擾。〔註1〕

第一節　唐以前的書論——由「形」「勢」而「意」的發展

　　秦代完成了文字的統一，也蘊釀新書體的產生。漢代對古籍的重新編撰與疏解，則強化了對統一文字的使用，同時促使隸書體的成熟和草藁書的發展，書法藝術之自覺，正是在此大轉變的時代蘊釀、產生。秦以前無所謂「書學」，此期藝術自覺意識尚未興起，書法與文字仍為一體。到了漢代，出現許慎（約58～147）《說文解字》與崔瑗（78～143）〈草書勢〉，二者可以視為「字學」和「書學」在此時開始分流的代表。

　　中國之書論或許得從揚雄（前53～18）談起。揚雄《法言·問神》提出了著名的「心畫」說：「故言，心聲也；書，心畫也。聲畫形，君子小人見矣。聲畫者，君子小人之所以動情乎？」〔註2〕此處的「書」乃相對於「言」而說，

───────────────

〔註 1〕唐以前書論真偽雜陳，部份至今仍難有定論，本文主要依據張天弓〈先秦漢魏六朝隋主要書學文獻一覽表〉擇要述之，若有出入再於註解加以說明。是表見張天弓：《張天弓先唐書學考辨文集》（北京：榮寶齋出版社，2009 年 12 月），頁 401～405。

〔註 2〕漢·揚雄：《法言·問神》，《文淵閣四庫全書》子部一·儒家類·《揚子法言》卷四。

指的是言辭的書面記載，因而實際包含了文字本身的形態和意義，雖然作者的本意可能偏重於後者。

在現存文獻資料中第一次論及書法的是班固（32～92）〈與弟超書〉：「得伯張（徐幹，又名徐單，與建安七子之徐幹非同一人）書，藁勢殊工，知識讀之，莫不嘆息。」〔註 3〕既著眼於「勢」而評價以「工」，可見藁（草）書的出現吸引了人們的審美目光，從而注意到書法藝術之美。

許慎《說文解字》的出現，顯示了文字的發展受到關注。其〈敘〉云：「古者庖犧氏之王天下也，仰則觀象於天，俯則觀法於地，視鳥獸之文與地之宜，近取諸身，遠取諸物，於是始作《易》八卦，以垂憲象。……倉頡之初作書，蓋依類象形，故謂之『文』。……著於竹帛，謂之書。書者，如也。」〔註 4〕許氏引用《易・系辭》之言，對文字創始作了重要說明，並指出了卦象、文字與書法的共同起源。

崔瑗〈草書勢〉是流傳至今的第一篇書論，它首先概述了字體由篆隸而草書的發展，肯定草書的社會與審美價值。如「觀其法象，俯仰有儀」、「獸跂鳥跱，志在飛移」、「絕筆收勢，餘綖糾結」……等，〔註 5〕一開始就對草書的藝術美有深刻的感受與掌握。其「法象」概念，使〈草書勢〉具有易學的特徵。〔註 6〕《易經》中之「法象」原指大自然的物象，崔氏以之表述書法藝術形態，體現了書法之美與大自然各種意象美的關連。〔註 7〕崔氏又提出遠望近察的書法審美方法論：「遠而望之，漼焉若阻嶺崩崖；就而察之，一畫不可移。機微要妙，臨時從宜。」由此可以確知漢人已有書法藝術的自覺審美意識，而且是從草書開始的。〔註 8〕

〔註 3〕漢・班固：〈與弟超書〉，清・嚴可均《全後漢文》卷 25 輯入。此據張懷瓘《書斷・下・能品》引，潘運告編著：《張懷瓘書論》（長沙：湖南美術出版社，1997 年 4 月），頁 184。

〔註 4〕漢・許慎：《說文解字・敘》，漢・許慎撰；清・段玉裁注：《說文解字注》（台北：黎明文化，1985 年 9 月增訂版），頁 761。

〔註 5〕崔瑗：〈草書勢〉，潘運告編著：《漢魏六朝書畫論》（長沙：湖南美術出版社，1997 年 4 月），頁 3。

〔註 6〕周膺：《書法審美哲學》（杭州：西泠印社出版社，2011 年 6 月），頁 209。

〔註 7〕王世征：《歷代書論名篇解析》（北京：文物出版社，2012 年 5 月），頁 14。

〔註 8〕張天弓認為西晉衛恒〈四體書勢并序〉是古代書法理論的初步自覺，而南朝齊王僧虔〈書賦〉才是真正書法自覺的標誌。參見張天弓：〈先唐咏書辭賦研究〉，《全國第五屆書學討論會論文集》（石家莊：河北教育出版社，2000 年），頁 109～118。收入張天弓：《張天弓先唐書學考辨文集》，頁 375～388。

　　趙壹（130～約185）〈非草書〉乃立基於致用觀點對時人醉心於草書的批
評，雖指責了時風的流弊，但未完全否定草書，也未否定杜度、崔瑗、張芝
等人的草書成就。其內容有涉及書法審美觀點者，如「凡人各殊氣血，異筋
骨，心有疏密，手有巧拙。書之好醜，在心與手，可強爲哉？」〔註9〕明顯偏
重天賦，主張順其自然，而反對強爲，實際揭示了書法與人之間的內在聯繫。
此外，趙壹提及「氣血」、「筋骨」等，可視爲後來韋誕以「骨」、「肉」論書
的先鋒。

　　蔡邕（133～192）流傳下來的書論著作主要有〈篆勢〉〔註10〕，他提出
「要妙入神」之說，並以一系列生動的自然形象比喩篆書之「象」。惟其〈陳
政要七事〉之第五事謂：「夫書畫辭賦，才之小者」〔註11〕，在他眼裡，書法
之地位並不高。

　　韋誕（179～253）書論資料不多而且零碎〔註12〕，但其〈奏題署〉提及：
「蔡邕自矜能兼斯、喜之法，非紈素不妄下筆。工欲善其事，必先利其器。
用張芝筆，左伯紙，及臣墨，兼此三者，又得臣手，然後可逞徑丈之勢，方
寸千言。」首次提到書法創作的條件和特點，強調手、筆、紙、墨兼具的必
要。又其〈評張芝〉（《書斷・杜度傳》引韋誕所云）：「杜氏杰有骨力，而字
畫微瘦。崔氏法之，書體甚濃，結字工巧，時有不及。張芝喜而學焉，轉精
其巧，可謂草聖，超前絕後，獨步無雙。」《書斷・張芝傳》又引韋誕云：「崔
氏之肉，張氏之骨」，首開以「骨」、「肉」論書，也首次提出了「草聖」一
詞。

　　楊泉（生卒年不詳，西晉人）有〈草書賦〉曰：「惟六書之爲體，美草法
之最奇」、「字要妙而有好，勢奇綺而分馳。解隸體之細微，散委曲而得宜」、

〔註9〕　趙壹：〈非草書〉，潘運告編著：《漢魏六朝書畫論》，頁 26～35。此篇爲唐張
　　　　彥遠收入《法書要錄》卷一。張天弓對〈非草書〉有所考辨，提出多點質疑，
　　　　但仍難斷定非趙壹所作，參見張天弓：〈趙壹〈非草書〉質疑〉、〈趙壹〈非草
　　　　書〉質疑續〉，氏著：《張天弓先唐書學考辨文集》，頁 14～33。

〔註10〕　蔡邕：〈篆勢〉，潘運告編著：《漢魏六朝書畫論》，頁 39～40。一般論書者多
　　　　將〈筆賦〉、〈九勢〉、〈筆論〉歸於蔡邕所作，本文依張天弓之考辨（參見氏
　　　　著《張天弓先唐書學考辨文集》，頁 34～50），不予列入討論。

〔註11〕　蔡邕：〈陳政要七事〉，《文淵閣四庫全書》集部・別集類・漢至五代，《蔡中
　　　　郎集》卷二。

〔註12〕　韋誕書論資料，張天弓曾有整理，本文依之。參見張天弓：〈論韋誕——兼論
　　　　古代書論的起源〉，氏著：《張天弓先唐書學考辨文集》，頁 66～68。韋誕〈奏
　　　　題署〉、〈評張芝〉引文亦參見之。

「發翰擄藻，如春華之楊枝；提墨縱體，如美女之長眉」〔註13〕。楊氏謂草法奇美，重視草書之字勢，要求「妙」、「好」、「奇」、「綺」，並展現快捷之勢（馳）；文中對草書亦多所譬喻，且有欣賞「綺麗」之傾向。

成公綏（231～273）有〈隸書體〉（或作〈隸書勢〉）。成氏肯定隸書的實用與審美功能，也提及其中有橫向的隱微之勢：「隨便適宜，亦有弛張」、「長波郁拂，微勢縹緲」〔註14〕；他又強調「意」：「應心隱手，必由意曉」。成氏論書聚焦於「適意」，已開始從漢代之重「勢」逐漸轉移至「意」了。

索靖（239～303）論書有〈草書狀〉（或作〈書勢〉），其言曰：「蓋草書之為狀也，婉若銀鉤，漂若驚鸞……。守道兼權，觸類生變，離析八體，靡形不判。」〔註15〕對草書之「狀」有深刻的描述，且強調「權變」之應對。又「騁辭放手，雨行冰散，高音翰歷，溢越流漫」首次以聲音比況書法。

衛恒（252～291）《四體書勢》〔註16〕，《晉書・衛恒傳》全錄其文。其中〈篆勢〉名蔡邕撰；〈草勢〉名崔瑗撰；古文〈字勢〉和〈隸勢〉則為其自撰。《四體書勢》通過各時期最為通行的四種書體（古文、篆、隸、草），展現了先秦至魏晉時期的文字（書法）發展史。其論古文提到「勢和體均」，且將玄學中的「自然」概念引入書論，又認為書法有言辭所難以言宣者，似受到「言不盡意」說的影響；此外，他為隸書抱不平，對草書之外的書體則強調「和」、「均」、「度」。

王廙（276～322）曾對王羲之說：「畫乃吾自畫，書乃吾自書。吾餘事雖不足法而書畫固可法，欲汝學書則知積學可以致遠，學畫可以知師弟子行己之道。」〔註17〕不僅高揚作家的主體性，且強調學書積學的重要。

劉劭（？～352）有〈飛白勢〉（或作〈飛白贊〉）：「鳥魚龍蛇，龜獸仙人，蛟腳偃波，楷隸八分，世施常妙，索草鍾真，爰有飛白之麗，貌艷勢珍。」〔註18〕等於宣告了書法重「妍媚」時代的即將到來。

〔註13〕楊泉：〈草書賦〉，《文淵閣四庫全書》子部・類書類・《藝文類聚》卷七十四・〈巧藝部・書〉。

〔註14〕潘運告編著：《漢魏六朝書畫論》，頁56～57。

〔註15〕索靖：〈草書狀〉，潘運告編著：《漢魏六朝書畫論》，頁88～89。

〔註16〕衛恒：〈四體書勢〉，潘運告編著：《漢魏六朝書畫論》，頁65～85。

〔註17〕張彥遠：《歷代名畫記・卷五・晉》，盧輔聖主編：《中國書畫全書（一）》，頁139。

〔註18〕劉劭：〈飛白勢〉，《文淵閣四庫全書》子部・類書類・《藝文類聚》卷七十四・〈巧藝部・書〉。

　　王羲之（約 307～365）傳世的書論僅有〈尙想黃綺帖〉，另外則是散見各
處被引用的零碎語句（暫以〈與人書〉稱之），而其它傳爲王羲之所作書論多
係唐人所僞。〔註 19〕〈尙想黃綺帖〉、〈與人書〉全文如下：

> 尙想黃綺，意想疾於舒，年在襄。吾書比之鍾、張，鍾當抗行，或
> 謂過之，張草猶當雁行。然張精熟，池水盡墨，假令寡人耽之若此，
> 未必謝之。後之達解者，知其評之不虛也。臨池學書，池水盡黑，
> 好之絕倫，吾弗及也。〔註 20〕（以上〈尙想黃綺帖〉）。
>
> 復與君，斯眞草所得，極爲不少，而筆不惡，殊不稱意。
>
> 子敬飛白大有意。
>
> 君學書有意，今相與草書一卷。
>
> 飛白不能乃佳，意乃篤好。〔註 21〕（以上〈與人書〉）。

王氏論書特別強調「意」，此外亦重「工夫」。其基本思想傾向「玄禮雙修」，
對書法則要求在一定的工夫之上追求創作主體的生命精神境界。〔註 22〕

　　王珉（351～385）〈行書狀〉首對行書發論，其謂：「資胡氏之壯傑，兼
鍾公之精密，總二妙之所長，盡眾美乎文質」〔註 23〕，主要持論可以「兼妙」
概之。

　　羊欣（370～442）〈采古來能書人名〉首開品評書家之風，且爲東晉以前
的書法發展提供了重要的史料；他且將「肥」「瘦」帶入書評，又評王獻之：
「骨勢不及父，而媚趣過之。」〔註 24〕明顯將骨勢與媚趣對舉。張天弓輯佚

〔註 19〕　張天弓：〈王羲之書學論著考辨〉，《張天弓先唐書學考辨文集》，頁 104～121。

〔註 20〕　王羲之：〈尙想黃綺帖〉，張天弓：《張天弓先唐書學考辨文集》，頁 129～130
　　　　　或 149。

〔註 21〕　以上四則分別見於《北唐書鈔》、虞龢〈論書表〉引王羲之〈與親故書〉、《法
　　　　　書要錄・卷十・右軍書記》、清・嚴可均《全上古三代秦漢三國六朝文》，參
　　　　　見張天弓：《張天弓先唐書學考辨文集》，頁 142 及 146～147。

〔註 22〕　張天弓：《張天弓先唐書學考辨文集》，頁 142～143、150～151。

〔註 23〕　王珉：〈行書狀〉，張懷瓘：《書斷》引，潘運告編著：《張懷瓘書論》，頁 99。

〔註 24〕　〈采古來能書人名〉卷首有王僧虔的一段話，因語義歧疑，而有不同作者之
　　　　　解。唐張彥遠《法書要錄》收錄此文，題下註明「齊王僧虔錄」，目錄則直書
　　　　　作者爲宋羊欣。朱長文《墨池編》轉錄此文則題作者爲齊王僧虔。筆者以爲
　　　　　句當斷爲「臣所知局狹，不辨廣悉，輒條疏上呈。羊欣所撰錄一卷，尋索未
　　　　　得，續更呈聞。」然此非謂〈采古來能書人名〉應歸王僧虔所作，蓋王僧虔
　　　　　當已見過羊欣所撰，其應即本於記憶加以條疏，故後即接「羊欣所撰錄一卷，
　　　　　尋索未得」。張天弓〈羊欣書學論著考評〉曾有考辨（見浙江省博物館編：《中
　　　　　國書法史學國際學術研討會論文集》（杭州：西泠印社，2000 年 12 月），頁

了六條羊欣〈采古來能書人名〉之外的論書文字，顯見其喜以骨、肉、筋、肥、瘦等論書，如：「胡昭得其骨，索靖得其肉，韋誕得其筋」〔註25〕。

鮑照（414～466）有〈飛白書勢銘〉〔註26〕。此銘多所譬喻，又提及「勁」、「鮮」、「奇」、「法」、「勢」等而歸於「神筆」。

王愔（生卒年不詳，劉宋時人）《文字志》當爲中國最早的一部書法史及書法品藻著作。是書久佚，張天弓輯有23條佚文。〔註27〕《文字志》內容多爲前代書家生平事蹟及書體史料，爲後來《書品》、《後書品》、《書斷》等書的重要資料來源之一，其著述體例亦有重要之影響。〔註28〕

虞龢（生卒年不詳，南朝宋人）有〈論書表〉〔註29〕其評論以二王爲焦點，肯定王獻之的「妍媚」書風，又從理論上指出「古質今妍」的現象，肯定「愛妍薄質」之人情。〈論書表〉且詳述二王故事，多爲後世所引說。此外亦有重「自然」之觀點。

無論在量或質上，南朝都可謂是書論的第一個高峰期，王僧虔（426～485）即是此期重要的書論家之一。其論書有〈書賦〉、〈答太祖書〉及〈答竟陵王蕭子良書〉〔註30〕。〈書賦〉：「情憑虛而測有，思沿想而圖空。」「形綿靡而多態，氣陵屬其如芒。故其委貌也必妍，獻體也貴壯，跡乘規而騁勢，志循

71～80；又見氏著：《張天弓先唐書學考辨文集》（北京：榮寶齋出版社，2009年12月），頁154～168），認係唐人僞托，惟難爲筆者認同。今姑依《法書要錄》定作者爲羊欣。另參見潘運告編著：《漢魏六朝書畫論》，頁118～119。羊欣：〈采古來能書人名〉，張彥遠《法書要錄·卷一》，盧輔聖主編：《中國書畫全書（一）》，頁33～34。

〔註25〕羊欣書論輯佚條文，見張天弓：《張天弓先唐書學考辨文集》，頁164。

〔註26〕鮑照：〈飛白書勢銘〉，陳思編《法書要錄·卷十八》，盧輔聖主編：《中國書畫全書（三）》，頁92。

〔註27〕張天弓：《張天弓先唐書學考辨文集》，頁191～194。

〔註28〕張天弓：《張天弓先唐書學考辨文集》，頁194。

〔註29〕唐竇蒙：《述書賦注》謂虞龢〈論書表〉：「論古今妙跡，正行草楷，紙色標軸，眞僞數卷，無不畢備。」但此文後經分散，後人整理時便顯零散而難以銜接。虞龢：〈論書表〉，參見張薇薇：《〈論書表〉校注與研究》（杭州：中國美術學院出版社，2010年6月），頁11～45；及《法書要錄》卷二，盧輔聖主編：《中國書畫全書（一）》，頁37～39。

〔註30〕王僧虔：〈書賦〉，潘運告編著：《漢魏六朝書畫論》，頁155～158。王僧虔：〈答竟陵王蕭子良書〉，韓方明《授筆要說》引姚思廉〈奉詔論書〉引，《歷代書法論文選》（台北：華正書局，1984年9月），頁261。王僧虔：〈答太祖書〉，見《南齊書·王僧虔傳》。一般多以〈論書〉、〈筆意贊〉等爲王僧虔所作，張天弓以其爲僞，參見氏著：《張天弓先唐書學考辨文集》，頁195～242。本文從之。

檢而懷放。」「情」和「思」、「形」和「氣」對舉，並提到「貌妍」、「體壯」、「乘勢」、「放懷」等理念。而其〈答竟陵王蕭子良書〉則以「筆力」爲書法評斷之標準。

竟陵王蕭子良（460～494）〈答王僧虔書〉〔註31〕推重張（芝）、韋（誕）、鍾（繇）等前賢，與重二王的時風略有差別，似在預告風向之生變；他又同時提及紙、墨、筆三者，擴大了書法的審美範疇。

陶弘景（456～536）有五篇〈上武帝論書啓〉〔註32〕。陶氏論書除認同梁武帝「子敬之不迨逸少，猶逸少之不迨元常」的見解外，值得注意的是他對「手」、「筆」、「意」的協調以及「形」、「勢」等的關注。

袁昂（461～540）奉梁武帝詔撰〈古今書評〉〔註33〕，不分時代先後而首列二王，但文中又言「張芝驚奇，鍾繇特絕，逸少鼎能，獻之冠世，四賢共類，洪芳不滅」，顯然是對梁武帝見解的調和說法。他多以人物或自然事物來比喻描述書家及書作，或受到人物品藻之風的影響；其中亦有以音樂喻書者，如：「皇象書如歌聲繞樑，琴人捨徽」。又從用辭可知其重視「意」、「氣」、「骨」、「勢」。

蕭衍（梁武帝，464～549）論書有〈觀鍾繇書法十二意〉、〈答陶隱居論書〉。〔註34〕前者歸結鍾書之規律，頗具開創性，其文曰：「字外之奇，文所不書」，言及書法與文的差別；〔註35〕又「子敬之不迨逸少，猶逸少之不迨元常」，一反時人見解，有「尊古」之傾向，成爲轉變書風的重要因素。後者如：「拘則乏勢，放又少則；純骨無媚，純肉無力；少墨浮澀，多墨笨鈍；比并

〔註31〕蕭子良：〈答王僧虔書〉，張懷瓘：《書斷・下》引，潘運告編著：《張懷瓘書論》，頁 187。

〔註32〕陶弘景：〈上武帝論書啓〉，唐張彥遠《法書要錄・卷二・陶隱居與梁武帝論書啓》，盧輔聖主編：《中國書畫全書（一）》，頁 40～42。

〔註33〕袁昂：〈古今書評〉，張彥遠《法書要錄・卷二》，盧輔聖主編：《中國書畫全書（一）》，頁 46。

〔註34〕蕭衍：〈觀鍾繇書法十二意〉、〈答陶隱居論書〉，張彥遠《法書要錄・卷二・陶隱居與梁武帝論書啓》，盧輔聖主編：《中國書畫全書（一）》，頁 39～42。傳蕭衍〈草書狀〉、〈古今書人優劣評〉，張天弓〈秦漢魏六朝隋著要書學文獻一覽表〉列爲宋、唐人僞作，見氏著：《張天弓先唐書學考辨文集》，頁 404。本文從之。

〔註35〕鄧寶劍：《玄理與書道》（北京：人民美術出版社，2011 年 1 月），頁 162。謝赫《畫品》：「風範氣韻，極妙參神。但取精靈，遺其旨法。若拘以體物，則未見精粹；若取之象外，方厭膏腴，可謂微妙也。」六朝書論言「字外」與畫論言「象外」當係同一理致。

皆然。任意所之，自然之理也」、「肥瘦相和，骨力相稱。」乃中和之觀點而歸結於自然任意；此外又強調「生氣」、「適眼合心」及「爲之舊」、「學之積」的重要。整體而言，「尊古」、「中和」和「任意」爲蕭氏持論之重心所在。

庾元威（生卒年不詳，南朝梁書家）有〈論書〉〔註36〕一篇，重在「骨力婉媚」、「批研淵微」及「天性」之展現。

庾肩吾（487～551）有〈書品〉（或做〈書品論〉）和〈謝東宮古跡啓〉〔註37〕。〈書品〉品評漢至齊梁能眞草書者一百二十餘人，分上中下三品，各品又分爲三等，成爲後來以神、妙、能三品評書的濫觴。其評論以「天然」和「工夫」爲標準，但偏重於前者。此外，他亦體現了變革圖新和求聲彩的審美趨向，這與其支持宮體詩的情趣一致。〈書品〉中被列上品者，「天然」爲必備條件；中品則介於「天然」與「工夫」之間；下品談不上「天然」而多以「工夫」爲功。〈謝東宮古跡啓〉則特別著墨於「巧」、「勢」；〈書品〉上品亦提到「盡形得勢」，可見庾氏頗重「書勢」。此外他也注意到書家風格成敗與社會、時代和文化背景的關係，其評書眼界既高且廣，不愧爲此期重要之書論家。

蕭繹（508～554）有〈上東宮古跡啓〉〔註38〕，和庾肩吾〈謝東公古跡啓〉一樣，都以「巧」、「勢」讚賞書跡之美，顯然皆由形著眼，許是受到描寫對象之影響使然。

顏之推（531～591）《顏氏家訓・雜藝》：「眞草書跡微須留意」、「然而此藝不須過精」、「愼勿以書自命」〔註39〕，顯係持儒家立場。大體而言，顏氏以書藝之精通與否關乎天分，故無須過度費心，又因實用之故而看重楷、隸。

隋代智永（生卒年不詳）有〈題右軍〈樂毅論〉後〉〔註40〕，他注意運工、筆力和紙墨，亦點出「神妙」、「鮮媚」的評論標準。

〔註36〕庾元威：〈論書〉，張彥遠《法書要錄・卷二》，盧輔聖主編：《中國書畫全書（一）》，頁42～43。

〔註37〕庾肩吾：〈書品〉，張彥遠《法書要錄・卷二》，盧輔聖主編：《中國書畫全書（一）》，頁43～46。庾肩吾：〈謝東宮古跡啓〉，《文淵閣四庫全書》子部・類書類・《文藝類聚》卷七十四・〈巧藝部・書〉。

〔註38〕蕭繹（梁元帝）：〈上東宮古跡啓〉，《文淵閣四庫全書》子部・類書類・《文藝類聚》卷七十四・〈巧藝部・書〉。

〔註39〕顏之推：《顏氏家訓・雜藝》，《文淵閣四庫全書》子部・雜家類・雜學之屬・《顏氏家訓》卷下・〈雜藝〉第十九。

〔註40〕智永：〈題右軍〈樂毅論〉後〉，張彥遠《法書要錄・卷二》，盧輔聖主編：《中國書畫全書（一）》（上海：上海書畫出版社，2009年12月修訂本），頁46。

　　釋智果（隋仁壽年間書家）則有〈心成頌〉〔註41〕，乃指點書法學習之法，其重點可歸結於「妙在相承起伏」，強調形勢的變化與協調。

　　唐以前論書，自西漢即由草（藁）書的流行而開啓了對「勢」的重視，崔瑗首提「法象」說及「奇」「妙」等品評標準。趙壹和蔡邕雖對書藝有所認識，但基於實用立場而持反對的態度。隨後章誕以「骨」、「肉」論書，似受到人物品評的影響。而西晉楊泉已關注書之「好」、「綺」。成公綏首就隸書論述，並以「適意」爲依歸，已可以嗅到玄學的影響。衛恒〈四體書勢〉則能全面看待各體書法，對於隸書之審美多有貢獻。在王羲之之前，書論多從「形」、「勢」著眼，至王羲之則確立了「意」的地位，強調一種建立在基礎功夫之上對人的生命精神境界的追求。這是在成公綏〈隸書體〉強調「應心隱手，必由意曉」和索靖〈草書勢〉提到「意巧滋生」以來，書意被視爲關鍵的核心。成氏之「意」蓋泛指心意、心思；而索氏之「意」與「巧」對舉，當指筆墨之意趣，皆與王氏所指超於形質之上的精神內涵之「意」有別。因此，書法的發展到了王羲之時期，才可謂邁入了重「意」的階段。王珉〈行書狀〉首對行書發言，並有「兼妙」之觀點。羊欣首開品評書家之風，並將「肥」、「瘦」帶入書論，對王獻之「媚趣」亦多所讚賞；而虞龢亦認同流麗妍媚的書風。鮑照首次提到了「神」筆。王僧虔則重「情」、「思」，強調書法的「形」、「氣」、「筆力」。蕭衍與陶弘景一反時人見解，置鍾張於二王之前，影響不容小覷。蕭衍論書重「生氣」及「適眼合心」，也強調「爲」與「學」，所論具「中和」色彩。當時袁昂見解略與蕭衍不同，其論書聚焦於「意」、「氣」、「骨」、「勢」，並以人物形象或自然事物來比喻描述書家，開啓了新的評書方式。庾肩吾則是以「天然」和「工夫」爲標準分三品評書，成爲後來以神妙能三品評書的濫觴。其評書體現了變革圖新和求聲彩的審美趨向，但主要貢獻在開創了書法批評的新體例。永明（483～493）書學實已初步建構起古代書學體系的雛形。〔註42〕此期的一個新轉化是挑戰晉宋以來二王一統天下的格局，強調回歸傳統。〔註43〕至隋，智永以「運工神妙」、「筆力鮮媚」爲則；

〔註41〕 隋・釋智果：〈心成頌〉，鄭杓、劉有定：《衍極並注》引，《歷代書法論文選》（台北：華正書局，1984年9月），頁423。釋智果：〈心成頌〉首見於南宋陳思《書苑精華》卷二十，元劉有定《衍極・古學篇注》所引當爲完篇。參見張天弓：《張天弓先唐書學考辨文集》（北京：榮寶齋出版社，2009年12月），頁348～349。

〔註42〕 張天弓：《張天弓先唐書學考辨文集》，頁400。

〔註43〕 張天弓：〈關於梁武帝、陶宏景論書啓及其相關問題〉，氏著：《張天弓先唐書學考辨文集》，頁312。

釋智果則多著眼於筆畫形勢之變化，開啓隋唐對「法」的關注與形式解析之風。

綜觀唐以前書論，由東漢之重「形」「勢」逐漸轉移至東晉之重「意」，而與南北朝對書家的品評相結合。書論由「形」「勢」而「意」的重心轉移，可能與言意論的發展、個體意識的覺醒以及當時的南北局勢有關。其前期多從外物取象立論，已潛藏對「妍媚」的欣賞及「適意」的要求；至東晉王羲之正式凸顯書「意」之大纛，而此時書論對「妍媚」更持肯定態度；後期書論以永明書學爲核心，可視爲書論的整理與深化期，以此跨越至另一階段的隋唐時期。東晉以後的書論，書法品評逐漸成爲主軸，書論家關注的焦點由形勢、書體，轉向至書家的風格和作品特色，強調「神」、「意」、「骨」、「力」之表現，「古質今妍」成爲此時書法品評的重點之一。再者，同樣都是通過比喻聯想提示美感，但早期書論多以自然界之形象爲之；南朝則多以人物的氣質風度、才情、體貌等爲喻。〔註44〕換言之，書法「意象化」的品鑑方法發展到了南朝時期，開始表現與人物品評和清談風氣密切聯繫的趨勢，體現出將人格的精神風貌與書法的藝術風貌聯繫起來的特點。〔註45〕亦即六朝人取象有別於先秦兩漢的因物取象方式，已將之作爲表達主觀情志的需求，擴大並深化了書法審美的內涵及範疇。〔註46〕

第二節　唐以前的詩論——由「志」「情」而「意象」的發展

西周時期貴族引詩、賦詩、作詩多基於政治目的，與庶民發於情性、出於自然而作歌謠在動機上有很大的差異，因此早期論詩基於詩之用而提出「詩以言志」，一點也不令人感到意外，它反映了春秋貴族對詩之性質的認識，而此時之「志」，主要是引詩、賦詩者之志。〔註47〕到了戰國以至兩漢時代，隨著在政治上引詩、賦詩風氣的逐漸衰息，「志」則逐漸轉移指向「詩人」之志。

〔註44〕李一：《中國古代美術批評史綱》（哈爾濱：黑龍江美術出版社，2000 年 3 月），頁 75。

〔註45〕陶禮天：《藝味說》（南昌：百花洲文藝出版社，2005 年 12 月），頁 281。

〔註46〕趙啓斌：〈意象論——淺議六朝書法的主觀性轉化〉，文物出版社編：《第五屆中國書法史論國際研討會論文集》（北京：文物出版社，2002 年 8 月），頁 416。

〔註47〕春秋·左丘明著；晉·杜預集解；日本·竹添光鴻會箋：《左傳會箋》（台北：天工書局，1988 年 9 月），頁 1243。

在孔子（前 551～前 479）的時代，詩與音樂的關係依然緊密，當時的《詩》不僅不是供鑑賞、審美用的，也不是純文字意義的作品集。〔註 48〕孔門論詩大抵可歸結為以禮為依歸，以中庸為標準，以教化為目的。孔子捻出詩有「興」、「觀」、「群」、「怨」的功能，在強調詩歌的社會政治功能的同時，實際上也肯定了詩歌在藝術審美方面的存在理由。〔註49〕若從「思無邪」與「繪事后素」觀察，顯見孔子對於「質」的重視。

相對於儒家，墨家持否定《詩》、《書》的態度。《墨子·公孟》：「或以不喪之間，誦《詩》三百，弦《詩》三百，歌《詩》三百，舞《詩》三百。」〔註50〕反映了當時詩樂的實際狀況，原來《詩》是可以「誦」、「弦」、「歌」、「舞」的。

道家批判先王禮樂，基本立場亦反《詩》，但肯定合於自然之道者。《莊子·大宗師》即載有子桑鼓琴而歌詩，其例多為隨順自然、適應性情之意。〔註51〕道家重視自然、追求主體自由的精神，後來隨著文藝的逐步發展而影響深遠。

法家之集大成者韓非（生卒年不詳，戰國韓人）亦反《詩》，但卻相當重視歌謠鄙諺，其謂：「古無虛諺，不可不察」（《韓非子·奸劫弒臣》）〔註52〕，惟多從政治功效著眼。

孟子（前 372～前 289）《孟子·萬章上》：「故說詩者，不以文害辭，不以辭害志。以意逆志，是為得之。」〈萬章下〉：「頌其詩，讀其書，不知其人可乎？」〔註 53〕孟子對於《詩》的看法基本上是春秋「詩以言志」的發展，但他提出「以意逆志」之「志」已有模糊之空間，或不再是引詩或賦詩者之志了。

〔註48〕 龔鵬程認為「今傳《詩經》，如確出於孔子之手，卻是孔子依據音樂的觀點予以編輯的，屬於另一回事。」「我們相信孔子此編應屬示例的性質，意非求全。其所錄之詩，亦不當以言意求，而應以聲音考。」參見氏著：《中國文學批評史論》（北京：北京大學出版社，2008 年 6 月），頁 26、27。

〔註49〕 郭杰：《古代思想與詩的世界》（北京：中國社會科學出版社，2008 年 3 月），頁 132～133。

〔註50〕 《墨子·公孟》，《文淵閣四庫全書》子部十·雜家類一·雜學之屬·《墨子》卷十二·〈公孟〉第四十八。

〔註51〕 《莊子·大宗師》，《文淵閣四庫全書》子部十四·道家類·《莊子注》卷三·〈大宗師〉第六。

〔註52〕 《韓非子·奸劫弒臣》，《文淵閣四庫全書》子部三·法家類·《韓非子》卷四·〈奸劫弒臣〉第十四。

〔註53〕 《孟子》引文分別見《文淵閣四庫全書》經部八·四書類·《孟子》卷九（〈萬章上〉）、卷十（〈萬章下〉）。

　　荀子（前 313～前 238），在先秦文獻中《荀子》引《詩》最多，此時《詩》已提升至「經」的高度，而其內容則被規定爲禮樂的表達。〔註54〕

　　與春秋戰國偏向於從政治立場發言的《詩》論相對應的是屈原（前 340～前 278）的《騷》論，若說前者是「言志」說的起源，那麼後者就是「緣情」說的濫觴了。屈原首先提出了「發憤以抒情」的看法，又將「情」、「質」併舉，且似視「情」爲「文」，視「志」爲「質」，情志互通，開魏晉「緣情」說之先河。

　　西漢賈誼（前 200～前 168）《新書・道德說》：「《詩》者，志德之理而明其指，令人緣之以自成也。故曰：詩者，此之志者也。」〔註55〕仍依循儒家《詩》論，強調《詩》作爲媒介的「之志」作用。

　　《淮南子》〔註56〕係劉安（前 179～前 122）集門下賓客所撰，以道家「自然之道」爲主導思想，主張出於自然眞情而又文、情相諧。〔註57〕其〈氾論訓〉：「憤於志，積於內，盈而發音，則莫不比於律，而和於人心」；〈修務〉：「夫歌者樂之徵也，哭者悲之效也，憤於中則應於外，故在所以感」，則與《莊子・漁父》：「不精不誠，不能動人」以及屈原「發憤以抒情」之說接近，但又謂「莫不比於律，而和於人心」，實乃儒、道、屈三者之綜合。

　　董仲舒（前 179～前 104）《春秋繁露・玉杯》：「志爲質，物爲文；文著於質，質不居文，文安施質？質文兩備，然後其禮成。」〔註58〕強調質文兩備而偏向於質。其〈賢良對策〉：「人欲之謂情，情非度制不節。」〔註59〕亦以情爲人欲，須適度調節。又《春秋繁露・精華》謂：「《詩》無達詁，《易》無達占，《春秋》無達辭。」〔註60〕此說將《詩》的解釋權歸於解釋者，強調解釋的主體性。

〔註54〕霍松林主編：《中國詩論史》（合肥：黃山書社，2006 年 10 月），頁 61。

〔註55〕賈誼：《新書・道德說》，《文淵閣四庫全書》子部一・儒家類・《新書》卷八。

〔註56〕《淮南子》引文分別見《文淵閣四庫全書》子部十・雜家類・雜學之屬・《淮南鴻烈解》卷十四、卷十、卷十三、卷十九。

〔註57〕霍松林主編：《中國詩論史》（合肥：黃山書社，2006 年 10 月），頁 113。

〔註58〕董仲舒：《春秋繁露・玉杯第三》，《文淵閣四庫全書》經部五・春秋類・《春秋繁露》卷一。

〔註59〕《漢書・董仲舒傳》，《文淵閣四庫全書》史部一・正史類・《前漢書》卷五十六・〈列傳〉第二十六。

〔註60〕董仲舒：《春秋繁露・精華第五》，《文淵閣四庫全書》經部五・春秋類・《春秋繁露》卷三。

劉向（約前 77～前 6）《說苑・修文》：「詩言其志，歌咏其聲，舞動其容。三者本於心，然後樂氣從之。是故情深而文明，氣盛而化神，和順積中而英華發外。惟樂不可以爲僞。」〔註 61〕雖持「言志」之說，但肯定了「情」「氣」的作用，又主張「陳情欲以歌」，蘊含了「緣情」的因子。而《說苑・貴德》：「夫詩，思然後積，積然後滿，滿然後發，發由其道而致其位焉。」似爲「發憤」說之理論立基。

《禮記・樂記》：「詩，言其志也；歌，咏其聲也；舞，動其容也。三者本於心，然後樂器從之」、「音之起，由人心生也；人心之動，物使之然也。感於物而動，故形於聲；聲相應，故生變，變成方，謂之音」，此論述與劉向的觀點頗爲接近，強調「情」的內在屬性和「文」的外在表現。又《禮記・經解》引孔子之言曰：「其爲人也，溫柔敦厚，《詩》教也。」〔註 62〕提出「溫柔敦厚」爲儒家詩教觀的核心內容。

〈毛詩序〉：「詩者，志之所之也，在心爲志，發言爲詩，情動於中而形於言……。」〔註 63〕此處的「言」已被視爲發動自人內心的情感在外部的表現，但這種「自然生成論」，詩歌文本的言說特點和詩人的角色特徵都被當下的言說方式給遮蔽了。〔註 64〕其對於詩的觀念可歸結爲「主言志」、「重教化與美刺」、「明六義」。然此之「志」，乃是以政治倫常之理爲主導的「情」與「理」的統一，於是詩之用，主要就不是以情感人，而是以理化民。〔註 65〕〈毛詩序〉又特標「興」體，顯示它認爲「以物喻理」是《詩》的一大特點。〔註 66〕而其所謂「興」，主要是喻（所謂「博依」），即以某種物色喻某一事理（不是「情」），以小物喻大理，具有間接的、婉曲的、引申的、暗示的性質；而所興之理大抵不在某句某章而在全詩。又《毛詩・關雎序》有「詩有六義」〔註 67〕之說，此「六義」的提出顯然著眼於《詩》之用。〔註 68〕

〔註 61〕　《說苑》引文分別見《文淵閣四庫全書》子部一・儒家類・《說苑》卷十九、卷五、卷十八。
〔註 62〕　《禮記・樂記》、《禮記・經解》引文見《文淵閣四庫全書》經部四・禮類三・禮記之屬・《禮記註疏》卷三十七～三十九、卷五十。
〔註 63〕　〈毛詩序〉，《文淵閣四庫全書》經部三・詩類・《毛詩註疏》卷一。
〔註 64〕　李青春：《詩與意識形態：西周至兩漢詩歌功能的演變與中國詩學觀念的生成》（北京：北京大學出版社，2005 年 1 月），頁 334。
〔註 65〕　霍松林主編：《中國詩論史》（合肥：黃山書社，2006 年 10 月），頁 97～100。
〔註 66〕　霍松林主編：《中國詩論史》，頁 87～89、104。
〔註 67〕　《毛詩・關雎序》，《文淵閣四庫全書》經部三・詩類・《毛詩註疏》卷一。「六詩」說應是先秦就有的，而有關「興」、「賦」與詩的密切關係之論述亦多見

　　治《齊詩》的翼奉（生卒年不詳，西漢人）以陰陽五行說觀人之性情〔註69〕，認爲《詩》之要點在觀人從中而發的性情，與〈毛詩序〉對《詩》的著眼點略有不同。

　　司馬遷（前 145～前 86？）《史記・太史公自序》：「《詩》三百篇，大抵聖賢發憤之所爲作也。此人皆意有所郁結，不得通其道也，故述往事，思來者。」〔註70〕（此言又見於〈報任少卿書〉）繼屈原「發憤以抒情」之後，司馬遷又提出「發憤作詩」說，明顯有違「溫柔敦厚」的主流觀點，影響及於唐代韓愈的「不平則鳴」說（〈送孟東野序〉）和宋代歐陽脩的「窮而後工」說（〈梅聖俞詩集序〉）。

　　揚雄（前 53～18）《法言・問神》〔註71〕提出「言」、「書」爲「心聲」、「心畫」乃「所以動情」者的命題，這種對主體性的注意（作爲文人的作者意識），揚雄是始作俑者，而這似又與當時以「麗」爲主要特徵的辭賦已然成爲合法的文本形式有所關連。〔註72〕

　　桓譚（前 23～56）《新論・袪蔽》：「余少時見揚子雲之麗文高論，不自量年少新進，而猥欲逮及。」《新論・離事》：「唯人心之所獨曉，父不能以禪子，兄不能以教弟。」〔註73〕以桓譚對「麗文」「新聲」的認識，可以看到兩漢之際變革思潮中重「文」傾向之發展。〔註74〕此中更有從方法面反對爲文「盡思慮」的見解，其「父不能以禪子，兄不能以教弟」承襲《淮南子》的觀點，又爲後來的曹丕所接續。

　　　　於先秦典籍，故〈詩大序〉「六義」之說乃淵源有自，但其言「六義」而非「六詩」，適透露了此乃漢儒的痕跡。參見李青春：《詩與意識形態：西周至兩漢詩歌功能的演變與中國詩學觀念的生成》，頁 326。

〔註68〕許結：《漢代文學思想史》（北京：人民文學出版社，2010 年 12 月），頁 169。

〔註69〕《漢書・翼奉傳》，《文淵閣四庫全書》史部一・正史類・《前漢書》卷七十五・〈列傳〉第四十五。

〔註70〕司馬遷：《史記・太史公自序》，《文淵閣四庫全書》史部一・正史類・《史記》卷一百三十・〈列傳〉第七十。

〔註71〕揚雄：《法言・問神》，《文淵閣四庫全書》子部一・儒家類・《揚子法言》卷四。

〔註72〕李青春：《詩與意識形態：西周至兩漢詩歌功能的演變與中國詩學觀念的生成》，頁 335。

〔註73〕桓譚《新論》引文見清・嚴可均校輯：《全後漢文》卷十四・《桓譚・新論（中）・袪蔽第八》及《桓譚・新論（下）・離事第十一》。較新版本爲清・嚴可均輯：《全上古三代秦漢三國六朝文》（北京：中華書局，2009 年 2 月）。

〔註74〕許結：《漢代文學思想史》，頁 221。

王充（27～97）《論衡・超奇》〔註75〕強調由內而外，「意奮而筆縱」「文見而實露」的表現說。

《七略》以「六藝」、「諸子」、「詩賦」、「兵書」、「術數」、「方技」分類，將詩賦與「六藝」並列，已鮮明地表現了漢代文學觀的進化。〔註76〕

班固（32～92）《漢書・藝文志》〔註77〕：「詩以正言，義之用也。」「故哀樂之心感，而歌咏之聲發。誦其言謂之詩，咏其聲謂之歌。」《漢書・禮樂志》亦云：「音聲足以動耳，詩語足以感心，故聞其音而德和，省其詩而志正。」可見他持儒家詩教的立場而強調「感」、「發」。《漢書・藝文志・詩賦略》：「是以揚子悔之曰：『詩人之賦麗以則，辭人之賦麗以淫。』」將「麗」納入需要節制的範圍。班固在王逸《楚辭章句・離騷序》中雖批評屈原「露才揚己」，卻又謂「其文鴻博麗雅，爲辭賦宗，後世莫不斟酌其英華，則象其從容。」〔註78〕這才是針對其詩文的評論。班固的立場與正統儒家詩學觀一致，但他對屈原的文辭以「麗雅」稱賞，則顯示了時代風潮之趨向，標誌了此期對「文」的自覺。

王逸（生卒年不詳，東漢人）《楚辭章句・離騷序》云：「《離騷》之文，依《詩》取興，引類譬喻。」〈遠游序〉則有「意中憤然，文采秀發」之言。〔註79〕王逸特重「興」，他給予屈原以崇高的評價，並批駁了班固對屈原的指謫。

王符（85？～163？）《潛夫論》：「詩賦者，所以頌善醜之德，泄哀樂之情也。故溫雅以廣文，興喻以盡意。」〔註80〕持論亦屬儒家詩教立場，既重「興」，也聯繫了「情」與「意」。

鄭玄（127～200）以《詩》爲經，箋詩固守一般經師的政教立場，其《周禮・春官・大師》注：「比，見今之失，不敢斥言，取比類以言之。興，見

〔註75〕王充：《論衡・超奇》，《文淵閣四庫全書》子部十・雜家類三・雜家之屬・《論衡》卷十三。

〔註76〕許結：《漢代文學思想史》，頁189。

〔註77〕《漢書・藝文志》，《文淵閣四庫全書》史部一・正史類・《前漢書》・《志第十・藝文》卷三十；《漢書・禮樂志》見是書《志第二・禮樂》卷二十二。

〔註78〕王逸：《楚辭章句・離騷序》，《文淵閣四庫全書》集部一・楚辭類・《楚辭章句》・《離騷經章句第一》卷一。

〔註79〕王逸：《楚辭章句・遠遊序》，《文淵閣四庫全書》集部一・楚辭類・《楚辭章句》・《遠遊章句第五》卷五。

〔註80〕王符：《潛夫論・務本》，《文淵閣四庫全書》子部一・儒家類・《潛夫論》卷一。

今之美，嫌於媚諛，取善事以喻勸之。」﹝註81﹞他是對詩之「賦」、「比」、「興」以表現手法解釋的第一人，但卻將三者與政教善惡和詩之美刺聯繫起來。﹝註82﹞在詩的表情藝術方面，鄭玄並不忽略詩之情感，他將〈毛詩序〉在詩歌發生意義上的情志合一觀更廣泛地應運於有關詩之社會功用，而於情志關係的矛盾中表現出漢末思潮特有的「緣情」傾向。﹝註83﹞

又從趙壹（130～約185）作〈刺世疾邪賦〉以「舒其怨憤」，仲長統（180～220）因「可以自娛」而爲〈樂志論〉，侯瑾（生卒年不詳？晉人）以「莫知於世」作〈應賓難〉自寄，都說明了此期人的自覺與文藝和政教脫鉤之間的因果關聯。﹝註84﹞

韋誕（179～253）論文（見《魏書·王粲傳》注引其答魚豢問）﹝註85﹞不求全於個人，而能見其個別之缺失，呈顯出較爲寬廣與包容的觀點。

曹丕（187～226）《典論·論文》﹝註86﹞不但分體指出各體之特色，提出「詩賦欲麗」的看法，更主張「文以氣爲主」；又視文章爲「經國之大業，不朽之盛事」，給予其從未有過的崇高評價，且反撥前人因人論文的習氣，而主張人因文見，使人附文以至不朽。其「文本同而末異」之說則具文章分流發展的觀點。

曹植（192～232）在創作上是「建安之傑」，但其〈與楊德祖書〉却認爲「辭賦小道」﹝註87﹞，這種矛盾，既反映了傳統儒家詩教的立場，卻也難排除其個人心理因素之作祟。他與曹丕之持論恰好相對。

﹝註81﹞ 鄭玄：《周禮·春官·大師·注》，《文淵閣四庫全書》經部四·禮類一·周禮之屬·《周禮注疏》卷二十三·〈春官·大師〉。

﹝註82﹞ 霍松林主編：《中國詩論史》，頁109～110。

﹝註83﹞ 許結：《漢代文學思想史》，頁375。

﹝註84﹞ 許結：《漢代文學思想史》，頁348～349。

﹝註85﹞ 《魏書·王粲傳》，《文淵閣四庫全書》史部一、正史類·《三國志》卷二十一·《魏書二十一·王衛二劉傅傳·王粲傳》。

﹝註86﹞ 曹丕：《典論·論文》，李壯鷹主編：《中華古文論釋林·魏晉南北朝卷》（北京：北京大學出版社，2011年8月），頁1～2。

﹝註87﹞ 曹植：〈與楊德祖書〉，蕭統、徐陵編：李善等註：《增補六臣註文選》（台北：漢京文化事業有限公司，1980年7月，古迁書院刊本）卷四十二，頁786～788。魯迅認爲有兩個原因促使曹植將詩賦視爲小道，一是曹植自己的文章作得好，一個人大概總是不滿意自己所做而羨慕他人所爲的，於是便敢說文章是小道；二是曹植活動的目標在於政治方面，然其在政治方面不甚得意志，遂說文章無用了。魯氏之見頗值參考，該文收入湯一介、胡仲平編：《魏晉玄學研究》（武漢：湖北教育出版社，2008年8月），原爲1927年於廣州市立師範學校之演講記錄稿。

　　王弼（226～249）《周易略例・明象》〔註88〕提出了「得象忘言」、「得意忘象」的主張，所論「意」、「象」、「言」的關係雖非針對詩文而發，卻影響深遠。

　　嵇康（223～262）〈聲無哀樂論〉〔註89〕以「和聲無象」打斷了「意」「象」之聯結，而歸結於「哀心有主」，強調個體的主體性。雖論音樂，惟其詩觀當亦不遠。

　　陸機（261～303）〈文賦〉〔註90〕既指出由文見情的可能性，又稱「恆患意不稱物，文不逮意」，這是該文力圖解決的理論命題。其中論及「詩緣情而綺靡，賦體物而瀏亮……」將文體分為十類，並具體概括各體之風格特徵。〈文賦〉且以音樂來比喻五種文學的藝術美：「應」、「和」、「悲」、「雅」、「豔」。而其論「豔」乃是在重視內容的前提下對形式提出的要求。

　　摯虞（？～311）〈文章流別論〉〔註91〕認為文章乃「窮理盡性，以究萬物之宜者」。又對《詩》之六義作出解釋，釋「興」為「有感之辭」，而賦乃「假象盡辭，敷陳其志」。他且提出「詩雖以情志為本，而以成聲為節。」特別注意到「成聲」之問題。

　　葛洪（283～363）《抱朴子・尚博》既指「文章」微妙，又將其與德行並列，給予「文章」以正面之肯定；而〈辭義〉則強調「才」「思」的差異影響「文章」之表現。〔註92〕

　　沈約（441～513）《宋書・謝靈運傳論》〔註93〕謂「文以情變」，又稱賞「遒麗之辭」。沈氏另有《四聲譜》〔註94〕，其聲律理論包括以四聲制詩和嚴防聲病兩部分內容。他運用聲律理論對歷代詩人之作進行批評，為詩歌評論

〔註88〕王弼：《周易略例・明象》，李壯鷹主編：《中華古文論釋林・魏晉南北朝卷》，頁24。

〔註89〕嵇康：〈聲無哀樂論〉，李壯鷹主編：《中華古文論釋林・魏晉南北朝卷》，頁31。

〔註90〕陸機：〈文賦〉，李壯鷹主編：《中華古文論釋林・魏晉南北朝卷》，頁60～63。

〔註91〕摯虞：〈文章流別論〉，李壯鷹主編：《中華古文論釋林・魏晉南北朝卷》，頁92～93。

〔註92〕葛洪：《抱朴子》二篇，見李壯鷹主編：《中華古文論釋林・魏晉南北朝卷》，頁122、133。

〔註93〕沈約：〈謝靈運傳論〉，李壯鷹主編：《中華古文論釋林・魏晉南北朝卷》，頁147。

〔註94〕有關沈約《四聲譜》的相關探討，可參見〔日〕遍照金剛撰；盧盛江校考：《文鏡秘府論彙校彙考》（北京：中華書局，2006年4月），頁42～51。

提供了一個新的視角。〔註95〕四聲說的提出體現了文人五言詩與樂府詩在功能上各司其職後的修辭要求。〔註96〕劉勰《文心雕龍・樂府》刻意界別「詩」「歌」，當亦此時代風潮之反映。

　　鍾嶸（？～518）〈詩品序〉〔註97〕雖宗奉風雅體制，但又以「氣」「感」立論，崇奉「自然」，有謂「動天地，感鬼神，莫近於詩」。〈詩品序〉更謂：「五言居文詞之要，是眾作之有滋味者也。」首次將「滋味」用於詩之品評，於是而有「文已盡而意有餘，興也；因物喻志，比也；直書其事，寓言寫物，賦也。」對《詩》之六義提出了著名的釋義，並強調「風力」與「丹彩」的必要。「觀古今勝語，多非補假，皆由直尋。」更直接指出「直尋」的詩學方法論，影響及於南宋嚴羽《滄浪詩話》。鍾嶸評詩崇尚風雅，以雅正與否界別《風》、《騷》，又以建安風力為最高的審美範疇。其《詩品》溯流別、評風格、定品第，首開詩歌品評之風。

　　劉勰（約465～532）《文心雕龍》〔註98〕乃體系完整、「彰乎大衍之數」的集大成之作。〈原道〉、〈徵聖〉、〈宗經〉三篇已表明了其宗儒的立場，而〈神思〉、〈比興〉、〈隱秀〉等篇則多涉「言不盡意」之內容。其〈明詩〉云：「詩者，持也，持人情性」、「人稟七情，應物斯感，感物吟志，莫非自然」，既延續前人有關「情」、「感」、「志」的說法，又特別強調「自然」，顯亦融入道家之觀點。而〈樂府〉云：「詩為樂心，聲為樂體」、「凡樂辭曰詩，詠聲曰歌」，則刻意凸顯「詩」與「歌」的差別。〈神思〉提出「貴在虛靜」和「積學」、「酌理」等方法論，又謂「使玄解之宰，尋聲律而定墨；獨照之匠，窺意象而運斤」。〈體性〉則首以風格將文分為八體，又論述「學」、「才」、「氣」、「志」之功效與關係而歸結於「情性」。〈麗辭〉主要針對「對」予以分類並加論述，反映了時代詩論之風向。〈比興〉謂「比者，附也；興者，起也。附理者切類以指事，起情者依微以擬議。」與漢之「因物取象」不同，已將焦點由外在的形象轉移至內在的情理。

〔註95〕霍松林主編：《中國詩論史》，頁144～145。
〔註96〕李瑞卿：《中國古代文論修辭觀》，頁110。
〔註97〕鍾嶸：〈詩品序〉，李壯鷹主編：《中華古文論釋林・魏晉南北朝卷》，頁367～370。
〔註98〕梁・劉勰著；王更生注譯：《文心雕龍讀本》（台北：文史哲出版社，1988年3月3版）。

顏之推（531～591）《顏氏家訓・文章》〔註99〕論文重「學」，但不否定天才；又以人體爲喻，強調「理致」、「氣調」、「事義」、「華麗」。他反對浮艷，但又對音律偶對給予肯定，不排斥「華麗」「辭調」，具有較寬廣的審美視野與兼容南北的趨向，實爲初唐史官論詩之先聲。

劉善經（生卒年不詳，隋人）有《四聲指歸》〔註100〕，總結前人聲律之說，指四聲乃客觀存在的語言現象，宜知其通變，逐物立名，因聲轉注，並以八卦四象說明四聲的普遍性及其聲調特色。

總結唐以前詩論之發展，大抵由先秦「言志」說逐漸邁入漢代以經學爲主的詩教說，而前者多從詩用之觀點「言志」，主要指思想觀念；後者之詩教則將「情」納入討論，漢代有關「氣」、「感」的思想理論於此或許提供了一個適切的發展背景。如果以董仲舒用儒家文質觀兼融道家「文滅質、博溺心」（《莊子・繕性》）、法家「以文害用」（《韓非子・外儲說左上》）諸說，提出「先質而後文」的思想爲第一階段；則可以揚雄已有「言不文，典謨不作經」的重文傾向，却又融合儒、道強調文質並重的文質觀爲第二階段；到王充、張衡、蔡邕等人好文重文理論的出現，則發展至第三階段。〔註101〕漢代「文」「質」論述的發展與「情」「志」之論述一致，有「由質而文」、「由志而情」的重心移轉趨勢。魏晉時期「緣情」說被正式提了出來，更有當時玄學環境的支撐。漢代「樂」論即頗重視「感」、「情」，當詩與樂逐漸分流的過程中，詩似乎吸納了樂的「感」、「情」成份而正視了「情」，乃有「緣情」說的發展。魏晉六朝「緣情」詩論發展的結果，使得時人關注的重點一方面逐漸轉向文字形式和聲律效果；另方面又堅持「志」、「情」、「意」的內涵，可謂多元紛呈。總結魏晉南北朝時期在詩學上對人的自覺表現主要有兩個標誌：一是「詩緣情」的提出，二是對詩歌意象的重視和對象外之象的初步探討。〔註102〕唐以前詩論整體發展的主軸實由「志」「情」而「意象」的轉移，唐代又承此發展而走上了「意境」之路。

〔註99〕顏之推：《顏氏家訓・文章》，李壯鷹主編：《中華古文論釋林・魏晉南北朝卷》，頁 462、463。

〔註100〕劉善經：《四聲指歸》，參見潘重規：〈隋劉善經《四聲指歸》定本箋〉，《新亞書院學術年刊》第四期（1962 年），無頁碼。

〔註101〕許結：《漢代文學思想史》，頁 217。

〔註102〕陳慶輝：《中國詩學》（台北市：文史哲出版社，1994 年 12 月），頁 126。又魏晉南北朝時期的詩學對意境的討論相對膚淺，但同時期的畫論對意境的探索則要深刻得多，如顧愷之等人關於「傳神寫照」、「遷想妙得」、「氣韻生動」等論述，已體現出對象外的藝術意境的自覺追求。

第三節　唐以前書論與詩論之比較

一、先秦的實用觀與漢代的文藝自覺

　　唐以前書論與詩論的時間先後和分量的多寡似乎相當懸殊。就時間言，書論起自漢代，但詩論早在先秦就已出現；就數量言，詩論要遠多於書論，二者並不對稱。但如果考量書法與文字難分難解的關係，將有關文字的論述也納進來，則書論的起始點未必晚於詩論；又詩歌理論數量之所以龐大，很難排除政治以及經學的相關因素，相對地，書法似乎比較「純粹」。詩歌與政治的連結，自古以來即受到較多的關注，而書法則要到文藝自覺之後才逐漸受到青睞。再者，傳統視技藝爲小道的觀念，難免影響士人們的見解和選擇，更何況還有現實面的考量。平心而論，詩論若從漢代開始談起，或許比較符合今人將「詩歌」視爲文藝的理解，畢竟在此之前，人們對於文字或詩歌仍未脫離實用觀點（詩與樂、舞亦尚未分離）乃是不爭的現實。

　　先秦時期的學術主流在於建立思想理念，文藝仍與其他相關事物處於渾沌的未分狀態，因而若從較寬泛的角度觀察此期的相關文本，大抵可以視爲對整體文藝的基本態度和理念，例如將〈樂記〉納入詩論系統似乎是理所當然的，但〈樂記〉卻較少進入書論體系，而實際上書法與音樂的關係之密切並不下於詩與音樂的關係，〔註103〕因而很難明確地分別哪些是純粹談詩的，哪些是談書法的，它們實皆可作爲書法與詩歌（文藝）始源的基礎論述，其中又可以分爲兩條主線，一是儒、墨、法家，偏向於從政治、社會的立場著眼；二是道家，較傾向於從個人生命的立場發言，因而與今人所認知的文藝本質接近。後來整個文藝的發展，一直是這兩條主線之間的拉扯競合，而後者隨著文藝自覺意識的崛起逐漸受到世人的關注，最終達到一個可以相安無事、和平共處的平衡點。

　　余英時在《士與中國文化》中曾經論及：

> 書法之藝術化起東漢而尤盛於其季世，在時間上實與士大夫自覺之發展過程完全吻合。……東漢中葉以後士大夫之個體自覺既隨政治、社會、經濟各方面之發展而日趨成熟，而多數士大夫個人之悠閒，又使彼等能逐漸減淡其對政治之興趣與大群體之意識，轉求自

〔註103〕關於書法與音樂的關係，金學智以爲「書樂同歸」，參見氏著：《中國書法美學》（南京：江蘇文藝出版社，1994 年 8 月），頁 421～437。筆者以爲書法乃介於音樂、舞蹈（包括戲劇）、繪畫、雕刻、建築之間的一門藝術，但其藝術的核心本質則較近於音樂。

我內在人生之享受，文學之獨立，音樂之修養，自然之欣賞，與書
法之美化遂得乎齊流並進，成為寄托性情之所在。亦因此之故，草
書姑為時人所喜愛。蓋草書之任意揮灑，不拘形蹤，最與士大夫之
人生觀相知亦最能見個性之發揮也。……復次草書之藝術性之所以
強於其它書體者，尤在其較遠於實用性，亦如新興文學之不重實用
面但求宜抒一己之胸襟者然。〔註104〕

余氏此段文字有幾點值得再加申述：一是文人、文學和毛筆之書寫有解不開
的緊密關係，文人或許可以不懂音樂、繪畫，但卻不能不懂文學和書法，因
而合理的推論應是文人個體自覺意識最直接的關連當在文學與書法。再就文
學和書法的本質加以比較，文學的表現須先立其意，也就是心裡面要先有某
種意念或思維，然後才會產出文學作品；書法雖有「意在筆先」的講法，但
它基本上具有「直接性」，也就是它省略了大腦的思維就能透過肢體直接進行
書寫活動，因而具備「直接性」的書法較「間接性」的文學可能更早地反映
了文人的個體自覺意識。二是時代的發展是整體的、熔爐式的，彼此間的互
動、影響勢難避免，但若著眼於某一領域，亦有其個別的發展規律。漢代「章
草」的成功發展，隸書由篆書改造成功實具有關鍵性的影響，因為篆書書寫
的「引」法與草書書寫方式具有極大的差異，而隸書重視運筆的「波磔」，同
時發展橫向筆畫，補足篆書相對重視縱向筆畫的不足，完美了章草發展的基
礎。相對而言，篆書重字形，而隸書已將關注的重心轉移至筆畫。三是自古
以來，中國傳統總是強調內外兼修、陰陽調和的和諧觀，當士人閒暇或不得
志時，總需有所依托、調節，因此文人個體自覺意識的覺醒，除了政治、經
濟、社會等層面的條件之外，個別藝術客觀條件發展的成熟也是重要的因素
之一，睽諸書法和詩歌在漢代的發展，似乎已初步具備了這樣的背景條件。

　　隨著時代的發展，文藝自覺的傾向愈來愈明顯，如彭礪志所言：

隨著東漢文人階層的崛起，他們不僅用草體改寫了傳統史篇的書
體，如《急就章》被後漢書家競相傳寫，而且賦予書法以表現意識
和抒情功能，與此同時，文學也擺脫經學束縛而走向抒情，書法和
文學成為士大夫遊藝於斯的方式和手段。〔註105〕

〔註104〕余英時：《士與中國文化》（上海：上海人民出版社，1987年），頁349。
〔註105〕彭礪志：〈從「書勢」到「筆陣」：古代書法理論的發生〉，孫曉雲、薛龍春主
　　　　編：《請循其本：古代書法創作研究國際學術討論會論文集》（南京：南京大
　　　　學出版社，2010年10月），頁397。

東漢時期是否已進入文的自覺時代或有爭論，如蕭馳即認爲魏晉才是「文的自覺」（獨立觀念的文學──詩的出現）和「純哲學」出現的時代。〔註 106〕然而漢代已開始蘊釀並發展了文藝之自覺，卻是不容爭辯的事實。參酌本章前二節對書論與詩論的概述，漢代這種開始注重文藝的傾向確是相當明顯的。書論方面可以崔瑗〈草書勢〉與趙壹〈非草書〉爲代表；詩論則可以班固對屈原的批評以及王逸《楚辭章句》爲代表。兩相比較，更可見時代整體之風向。班固早於崔瑗約四、五十年，漢代這種重視文藝的風氣首先在詩文理論上反映出來，「假象盡辭」本是漢賦最基本的表現方法，而崔瑗顯然發現了書法之象的特出處，他不但具有與時俱進的審美觀，更看到草書之「象」不只是外在的「形式」，更有筆勢的動感和內在的生命力，三者合一即爲其所描述的「勢」，所以〈草書勢〉有：「畜怒怫鬱，放逸生奇」之說；他也看到草書的形式美和即興的一面，故有：「一畫不可移」、「幾微要妙，臨時從宜」之論；〔註 107〕「一畫不可移」之說，首次在理論上將文字、實用書法與書藝區別開來。〔註 108〕

蔣寅以爲：「文學的繁榮總是與新文體的形成相伴出現的，而作家們也總是在接受新文體時爆發了最大的創造力。」〔註 109〕新的文體和書體對作家提出了全新的藝術要求，具有一定的刺激作用，更有寬闊的尚待發揮的空間，因而先行者總能留下歷史的痕跡，爲後來者承續和發展。隸與章草是漢字與書法從篆字脫胎而出的一大變革，而賦與樂府則爲漢代的代表詩文，在這種新書體和新文體的激盪之下，對漢代之文藝自覺自有相得益彰的助力效果。

漢代雖然仍承繼先秦對「志」的重視，但已納入對「情」的注意，導致這種轉移的原因，在思想上或可追溯至《周易》的「感通」說，如龔鵬程即謂：

> 依《周易》的義理結構，它是講「感應」的，應，同聲相應、同氣相求的同類相應；感，則是異類間形成的關係。《周易》重視感，尤甚於應。

〔註 106〕蕭馳：《玄智與詩興》（台北市：聯經出版社，2011 年 8 月），〈緒論〉頁 vi ～vii。

〔註 107〕崔瑗最早提出「奇」、「妙」的品評標準，參見周膺：《書法審美哲學》，頁 213。

〔註 108〕張天弓：《張天弓先唐書學考辨文集》，頁 8。

〔註 109〕蔣寅：《古典詩學的現代闡釋》（北京：中華書局，2009 年 4 月），頁 275。

文爲陰陽相交，感而遂通。這個感通的原則，正是後世中國文學理論的核心觀念。〔註110〕

如果不是漢人以氣感論性，提出感性主體，則文學與藝術即不能開顯；如果不是漢人的氣類感通可以通之於道德與美感兩端，則日後文學獨立後，又將與道德打成兩橛。〔註111〕

以「感通」說爲後來文藝發展的思想基石確實觸及了核心因素，但《周易》尚有「觀」論，〔註112〕一直爲書論所強調，若能「觀」、「感」並論，或將更加完整。總之，在漢代氣感論背景的支撐下，文藝自覺獲得一個蘊釀、發展的企機。

屈原「發憤以抒情」；〈毛詩序〉「情動於中而形於言」；翼奉「《詩》之爲學，性情而已」；《淮南子》「文之所以接物也，情繫於中，而欲發於外者也」；司馬遷「發憤作詩」諸說，均顯示此時「性情」已受到相當的重視。鄭玄則以「情志通」從理論上有效地將「情」納入儒家的詩教體系之中；而揚雄「言，心聲也；書，心畫也」之說，也是同一趨向。又《毛詩》特別重視「興」，顯示「以物喻理」乃《詩》的一大特點，此與漢代書法之「因物取象」在方法論上實亦爲同一理念之反映。

《漢書・藝文志》以「六藝」、「諸子」、「詩賦」、「兵書」、「術數」、「方技」分類，顯示了詩賦已取得獨立的地位，但此時書法尚未從小學中釋出，其文藝地位似乎還未能確定。班固雖持儒家的詩教立場，但他肯定民間歌謠「感於哀樂」、「緣事而發」，又正面評價漢代的新興文體——「賦」以及新興的書體——「藁」（草書），實已兼容了新生的文藝思想。桓譚已出現對「麗文」「新聲」的討論；王充「意奮而筆縱」、「文見而實露」；班固引揚雄之言：「詩人之賦麗以則，辭人之賦麗以淫」諸說，皆繼前人詩論而有了進一步的發展；班固尚有「得伯張書，藁勢殊工」的書法審美論述，而其「意，先天，書之本也；象，後天，書之用也」的說法，則如揚雄「書爲心畫」說，可爲書法理論的發展奠基。於是，在東漢初始，理論上已可見「文藝」氣息。班

〔註110〕龔鵬程：《中國文學批評史論》（北京：北京大學出版社，2008年6月），頁3、8。
〔註111〕龔鵬程：《中國文學批評史論》，頁108。
〔註112〕有關《周易》之「觀」的哲學意涵，可參見成中英：〈論「觀」的哲學涵義——論作爲方法論和本體論的本體詮釋學的統一〉，氏編：《本體詮釋學・第二輯》（北京：北京大學出版社，2002年3月），頁31～60。

固、崔瑗書論的出現，固是書法藝術自覺的推動，然亦有文論、樂論、舞論以及詩賦創作題材擴大的影響，同時借鑒了諸子勢論中的某些思想精髓而有以致之。〔註113〕

　　崔瑗〈草書勢〉和趙壹〈非草書〉已不容爭議地告知吾人，書法藝術的自覺是從草書開始的，這當然與草書體的動態節奏與形式變化多端的藝術特質有關。而不論蔡邕是否基於儒家的立場才特別爲已褪去實用、具有典正風格的篆書寫了〈篆勢〉，但此舉却拓寬了書體審美的領地，引導人們去發現有別於草書的另一種書體之美。趙壹和蔡邕雖持儒家詩教立場，但對於文藝內容亦有相當之認識，特別是蔡邕〈刺世疾邪賦〉有「舒其怨憤」之說，而時人熱衷的草書正好具備了這樣的潛能效用。許結曾指出：

> 從蔡邕（133～192）文學創作成就探其文學思想成就，可見其「尚用」與「愛美」的矛盾，而最終趨向於「愛美」；「教化」與「言情」的矛盾，而最終趨向於「言情」；斥辭賦爲「俳優」與偏嗜偶意麗辭的矛盾，而最終成爲漢末駢文大家，既爲文學發展潮流所致，又說明了他由人生觀而影響於文學觀的內在矛盾以及包含於矛盾中的覺醒意識。〔註114〕

由蔡邕的情況當可推知漢末文藝風潮確已朝向「情」、「麗」方向轉變。綜觀東漢至西晉的書論多從書體的形態著眼而未及於書法的表情性，因而也可說此時所謂的「勢」頗接近於詩文之所謂「象」，實際上，中國古代書論中多有意象之比況，與《詩經》的比、興傳統當有一定的關聯。此一階段詩書理論的發展乃基於同一背景，之所以產生變化的根源，應係來自時代環境的改變（包括政治的、社會的、思想的……）所引發的人心改變，進而影響人們的審美心態；實際的轉變關鍵或與靈帝光和元年「置鴻都門學」有所關聯。漢靈帝出於自身對文藝的愛好以書畫辭賦取士，改變了傳統的經學取士方法，從而助長了這股文藝風潮。〔註115〕

二、魏晉言意論下的形象類比與緣情感物

　　一般而言，中國傳統書畫理論晚於樂論和詩論而逐漸成熟於魏晉南北朝

〔註113〕張天弓：〈古代詩論的肇始——從班固到崔瑗〉，氏著：《張天弓先唐書學考辨文集》，頁10。
〔註114〕許結：《漢代文學思想史》，頁357。
〔註115〕許結：《漢代文學思想史》，頁341。

時代。若謂中國傳統樂論與詩論的誕生主要係受到儒家思想的影響，那麼傳統書畫理論的誕生，則主要是受道家思想（特別是三玄）的影響所致。

　　前節論及漢代詩論在承繼「言志」說的同時，已注意到「情性」問題，東漢末年更有趨「麗」之文藝風尚。大抵而言，漢人之「麗」偏向於「華麗」、「崇麗」、「博麗」、「富麗」、「靡麗」；而建安時代的「麗」，則更多地表現於文藻奇麗、詞采艷麗和意境新麗。「麗」的審美觀隨著時代發展由群體意識逐漸轉爲個體意識，而且有了新的內蘊。〔註116〕魏晉玄學發達，個體意識崛起，加速了「情性」論的發展，也助長了趨「麗」的時風。

　　魏晉時期，楊泉〈草書賦〉重視草書之字勢，強調「妙」、「好」、「奇」、「綺」，並對草書多所譬喻，而其重「綺」的論述，從書法的角度反映了漢末文藝重「麗」之傾向。韋誕以「骨」「肉」論書，強調「骨力」，並注意到書法用具的問題，可說是儒家詩教講求實際效用以及「先質後文」觀在書法上的轉換和發展。韋氏更首次提出了「草聖」，當是受到曹丕「文章不朽觀」以及是時學界對於「聖」與「亞聖」討論的影響。〔註117〕韋誕在書法品評上尊「聖」的思維方式，似乎影響了其他的藝術領域，如「畫聖」、「詩聖」等。韋誕文論〈評王、繁、阮、陳、陸諸人〉顯然受到曹丕《典論・論文》的影響，而其草書評論亦是如此，不但「不朽觀」受其影響，其論書之「骨」亦與曹丕「文氣」說的精神一致。草書的「骨」、「肉」，可以視爲受文論影響而將班固、崔瑗以來草書「勢」概念的具體化；而「骨」、「肉」概念當係受到相術和人物品藻的影響，此舉將形象類比的對象轉移至人自身，可見個體意識已逐漸抬頭。又其首創風格比較及追溯師承的批評方法，或受《典論・論文》中對「七子」評論的影響。〔註118〕後人所謂「建安風骨」主要當指建安時期具有動態力量美感的語言崇尚，〔註119〕而其內在的核心則爲「氣」，體現於「象」即是書論的「骨」、「肉」觀。

　　自書論最早將「筋」、「骨」、「肉」引入書法理論後，文論隨後也強調「骨」的重要作用。西晉後期葛洪開始把「骨」的理念引入文學之中，《抱朴子・辭

〔註116〕許結：《漢代文學思想史》，頁391～392。
〔註117〕張天弓：〈論韋誕──兼論古代書論的起源〉，氏著：《張天弓先唐書學考辨文集》，頁73。
〔註118〕張天弓：〈論韋誕──兼論古代書論的起源〉，氏著：《張天弓先唐書學考辨文集》，頁81～82。
〔註119〕徐艷：《中國中世文學思想史──以文學語言觀念的發展爲中心》，頁15。

義》:「皮膚鮮澤而骨鯁弱也。」到了齊梁的劉勰則在《文心雕龍》中專立〈風骨〉篇。在中國傳統文藝批評中,「勢」首由書論提出,直接或間接地影響了文論、樂論和畫論,如曹魏時劉楨云:「文之體指貴強,使其辭已盡而勢有餘」〔註120〕;嵇康〈琴賦〉:「若論其體勢,詳其風聲,器和故響逸,張急故聲清……」〔註121〕;東晉顧愷之(約 348～409)〈論畫〉則提出「著以臨見妙裁,尋其置陳布勢」〔註122〕;以致南齊劉勰《文心雕龍》專列〈定勢〉篇等。宇文所安認為:

> 這個詞(「勢」)幫助劉勰解決一個非常具體的問題:「體」是怎麼在時間中展開的,為什麼某一類寫作表現出了或應當表現出某些特質。劉勰沒有把「勢」作為一個題目,以便在它的名下列舉出一系列與動態有關的特性(像「勢」在書法藝術論裡那樣),他把「勢」與「體」和「性」聯繫在一起,對該範疇本身的理論地位作了思考。
> 〔註123〕

劉勰對於詩文體勢的理解可能受到書論等「勢」論的影響,當其將之轉用於文論時,進一步拓寬深化了詩文理論內涵。書論與詩論的交相影響本屬自然,如虞龢〈論書表〉謂:「夫古質而今妍,數之常也;愛妍而薄質,人之情也。」而劉勰《文心雕龍‧時序》則有:「時運交移,質文代變,古今情理,如可言乎?」〔註124〕又如前述陸機〈文賦〉與王僧虔〈書賦〉之關係。此外,《文心雕龍‧物色》有「入興貴閑」的觀點,除繼承道家的虛靜、養生思想之外,還應得益於此前相關的藝術思想之鋪墊。如蔡邕〈筆論〉即謂:「欲書先散懷抱」、「先默坐靜思,隨意所適」;皇象〈與友人論草書〉亦有:「如逸豫之餘,手調適而心佳娛,可以小展」之說,這是一種美學意義的調和中適。〔註125〕

〔註120〕劉勰《文心雕龍‧定勢》引劉楨之言,見王更生注譯:《文心雕龍讀本》,下篇頁 63。

〔註121〕嵇叔夜(康):〈琴賦(並序)〉,蕭統、徐陵編:《增補六臣注文選》(台北:漢京文化事業有限公司,1980 年 7 月,古迂書院刊本)卷十八,頁 336。

〔註122〕顧愷之:〈論畫〉,張彥遠:《歷代名畫記》錄載,盧輔聖主編:《中國書畫全書(一)》,頁 141。

〔註123〕〔美〕宇文所安著;王柏華、陶慶梅譯:《中國文論:英譯與評論》(上海:上海社會科學出版社,2003 年 1 月),頁 238。

〔註124〕梁‧劉勰:《文心雕龍‧時序》,王更生注譯:《文心雕龍讀本》,下篇頁 269。

〔註125〕趙樹功:《氣與中國文學理論體系構建》(北京:人民出版社,2012 年 3 月),頁 110。

　　魏晉玄學的發展，成功地將關注焦點從以儒家、群體爲主轉移至以道家、個體爲主，而言意論的深究更助長「性情」地位的提升以及好麗時風的發展。此期書論在形象類比上由外物而及於自身和詩論之強調緣情感物，均顯示文人所關注的重心有逐漸轉移至個體精神意識之傾向，當即爲此期文藝自覺崛起的關鍵因素。

三、六朝之重「意」傾向

　　玄學對於文藝理論的影響，首先反映於樂論、文論，至西晉才及於書論。〔註126〕而其內涵由「志」「情」而「意」的發展實爲進一步深化的必然結果。在書論方面，成公綏〈隸書體〉首次肯定隸書的實用與審美功能，擴展了書體審美的領地，他亦首次提到書藝的「意」，並將之與「心」相連，與當時文風同一趨向。此外值得一提的是對於書體審美領地的擴展，總發生在該書體已非時代主流實用書體之際，顯示該書體以其文字和藝術的價值持續爲人們所關注，同時也意味著過多的實用性有可能妨礙人們對藝術審美的展開；相對地，詩文方面似無此現象，它與現實面常有理不清的糾葛，就此而言，詩歌的情況已是較輕微的了。

　　王廙「畫乃吾自畫，書乃吾自書」，強調作者的主體性，實爲重「意」的另一種說法。此時書法在理論上已漸獨立，不再僅是文人的「餘事」，此與曹丕將文章視爲「經國之大業，不朽之盛事」如出一轍，都因爲將其與作爲主體的作者相連繫的結果。

　　從崔瑗、成公綏到衛恒，書法審美逐步在擴大和深化。在詩論方面，曹丕〈論文〉或更具獨到之見。他不但有體類的概念，亦對當時各家有所品評，更提出「文以氣爲主」的主張。雖然他認爲「詩賦欲麗」，然其所謂「氣」似乎與「情」沒有太多關連，而和書論中的「骨」「力」較爲接近。陸機〈文賦〉則兼重「情」、「意」，其所提出的「緣情」說影響深遠。六朝緣情之說，實起於對自我生命之體悟，回歸到人的本質來思考，尋求自我生命價值的肯定與完成，所以能突破詩歌必須反映政治教化功能的制約，使文學獨立成爲抒發個人生命情志的媒介。〔註127〕這種對自我生命的肯認，其影響自是全面性的，詩歌如是，

〔註126〕張天弓：〈論韋誕──兼論古代書論的起源〉，氏著：《張天弓先唐書學考辨文集》，頁83。

〔註127〕林淑貞：《詩話論風格》（台北市：文津出版社，1999年7月），頁411。

書法亦然。〈文賦〉主力在謀「恆患意不稱物，文不逮意」問題之解決，呈顯了王弼等人「言意之辨」對文藝理論發展的影響，似在預告重「意」時代的來臨。又衛恒與陸機生活在同一時代，而衛恒早陸機 12 年去世，陸機的「佇中區以玄覽」很可能從衛恒的「佇思而詳觀」而來。〔註 128〕衛恒《四體書勢》將玄學中的「自然」概念引入書論，用以描繪古文之筆勢，拓展了書論的視野。而南齊王僧虔〈書賦〉：「情憑虛而測有，思沿想而圖空」，顯然與陸機「課虛無以責有」同一樞機，「圖空」更揭示了藝術創造的微妙。劉勰亦可能受到「圖空」說的影響，而有「規矩虛位，刻鏤無形」（《文心雕龍・神思》）之言。〔註 129〕以上這些言論，很明顯的具有濃厚的玄學思想底蘊，是為此期文藝理論之一大特色。

又嵇康以「和聲無象」打斷了「意」「象」之聯結，而強調人的主體性，與王弼「得象忘言」、「得意忘象」的主張，影響時代文藝理論逐漸深化對「意」的探求，此後王羲之樹起了書論重「意」的大旗，自亦順理成章。此期的「言意之辨」對藝術語言頗有影響，周膺認為：

> 魏晉時期導源於名學的以言、象、意為關鍵詞的「言意之辨」為語
> 言表達尋找「規範」，這種「規範」能使語言的能指與所指形成更加
> 協調、得體的對應關係，也使「隱喻式描述」成為普遍的修辭和藝
> 術表現方式，藝術解釋則成為一種「隱喻式」美學解釋。藝術語言
> 因此也就有了相對固定的指稱圖式，語言或技法意識因此而被強化
> 起來。〔註 130〕

思想係人之意義、價值認定以及行為態度的根本基礎，「言意之辨」實際是一思想方向和焦點的轉換，自然會影響人們觀看事物的方式與實際的操作，特別是與「言」、「象」、「意」緊密關聯的語言和藝術的操作。

西晉書論以描寫書體形狀為主的風氣固是書論傳統的發展，但與盛行於當時的賦體文學當亦有所關聯，蓋賦乃以鋪陳手法描繪客觀事物為其主要功能。〔註 131〕魏晉南北朝的詠書辭賦多因循各體特點進行形式塑造，即劉勰所謂「因情立體，即體成勢」，〔註 132〕實乃以賦體語言追蹤書法的自然結果。漢

〔註 128〕李健：《魏晉南北朝的感物美學》（北京：中國社會科學出版社，2007 年 12月），頁 96。

〔註 129〕陳慶輝：《中國詩學》（台北市：文史哲出版社，1994 年 12 月），頁 235。

〔註 130〕周膺：《書法審美哲學》，頁 37。

〔註 131〕陳方既、雷志雄：《中國書法美學史》（鄭州：河南美術出版社，1994 年 3 月），頁 34。

〔註 132〕鄧寶劍：《玄理與書道》（北京：人民美術出版社，2011 年 1 月），頁 187。

及魏晉詠書辭賦的出現，與棋賦、琴賦、琵琶賦等一樣，基本上是辭賦寫作
題材的擴大，而非爲表達對藝術的審美感受，因而不能視爲具有書法藝術認
識史意義的根據。〔註133〕

　　又無論從詩論或書論著眼都可以發現，魏晉文藝理論中「文如其人」的
思想與漢代的文藝觀念頗有出入。漢人將文藝納入道德範疇綻露出道德一元
論的侷限；然而魏晉文藝具有價值形而上學的背景，能涵融人的生命性情的
「才」、「氣」、「學」、「習」，則有更加深化與渾整的意味。〔註134〕

　　摯虞〈文章流別論〉從史的角度著眼，有「窮理盡性，以究萬物之宜」
和「詩雖以情志爲本，而以成聲爲節」的見解，不但文章的效用獲得高度的
肯定，也強調聲音對於詩的重要性，開啓士人對於詩歌聲律節奏的關注和探
討。有別於蔡邕〈篆勢〉、成公綏〈隸書體〉和衛恒〈隸勢〉，王珉〈行書狀〉
注意到新書體的「兼美」特質，這與此期詩論對「成聲」的關注一樣，均從
藝術審美的角度著眼，並增添了新的理論內容。又〈文章流別論〉附有〈志〉、
〈論〉，前者爲文學家小傳，影響王愔《文字志》甚深，二者堪稱爲兩種不同
藝術領域中具有標準意義的史學發軔之作。〔註135〕

　　張天弓以爲「齊梁時期是南朝文藝發展的一個新階段，『永明書學』是這
一時期的先導。以往書學研究的發展更多的受文論、畫論的影響，至此，書
論也開始影響文論、畫論。」〔註136〕「永明」乃齊武帝蕭賾在位年號，此時
正當陶宏景、梁武帝、袁昂和周顒（《四聲切韻》）、沈約（《四聲譜》）等人活
動時期，書論與詩論均有新的發展，乃重要的文藝理論深化和風向轉變的階
段。此期的詩歌觀點，大致是四聲之外還要講究宮商。四聲解決的是同聲相
應問題，而宮商解決的是「和」的問題，即不同的相異因素的和諧相處，亦
即《文心雕龍・聲律》所謂的「異音相從謂之和」。〔註137〕同時期的陶弘景〈上
武帝論書啓〉有：「既以言發意，意則應言，而手隨意運，筆與手會，故益得
諧稱。」也可見「應」與「和」的觀點。

〔註133〕陳方既：〈張天弓的先唐書學考辨（代序）〉，張天弓：《張天弓先唐書學考辨
　　　　　文集》，序頁4。
〔註134〕鄧寶劍：《玄理與書道》，頁179～180。
〔註135〕王學雷：〈中國古代書法史著的發端——劉宋王愔《文字志》研究〉，文物出
　　　　　版社編：《第五屆中國書法史論國際研討會論文集》，頁462。
〔註136〕張天弓：《張天弓先唐書學考辨文集》，頁400。
〔註137〕趙樹功：《氣與中國文學理論體系構建》（北京：人民出版社，2012年3月），
　　　　　頁257。

　　南朝鮑照以「神筆」總結書法各種精妙的表現，而「神」可視爲是「意」的最高展現；羊欣首開品評書家之風，喜以骨、肉、筋、肥、瘦等與人體相關之詞論書，重視字形（勢）與自然，肯定王獻之的「媚趣」。虞龢也指出「古質今妍」的現象，肯定「愛妍薄質」之人情，亦肯定王獻之的「妍媚」書風。此與詩文直言「綺麗」一般，皆顯示了由質而文的時風轉變

　　王僧虔〈書賦〉：「情凭虛而測有，思沿想而圖空」，或係受到陸機〈文賦〉「課虛無以責有，叩寂寞而求音」的影響，皆關注形象思維活動。其論述焦點在「情」、「思」、「形」、「氣」，並提到「貌妍」、「體壯」、「乘勢」、「放懷」等理念，當與玄學背景不可分割。陶宏景注意到「手」、「筆」、「意」的協調以及「形跡」、「氣勢」等問題，又以「筆力」之有無爲書法品評之標準，這與對「骨」的強調一樣觀點。袁昂書論重視「意」、「氣」、「骨」、「勢」，其〈古今書評〉不分時代先後而首列二王，將人物品藻方法運用到書法品評，開創了新的書評方式。觀諸三者書論，大抵重「意」而強調「氣」、「骨」又不廢「形貌」。

　　梁武帝蕭衍以「字外之奇，文所不書」指出書法與文章的差別。他論書強調「生氣」及「適眼合心」，有中和之觀點，而歸結於自然任意；其審美傾向不偏肥而廢瘦，重質而輕妍；又把鍾、張放在二王之上，扭轉了宋齊以來趨向「妍媚」的看法。整體而言，蕭衍與陶宏景書論既有所發展又有「尊古」之傾向。

　　在梁大同詩壇「轉拘聲律，彌尙麗靡，復逾於往時」的創作潮流中，庾肩吾爲開風氣之先者；〔註 138〕其分品論書，亦成爲後來以神妙能三品評書的濫觴。庾肩吾論書以「天然」和「工夫」爲標準而偏重於前者，體現出變革圖新和求聲彩的審美趨向，這與他支持宮體詩的情趣並無二致。此外他更注意到書家風格成敗的社會、時代和文化背景的關係，在理論上亦有開創之功。庾氏以「天然」和「工夫」論書，或與鍾嶸論詩相近，如《詩品》：「湯惠休曰，謝（靈運）詩如芙蓉出水，顏（延之）詩如錯彩鏤金。顏終身病之。」《書品》與《詩品》幾乎同時出現，又多有相似之處，鍾嶸《詩品》在理論上頗有創見，而庾肩吾《書品》主要在總結前人成果，較缺乏獨創性的見解。〔註 139〕

〔註 138〕杜曉勤：《齊梁詩歌向盛唐詩歌的嬗變》（北京：北京大學出版社，2009 年 3 月），頁 18。

〔註 139〕林銳：《《書品》三題》，文物出版社編：《第五屆中國書法史論國際研討會論文集》（北京：文物出版社，2002 年 8 月），頁 452～453。

　　大抵而言，魏晉時期書法藝術的傳情、審美功能主要仍侷限在上層文人，〔註140〕這是人對自我生命探索與追求逐步發展的結果。一直要到唐代，詩與書法藝術才較普及於一般庶民階層。虞龢〈論書表〉曾提及：「（謝）靈運能書而特多王法」〔註141〕，可見此時書法或已爲上層文人們必備的文化修養。

　　時序進入隋代，智永書論注意到運工、筆力和紙墨，點出「神妙」、「鮮媚」的評論標準。而顏之推基於儒家立場，對詩文的主張和書法一致，均重視「學」，但不否定天才。他反對浮艷，但又對音律偶對給予肯定，亦能欣賞書法藝術之美，具有較寬廣的審美視野與接受力。智永多從藝術著眼，而顏之推則持儒家立場，二者所論較之前賢，基本上略無新意。然而劉善經《四聲指歸》對聲律的注意和開發，則一如釋智果〈心成頌〉強調書法形勢的變化與協調，已開啓唐人對「法」的重視與開發。

四、小結：藝術自覺之後的情、勢、意發展

　　綜觀中國書論自始與文字關係密切，雖然書法與詩的思想根基多與《易》有關，但書論更多引《易》之說爲其起源論奠基；而詩論自始與《詩》緊密連結，形成儒家經學詩教的傳統。漢代是一個重要的轉變時期，草書的興起，引發人們對書法藝術審美的關注，從而有「書勢」的論述；民間歌謠的蒐集與樂府詩的創作，奠定了詩與聲律不可分割的關係，自然深化對「情」的觀照，反映於理論上即是將「情」納入「志」中。漢末已有「麗」的傾向，魏晉更有「緣情」之說，但建安時期亦標風骨，這是質文辯證的反映與發展，書論方面同樣有此現象。整體而言，由漢至魏晉，可以看到文藝領地的逐漸充實與擴展。若從另一角度觀察，先秦之「詩言志」主要是指導閱讀詩歌的理論，強調賦詩以言志的實用功能；而魏晉之「詩緣情而綺靡」則主要是指導詩歌創作的理論，已轉向個體的審美需求。〔註142〕然而這一切又與當時社會、政治的發展不無關聯，特別是在「氣感論」思想的背景之下，更促進了文藝理論向「情」、「意」方向的發展。而魏晉玄學和言意論的發展，爲此期的藝術理論注入一股新血，使得時代之風愈來愈強調創作的主體性，其實質呈現就是對「意」的強調。書論的由「形」「勢」而「意」與詩論的由「志」

〔註140〕李光華：《禪與書法》（北京：宗教文化出版社，2011 年 9 月），頁 31。
〔註141〕虞龢：〈論書表〉，潘運告編著：《漢魏六朝書畫論》，頁 142。
〔註142〕鄧國軍：《中國古典文藝美學「表現」範疇及命題研究》（成都：巴蜀書社，2009 年 2 月），頁 77。

「情」而「意象」，實際是「質」論往內深刻化的發展；相對地，由「華麗」而「綺靡」、由群體而個體、由外而內，實亦隨順於人情的自然發展。二者在實際發展過程中辯證發展，彼此互有矛盾或融合，反映了歷史的複雜、多元與鐘擺現象。

第四章　初唐的書論與詩論

第一節　中和與發展的初唐書論

初唐，由高祖武德元年至玄宗先天元年（618～712），歷時九十餘年。相對於盛、中、晚唐，在時間上是最長的。因而同樣是介紹此間重要的書論家，但不同書論家之間的時間差距，也值得關注。初唐主要書論人物略可分為前後二期：一是歐陽詢、虞世南和李世民，他們三位在十餘年內相繼離世，再考慮虞世南與李世民的密切關係及其書論內容的關聯性，則二人誠可為初唐前期書論的代表。二是孫過庭和李嗣真，他們與歐、虞、李三位在時間上明顯有段差距，而孫、李二人離世的時間也頗接近。待時間跨越到了盛唐，書論的發展才又出現了分期的明顯跡象。

一、前期——「法」的發展與「中和」觀

（一）歐陽詢

歐陽詢（557～641）與虞世南是跨隋唐二代的人物，入唐之前，其書法即有聲名，因此在貞觀元年（626），唐太宗下詔設立弘文館時，敕由二人教授楷法，惟此時兩人皆已暮年了，但相對於虞世南為唐太宗所重，歐陽詢則是閒散無事的文儒老臣。〔註1〕虞世南在隋時編有《北堂書鈔》，歐陽詢則於高宗武德五年至七年（622～624），與令狐德棻、趙弘智等人編纂《藝文類聚》，二書皆為類書型的重要巨著，這是二人除了書法之外的另一相類之處。歐陽

〔註1〕朱關田：《中國書法史：隋唐五代卷》（南京：江蘇教育出版社，1999年10月），頁18～19。

詢的書法在唐初頗具影響力,《舊唐書・歐陽詢傳》謂:「詢初學王羲之書,後更漸變其體,筆力險峻,爲一時之絕,人得其尺牘文字,咸以爲楷範焉。」〔註2〕張懷瓘《書斷》則云:「八體盡能,筆力險勁,篆體尤精。」〔註3〕今觀其楷書,骨氣勁峭,法度嚴謹,誠爲隋及初唐楷書的巔峰之作。今人朱關田謂「歐陽詢初習梁陳時風,得大令展蹙之秘,復師北齊劉珉,筆力爲之瘦挺,其後參學章草,領悟索靖用筆三昧,終於綜合六朝精華,融爲楊隋書品。」〔註4〕可知歐氏早年雖學王書,但後來的成熟書體乃是偏向北方魏碑體風格的「筆力險勁」,誠可爲北方書風(或「銘石書」)在隋唐的發展代表;虞世南的書法則胎息智永,乃王獻之「新體」的善繼人,較合於初唐綜合南北的「中和」發展路線。由此看來,歐陽詢不爲太宗所重,或許並不僅是政治上的考量而已。〔註5〕

歐陽詢的書法理論文字有〈傳授訣〉、〈用筆論〉和傳爲其所作的〈八訣〉及〈三十六法〉等。〔註6〕以下分別摘要述之:

〈傳授訣〉:

> 每秉筆必在圓正,氣力縱橫重輕,凝神靜慮。當審字勢,四面停均,八邊具備;短長合度,粗細折中;心眼准程,疏密欹正。最不可忙,忙則失勢。
>
> 次不可緩,緩則骨痴;又不可瘦,瘦當形枯;復不可肥,肥即質濁。細詳緩臨,自然備體,此是最要妙處。

〔註2〕《舊唐書・歐陽詢傳》,《文淵閣四庫全書》史部・正史類・《舊唐書》卷一百八十九上。

〔註3〕潘運告編著:《張懷瓘書論》(長沙:湖南美術出版社,1997年4月),頁177。

〔註4〕朱關田:《唐代書法考評》(杭州:浙江人民美術出版社,1992年2月),頁11。

〔註5〕李世民發動玄武門之變時,歐陽詢原爲李建成太子集團中人。李世民在書法上獨尊王羲之,當亦有取於其「中和」、「兼善」之特質,而不只是政治上的考量,此亦吻合當時「融合南北」的時代需求。

〔註6〕歐陽詢:〈傳授訣〉、〈用筆論〉,宋・朱長文編:《墨池編》卷二,盧輔聖主編:《中國書畫全書(一)》,頁224。〈八訣〉,一稱〈八法〉,傳爲歐陽詢所作,與〈三十六法〉亦有合稱〈歐陽率更書三十六法八訣〉者。〈三十六法〉,又名《書法》、〈歐陽結體三十六法〉,亦傳爲歐陽修所作,篇中有高宗書法、東坡先生及學歐者語,此部分必非唐人所作,不能排除係後世抄書者所加,其他部分的眞僞則很難論定。各本文字頗有出入,內容則差別不大。二篇載入崔爾平選編:《歷代書法論文選》,頁89~95;本文引自蕭元編著:《初唐書論》(長沙,湖南美術出版社,1997年4月),頁3、12~17。後不另加註。

〈傳授訣〉強調「合度」，又強調「字勢」、「秉筆圓正」和「凝神靜慮」……
等，其基本思想符合儒家中和之道。然而歐陽詢這裡說的「合度」，當不只是
就幾何造型而言，而是賦予書法的線條、結構等以生命的生生之理，從「活」
的角度著眼，因而所得結果並非是僵死的形式比率關係。至於如何「合度」，
文中並無精確的界定。〔註7〕這種辯證式的論述，乃為傳統藝術理論之常態。
　　〈用筆論〉：

> 夫用筆之體會，須鈎黏才把，緩紲徐收，梯不虛發，斫必有由。徘
> 徊俯仰，容與風流。剛則鐵畫，媚若銀鈎。壯則嘔吻而峭巘，麗則
> 綺靡而清遒。若枯松之臥高嶺，類巨石之偃鴻溝，同鸞鳳之鼓舞，
> 等鴛鴦之沉浮。仿佛兮若神仙來往，宛轉兮似獸伏龍游。其墨或灑
> 或淡，或浸或燥，遂其形勢，隨其變巧，藏鋒靡露，壓尾難討，忽
> 正忽斜，半真半草。唯截紙棱，撇捩窈紹，務在經實，無令怯少。
> 隱隱軫軫，譬河漢之出眾星，崑岡之出珍寶，既錯落而燦爛，復逶
> 連而掃撩。方圓上下而相副，繹絡盤桓而圍繞。觀寥廓兮似察，始
> 登岸而逾好。用筆之趣，信然可珍，竊謂合乎古道。

〈用筆論〉借翰林善書大夫與無名公子的對話帶出作者對書法「用筆」的見
解，所論全面。若與〈傳授訣〉相較，同樣重視「勢」，但未提及凝神靜慮，
而多以自然物象類比之。其中提及「剛」、「媚」、「壯」、「麗」等，已略具風
格論之見解，整體精神仍趨向中和之道，但隱然具有道家重「自然」的色彩。
　　〈八訣〉：

> 、如高峰墜石……澄神靜慮，端己正容，秉筆思生，臨池志逸。虛
> 拳直腕，齊指掌空，意在筆前，文向思後。分間布白，勿令偏側。
> 墨淡則傷神彩，絕濃必滯鋒毫。肥則為鈍，瘦則露骨，勿使傷於軟
> 弱，不須怒降為奇。四面停勻，八邊具備，短長合度，粗細折中。
> 心眼准程，疏密敧正。筋骨精神，隨其大小。不可頭輕尾重，無令
> 左短右長，斜正如人，上稱下載，東映西帶，氣宇融和，精神灑落，
> 省此微言，孰為不可也。

〈八訣〉部分內容與〈傳授訣〉同，而前段針對八種楷法的書寫口訣，其內
容則與傳晉衛夫人的〈筆陣圖〉基本一致。文中亦提到澄神靜慮，雖未特別
強調「勢」，但稍後之文字內容與〈傳授訣〉接近，可知其所謂「勢」的內容。

〔註7〕崔樹強：《氣的思想與中國書法》（北京：人民出版社，2010 年 10 月），頁 180。

而「端己正容」、「不須怒降爲奇」、「斜正如人」……等，儒家中庸思想更顯濃烈。此篇「意在筆前」後來常被引用，成爲書法論述的名言，此句蓋在強調創作之前須先立意，不可無的放矢。又「墨淡則傷神彩，絕濃必滯筆鋒」，講求墨色運用之適中；「筋骨精神，隨其大小」，認爲筋骨精神的表現須隨順對象之大小，所論具有新意。

〈三十六法〉：

排疊　字欲其排疊疏密停勻……

避就　避密就疏，避險就易，避遠就近，欲其彼此映帶得宜……

頂戴　字之承上者多，惟上重下輕者頂戴，欲其得勢……

穿插　字畫交錯者，欲其疏密、長短、大小勻停……

向背　字有相向者，有相背者，各有體勢，不可差錯……

黏合　字之本相離開者，即欲黏合，使相著顧揖乃佳……

增減　字有難結體者，或因筆畫少而增添……。或因筆畫多而減省……但欲體勢茂美，不論古字當如何書也。

應副　字之點畫稀少者，欲其彼此相映帶，故必得應副相稱而後可。又如……必一畫對一畫，相應亦相副也。

朝揖　凡字之有偏旁者，皆欲相顧……

救應　凡作字，一筆才落，便當思第二三筆如何救應，如何結裹……

附麗　字之形體，有宜相附近者，不可相離……，以小附大，以少附多是也。

却好　謂其包裹斗湊不致失勢，結束停當，皆得其宜也。

各自成形　凡寫字欲其合而爲一亦好，分而異體亦好，由其能各自成形故也。至於疏密大小，長短闊狹亦然，要當消詳也。

相管領　欲其彼此顧盼，不失位置，上欲覆下，下欲承上，左右亦然。

〈三十六法〉主要針對書法之結字原則進行個別的提示，其觀點與〈八訣〉「斜正如人」一樣，將字體結構與人體結構相比附，賦予書法文字以生命的意義，特別強調對比變化中整體的平衡和諧。〈三十六法〉對字體結構的分析較隋釋智果的〈心成頌〉顯然更爲深入細膩。〈八訣〉和〈三十六法〉大抵針對楷書而發。楷書作爲一種正體，自然須要更多「法」的約束，然而他們不願這種約束導致書法之僵死，故又強調生意及變化。唐人對書「法」的重視與楷書的成熟當有所關聯。

歐陽詢論書運用辯證及類比方法而歸結於「中和」之道。若從其論述主題著眼則明顯有重「法」的傾向，且所論較前人更爲細膩，乃爲繼隋釋智果〈心成頌〉之後的進一步發展，這是他在書論方面的主要貢獻。雖然歐陽詢也曾學習王羲之書，但其後期書法骨氣勁峭，法度嚴謹，在一定程度上表露了他對法的重視以及北方勁實風格之傾向。

（二）虞世南

虞世南（558～638）博學，擅詩文，工書法，爲十八學士之一。有說其所以受到重用一在常對太宗勸諫，二在其對前代歷史的深刻認識，而非因於詩文或書法之故。〔註8〕《舊唐書・虞世南傳》有：「善屬文，常祖述徐陵，陵亦言世南得己之意」、「同郡沙門智永善王羲之書，世南師焉，妙得其體，由是聲名籍甚。」〔註9〕其存世詩作多宮體艷詩；書法偏工眞、行，爲王字一路，含蓄而有晉韻。張懷瓘《書斷》云：「其書得大令之宏規，含五方之正色，姿容秀出，智勇在焉。秀嶺危峰，處處間起，行草之際，猶所偏工，及其暮齒，加以遒逸。」〔註10〕唐太宗詩文所以好效徐（陵）、庾（信）體，書法特好王羲之，除了當時社會風氣的薰染之外，當亦與虞世南的影響有關。〔註11〕虞世南書法由智永而上溯王獻之、王羲之，乃楊隋南方書風（或「行押書」），與歐陽詢勁直險峭的類北方書風（或「銘石書」）有別。二人在奉敕於弘文館教示楷法之前，歐之書名遠播，而虞則不以書名，由此可見時風之變易。張懷瓘《書斷》評論道：「歐若猛將深入，時或不利；虞若行人妙選，罕有失辭。虞則內含剛柔，歐則外露筋骨，君子藏器，以虞爲優。」〔註12〕然而若就二人書法之相似處言，則其楷書皆法度嚴謹，字形瘦長勁挺，完全展現此期重法、重骨的特質。應該說，「書貴瘦硬始通神」是初唐楷書四大家（加上褚遂良和薛稷）的共同特點。虞世南書法代表作〈孔子廟堂碑〉，一派含蓄內斂的中和氣象，雖然其書寫內容與儒學密切相關，有可

〔註8〕臧清：〈初唐的文學理解與文學觀念的形成〉，參見中國唐代文學學會、廣西師範大學文學院、廣西師範大學出版社編：《唐代文學研究年鑑・2008》，頁133。原刊《鄭州大學學報》2007 年第 5 期）。

〔註9〕《舊唐書・虞世南傳》，《文淵閣四庫全書》史部・正史類・《舊唐書》卷七十二。另參見唐・虞世南撰；胡洪軍、胡遐輯注：《虞世南詩文集》（杭州：浙江古籍出版社，2012 年 3 月），頁 207～213。

〔註10〕張懷瓘：《書斷》，潘運告編著：《張懷瓘書論》，頁 178。

〔註11〕朱關田：《中國書法史：隋唐五代卷》，頁 28。

〔註12〕張懷瓘：《書斷》，潘運告編著：《張懷瓘書論》，頁 178。

能影響其創作風格，但書寫乃是一種「流出」，若作者本身沒有儒家中和之氣的涵養，亦不可能有此創作。

虞世南書法師從智永，又以二王爲宗，前者爲釋家，後者道家氣息濃厚，而其本人實爲儒家，其書論能融合三家思想，在儒家的中和美學中，亦強調自然無爲的玄妙之道。實際上，虞世南已將二王偏向道家的審美理念與儒家的中和之道加以融合，而這種以儒爲主而能兼融釋道的思想，正符合初唐多元兼融的時代需求。

虞氏的書論著作有〈筆髓論〉、〈書旨述〉、〈勸學篇〉〔註13〕，以下摘要述之：

〈筆髓論〉：

> 文字經藝之本，王政之始也。倉頡象山川江海之狀，龍蛇鳥獸之跡，而立六書。戰國政異殊俗，書文各別，秦患多門，約爲八體，後復訛謬，凡五易焉，然並不述用筆之妙。及乎蔡邕、張、索之筆，鍾繇、衛、王之流，皆造意精微，自悟其旨也。(〈筆髓論‧敍體〉，他本或作〈原古〉)。

此論書法本於文字，造字之源實亦書法之源，更提及書法用筆之自覺乃自漢代蔡邕等人開始，而文中「造意」、「自悟」亦值重視。又：

> 心爲君，妙用無窮，故爲君也。手爲輔，承命竭股肱之用故也。力爲任使，纖毫不撓，尺寸有餘故也。管爲將帥，處運用之道，執生殺之權，虛心納物，守節藏鋒故也。毫爲士卒，隨管任使，迹不凝滯故也。字爲城池，大不虛，小不孤故也。(〈筆髓論‧變應〉)。

此論書法以心爲主，手爲輔，並以將帥、士卒、城池等喻管、毫、字，先後次序明確，此實謂運筆書寫之法。虞氏以作戰相關事物比喻書法，或與其指

〔註13〕關於〈筆髓論〉的作者問題，龔鵬程認爲若非虞世南所作，至少也是唐初人的作品。參見龔鵬程：〈唐初書法史初探〉，見氏著《書藝叢談》(濟南：山東畫報出版社，2007 年 5 月)，頁 21。在無確切證據證明非虞氏所作之前，本文仍將其歸爲虞世南之作。虞世南：〈筆髓論〉，《墨藪》第十三，盧輔聖主編：《中國書畫全書(一)》，頁 22。虞世南：〈書旨述〉，《法書要錄》卷三，盧輔聖主編：《中國書畫全書(一)》，頁 48。虞世南：〈勸學篇〉，《全唐文》卷一百三十八；又《墨藪》第十七，盧輔聖主編：《中國書畫全書(一)》，頁 26。另有虞世南〈書論摭遺〉兩段文字，分別見元‧盛熙明《法書考》卷七及宋‧陳思《書苑菁華》卷二十，參見〔唐〕虞世南撰：胡洪軍、胡遐輯注：《虞世南詩文集》，頁 129。

導李世民書法有關，藉由受教者熟悉的事物爲喻，當更易於導引其理解書道。
又：

> 用筆須手腕輕虛。虞安吉〔註14〕云：夫未解書意者，一點一畫皆求
> 象本，乃轉自取拙，豈成書邪！太緩而無筋，太急而無骨，橫毫側
> 管則頓慢而肉多，豎管直鋒則乾枯而露骨。終其悟也，粗而能銳，
> 細而能壯，長者不爲有餘，短者不爲不足。（〈筆髓論・指意〉）。

此節謂書意所重非在求象本。強調緩急、筋骨等的合度，而仍強調「悟」的
重要性。又：

> 筆長不過六寸，捉管不過三寸，眞一、行二、草三。指實掌虛。右
> 軍云：書弱紙強筆，強紙弱筆；強者弱之，弱者強之。遲速虛實，
> 若輪扁斲輪，不疾不徐，得之於心，應之於手，口所不能言也。拂
> 掠輕重，若浮雲蔽於晴天；波撇勾裰，若微風搖於碧海。氣如奔馬，
> 亦如朵雲，輕重出於心，而妙用應於手。然則體若八分，勢同章草，
> 而各有趣……（〈筆髓論・釋眞〉）。

虞氏首次提及了不同書體的執筆差異；並點出執筆的訣竅在「指實掌虛」，蓋
求運筆之靈活；他也強調了心手相應之道及各種書體各有其體勢與趣味。虞
氏論「法」多執其大要，不斤斤於形式，非如歐陽詢一一細舉，此二人論「法」
之大別也。又：

> 草即縱心奔放……。或體（氣？）雄而不可抑，或勢逸而不可止，
> 縱於狂逸，不違筆意也。義之云：……。但先緩引興，心逸自急也，
> 仍接鋒而取興，興盡則已。又生簇鋒，任毫端之奇，象兔絲之縈結，
> 轉剔刓角多鈎，篆體或如蛇形，或如兵陣，故兵無常陣，字無常體
> 矣：謂如水火，勢多不定，故云字無常定也。（〈筆髓論・釋草〉）。

此則說明草書的縱逸特色，強調不違筆意，又謂「但先緩引興，心逸自急也，
仍接鋒而取興，興盡則已」。其他書論極少見到針對「興」來立論，虞氏之說
許是受到詩文「感興」說的影響。虞氏對各種書體特色均加解說，其認識之
全面，亦其教學及太宗學習之全面。又：

> 字雖有質，迹本無爲，稟陰陽而動靜，體萬物以成形，達性通變，
> 其常不主。故知書道玄妙，必資神遇，不可以力求也。機巧必須心

〔註14〕虞安吉，晉代書法家，生卒年不詳。明陶宗儀《書史會要》謂其「工正草大
　　　篆」。

悟，不可以目取也。字形者，如目之視也。為目有止限，由執字體既有質滯，為目所視遠近不同，如水在方圓，豈由乎水？且筆妙喻水，方圓喻字，所視則同，遠近則異，故明執字體也。字有態度，心之輔也；心悟非心，合於妙也。且如鑄銅為鏡，非匠者之明；假筆轉心，非毫端之妙。必在澄心運思至微至妙之間，神應思徹。又同鼓瑟輪音，妙想隨意而生；握管使鋒，逸態逐毫而應。學者心悟於至道，則書契於無為，苟涉浮華，終懵於斯理也。（〈筆髓論・契妙〉）〔註15〕

此則強調「書道玄妙」，蓋「達性通變，其常不主」，因而「必資神遇，不可以力求也」，提示以「心」、「意」為主，澄心運思，勿涉浮華，而必須「心悟於至道」。虞氏明顯將《老子》虛靜無為的玄妙之道思想引入了書法美學。虞氏論「意」，已從局部的「筆意」擴展到「書意」——總體的意境美，體現初唐書論「尚意」觀的進一步發展。〔註16〕

今人龔鵬程認為：

〈筆髓論〉所說，實有超越南朝書論之處，因為六朝書論雖說強調心靈開悟與筆意，但並未將道之內容界定為無為自然，亦不曾從道之無為，下推到文字的構成也是無為的。這必須有一個道家形上學及宇宙論的底子才能這樣說，而這種氣化宇宙論的無為道心，正是唐朝初葉普遍的認識，比較《五經正義》的哲學立場便可知道。〔註17〕

由此更能肯定虞世南思想中的道家色彩。初唐對於道家思想的理解似乎伴隨著佛學的發展又向前推進了一步，之後盛唐皎然亦以「道」論詩（詳後章），可見一時之風尚。

虞氏〈書旨述〉云：

夫言篆者，傳也。書者，如也。述事契誓者也。字者，孳也，孳乳寖多者也。……而前輩數賢，遞相矛盾……俯拾眾美，會茲簡易……書法玄微，其難品繪，今之優劣，神用無方，小學疑迷，惕然將寤。

〔註15〕 他本或在本節開頭多「欲書之時，當收視反聽，絕慮凝神，心正氣和，則契於妙。……中則正，正者沖和之謂也。然則」一段文字，然此部分與李世民〈筆法訣〉同，本文依《四庫全書》所收《佩文齋書畫譜》版。

〔註16〕 王世徵：《歷代書論名篇解析》（北京：文物出版社，2012年5月），頁66、74。

〔註17〕 龔鵬程：〈唐初書法史初探〉，氏著《書藝叢談》（濟南：山東畫報出版社，2007年5月），頁22。

本篇多言文字及各種書體發展大概，蓋以宏觀角度述其旨。虞氏論書多與文字聯繫，但又能深刻地指出書法藝術之特質。此篇文字與書法未分，文末又言「書法玄微」、「小學疑迷」，乃有以文字爲本之意。

〈勸學篇〉：

> 羲之云：耽玩之功，積如丘山。張芝學書，池水盡墨。當其雅趣，求彼眞意，無圖其形容而滯於體質，此貴乎志意專精，必有誠應也。……羲之云：自非通靈感物，不可與談斯道。夫道者，學以致之，飽食終日，無所用心，則去之逾遠矣。不得其門而入，雖勤苦而難成矣。吾象外爲宅，不變爲姓，常定爲字，其筆跡豈殊吾體耶？
>
> 獻之佩服斯言，退而臨寫，向逾三歲，竟昧其微，況乃不學乎？

虞氏此篇雖重學習工夫，但強調須得其「眞意」以及「通靈感物」的必要性，顯示了他的書法學習觀。此處且已出現「象外」一詞。

此外，虞世南在〈琵琶賦〉中謂：「參古今而定質，凝神明而攄思」、「惟適道以從宜，故無取乎凝滯」、「夫道以簡易爲尊，物以精微爲貴」。〔註18〕可知他對於藝文有重「質」、「簡」、「精」並強調「從宜」、「參古今」、「凝神明」等觀點，既能堅持根本核心，又具通變思維。

就書法言，相較於歐陽詢屬於北方勁實風格的書法，虞世南則偏向南方溫雅的書風；就書論言，歐氏以儒家思想爲主，能詳盡細論而不避形式之「法」，虞氏則多從大處著眼，強調書之玄妙，能兼融儒、道二家。前者可謂隋代書法及書論在初唐之發展；後者則爲初唐前期書法及書論繼六朝之後的深化與轉進，具兼融儒道的中和色彩。

（三）李世民

唐太宗李世民（599～649）論書主要有〈筆意〉、〈筆法訣〉、〈論書〉、〈指意〉及〈王羲之傳論〉等。〔註19〕武后朝李嗣眞（？～696）在《書後品》中稱：「太宗與漢王元昌、褚僕射遂良等，皆受之於史陵。」〔註20〕知太宗行書

〔註18〕虞世南：〈琵琶賦〉，〔唐〕虞世南撰；胡洪軍、胡遐輯注：《虞世南詩文集》，頁33～34。

〔註19〕唐太宗：〈筆意〉、〈筆法訣〉、〈論書〉、〈指意〉，均見宋・朱長文編：《墨池編》卷二，盧輔聖主編：《中國書畫全書（一）》，頁222。張天弓〈唐太宗〈筆意〉考〉以爲朱長文收錄唐太宗〈筆意〉或恐有據，仍當維持舊說，參見氏著：《張天弓先唐書學考辨文集》，頁439～440。

〔註20〕李嗣眞：《書後品》，潘運告編著：《初唐書論》，頁157。

出自史陵，而後參學虞世南，其書法理念深受虞世南的影響應是無庸置疑的，因而其有關書法理論的文字，基本上與虞氏一致，甚至不排除有部分係虞氏之作品。又由北周入隋的李淵（唐高祖）書法師王褒，屬於二王一脈，而唐太宗推崇王羲之，主要觀點多來自梁武帝蕭衍，當亦不無其父之影響。〔註21〕

李世民〈筆意〉：

> 夫學書者，先須知有王右軍絕妙得意處，真書〈樂毅論〉，行書〈蘭亭〉，草書〈十七帖〉，勿令有死點畫，書之道也。學書之難，神采為上，形質次之，兼之者便到古人。以斯言之，豈易多得？必使心忘於筆，手忘於書，心手遺情，書不妄想。要在求之不見，考之即彰。〔註22〕

此篇首先確立王羲之的楷模地位，強調書之「活」，「勿令有死點畫」，當以神采為上，但仍須兼具形質，並指出「忘」的創作工夫。「中和」（此處為「兼之」）的理念固來自儒家，而「忘」的理念則出自《莊子》，儒道思想交相融合於其間。

〈筆法訣〉：

> 夫欲書之時，當收視反聽，絕慮凝神，心正氣和，則契於玄妙。心神不正，字則欹斜；志氣不和，書必顛覆。其道同魯廟之器，虛則欹，滿則覆，中則正。正者，冲和之謂也。大抵腕豎則鋒正，鋒正則四面勢全。次實指，指實則節力均平。次虛掌，掌虛則運用便易。為點必收，貴緊而重。為畫必勒，貴澀而遲。為撇必掠，貴險而勁。為豎必努，必戰而雄。為戈必潤，貴遲疑而右顧。為環必郁，貴蹙鋒而總轉。為波必磔，貴三折而遣毫。〔註23〕

〔註21〕 黃惇：《秦漢魏晉南北朝書法史》（南京：江蘇美術出版社，2009年2月），頁362～363。此外值得注意的是此期所謂「南北書風」的問題，這與「古質今妍」亦有所關聯。許洪流認為南北朝書法的實際情況是當時有兩種通行書體，即「銘石書」與「行押書」，二者功能不同，用筆亦異，而南方多習後者，北方多習前者。此或可為地域文化影響說增添審美傾向上的原由。參見許洪流：〈論魏晉南北朝的筆法傳承與充實‧附：略議六朝南北書風分岐的實質〉，《中國書法》2000年第7期（總第87期），頁49。

〔註22〕 唐太宗：〈筆意〉，北宋‧朱長文《墨池編》卷二載錄，亦見《全唐文》卷十，見盧輔聖主編：《中國書畫全書（一）》，頁222。張天弓〈唐太宗〈筆意〉考〉以為朱長文收錄是篇或恐有據，仍當維持舊說。參見氏著：《張天弓先唐書學考辨文集》，頁439～440。

〔註23〕 此篇標題亦有作〈筆法論〉者。

本篇前段亦曾出現在虞世南《筆髓論・契妙》中，當與虞氏有關；後段論筆法，大底多出己意。此篇最凸出的核心論題就是「中正」，除了「絕慮凝神」、「契於玄妙」等較具道家色彩的字眼之外，極力強調儒家中和思想。另外也提到「腕豎」、「實指」、「掌虛」等執筆要點及其他筆法規則。虞氏與李世民論「法」多重執筆及用筆而不斤斤於形式架構。

〈論書〉：

> 太宗嘗謂朝臣曰：書學小道，初非急務，時或留心，猶勝棄日。凡諸藝業，未有學而不得者也。病在心力懈怠，不能專精耳。朕少時為公子，頻遭敵陣，義旗之始，乃平寇亂。執金鼓必有指揮，觀其陣即知強弱。以吾弱對其強，以吾強對其弱，敵犯吾弱，追奔不逾百數十步，吾擊其弱，必突過其陣，自背而返擊之，無不大潰。多用此致勝，朕思得其理深也。今吾臨古人之書，殊不學其形勢，惟在求其骨力，而形勢自生耳。吾之所為，皆先作意，是以果能成也。
> 〔註24〕

以兵喻書，虞世南《筆髓論・變應》已有先例，此處則再加述說。李世民特別強調「骨力」，認為有骨力則形勢自生；又謂其所為「皆先作意」，凸顯創作主體性的「意」，這也是虞世南所重視的（造意），但二者之「意」或有差別，畢竟個人之性情涵養不同，然而要求「意在筆前」卻是一致的。就「意」而論，虞氏偏向「悟」；而李氏則重「骨」，可見虞氏的道家意味較濃，而李氏的儒家理念較重。另就理論與創作之密合而言，則虞書之工夫似較到家；李書則未如其所言的凸顯了「骨」。蓋理論與創作的合一乃須相當程度的工夫基礎，而且與個人之情性修養等相關，李氏論書雖多從虞氏之學，但虞氏論書乃出自己身之認知與體悟，而李氏或未必是。

〈指意〉：

> 夫字以神為精魄，神若不和，則字無態度也；以心為筋骨，心若不堅，則字無勁健也；以副毛為皮膚，副若不圓，則字無溫潤也。所資心副相參用，神氣冲和為妙，今比重明輕，用指腕不如鋒芒，用鋒芒不如冲和之氣，自然手腕輕虛，則鋒含沉靜。夫心合於氣，氣合於心；神、心之用也；心，必靜而已矣。虞安吉云：夫未解書意，

一點一畫皆求象本，乃轉自取拙，豈是書耶？縱放類本，體樣奪眞，可圖其字形，謂可稱解筆意，此乃類乎效顰，未入西施之奧室也。……大者不爲有餘，短者不爲不足，思與神會，同乎自然，不知所以然而然矣。〔註25〕

本篇部份內容與虞世南《筆髓論・指意》同，此篇重心在「心」、「氣」、「神」三者，強調「心靜」、「神和」，「心與氣合」、「思與神會」而歸乎自然。另以人身爲比附，蓋強調書法作品整體之生命氣息，而此生命氣息又與書家當下之創作狀態緊密連結。

〈王羲之傳論〉：

鍾雖擅美一時，亦爲迥絕，論其盡善，或有所疑。至於布纖濃、分疏密，霞書雲卷，無所間然。但其體則古而不今，字則長而逾制，語其大量，以此爲瑕。獻之雖有父風，殊非新巧。觀其字勢疏瘦，如隆冬之枯樹；覽其筆踪拘束，若嚴家之餓隸。其枯樹也，雖槎枿而無屈伸；其餓隸也，則羈羸而不放縱。兼斯二者，固翰墨之病歟！子雲近世擅名江表，然僅得成書，無丈夫之氣。行行若縈春蚓，字字如綰秋蛇，臥王蒙於紙中，坐徐偃於筆下；雖秃千兔之翰，聚無一毫之筋；窮萬谷之皮，斂無半分之骨。以兹播美，非其濫名耶？此數子者，皆譽過其實。所以詳察古今，研精篆、素，盡善盡美，其惟王逸少乎！觀其點曳之工，裁成之妙，煙霏露結，狀若斷而還連；鳳翥龍蟠，勢如斜而反直。玩之不覺爲倦，覽之莫識其端。心摹手追，此人而已。其餘區區之類，何足論哉！〔註26〕

本篇著眼重點在筆墨形式上，這或許是孫過庭斥責的「外狀其形，內迷其理」。〔註27〕此篇對王獻之等人實有未符實際狀況的過度貶抑之評，以帝王之尊而親爲之傳，蓋深有意焉，其中貶抑王獻之而獨尊王羲之的用意十分明顯。從中亦可見李世民論書講求「盡善盡美」，重「筋」、「骨」，要求有「丈夫氣」，此與儒家中和、有爲思想相吻合。事實上，李世民〈帝京篇序〉即曾言：「故觀文教於六經，閱武功於七德；臺榭取其避燥濕，金石尚其諧神人；皆節之

〔註25〕唐太宗：〈指意〉（亦有作〈指法論〉者），北宋・朱長文《墨池編》卷二載錄，盧輔聖主編：《中國書畫全書（一）》，頁222。

〔註26〕李世民：〈王羲之傳論〉，見《晉書・王羲之傳》，本文引自潘運告編著：《初唐書論》，頁95。

〔註27〕周膺：《書法審美哲學》，頁218。

於中和，不繫之於淫放。」〔註28〕凸顯其「中和」觀點，此乃其推重王羲之
的重要原因之一。

吳榮富認爲「〈筆法訣〉與〈指意〉二篇之觀點，大約是東漢以下到虞世
南共同心法與筆法要訣。而〈論書〉與〈王羲之傳論〉，才是眞正能代表李世
民個人的獨特見解。」〔註29〕東漢以下至唐初是否有共同心法與筆法要訣且
不去論它，惟李世民受虞世南之影響倒是可以從書論中看出一二，然獨尊王
羲之乃李氏之獨見，當非全從書法審美之角度著眼。然李世民與虞世南在書
法審美的觀點並不完全一致，細較二人書論可知虞氏明顯較爲專家，其書論
融入了更多的道家色彩，而李世民則強調儒家觀點，且未提及小學與書法的
關係，當然這也可能有一部分因素是身分差異所造成的結果。若論虞世南與
李世民論書最大的差異，或就在前者重「悟」而後者重「骨」，李氏更推揚王
羲之而貶抑王獻之。

總結初唐前期書論，一開始已顯示出新的氣象。歐陽詢論書多從實用的
學習觀點著眼，對「法」進行了細密的分析，此部分實爲隋釋智果〈心成頌〉
的進一步發展。虞世南和李世民則爲王羲之一系，書論直承魏晉六朝而有進
一步之發展。歐、虞二者論書之差異，或與其對象有關，歐陽詢乃針對一般
學書之人發論，虞世南指導的主要是當朝皇帝，所論多大處著眼而不於細節
上斤斤計較。虞世南既強調「書意」，又求「筋」、「骨」、「肉」之中和，重視
學習的功夫，又謂通靈感物之必要，其書法思想能兼融儒、道，顯示了較爲
寬廣的書法審美視野與深度。基本上他從精神上繼承南朝厚古薄今一派的書
史觀念，然而一定程度地排斥鍾、張而獨崇四王（王廙、王洽、王羲之、王
獻之），推翻了梁武帝等人對鍾、張的提倡，爲大王的獨尊立下了理論的基礎。
李世民除了受到虞氏之影響而強調「書意」、「神彩」，要求「心手遺情」以達
「玄妙」，並有中和之述外，以兵喻書及指實掌虛的執筆要求皆爲二人之共
識，然李世民特別強調「骨力」，又謂其作「皆先作意」，而虞氏亦有重意之
論。強調書法之用筆，以辯證的活法闡述內含筋骨而臻於中和之道並推崇王
羲之的書學理念，實爲初唐前期書論之重心，虞世南與李世民堪爲此期書論

〔註28〕 唐太宗：〈帝京篇序〉，見《唐太宗集》，《全唐詩》（北京：中華書局1960年4
月）卷一載錄，第一冊）頁1。

〔註29〕 吳榮富：〈唐太宗的書法學考論——從《溫泉銘》的相關問題切入〉，成功大
學中文系、臺灣大學中文系編：《知性與情感的交會——唐宋元明學術研討會
論文集》（臺北：大安出版社，2005年7月），頁13。

之代表人物，這種兼融儒道並強調「中和」的觀點，完全吻合當時「兼融南北」的政策主張與時代之需求；而歐陽詢則是承繼隋代書論發展的高峰，爲唐代書「法」的建立奠定了基礎。

二、後期——系統專論與「逸品」的提出

（一）孫過庭

孫過庭（646～689）〔註30〕，新、舊《唐書》無傳，《陳子昂集》收有〈率府錄事孫君墓誌銘〉及〈祭率府孫錄事文〉，可粗略了解其人事跡。又《述書賦》註云：「孫過庭，字虔禮，富陽人，右衛冑曹參軍。」《宣和書譜》亦稱「孫過庭字虔禮」，而《書譜》墨跡本卷上自署「吳郡孫過庭」，張懷瓘《書斷》則謂「孫虔禮字過庭」，與陳子昂〈率府錄事孫君墓誌銘〉所稱相同。朱關田認爲當以墓誌爲準；〔註31〕王仁鈞以陳子昂爲孫過庭生前好友，故應比較可靠。〔註32〕孫氏書法，現有《書譜》草書墨跡可以參見（藏台北故宮），張懷瓘《書斷》謂其「草書憲章二王，工於用筆，俊拔剛斷，尙異好奇，然所謂少功用，有天才。眞行之書，亞於草矣。」又謂「過庭隸、行、草入能。」〔註33〕歷來對孫氏《書譜》的評價自有起伏，對其書法亦有褒有貶，今人則大抵肯定孫氏的草書成就。〔註34〕

《書譜》之名不見於唐人著錄，而張懷瓘《書斷》卷下稱孫過庭嘗著《運筆論》，〔註35〕且所引文字與《書譜》同，啓功因而認定張懷瓘所言之《運筆論》即《書譜》。〔註36〕而沙孟海亦謂《運筆論》即《書譜序》之別稱，非另有一篇。〔註37〕

〔註30〕關於孫過庭生卒年，本文依朱關田之推斷，參見朱關田：〈孫過庭及其書譜序考〉，氏著《唐代書法考評》（杭州：浙江人民美術出版社，1992年2月），頁152。原刊於（香港）《書譜》1982年第5期。

〔註31〕朱關田：〈孫過庭及其書譜序考〉，氏著《唐代書法考評》，頁147。

〔註32〕王仁鈞撰述：《書譜》（台北：金楓出版社，1999年4月革新一版），頁19。

〔註33〕潘運告編著：《張懷瓘書論》，頁207。

〔註34〕關於後人對孫過庭《書譜》的評價，可參見洪文雄：〈論中國歷代對孫過庭《書譜》的評價與詮釋〉，《逢甲社會人文學報》第20期（2010年6月），頁143～185。

〔註35〕潘運告編著：《張懷瓘書論》，頁207。

〔註36〕啓功：〈孫過庭《書譜》考〉，《啓功書法叢論》（北京：文物出版社，2003年12月），頁54。 該文收入中國書法家協會主編：《當代中國書法論文選·書史卷》（北京：榮寶齋出版社，2010年6月），頁475～497。

〔註37〕沙孟海著述；鄭紹昌整理補注：《書譜注釋》（上海：上海古籍出版社，2008年2月），〈書譜序注釋〉，無頁碼。

又關於《書譜》是否完篇，歷來多有爭議。朱建新認爲《書譜》已是全文，其論點中有謂「且唐以前論書之作，皆爲短篇」，或値參酌。〔註38〕馬國權不同意朱氏的見解，且提出「明言爲『譜』，而並無譜式，也與『書譜』名實不符」。〔註39〕朱關田則同意包世臣、徐邦達、啓功等人的看法，認爲傳世的《書譜》卷上，僅是序文而不是正譜。〔註40〕殷蓀從《書譜》之內容及陳子昂所說「不與其遂」亦認定其爲序言。〔註41〕周士藝認爲「序」是文體名，因而《書譜序》不是《書譜序言》，周氏之說亦備一格。〔註42〕胡方鋐則認爲《書譜》現存的文字既不是序，也不是全文，而是「卷上」，乃由兩篇文章（鑒、察）組成；「卷下」應由四篇文章（執、使、轉、用）組成，但未寫出。〔註43〕綜合諸說，筆者以胡說或較可能。傳世《書譜》除文字之外，理當有其「譜式」，此或本欲配合卷下之「執、使、轉、用」出之，無奈未能寫出。陳子昂〈率府錄事孫君墓誌銘〉有云：「將期老而有所述……志竟不遂」，所稱不遂者大抵指此。

《書譜》之內容，先論鍾、張、二王之書，更定其優劣；次述書學之要及貫通之道，並辨專精、兼善、乖合、優劣之故；三舉世傳名跡，辨別是非，指斥僞誤；四論執、使、轉、用之術併世傳右軍名跡；五述精熟、通會、察精、擬似、遲速、盡善之道，兼獨行、偏翫之弊；六稱書學之妙；最後自述作譜之旨。〔註44〕《書譜》所論全面、深刻且具系統性，能出前人之外，此亦其主要貢獻之一。以下摘要述之：

〔註38〕 朱建新：〈孫過庭書譜評考〉，見氏著：《孫過庭書譜箋證》（台北：華正書局，1985 年 7 月），該文頁 4。

〔註39〕 馬國權：《書譜譯註》（台北：華正書局，1985 年 10 月），頁 3。

〔註40〕 朱關田：〈孫過庭及其書譜序考〉，氏著《唐代書法考評》，頁 155。

〔註41〕 殷蓀：〈論孫過庭〉，《書法研究》1987 年第 1 期。收入上海書畫出版社編：《二十世紀書法研究叢書·品鑒評論篇》（上海：上海書畫出版社，2000 年 12 月），頁 114～115。

〔註42〕 周士藝：《書譜序注疏》（上海：上海古籍出版社，2009 年 12 月），〈引言〉頁 1。

〔註43〕 胡方鋐：《書譜探微》（濟南：齊魯書社，2012 年 4 月），序頁 3 及頁 6、9～11。

〔註44〕 清·朱履貞《書學捷要》曾將《書譜》之文字內容解析爲十五段；今人朱建新〈孫過庭書譜評考〉分爲六篇（參見氏著《孫過庭書譜箋證》，頁 5～6）；姚平《孫過庭書譜今註今譯》（台北：正中書局，1981 年 6 月）亦分六章（參見該書頁 72～74）；王仁鈞《書譜》則將其分爲七章（與分六章實無差別，參見該書頁 29～30）；胡方鋐《書譜探微》分爲 34 段（參見該書頁 1～4）。

夫質以代興，妍因俗易。雖書契之作，適以記言；而淳醨一遷，質文
三變，馳騖沿革，物理常然。貴能古不乖時，今不同弊，所謂「文質
彬彬，然後君子」。何必易雕宮於穴處，反玉輅於椎輪者乎？……是知
逸少之比鍾、張，則專博斯別；子敬之不及逸少，無或疑焉。〔註45〕

孫氏於此段首先說明「時變」的觀點，雖強調「文質兼善」，實則是在文質
並重的框架內推崇形式。〔註46〕其次表明尊羲之而抑獻之的立場，強調羲之
書能「博」，此為其與鍾繇、張芝之差別所在。其實，王獻之的自我評價正
體現了「時變」的特點，其對自身藝術成就的自得，和禮法上的尊卑長幼似
無瓜葛。〔註47〕按獻之書乃羲之書的進一步發展，因而「加之以遒逸」，可
見孫氏於此持論較為保守，且與其所述見解略有矛盾，殆有意迎合武則天使
然。〔註48〕其從禮法角度批評獻之，今人恐難認同。然而他以具體的分析方
法指出鍾、張、大王的優劣之分乃在「專博」之別，則有較為客觀的持論和
獨見。後來張懷瓘評論二王即沿此思路。又：

觀夫懸針垂露之異，奔雷墜石之奇，鴻飛獸駭之資，鸞舞蛇驚之態，
絕岸頹峰之勢，臨危據槁之形。或重若崩雲，或輕如蟬翼，導之則
泉注，頓之則山安；纖纖乎似初月之出天崖，落落乎猶眾星之列河
漢；同自然之妙有，非力運之能成；信可謂智巧兼優，心手雙暢；
翰不虛動，下必有由。一畫之間，變起伏於峰杪；一點之內，殊衄
挫於毫芒。……詎知心手會歸，若同源而異派；轉用之術，猶共樹
而分條者乎？加以趨使適時，行書為要；題勒方畐，真乃居先。草
不兼真，殆於專謹；真不通草，殊非翰札。真以點畫為形質，使轉
為情性；草以點畫為情性，使轉為形質。草乖使轉，不能成字；真
虧點畫，猶可記文。回互雖殊，大體相涉。故亦旁通二篆，俯貫八
分，包括篇章，涵泳飛白，若毫釐不察，則胡、越殊風者焉。……
雖篆、隸、草、章，工用多變，濟成厥美，各有攸宜。篆尚婉而通，
隸欲精而密，草貴流而暢，章務檢而便。然後凜之以風神，溫之以
妍潤，鼓之以枯勁，和之以閒雅。故可達其情性，形其哀樂。……

〔註45〕孫過庭《書譜》本文皆自周士藝：《書譜序注疏》（上海：上海古籍出版社，
2009年）引出，後不另加註。
〔註46〕王耘：《唐代美學範疇研究》（上海：學林出版社，2005年8月），頁173。
〔註47〕鄧寶劍：《玄理與書道》（北京：人民美術出版社，2011年1月），頁46。
〔註48〕胡方鈸：《書譜探微》（濟南：齊魯書社，2012年4月），序頁2。

又一時而書，有乖有合，合則流媚，乖則雕疏。略言其由，各有其
五：神怡務閒，一合也；感惠徇知，二合也；時和氣潤，三合也；
紙墨相發，四合也；偶然欲書，五合也。心遽體留，一乖也；意違
勢屈，二乖也；風燥日炎，三乖也；紙墨不稱，四乖也；情怠手闌，
五乖也。乖合之際，優劣互差。得時不如得器，得器不如得志。

此長段敘述其個人學書心得，指出不同書體各有其功用與特色，但彼此之間
亦有所聯繫，特別是草書與楷書互爲辯證的關係。「達其情性，形其哀樂」則
可見其對書法具有「表情達性」的觀點。此外他首度提出「五合五乖」的說
法，著實地拓展了傳統書法創作論的內容。又：

代有〈筆陣圖〉七行……雖則未詳眞僞，尚可發啓童蒙，既常俗所
存，不藉編錄。至於諸家勢評，多涉浮華，莫不外狀其形，內迷其
理……

此段批評前人相關書論之缺失，蓋論其著《書譜》之原由。由此，或可猜測
孫氏之著《書譜》，可能受到當時〈筆陣圖〉的啓發。又：

夫心之所達，不易盡於名言；言之所通，尚難形於紙墨。粗可彷彿
其狀，綱紀其辭，冀酌希夷，取會佳境，缺而未逮，請俟將來。今
撰執、使、轉、用之由，以祛未悟。執，謂深淺長短之類是也；使，
謂縱橫牽掣之類是也；轉，謂鉤鐶盤紆之類是也；用，謂點畫向背
之類是也。……寫〈樂毅〉則情多怫郁，書〈畫贊〉則意涉瑰奇，〈黃
庭經〉則怡懌虛無，〈太師箴〉又縱橫爭折。暨乎蘭亭興集，思逸神
超；私門誡誓，情拘志慘。所謂涉樂方笑，言哀已嘆。豈惟駐想流
波，將貽嘽嗳之奏；馳神睢渙，方思藻繪之文。雖其目擊道存，尚
或心迷義舛，莫不強名爲體，共習分區，豈知情動形言，取會風騷
之意；陽舒陰慘，本乎天地之心。既失其情，理乖其實，原夫所致，
安有體哉！夫運用之方，雖由己出，規模所設，信屬目前，差之一
毫，失之千里，苟之其術，適可兼通。心不厭精，手不忘熟。若運
用盡於精熟，規矩闇於胸襟，自然容與徘徊，意先筆後，瀟灑流落，
翰逸神飛。亦猶弘羊之心，預乎無際；庖丁之目，不見全牛。

此段概述「執、使、轉、用之由」，且列舉羲之在書寫爲世所傳習的各件名作
時之心境，強調「心」（情、意、思……）的重要，惟此處所舉多爲規整的小
楷作品，似較難與其描述文字相稱，或有誇飾之嫌。此外他也認爲要「心不

忘精」、「手不忘熟」、「意先筆後」，書寫時須達到「自然」的高度。歐陽詢及虞世南等人亦皆強調「意」與「自然」，孫氏之說特別重視功力（「心不忘精」、「手不忘熟」），「心悟手從」乃其重要的審美意識之一，而其另一重要的審美意識則是「形式與內容的統一」。〔註49〕又：

> 若思通楷則，少不如老；學成規矩，老不如少。思則老而欲妙，學乃少而可勉。勉之不已，抑有三時；時然一變，極其分矣。至如初學分布，但求平正；既知平正，務追險絕；既能險絕，復歸平正；初謂未及，中則過之，後乃通會。通會之際，人書俱老。仲尼云：五十知命，七十從心。故以達夷險之情，體權變之道，亦猶謀而後動，動不失宜。時然後言，言必中理矣。是以右軍之書，末年多妙。當緣思慮通審，志氣和平，不激不厲，而風規自遠。……假令眾妙攸歸，務存骨氣；骨氣存矣，而遒潤加之。……是知偏工亦就，盡善難求。雖學宗一家，而變成多體，莫不隨其性欲，便以為姿。質直者則俓侹而不遒……況書之為妙，近取諸身。假令運用未周，尚虧工於秘奧；而波瀾之際，已浚發於靈臺。必能傍通點畫之情，博究始終之理，熔鑄蟲、篆，陶均草、隸。體五材之並用，儀形不極；象八音之迭起，感會無方。至若數畫並施，其形各異；眾點齊列，為體互乖。一點成一字之規，一字乃終篇之準。違而不犯，和而不同；留不常遲，遣不恆疾；帶燥方潤，將濃遂枯；泯規矩於方圓，遁鉤繩之曲直；乍顯乍晦，若行若藏；窮變態於毫端，合情調於紙上；無間心手，忘懷楷則。
> 自可背羲、獻而無失，違鍾、張而尚工。

此段從書法學習的角度出發談論書理。首先說明學書有一定之進程，此間強調「權變」、「時中」、「中和」、「兼通」等理念，又提醒學者當以「骨氣」為先，而後加以「遒潤」。另外也指出書風與性情的關聯，並認為只要能觀乎天文、人文，近取諸身，加以融會貫通，靈活運用，自能得之。

　　關於書法的創作風格，初唐時期，唐太宗、歐陽詢等都提倡「骨力說」；孫過庭則認為「假令眾妙攸歸，務存骨氣；骨氣存矣，而遒潤加之……」一派

〔註49〕 殷蓀：〈論孫過庭〉曾指出二點《書譜》的審美意識：「心悟手從」和「形式與內容的統一」。參見上海書畫出版社編：《二十世紀書法研究叢書・品鑒評論篇》（上海：上海書畫出版社，2000年12月），頁115～117。

內外兼包的中和思想。他在「隨其性欲，便以爲姿……斯皆獨行之士，偏玩所乖」一段，間接指出了人的心性與書法作品風格表現上的密切關聯。〔註50〕

孫過庭的書學觀念首先當是強調書家「盡性」、「率性」，才可能「合情調於紙上、窮變態於毫端」，才能「情動形言，取會風騷之意；陽舒陰慘，本乎天地之心。」他雖重視「一畫之間，變起伏於峰杪；一點之內，殊衄挫於毫芒」的造型性，但在實質上，則仍將創作主體的「情深調合」的創作狀態視爲首務。〔註51〕陳子昂〈率府錄事孫君墓誌銘并序〉言及孫過庭「獨考性命之理，庶幾天人之際」，可見孫氏對情性論當有較深入的理解。此外亦應注意《書譜》中多有引用詩文理論文字者，如「聞夫家有南威之容，乃可論於淑媛；有龍泉之利，然後議於斷割」（引曹植名言）、「涉樂方笑、言哀已嘆」（引自陸機〈文賦〉）……，可略窺書論與詩文理論的交融與影響。

龔鵬程認爲《書譜》的特出之處：一是對漢魏以來書論的批評反省，特別是在筆法方面更進一步，提出「書表性情，技進於道」的主張，確立了《書譜》在書學史上關鍵的地位；二是孫過庭的美學取向是兼通中和的。〔註52〕龔氏從宏觀的角度概要地點出《書譜》的特點，惟《書譜》確有豐富的內容，因而仍有許多面向值得注意。孫過庭書論與初唐前期歐陽詢、虞世南與李世民明顯不同，乃立足於書法藝術的美學角度來進行論述；又其「中和」的美學主張，顯係延續歐、虞、李等人的見解，實是初唐文藝「兼融南北」的政策主張與時代總體趨向。又《書譜》堪稱爲書史上具系統性的專論著作，其在書論上的地位當可與鍾嶸《詩品》在詩論上之地位相比擬。

（二）李嗣真

李嗣眞（？～696）論書有〈書後品〉、〈九品書人〉等。〔註53〕他在〈書

〔註50〕梅墨生：《書譜》中的「造型」意識〉，氏著：《藝道說文：梅墨生書畫文集》（杭州：西泠印社出版社，2012年6月），頁433～434。

〔註51〕梅墨生：《書譜》中的「造型」意識〉，氏著：《藝道說文：梅墨生書畫文集》，頁434。

〔註52〕龔鵬程：〈孫過庭的書論——《書譜導讀》序〉，氏著《書藝叢談》，頁23～28。

〔註53〕李嗣眞：〈書後品〉，唐·張彥遠編：《法書要錄》卷三，盧輔聖主編：《中國書畫全書（一）》，頁51～54；另參見潘運告編著：《初唐書論》，頁151～208。〈九品書人〉，宋·朱長文編：《墨池編》卷六，盧輔聖主編：《中國書畫全書（一）》，頁254～256。〈書後品〉，亦有作〈書品後〉、〈後書品〉者。〈九品書人〉載夏商至唐善書者109人，效梁庾肩吾〈書品〉三等九品之例，分上中下三等，每等又各分上中下，共九品。

後品〉中首次提出「逸品」的說法,並將古今書人分品列等,又加以評贊,影響深遠。茲摘要於下:

> 昔倉頡造書,天雨粟,鬼夜哭,亦有感矣。蓋德成而上,謂仁、義、禮、智、信也;藝成而下,謂禮、樂、射、御、書、數也。吾作《詩品》,猶希聞偶合神交、自然冥契者,是才難也。及其作《書評》,而登逸品數者四人,故知藝之為末,信也。雖然,若超吾逸品之才者,亦當夐絕終古,無復繼作也。……今之馳騖,去聖愈遠,徒識方圓,而迷點畫,亦猶莊生之嘆盲者,《易·象》之談日中,終不見矣。太宗與漢王元昌、褚僕射遂良等,皆受之於史陵。褚首師虞,後又學史,乃謂陵曰:「此法更不可教人。」是其妙處也。陸學士柬之授之於虞秘監,虞秘監受之於永禪師,皆有法體。今人都不聞師範,又自無鑒局,雖古迹昭然,永不覺悟,而執燕石以為寶,玩楚鳳而稱珍,不亦謬哉!……始於秦氏,終於唐世,凡八十一人,分為十等。逸品五人……。上上品二人……。上中品七人……。上下品十二人……歐陽草書,難於競爽,如旱蛟得水,魃兔走穴,筆勢恨少;至於鐫勒及飛白諸勢,如武庫矛戟,雄劍欲飛。虞世南蕭散灑落,真草惟命,如羅綺嬌春,鵁鴻戲沼,故當子雲之上。褚氏臨寫右軍,亦為高足,豐艷雕刻,盛為當今所尚,但恨乏自然,功勤精悉耳。……中下品七人……評曰:古之學者,皆有規法;今之學者,但任胸懷,無自然之逸態,有師心之獨任……。

〈書後品〉喜用「如」、「若」的比喻、象徵手法進行描述,大量運用了自然物象、人物品藻……等文學意象,除分品及等次之外,每品皆先敘說,再加「評」、「贊」。前言逸品四人,列等次時,又加李斯小篆於張芝章草、鍾繇正書及王羲之父子之前,迨有尊古之意。此篇除了強調「師法」,也批評時人「但任胸懷,無自然之逸態,有師心之獨任」,可見他在師法的要求下,傾向於對「自然之逸態」風格的追求;而其師古,由文中推重虞世南、褚遂良,係屬王字系統之承傳,可知其以王字系統為主要之師法對象。

〈書後品·逸品贊〉:

> 倉頡造書,鬼哭天廩,史籀湮滅,陳倉藉甚,秦相刻銘,爛若舒錦,鍾張羲獻,超然逸品。

此以鍾、張、羲、獻四者為「超然逸品」，將「逸」抬至最高的層級，誠為李嗣真之獨見。後來張懷瓘亦多以「逸」論書，如《書估》謂小王：「有興合者，則逸氣蓋世，千古獨立，家尊才可為弟子耳。」又《書斷評》：「元帝逸跡，曾不睥睨，竟巧趨精細，殆同神機。」《玉堂禁經》亦云：「神采之至，幾於元微，則宕逸無方矣。」此「逸」正是一種本真之心直觀造化世界的體驗，蘊含了濃厚的莊禪深意。〔註54〕

（三）傳王羲之〈自論書〉

傳王羲之〈自論書〉首見於晚唐張彥遠《法書要錄》卷一，其中多有與孫過庭《書譜》、虞龢〈論書表〉雷同者，又有與張懷瓘《書斷》引南朝梁蕭子雲語略同，當是唐人雜抄他書改飾而成。〔註55〕但張懷瓘所引內容仍在唐前，故〈自論書〉或係偽於《書譜》之後，因置此期討論之。又傳王羲之〈筆勢論十二章並序〉，首見於《墨藪》卷一，當係雜抄他文拼湊而成，其出現時間應在孫過庭之後，本文不予討論。〔註56〕

傳王羲之〈自論書〉：

> 吾書比之鍾、張當抗行，或謂過之，張草尤當雁行。張精熟過人，臨池學書，池水盡墨，若吾耽之若此，未必謝之。後達解者，知其評之不虛。吾盡心精作亦久，尋諸舊書，惟鍾、張故為絕倫，其餘為是小佳，不足在意。去此二賢，僕書次之。須得書意轉深，點畫之間皆有雅意，自有言所不得盡其妙者，事事皆然。〔註57〕

此讚張芝精熟過人，乃對其所下功夫的肯定；文中更強調「書意」，然出現「雅意」一詞，羲之未必有如是觀點。

總結初唐後期書論，孫過庭《書譜》論述全面，為具系統性的總整理，好比是小型版的《文心雕龍》，直堪與鍾嶸《詩品》相比擬。李嗣真論書重「師法」，又強調「自然」，他首次提出「逸品」，並以之為「偶合神交、自然冥契」的較高品評標準，呈顯了書法文藝已然獨立的時代發展與道家審美理念影響的深化。至於傳為王羲之論書的相關文字出現於尊王的此期，則一點也不令

〔註54〕王耘：《唐代美學範疇研究》（上海：學林出版社，2005年8月），頁216。
〔註55〕張天弓：《張天弓先唐書學考辨文集》，頁104～105。
〔註56〕張天弓：《張天弓先唐書學考辨文集》，頁113～115。
〔註57〕傳晉‧王右軍：〈自論書〉，《法書要錄》卷一，盧輔聖主編：《中國書畫全書（一）》，頁32。

人感到訝異，惟其內容無多新論，所論重心在「書意」與「功夫」，後者或許還有初唐重「法」的因素摻雜其中。整體而言，初唐書論既繼承前人的成果，也開展了當時代的特色，那是在兼融的「中和」觀之籠罩下，對學習之「法」的重視以及對道家「自然」理想之追求。

第二節　兼融與復古的初唐詩論

傳統以儒、道爲主流的思想，一直都有對內面向個人和對外面向眾人的糾葛，內外和諧一致固是所求，但有時則因時代環境或個人遭際而有趨向兩端的現象。陳弱水即指：

> 唐前期的知識界以具有一種二元的世界觀爲其基本性格。……一個是社會（包括政治）與家庭生活，或抽象點說，人際關係和人間集體秩序；另一則是個人生活與精神追求的範疇。前者最主要的指導原則是以古代經典爲依據的儒家思想，諸子百家、文史知識也可包括在內。至於後者，則以古典道家、玄學、佛教、道教爲主要思想資源。這兩個領域並不能截然劃分，譬如南北朝隋唐之際文風極盛，文學的功能同時包含兩者。〔註58〕

唐代是一個大一統的時代，儒、釋、道三家共存免不了彼此間的競合，原本糾葛的問題也隨著時代的環境與歷史的腳步而不斷發展。

一、前期──政策導向的南北兼融主張

（一）、唐初史官

初唐前期史官們多論文教，雖然難以劃入詩論的範疇，但亦涉及相關之理念，因略述之：

1、姚思廉

姚思廉（557～637）《梁書‧范雲沈約列傳》：

> （沈約）又撰《四聲譜》，以爲在昔詞人，累千載而不寤，而獨得胸襟，窮其妙旨，自謂入神之作，高祖雅不好焉。〔註59〕

〔註58〕陳弱水：《唐代文士與中國思想的轉型》（桂林：廣西師範大學出版社，2009年10月），頁100。

〔註59〕姚思廉：《梁書‧范雲沈約列傳》，《文淵閣四庫全書》史部一‧正史類‧《梁書》卷十三‧〈列傳〉第七。

姚氏肯定沈約時代對四聲的新認識。又《梁書‧文學傳序》：「然經禮樂而緯國家，通古今而述美惡，非文莫可也。」〔註60〕則正視了文的功用。《梁書‧文學傳後論》更云：

> 夫文者妙發性靈，獨拔懷抱，易逞等夷，必興矜露。大則凌慢侯王，小則傲蔑朋黨，速忌離訕，啓自此作。〔註61〕

說明文因能「妙發性靈，獨拔懷抱」，故文人易於恃才傲物，鮮能以名節自全。而《陳書‧文學傳序》則曰：

> 《易》曰「觀乎人文以化成天下」，孔子曰「煥乎其有文章」也。自楚、漢以降，辭人世出，洛汭、江左其流彌暢，莫不思侔造化，明并日月，大則憲章典謨，裨贊王道，小則文理清正，申紓性靈。至於經禮樂，綜人倫，通古今，述美惡，莫尚乎此。〔註62〕

強調文「大則憲章典謨，裨贊王道，小則文理清正，申紓性靈」，具有「經禮樂，綜人倫，通古今，述美惡」的功能。將文學與政教問題連繫起來論述，一方面強調文章的政教功能，固有唐初社會環境的現實考量，另一方面肯定文學可以「申紓性靈」，這種兼顧兩端的折中看法實乃當時的主流論述。

2、李百藥

李百藥（565～648）《北齊書‧文苑傳序》：

> 夫玄象著明，以察時變，天文也；聖達立言，化成天下，人文也。達幽顯之情，明天人之際，其在文乎！……然文之所起，情發於中。……是以學而知之，猶足賢乎已也。〔註63〕

此乃基於「情本」說而強調文有「達幽顯之情，明天人之際」的功能，然亦未偏離折中論。

〔註60〕姚思廉：《梁書‧文學傳序》，《梁書》卷四十九。引自李壯鷹主編；唐曉敏編：《中華古文論釋林——隋唐五代卷》（北京：北京大學出版社，2011年8月），頁21。

〔註61〕姚思廉：《梁書‧文學傳後序》，《文淵閣四庫全書》史部一‧正史類‧《梁書》卷五十‧〈列傳〉第四十四。

〔註62〕姚思廉：《陳書‧文學傳序》，《陳書》卷三十四。引自李壯鷹主編；唐曉敏編：《中華古文論釋林——隋唐五代卷》，頁22～23。

〔註63〕李百藥：《北齊書‧文苑傳序》，《北齊書》卷四十五。引自李壯鷹主編；唐曉敏編：《中華古文論釋林——隋唐五代卷》，頁25～26。

3、房玄齡

房玄齡（578～648）《晉書‧文苑傳序》：「夫文以化成，惟聖之高義……移風俗於王化，崇孝敬於人倫，經緯乾坤，彌綸中外，故知文之時義大哉遠矣！」《晉書‧文苑傳論贊》：「夫賞好生於情，剛柔本於性，情之所適，發乎咏歌，而感召無象，風律殊制。」以情性論詩，重在適情而發。又《晉書‧陸機傳論》讚美陸機：「天才秀逸，辭藻宏麗」；〈夏侯湛潘岳張載傳論贊〉稱頌潘岳：「濯美錦而增絢」，夏侯湛：「繣彩雕煥」；〈文苑傳論贊〉亦使用「遒文綺爛」、「繣藻霞煥」〔註64〕等讚語，可知房氏在強調文章的儒家政教功能之下，亦肯定緣情及尚麗的時風。

4、魏徵

魏徵（580～643）《隋書‧經籍志集部總論》：

> 文者，所以明言也。古者登高能賦，山川能祭，師旅能誓，喪紀能誄，作器能銘，則可以為大夫。言其因物騁辭，情靈無擁者也。……世有澆淳，時移治亂，文體遷變，邪正或殊。……爰逮晉氏，見稱潘、陸，并黼藻相輝，宮商間起，清辭潤乎金石，精義薄乎雲天。永嘉以後，玄風既扇，辭多平淡，文寡風力。降及江東，不勝其弊。宋、齊之世，下逮梁初，靈運高致之奇，延年錯綜之美，謝玄暉之藻麗，沈休文之富溢，輝煥斌蔚，辭義可觀。……古者陳詩觀風，斯亦所以關乎盛衰者也。〔註65〕

前段為文學發源於實用說，繼則有時變之觀點，對文藝風格能有較寬廣的審美包容，惟對「宮體」有所批評。

《隋書‧文學傳序》：

> 然則文之為用，其大矣哉！上所以敷德教於下，下所以達情志於上……。江左宮商發越，貴於清綺；河朔詞義貞剛，重乎氣質。氣質則理勝其詞，清綺則文過其意。理深者便於時用，文華者宜於咏

〔註64〕房玄齡：《晉書‧文苑傳序》及《晉書‧文苑傳論贊》，《文淵閣四庫全書》史部一‧正史類。《晉書》卷九十二‧〈列傳〉第六十二。房玄齡：《晉書‧陸機傳論》，《晉書》卷五十四‧〈列傳〉第二十四。房玄齡：《晉書‧夏侯湛潘岳張載傳論贊》，《晉書》卷五十五‧〈列傳〉第二十五。

〔註65〕魏徵：《隋書‧經籍志集部總論》，《隋書》卷三十五。引自李壯鷹主編；唐曉敏編：《中華古文論釋林──隋唐五代卷》，頁36～37。

歌。此其南北詞人得失之大較也。若能揍彼清音，簡茲累句，各去

所短，合其兩長，則文質彬彬，盡善盡美矣。〔註66〕

魏徵的文學觀點相當明確，既主教化，又重抒情，認為「文者所以明言」，可見魏氏認為文有記錄與抒情的功用。他更主張合南北之長，以達盡善盡美的理想，實堪為此期詩文理論的主流代表。然而魏氏對齊梁宮體詩的嚴厲批判，則顯示了與隋代一脈相承的對於文學發展的見解。〔註67〕

5、令狐德棻

令狐德棻（583～666）《周書‧王褒庾信傳論》：

原夫文章之作，本乎情性，覃思則變化無方，形言則條流遂廣。雖

詩賦與奏議異軫，銘誄與書論殊途，而撮其指要，舉其大抵，莫若

以氣為主，以文傳意。考其殿最，定其區域，摭六經百氏之英華，

探屈、宋、卿、雲之秘奧，其調也尚遠，其旨也在深，其理也貴當，

其辭也欲巧。然後瑩金璧，播芝蘭，文質因其宜，繁約適其變。權

衡輕重，斟酌古今，和而能壯，麗而能典，煥乎若五色之成章，紛

乎猶八音之繁會。夫然，則魏文所謂通才足以備體矣，士衡所謂難

能足以逮意矣。〔註68〕

此文主要篇幅從人文的緣起、聖人之述作一直論述到南北朝的文學發展。上引文為其末段，令狐氏認為文章乃「本乎情性」，須「以氣為主，以文傳意」，又提出「調遠」、「旨深」、「理當」、「辭巧」的審美標準，同時也強調權變，要求「和而能壯」、「麗而能典」，此與魏徵等人之主張接近。所論較為全面，雖乏新意，仍具有一定的實踐指導意義。

6、李延壽

李延壽（生卒年不詳，貞觀時人）《北史‧文苑傳序》：

其離讒放逐之臣，淦窮後門之士，道軮軻而未遇，志鬱抑而不申。

憤激委約之中，飛文魏闕之下，奮迅泥滓，自致青雲，振沉溺於一

朝，流風聲於千載者往往有矣。……夫人有六情，稟五常之秀；情

〔註66〕魏徵：《隋書‧文學傳序》，《隋書》卷七十六。引自李壯鷹主編：唐曉敏編：《中華古文論釋林──隋唐五代卷》，頁38～39。

〔註67〕參見徐艷：《中國中世文學思想史：以文學語言觀念的發展為中心》（上海：上海古籍出版社，2012年8月），頁271。

〔註68〕令狐德棻：〈王褒庾信傳論〉，《周書》卷四十一。引自李壯鷹主編：唐曉敏編：《中華古文論釋林──隋唐五代卷》，頁28～30。

感六氣，順四時之序。蓋文之所起，情發於中。而自漢、魏以來，迄乎晉、宋，其體屢變，前哲論之詳矣。暨永明、天監之際，太和、天寶之間，洛陽、江左，文雅尤盛，彼此好尚，互有異同。江左宮商發越，貴於清綺，河朔詞義貞剛，重乎氣質。氣質則理盛其詞，清綺則文過其意。理深則便於時用，文華者宜於詠歌，此其南北詞人得失之大較也。若能擷彼清音，簡茲累句，各去所短，合其所長，則文質彬彬，盡美盡善矣。〔註69〕

李延壽亦持「情本」說，與魏徵一樣主張折中論，強調「情發於中」、「理」、「意」、「文質彬彬」等。引文前段有「鬱抑」、「憤激」之言，亦值得注意。

史官論詩雖有個別之見，但所持立場幾乎一致，基本上都能接受性情論，並強調儒家詩教之作用，融二者為一體，完全吻合當時兼融南北的「中和」主張。

（二）孔穎達

〈毛詩序〉孔穎達（574～648）疏：

夫詩者，論功頌德之歌，止僻防邪之訓，雖無為而自發，乃有益於生靈。六情靜於中，百物蕩於外，情緣物動，物感情遷。若政遇醇和，則歡娛被於朝野；時當慘黷，亦怨刺形於詠歌。作之者，所以暢懷抒憤，聞之者，足以塞違從正。發諸情性，諧於律呂。故曰：『感天地，動鬼神，莫近於詩。』此乃詩之為用，其利大矣。若夫哀樂之起，冥於自然；喜怒之端，匪由人事。故燕雀表啁噍之感，鸞鳳有歌舞之容。然則詩理之先，同夫開闢，詩迹所用，隨運而移。〔註70〕

「情緣物動，物感情遷」、「作之者，所以暢懷抒憤，聞之者，足以塞違從正」，緣情感物，既能暢懷抒憤，又有塞微從正之功用。所論雖因襲〈毛詩序〉以來儒家詩教的觀點，但於唐初提倡，仍具有矯正時弊的現實意義。然而上引孔疏〈毛詩序〉未著一個「志」字，卻頗值得注意。〔註71〕《毛詩·國風·周南》孔疏：

〔註69〕李延壽：《北史·文苑傳序》，《北史》卷八十三。引自李壯鷹主編；唐曉敏編：《中華古文論釋林——隋唐五代卷》，頁42～43。

〔註70〕孔穎達：〈毛詩正義序〉，《文淵閣四庫全書》經部三·詩類·《毛詩注疏·毛詩正義序》。

〔註71〕參見鄧國光：《文原：中國古代文學與文論研究》（澳門：澳門大學出版中心，1997年7月），頁137。

詩者，人志意之所適也。雖有所適，猶未發口，蘊藏在心，謂之為
志；發見於言，乃名為詩。言作者所以舒心志憤懣，而卒成於歌詠，
故《虞書》謂之「詩言志」也。包管萬慮，其名曰心；感物而動，
乃呼為志。志之所適，外物感焉。〔註72〕

孔穎達明顯將情、志互訓，所謂「感物而動」本為情之一義，而孔疏卻說「乃
呼為志」，將兩者等同起來。〔註73〕《左傳・昭公廿五年》孔疏：「此六志，《禮
記》謂之六情。在己為情，情動為志。情志一也。」〔註74〕《左傳》以六情
生於「六氣」，情志與氣存在不可分割的內在關係，孔穎達「情志」說當根源
於此。〔註75〕〈春秋左傳序〉孔疏更謂：「言其意謂之情，指其狀謂之體，體
情一也。」〔註76〕他將志、情、體連結了起來。又孔穎達在評〈邶風・燕燕〉
「之子于歸，遠送于野」時說：「舒己憤，盡己情。」〔註77〕他的「情」既是
動態的，自然需要抒發，「舒憤」說當為其詩心論的核心。

　　孔穎達且以呈顯「疾病」和救時「針藥」比喻詩之所以為用，〈詩大序〉
孔疏：「作詩止於禮義，則應言皆合禮。而變風所陳，多說姦淫之狀者，男
淫女奔，傷風敗俗。詩人所陳者，皆亂狀淫形，時政之疾病也。所言者皆
忠規切諫，救時之針藥也。《尚書》之三風十愆，疾病也；詩人之四始六義，
救藥也。」〔註78〕這種基於政治實用的病徵、針藥之譬喻，倒是書論所未
見。

〔註72〕孔穎達疏：〈國風・周南〉，《文淵閣四庫全書》經部三・詩類・《毛詩注疏》
卷一。

〔註73〕鄧國光：《文原：中國古代文學與文論研究》（澳門：澳門大學出版中心，1997
年7月），頁138。

〔註74〕孔穎達疏：《左傳・昭公廿五年》，《文淵閣四庫全書》經部五・春秋類・《春
秋左傳注疏》卷五十一・〈昭公六第二十五〉。另可參見左丘明著；晉・杜預
集解；日本・竹添光鴻會箋：《左傳會箋》（台北：天工書局，1988年9月），
頁1679。

〔註75〕鄧國光：《文原：中國古代文學與文論研究》，頁139。

〔註76〕孔穎達疏：〈春秋左傳序〉，《文淵閣四庫全書》經部五・春秋類・《春秋左傳
注疏・春秋左氏傳序》。另可參見春秋・左丘明著；晉・杜預集解；日本・竹
添光鴻會箋：《左傳會箋》，頁5。

〔註77〕孔穎達疏：〈邶風・燕燕〉，《文淵閣四庫全書》經部三・詩類・《毛詩注疏》
卷三。

〔註78〕孔穎達疏：〈國風・周南・序〉，《文淵閣四庫全書》經部三・詩類・《毛詩注
疏》卷一。

　　孔穎達於〈關雎〉正義又說：「人志各異，作詩不同，必須聲韻諧和，曲
應金石。……各言其情，故體無恆式。」〔註79〕可見他亦重視詩中的聲韻問
題。

　　〈詩大序〉所謂「主文而譎諫，言之者無罪，聞之者足以戒」，鄭玄《箋》
釋「譎諫」為「詠歌依違不直諫」，而孔疏則說：「譎者，權詐之名，託之樂
歌，依違而諫，亦權詐之義。」〔註80〕又說：「詩文直陳其事，不譬喻者皆賦
辭。……言事之道，直陳為正，故《詩經》多賦，在比興之先。」〔註81〕孔
穎達標舉直諫精神，「舒憤」和「救世」當為其詩學的兩大綱維，由詩心論和
詩用論構成一詩學體系。〔註82〕

　　〈詩大序〉孔疏實際上是從體用的角度剖析六義：

> 風、雅、頌者，詩篇之異體；賦、比、興者，詩文之異辭耳。大
> 小不同，而得並為六義者，賦、比、興是詩之所用；風、雅、頌
> 是詩之成形。用彼三事，成此三事，是故同稱為義，非別有篇卷
> 也。〔註83〕

又〈詩大序〉孔疏：「興者，起也，取譬引類，引發己心，詩文諸舉草木鳥獸
以見意者，皆興辭也。」〔註84〕將「興」釋為「起」，透過「取譬引類」的手
段，以「起發己心」，也是從體用著眼。孔穎達對於比興的「三體三用說」，
第一次明確地把賦比興作為表現方法與風雅頌分離，且為歷代大多數詩人和
理論家所接受，頗具有里程碑的意義。〔註85〕又〈詩大序〉孔疏：「變風變雅
必王道衰乃作者。……以其變改正法，故謂之變。」〔註86〕蔡瑜認為孔穎達
論「變」的重點在於其產生皆有相應的時機，乃一種經驗可及的對照；又相

〔註79〕孔穎達疏：〈國風・周南・關雎〉，《文淵閣四庫全書》經部三・詩類・《毛詩
　　　　注疏》卷一。
〔註80〕鄧國光：《文原：中國古代文學與文論研究》，頁145。
〔註81〕孔穎達疏：〈國風・周南・序〉，《文淵閣四庫全書》經部三・詩類・《毛詩注
　　　　疏》卷一。
〔註82〕鄧國光：《文原：中國古代文學與文論研究》，頁146、150。
〔註83〕孔穎達疏：〈國風・周南・序〉，《文淵閣四庫全書》經部三・詩類・《毛詩注
　　　　疏》卷一。
〔註84〕孔穎達疏：〈國風・周南・序〉，《文淵閣四庫全書》經部三・詩類・《毛詩注
　　　　疏》卷一。
〔註85〕陳慶輝：《中國詩學》（台北市：文史哲出版社，1994年12月），頁209。
〔註86〕孔穎達疏：〈國風・周南・序〉，《文淵閣四庫全書》經部三・詩類・《毛詩注
　　　　疏》卷一。

較於鄭玄強調編詩者的鑒戒意圖，孔疏則直論創作者的主體意識，無異加重了詩作的反思意味。〔註87〕

《周易·坤》初六「履霜堅冰至」句孔疏說：「凡易者，象也。以物象而明人事，若詩之比喻也。」〔註88〕《毛詩·國風·周南·樛木》小序孔疏又說：「興必取象」。〔註89〕將詩「興」和易「象」縐合，不啻是孔穎達在詩學上的重大創見。興象文辭乃根植於作者情志，而情志一體，故「情」之一義，可說是孔穎達六義體用論的靈魂。詩論史上「興象」一詞，透過孔疏，實與「譬喻」無異，「興象」於此得到著實的詮釋。盛唐殷璠《河嶽英靈集》標舉「興象」或與孔穎達有所關聯，而不只是遙接《文心雕龍》、《詩品》之緒。甚至中唐高仲武《中興間氣集》以「興喻」評詩，亦不出孔疏的範疇。晚唐詩格，也有孔穎達的餘影。〔註90〕

（三）許敬宗（592～672）。

許敬宗〈謝皇太子玉華山宮銘賦啓〉：

> 究寫真之奧旨，擅體物之窮神。若乃漢月鉤空，乍臨珠箔，石苔垂發，式映莊惟，莫不理超辭表，意生文外。〔註91〕

本文通過對皇太子賦作的讚美，表明作者的文學理想在透過「寫真」、「體物」而追求「理超辭表」、「意生文外」的效果。

（四）李世民

李世民（599～649）〈帝京篇序〉：「故觀文教於六經，閱武功於七德；臺榭取其避燥濕，金石尚其諧神人；皆節之於中和，不繫之於淫放。……釋實求華，以人從欲，亂於大道，君子恥之。」〔註92〕李世民堅持儒家「中和」的審美觀點，反對「釋實求華」，這是十分明確的。但他於《晉書·陸機傳後論》讚美陸機：「文藻宏麗，獨步當時；言論慷慨，冠乎終古。……其詞深而

〔註87〕蔡瑜：《唐詩學探索》（台北市：里仁出版社，1998年4月），頁186。

〔註88〕孔穎達疏：《周易·坤》，《文淵閣四庫全書》經部一·易類·《周易註疏》卷二。

〔註89〕孔穎達疏：〈國風·周南·樛木〉，《文淵閣四庫全書》經部三·詩類·《毛詩注疏》卷一。

〔註90〕鄧國光：《文原：中國古代文學與文論研究》，頁153～154。

〔註91〕許敬宗：〈謝皇太子玉華宮銘賦啓〉，《文淵閣四庫全書》集部·總集類·斷代之屬·隋唐五代·《全唐文》卷152。

〔註92〕李世民：〈帝京篇序〉，見《唐太宗集》，《全唐詩》（北京：中華書局1960年4月）卷一載錄，（第一冊）頁1。

雅，其義博而顯……。」〔註93〕顯見其不只重文學的政教實用功能，亦能欣賞藝術方面的表現，採取的仍是折衷、兼融的路線，這也表出了較爲廣闊的時代格局。《舊唐書·音樂》又載唐太宗云：「夫音聲能感人，自然之道也，故歡者聞之則悅，憂者聽之則悲。悲觀之情，在於人心，非由樂也。」〔註94〕可見他不但具有「自然」之理念，更重視主體性（人心）。

　　總結初唐前期史官如姚思廉、李百藥、房玄齡、令狐德棻、魏徵、李延壽等，大抵均鼓吹文學的教化作用，雖能接受緣情綺麗的文風，但譴責六朝以來的亡國之音，主張合南北之長，提倡「文質彬彬」的折衷之道。然而唐初史家畢竟只停留在理論探討的層面，在如何實現「融合南北」、「斟酌古今」的問題上，並沒有明確有效的方法和途徑，同時也缺乏相對的創作實踐。〔註95〕又隋至初唐文學思想經常伴隨著由上而下的政治力量和突出的功利目的，於是此期的理論與創作之間明顯有分裂的現象。〔註96〕雖說初唐史臣在「八書」中所論與唐太宗本人之言行多有出入，固不宜逕視爲唐太宗的詩藝觀，〔註97〕但唐代詩歌初期走向頗受執政者與上層階層人物文藝觀念的影響，史官論文又大抵以政治與文學的關係爲其關注之焦點，對決策者亦有某種程度的影響，因而此間實亦不無關聯。又孔穎達將「情志」互訓，又標舉直諫精神，釋「興」爲「起」，以「舒憤」和「救世」爲其詩學核心，其「興必取象」說連結「興」「象」，實則與「譬喻」無異，可見「情」才是其六義論的靈魂所在。至許敬宗則有「理超辭表」、「意生文外」之說。李世民雖持「中和」觀點，反對「釋實求華」，但讚美陸機「文藻宏麗」，走的是兼融的路線，顯示了此期總體的時代格局。

二、後期——復古求變與「風骨」的強調

（一）上官儀

　　《宋秘書省四庫闕書目》「文史類」著錄有上官儀（607～664）《筆九花梁》二卷，《日本國見在書目》「小學家」類著錄《筆札華梁》二卷，未題撰

〔註93〕李世民：〈陸機傳後論〉，《晉書》卷五十四·〈列傳〉第二十五。引自李壯鷹主編；唐小敏編：《中華古文論釋林——隋唐五代卷》，頁17。
〔註94〕《文淵閣四庫全書》史部一·正史類·《舊唐書》卷二十八·〈志〉第八·〈音樂〉一。
〔註95〕陳伯海、蔣哲倫主編；倪進等著：《中國詩學史·隋唐五代卷》，頁65。
〔註96〕徐艷：《中國中世文學思想史：以文學語言觀念的發展爲中心》，頁272。
〔註97〕杜曉勤：《齊梁詩歌向盛唐詩歌的嬗變》，頁150。

人，二者應即上官儀《筆札華梁》。《文鏡秘府論》多引此書，如〈八階〉、〈七種言句例〉、〈論對屬〉……等，從而保留了一部份內容。〔註98〕從其內容可知《筆札華梁》多屬論作詩之法，一定程度反應了初唐對藝術形式技巧的追求。王夢鷗以爲：

> 初唐詩學，其討論範圍雖兼及文賦，要以五言詩爲主要對象；且於聲病之講究外，亦稍涉及詩意，如《筆札華梁》之論「六志」，《新定詩體》又侈張爲「十體」；凡此六志十體之説，雖語焉未詳，然皆於講究聲病之餘，措意及於情志與文辭體性。所有創説，較其後之王昌齡、皎然等暢言詩情語勢者稍爲不足，而較其前之劉善經專論四聲者則爲有餘矣。〔註99〕

喬惟德、尚永亮則據宋人魏慶之《詩人玉屑》上卷七所引李淑《詩苑類格》一段話，認爲上官儀關於屬對的基本內容，總體上具有以下幾大特點：

> 其一，較之前人的屬對方式有了大的擴展，其範圍涉及到事類、詞性、聲韻、句式、意喻等方面，説明上官儀對屬對技巧和詩歌聲韻的認識更爲細密、清晰，分類也更爲多樣、準確。其二，其關注目標已從單純的造語遣詞的技巧升進到詩歌句式間意象的營造和結構的關合，從而獲得一種遠超前人的空間意義。……其三，由單純的詞性對、詞義對升進到聲韻對，爲聲律論在屬對中的運用開了先河。
> 〔註100〕

上官儀屬對論的基本精神重在對宇宙萬事萬物之理的掌握，並追求對句中語構所產生的節奏變化與韻律美感。〔註101〕即便如此，上官儀詩論所走的仍是詩「法」之路，乃承續前期之發展而無方向上之調整，屬內容上的充實與深入，當然，吾人或可由其「略涉詩意」而嗅到時代風向即將有所轉變的訊息。

〔註98〕 肖占鵬主編：《隋唐五代文藝理論匯編評注》（天津：南開大學出版社，2002年12月），頁97～120。有關《文鏡秘府論》中相關文字的作者問題，可參閱盧盛江校考：《文鏡秘府論彙校彙考》（北京：中華書局，2006年4月）。例如對於「十病」或「十規」原典及其時代的探討，盧氏即認爲〈六志〉以《文筆式》作爲原典的説法是有很多疑問的，他肯定「十規」至少不是《文筆式》（是書頁904）；〈八階〉原典當爲《筆札華梁》（是書頁484）；〈六志〉原典可能是初唐人的著作，《筆札》似也載有幾乎相同的內容（是書頁512）。

〔註99〕 王夢鷗：《初唐詩學著述考》（台北：台灣商務印書館，1977年1月），頁6。

〔註100〕 喬惟德、尚永亮：《唐代詩學》（長沙：湖南人民出版社，2000年11月），頁95。

〔註101〕 蔡瑜：《唐詩學探索》，頁10。

（二）元兢

元兢（生卒年不詳，龍朔時人）約活動於唐高宗至武則天時代，龍朔
元年（661）爲周王府參軍，總章中（668～669））爲協律郎，曾與許敬宗、
上官儀等同修《芳林要覽》〔註 102〕，又摘選自漢至唐詩爲《古今詩人秀句》
〔註 103〕，著有《詩髓腦》。〔註 104〕「髓腦」爲佛家用語，六朝已開始使用。
可考的《詩髓腦》內容有「調聲之術」、「屬對」及「文病」。「調聲」提出
「換頭」、「護腰」、「相承」三種方法，可視爲永明體向近體詩律發展中的
一種現象；〔註 105〕「對屬」則顯然比上官儀之說寬泛；「聲病」則在沈約
「八病」基礎上提出新「八病」，其重點不在聲律而在字義。〔註 106〕

元兢《詩髓腦》應是律詩發展過程中的重要階段，杜曉勤指元兢首次明
確提出了使新體詩通篇黏綴和諧的調聲三術：「換頭」、「相承」、「護腰」，而
其中最具意義的則是「換頭」。〔註 107〕喬惟德、尙永亮就此分析謂：

> 在「換頭」條中，他（元兢）作了如下解釋：「換頭者，若兢〈於蓬
> 州野望〉詩曰：『飄飄宕梁城……』……如此輪轉，自初以終篇，名
> 爲雙換頭，是最善也。」細繹這段話，有三點需要注意：第一，由
> 此前論者多著眼於一聯二句的聲律協調，擴展而爲一首五言詩整體
> 聲律的和諧搭配；第二，以五言八句詩爲例證，改變了此前五言新
> 體詩或六句或八句、十句乃至十二句以上的混亂局面，確立了此後
> 五言律詩的八句四十字的範型；第三，由每聯兩句間平仄相「對」
> （即相反）的關係，發展爲聯與聯之間（下聯出句與上聯對句）平
> 仄相「粘」（即相同）的關係，於是律詩的「粘式律」終於通過理論

〔註 102〕《芳林要覽》約成於龍朔元年至咸亨元年（661～670）這十年間。而這段時
期，尤其是龍朔年間，正是「上官體」籠罩文壇的時候。參見陳伯海、蔣哲
倫主編；倪進等著：《中國詩學史・隋唐五代卷》（廈門：鷺江出版社，2002
年 9 月），頁 84。

〔註 103〕元兢撰《古今詩人秀句》始於龍朔元年（661），成書於總章二年（669）以後。
見肖占鵬主編：《隋唐五代文藝理論匯編評注》，頁 196。

〔註 104〕元兢：《詩髓腦》，張伯偉：《全唐五代詩格彙考》（南京：鳳凰出版社，2002
年 4 月），頁 112～123。

〔註 105〕肖占鵬主編：《隋唐五代文藝理論匯編評注》，頁 183～184。

〔註 106〕張伯偉：《全唐五代詩格彙考》，頁 112、113。

〔註 107〕杜曉勤：《齊梁詩歌向盛唐詩歌的嬗變》（北京：北京大學出版社，2009 年 3
月），頁 45。

上的界定而形成，新體詩發展史上最重要也是最混亂的一個問題由
是得到解決。〔註 108〕

「換頭」不但建立輪轉終篇的規制，更將原先只是相對更迭的意識發展爲一
二句之間相對，二三句之間相黏的交錯之法，解決了八病說有句無篇的片面
性。〔註 109〕換頭的黏對之法完成了律體形式最切要的規律。又初盛唐詩格
並無確切的古體律體之分，有的只是在形式法則上如對偶、聲律的討論，顯
然詩的律化朝向一種新的修辭理念努力，詩的律化可以說是一種新體的試
煉。〔註 110〕

元兢《詩髓腦》乃與上官儀《筆札華梁》相因而作。其新增八病，以「語
病」爲主，而不若上官儀之以「聲病」爲主，明顯可見由「音」而及「義」，
由聲律論而修辭論的發展軌跡。〔註 111〕當然這不是說元兢對聲律無所貢獻，
事實上他已將傳統的平上去入四聲作了平仄二元化的處理〔註 112〕，並在上官
儀「六對」、「八對」的基礎上，又提出了「八種切對」之說，標誌了對新體
詩「二二一」的音步有了較明確的認識。〔註 113〕

從上官儀到元兢，初唐的聲律理論有了長足的發展。〔註 114〕但元兢對詩
學的貢獻不僅於此，他且在〈古今詩人秀句序〉中說明了其選編秀句的標準：

> 余於是以情緒爲先，直置爲本，以物色留後，綺錯爲末。助之以質
> 氣，潤之以流華，窮之以形似，開之以振躍。或事理俱愜，詞調雙
> 舉。有一於此，罔或孑遺。〔註 115〕

由此可見元兢重視情感問題，將「直置」的手法置於首位，而相對忽視對外
在物象的描摹鋪寫以及華麗辭藻的使用，追求文質兼備，事理俱愜，詞調雙
舉的詩美理想。〔註 116〕元兢收錄秀句，應是受到齊梁以來摘句品評之風的影

〔註 108〕喬惟德、尚永亮：《唐代詩學》，頁 99。
〔註 109〕蔡瑜：《唐詩學探索》，頁 43。
〔註 110〕蔡瑜：《唐詩學探索》，頁 44、49。
〔註 111〕王夢鷗：《初唐詩學著述考》，頁 75。
〔註 112〕喬惟德、尚永亮：《唐代詩學》，頁 97。
〔註 113〕杜曉勤：《齊梁詩歌向盛唐詩歌的嬗變》，頁 43。
〔註 114〕喬惟德、尚永亮：《唐代詩學》，頁 101。
〔註 115〕元兢：〈古今詩人秀句序〉，《文鏡秘府論・南・集論》，〔日〕遍照金剛撰：盧
　　　　盛江校考：《文鏡秘府論彙校彙考》，頁 1555。盧盛江以「或曰晚代銓文者多
　　　　矣」以下至「若斯而已矣」爲元兢〈古今詩人秀句序〉，見是書頁 1536。
〔註 116〕喬惟德、尚永亮：《唐代詩學》，頁 133～134。

響，也和其參與編纂類書《芳林要覽》有關。又以「秀句」收錄的方式同時也表達了其關注的焦點在「詞句」而非全詩。這種對於形式技巧不嫌細碎的舉例說明，不但具有相當的類書和教育功能，同時從其取捨之間也反應了選編者的審美傾向。

（三）盧照鄰

盧照鄰（約 637～689）〈南陽公集序〉：

> 聖人方士之行，亦各異時而并宜。謳歌玉帛之書，何必同條而共貫？
> 文質再而復，殷周之損益足徵；驪翰三而改，虞夏之興亡可及。……
> 非夫妙諧鐘律，體會風騷，筆有餘妍，思無停趣。作龜作鏡，聽歌
> 曲而知亡；為龍為光，觀禮容而識大。〔註117〕

此序頗強調「通變」、「合機」，重視博通與專精，歡迎多元競行的表現，有包納百川的審美胸懷，持論中允，亦充分顯示初唐的兼融特色。盧氏認為詩歌內容和風格隨時代的發展而有所變化，這與王勃、楊炯的復古觀點有別。

（四）駱賓王

駱賓王（約 640～約 684）〈上吏部裴侍郎書〉：

> 《易》曰：「書不盡言，言不盡意。」然則理存乎象，非書無以達其
> 微，詞隱乎情，非言無以詮其旨。……情蓄於中，事符則感，形潛
> 於內，迹應斯通。夫怨於心者，哀聲可以應木石；感於情者，至性
> 可以通神明。〔註118〕

引文肯定書、言具有詮達詞情、理象之微旨的功能，強調「感於情」的必要。

〈在獄詠蟬詩序〉：

> 每至夕照低陰，秋蟬疏引，發聲幽息，有切嘗聞，豈人心異於曩時，
> 將蟲響悲乎前聽。……庶情沿物應，哀弱羽之飄零，道寄人知，憫
> 餘聲之寂寞。
>
> 〔註119〕

〔註117〕盧照鄰：〈南陽公集序〉，《盧照鄰集》。引自李壯鷹主編：唐小敏編：《中華古文論釋林——隋唐五代卷》，頁 71～73。

〔註118〕駱賓王：〈上吏部裴侍郎書〉，《駱臨海集箋注》卷八。引自肖占鵬主編：《隋唐五代文藝理論匯編評注》，頁 219～220。

〔註119〕駱賓王：〈在獄詠蟬詩序〉，《駱臨海集箋注》卷四。引自肖占鵬主編：《隋唐五代文藝理論匯編評注》，頁 224。

此既說明心境之變化能導致對外物感受的變化，也提及「庶情沿物應」，觸景生情，點出心與物之間的關係。

又〈傷祝阿王明府序〉：

> 夫心之悲矣，非關春秋之氣，聲之哀矣，豈移金石之音。何則？事感則萬緒興端，情應則百憂交軫。〔註120〕

仍強調物我感應。又其〈螢火賦〉：

> 事有沿情而動興，因物而多懷，感而賦之，聊以自廣云爾。……物有感而情動，跡或均而心異。響必應之於同聲，道固從之於同類。
>
> 〔註121〕

所論焦點仍在「情」、「感」。但此「情」又與「志」連結，故其〈夏日游德州贈高四序〉謂：「夫在心為志，發言為詩。書有不得盡言，言有不得盡意。」〔註122〕然而駱賓王〈秋日於益州李長史宅宴序〉卻又別有見解謂：「長史公元牝凝神，虛舟應物。得喪雙遣，巢由與許史同歸；寵辱兩存，廊廟與山林齊致。……忘懷在真俗之中，得性出形骸之外。」〔註123〕此倒頗見釋、道觀點，雖與所詠對象有關，但亦表其能欣賞此類風格。

又駱賓王〈和道士閨情詩啟〉：

> 竊惟詩之興作，肇基遐古。唐歌虞咏，始載典謨。商頌周雅，方陳金石。其後言志緣情，二京斯盛，含毫瀝思，魏晉彌繁。布在縑簡，差可商略。李都尉鴛鴦之詞，纏綿巧妙。班婕好霜雪之句，發越清迥。平子桂林，理在文外，伯喈翠鳥，意盡行間。河朔詞人，王劉為稱首。洛陽才子，潘左為先覺。若乃子建之牢籠群彥，士衡之藉甚當時，并文苑之羽儀，詩人之龜鏡。爰逮江左，謳謠不輟，非有神骨仙材，專事玄風道意。顏謝特挺，戕伐典麗。自茲以降，聲律稍精，其間沿改，莫能正本。〔註124〕

〔註120〕駱賓王：〈傷祝阿王明府序〉，《駱臨海集箋注》卷四。引自肖占鵬主編：《隋唐五代文藝理論匯編評注》，頁227。

〔註121〕駱賓王：〈螢火賦〉，《文淵閣四庫全書》集部·總集類·斷代之屬·隋唐五代·《全唐文》卷197。

〔註122〕駱賓王：〈夏日遊德州贈高四序〉，《駱臨海集箋注》卷一。引自肖占鵬主編：《隋唐五代文藝理論匯編評注》，頁225。

〔註123〕駱賓王：〈夏日於益州李長史宅宴序〉，《文淵閣四庫全書》集部·總集類·斷代之屬·隋唐五代·《全唐文》卷199。

〔註124〕駱賓王：〈和道士閨情詩啟〉，《駱臨海集箋注》卷七。引自肖占鵬主編：《隋唐五代文藝理論匯編評注》，頁222～223。

此啓追溯詩歌發展源流，肯定言志緣情，既能欣賞陰柔之美，也讚美陽剛之盛，但對六朝形式主義詩風有所批評，強調詩之「用之邦國，厚此人倫」的功能，基本上是「言志說」與「緣情說」的融合，也是在傳統儒家詩教立場上融入釋、道思想的結果，同時又暗合了後來陳子昂直追漢魏的革新主張。

（五）王勃

王勃（650～676）《平台秘略・論・文藝三》：

> 論曰：《易》稱：觀乎天文，以察時變。《傳》稱：言而無文，行之不遠。故文章，經國之大業，不朽之能事，而君子所役心勞神，宜於大者遠矣，非緣情體物，雕蟲小技而已。〔註125〕

以《易》爲立基，視文章爲經國、不朽之事業，而附以「緣情體物」，可見其詩論大略。其〈上吏部裴侍郎啓〉：「周公、孔氏之教，存之而不行於代，天下之文靡不壞矣。」〔註126〕仍是一派標準的儒家立場。雖如此，但其〈秋晚入洛於畢公宅別道王宴序〉又謂：

> 高士臨筵，樵蘇不爨。是非雙遣，自然天地之間；榮賤兩忘，何必山林之下。玄談清論，泉石縱橫；雄筆壯詞，煙霞照灼。既而神馳象外，宴洽寰中。〔註127〕

此與駱賓王〈秋日於益州李長史宅宴序〉頗爲類同，但從美學角度觀照，仍可見其核心是表達個人壯志的「雄筆壯詞」。王勃〈別盧主簿序〉中對「達於藝，明乎道，詮柱下之理」的清靈之士稱頌不已，並謂「賢人師古，老氏不死」，且提出「目擊道存」、「物類之相感」的觀點。〔註128〕由駱賓王和王勃的此種現象，可見當時釋、道思想已融入一般士人的觀點之中。

（六）楊炯

楊炯（650～693？）〈王勃集序〉：

> 仲尼既沒，游、夏光洙泗之風；屈平自沉，唐、宋宏汨羅之跡。文儒於焉異術，詞賦所以殊源。……嘗以龍朔初載，文場變體，爭構

〔註125〕王勃：〈平台秘略・論・文藝三〉，《王子安集》卷十。引自肖占鵬主編：《隋唐五代文藝理論匯編評注》，頁258。

〔註126〕王勃：〈上吏部裴侍郎啓〉，《王子安集》卷八。引自李壯鷹主編；唐小敏編：《中華古文論釋林——隋唐五代卷》，頁82～83。

〔註127〕王勃：〈秋晚入洛於畢公宅別道王宴序〉，《文淵閣四庫全書》集部・總集類・斷代之屬・隋唐五代・《全唐文》卷182。

〔註128〕王明居：《唐代美學》（合肥：安徽大學出版社，2005年4月），頁130、144。

　　纖微，競爲雕刻。糅之金玉龍鳳，亂之朱紫青黃，影帶以徇其功，

　　假對以稱其美，骨氣都盡，剛健不聞。思革其弊，用光志業。〔註129〕

引文盛讚王勃之傑出，高度評價其宏揚儒學、廓清浮靡文風的功績。作者強調「骨氣」、「剛健」以及「隨時」、「應便」、「稽古」等概念。楊炯雖崇經典，但並未要求反轉文儒分流的歷史發展，而是在宏壯的氣勢下包孕儒學的精神，希望通過回歸儒家的詩教傳統來重鑄詩歌之風骨，即以「復古」來「求變」。〔註130〕

（七）崔融

　　崔融（653～706）與李嶠、蘇味道、杜審言爲「文章四友」，詩文以「華婉」著稱，曾編《珠英學士集》，專選初唐朝士之詩。其《唐朝新定詩格》，除〈調聲〉外，多爲唐人議論；例詩則多爲六朝作品，唐人僅崔明信、褚亮、上官儀三人，皆不及武后之世。〔註131〕《唐朝新定詩格》論〈調聲〉大體承齊梁沈約、王斌舊說；〈十體〉多帶有作詩法的特徵；〈九對〉以論聲病居多；〈文病〉則多論文詞之病，反應了細緻化及程式化的趨向。〔註132〕

　　崔融的「對偶說」在上官儀、元兢的基礎上並未取得新的突破，但其「病犯說」已明顯偏於形、義層面。又其所謂「十體」，實指十種風格類型。此處之「體」，已由劉勰、劉善經「體勢」論之「體」兼指文章體裁與文章體貌風格，轉化爲專指詩歌的體貌風格了。〔註133〕

（八）陳子昂

　　陳子昂（661～702）有《陳拾遺集》十卷。〈與東方左史虬修竹篇序〉：

　　文章道弊五百年矣，漢、魏風骨，晉、宋莫傳，然而文獻有可徵者。

　　僕嘗暇時觀齊梁間詩，彩麗競繁，而興寄都絕，每以詠嘆。思古人，

　　常恐逶迤頹靡，風雅不作，以耿耿也。一昨於解三處見明公〈詠孤

〔註129〕楊炯：〈王勃集序〉，《楊炯集》卷三。引自李壯鷹主編；唐小敏編：《中華古文論釋林——隋唐五代卷》，頁86～89。

〔註130〕陳弱水：《唐代文士與中國思想的轉型》（桂林：廣西師範大學出版社，2009年10月），頁19；以及陳伯海、蔣哲倫主編；倪進等著：《中國詩學史・隋唐五代卷》，頁93～94。

〔註131〕張伯偉：《全唐五代詩格彙考》，頁128。

〔註132〕肖占鵬主編：《隋唐五代文藝理論匯編評注》，頁231、235、243。

〔註133〕陳伯海、蔣哲倫主編；倪進等著：《中國詩學史・隋唐五代卷》，頁114～115、118。

桐篇〉，骨氣端詳，音情頓挫，光英朗練，有金石聲，遂用洗心飾視，

發揮幽鬱。〔註134〕

此篇短文概括了三個具有理論意義的問題：文章之「道」、「風骨」、「興寄」。「文章道弊五百年矣」，意謂文學自身具有的客觀的、特殊的本質、規律，在五百年來已被人為地敗壞了。〔註135〕引文批評齊梁間詩「彩麗競繁，而興寄都絕」，要求要有「風骨」、「音情」、「金石聲」。此處所謂「興寄」，即借助比興來寄託高遠的情志，因此，陳子昂筆下的「比興」不僅是「托事於物」，還蘊含有因興發感動而生的深沉感慨，〔註136〕而實際上是指繼承《詩經》中風雅比興的美學傳統。所謂「風骨」，其傳統範式即「漢魏風骨」；對立面即齊、梁頹風；其美學標準就是「骨氣端翔，音情頓挫，光英朗練，有金石聲。」〔註137〕這與王勃所伸張的「骨氣」沒有太大的差異，但陳氏之詩作則確實回歸了建安、正始時期的語言水平。〔註138〕陳子昂的詩歌革新表面上看來並非針對沈、宋等人的新體詩和宮廷詩風，在當時或不存在古體與新體壁壘森嚴、針鋒相對的詩人群體和創作現象。〔註139〕但亦有學者認為陳氏所批評的真正對象是同時代工於律詩的沈佺期、宋之問等人。〔註140〕無論誰是誰非，陳子昂在文藝思想發展史上的主要貢獻，是他從正面提出了「興寄」與「風骨」的文學創作主張。〔註141〕

陳子昂稱頌的「漢魏風骨」與鍾嶸提倡的「建安風力」較為接近，但又不像鍾嶸那樣強調「怨憤」，而是更注重劉勰所指出的那種豪邁悲壯、「梗概多氣」的情調，然而又無劉勰強調風骨必須要合乎經意的含義。〔註142〕如果比較一下初唐四傑所論「風骨」與陳子昂所論之差異，則前者似由於個體之

〔註134〕陳子昂：〈與東方左史虬修竹篇序〉，《陳伯玉文集》卷一。引自李壯鷹主編；唐小敏編：《中華古文論釋林——隋唐五代卷》，頁101。

〔註135〕黃保真等：《中國文學理論史——隋唐五代宋元時期》（台北市：洪葉文化事業有限公司，1993年台初版，1998年8月二刷，原北京出版社出版），頁74。

〔註136〕喬惟德、尚永亮：《唐代詩學》，頁7、46。

〔註137〕王明居：《唐代美學》，頁108。

〔註138〕徐艷：《中國中世文學思想史：以文學語言觀念的發展為中心》，頁275。

〔註139〕杜曉勤：《齊梁詩歌向盛唐詩歌的嬗變》，頁62。

〔註140〕吳宏一：〈談中國詩歌史上的「以復古為革新——以陳子昂為討論重心」，《北京大學學報》 2007年第3期。

〔註141〕張少康：《中國文學理論批評史·上卷》（北京：北京大學出版社，2005年8月），頁271。

〔註142〕張少康：《中國文學理論批評史·上卷》，頁272～273。

進取與此間所遇挫折的不平之氣所主導；後者則有更廣闊的社會內涵，因而也更為雄厚博大。〔註143〕

（九）盧藏用

上官儀死後約四十餘年，盧藏用（661？～713？）〈陳子昂文集序〉云：

> 孔子歿二百歲而騷人作，於是婉麗浮侈之法行焉。班、張、崔、蔡、曹、劉、潘、陸，隨波而作；雖大雅不足，其遺風餘烈，尚有典型。宋齊之末，蓋憔悴矣；逶迤陵頹，流靡忘返，至於徐庾，天之將喪斯文也；後進之士，若上官儀者，繼踵而至，於是風雅之道，掃地盡矣。……道喪五百歲而得陳君。君諱子昂，字伯玉，蜀人也。崛起江漢，虎視函夏，卓立千古，橫制頹波，天下翕然，質文一變。

〔註144〕

引文批評宋齊至唐初的浮靡文風，高度評價陳子昂詩文革新的功績。值得注意的是，盧藏用對陳子昂的讚頌著重文章和經世價值的關聯，〔註145〕此乃儒家傳統詩教之觀念，當又與其政治立場不無關聯。〔註146〕

（十）劉知幾

劉知幾（661～721）《史通·言語》：「尋夫戰國以前，其言皆可諷詠，非但筆削所致，良有體質素美。……若事皆不謬，言必近真，庶幾可與古人同居，何止得其糟粕而已。」〔註147〕《史通·雜說下》：「自梁室云季，雕蟲道長。平頭上尾，尤忌於時，對語麗辭，盛行於俗。」〔註148〕可見他的基本立場是「體質素美」，要求「事皆不謬，言必近真」，反對雕蟲麗辭。然而《史通·敘事》在論「晦」時卻也提及：「斯言皆言近而旨遠，詞淺而義深，雖發

〔註143〕喬惟德、尚永亮：《唐代詩學》，頁47。

〔註144〕盧藏用：〈右拾遺陳子昂文集序〉，《陳伯玉文集》卷首。引自李壯鷹主編；唐小敏編：《中華古文論釋林──隋唐五代卷》，頁105。

〔註145〕陳弱水：《唐代文士與中國思想的轉型》，頁26。

〔註146〕王夢鷗說：「稽之唐史所載，陳子昂、盧藏用，實嘗望仕於武后及中宗朝廷，其政治立場，可謂與武后所甚惡之上官儀適相敵對。陳子昂欲變當時詩體而盧藏用復從而鼓吹之，雖可視為文學之自覺，然其中亦不能無政治之原因。」氏著：《初唐詩學著述考》，頁24。

〔註147〕劉知幾：《史通·言語》，《史通通釋》卷六。引自肖占鵬主編：《隋唐五代文藝理論匯編評注》，頁282～285。

〔註148〕劉知幾：《史通·雜說·下》，《史通通釋》卷十八。引自肖占鵬主編：《隋唐五代文藝理論匯編評注》，頁310。

語已殫，而含意未盡。」〔註149〕更批評「文非文，史非史」，可見劉知幾明顯分別文、史，而其《史通・覈才》亦區別了文才與史才，實明示作者對文學自身特點已有明確的認識，此主張正是當時醞釀中的古文運動方向。〔註150〕

在劉知幾之前，從班固到王充再到左思，言實錄者均指歷史的真實。劉勰《文心雕龍・史傳》：「實錄無隱之旨」，亦是此義。但劉知幾認識到文史異同，並不全以寫史的原則來衡文，甚至認為文學上的實錄不拘於具體事實之真，而僅求其反映事物的本質真實，所論自較前人為通達。〔註151〕總之，《史通》確實涉及到文學觀念問題，但其影響主要在文、史的異同、實錄精神、以及對小說創作和理論的啟發。〔註152〕

（十一）初唐佚名或偽題詩論

1、佚名《文筆式》

《文筆式》產生時代當稍後於《筆札華梁》（即武后時期），又其內容大多雷同於劉善經《四聲指歸》及上官儀《筆札華梁》。託名魏文帝《詩格》，其中部分內容即自《文筆式》中襲取而來。〔註153〕盧盛江以《文鏡秘府論・南卷》之〈論體〉、〈定位〉二篇疑出《文筆式》，為初唐所作。〔註154〕

〈論體〉：

> 凡製作之士，祖述多門，人心不同，文體各異。較而言之，有博雅焉，有清典焉，有綺艷焉，有宏壯焉，有要約焉，有切至焉。……故詞人之作也，先看文之大體，隨而用心。遵其所宜，防其所失，故能辭成鍊毅，動合規矩。……凡作文之道，構思為先，亟將用心，不可偏執。……又文思之來，苦多紛雜，應機立斷，須定一途。若空勘品量，不能取捨，心非其決，功必難成。然文無定方，思容通變，下可易之於上，前得回之於後，研尋吟詠，足以安之，守之不

〔註149〕劉知幾：《史通・敘事》，《史通通釋》卷六。引自肖占鵬主編：《隋唐五代文藝理論匯編評注》，頁289～294。

〔註150〕肖占鵬主編：《隋唐五代文藝理論匯編評注》，頁298～299。

〔註151〕牟世金、肖洪林：〈劉知幾〉，牟世金主編：《中國古代文論家評傳》，頁305～306。

〔註152〕張少康：《中國文學理論批評史・上卷》，頁267～269。

〔註153〕張伯偉：《全唐五代詩格彙考》，頁69。

〔註154〕盧盛江認為此二篇從「凡製作之士」至「不復委載也」疑出《文筆式》，參見〔日〕遍照金剛撰；盧盛江校考：《文鏡秘府論彙校彙考》，頁1453。

移，則多不合矣。然心或蔽通，思時鈍利，來不可遏，去不可留。
若也情性煩勞，事由寂寞，強自催逼，徒成辛苦。不若韜翰屏筆，
以須後圖，待心慮更澄，方事連緝。非只作文之至術，抑亦養生
之大方耳。〔註155〕

首將「文體」分爲「博雅」、「清典」……等六類；又以「構思」爲先，但又
不可強自催逼。此與書論「意在筆先」又強調順自然之勢同一論述。

〈定位〉：

凡製於文，先布其位，猶夫行陳之有次，階梯之有依也。……須以
此義，用意準之，隨所作文，量爲定限。……故須以心揆事，以事
配辭，總取一篇之理，析成眾科之義。其爲用也，有四術焉。一者，
分理務周。二者，敍事以次。三者，義須相接。四者，勢必相依。……
然大略而論，忌在於頻繁，務遵於變化。……文之大者，得容於句
長。文之小者，寧取於句促。何則？附體立辭，勢宜然也。〔註156〕

首先強調「位」、「意」，又提點「理」、「事」、「義」、「勢」，忌繁遵變。此中
之「勢」似指向文章句式與文辭聲調變化間所呈現的語勢及氣勢，這與劉勰
指文體構成的自然之勢或偶指文章的體貌風格不同；而前此之「體」似包含
了「體裁」和「風格」兩層含義，基本看法則與劉勰無異。〔註157〕

〈文筆十病得失〉：

製作之道，唯筆與文。文者，詩、賦、銘、頌、箴、讚、弔、誄是
也；筆者，詔、策、移、檄、章、奏、書、啓等也。即而言之，韻
者爲文，非韻者爲筆。文以兩句而會，筆以四句而成。文繫於韻，
兩句相會，取於諧合也；筆不取韻，四句而成，任於變通。……然
聲之不等，義各隨焉。平聲哀而安，上聲屬而舉，去聲清而遠，入
聲直而促。〔註158〕

此以「韻」分別「文」、「筆」，又謂文取諧合，筆任變通。後言不同聲音之特
色，提點「聲」、「義」相隨。

〔註155〕唐‧佚名：〈論體〉，張伯偉：《全唐五代詩格彙考》，頁78～81。又〔日〕遍
照金剛撰：盧盛江校考：《文鏡秘府論彙校彙考》，頁1450～1472。

〔註156〕唐‧佚名：〈定位〉，張伯偉：《全唐五代詩格彙考》，頁81～84。又〔日〕遍
照金剛撰：盧盛江校考：《文鏡秘府論彙校彙考》，頁1480～1519。

〔註157〕陳伯海、蔣哲倫主編；倪進等著：《中國詩學史‧隋唐五代卷》，頁50。

〔註158〕唐‧佚名：《文筆式》，張伯偉：《全唐五代詩格彙考》，頁95、97。

2、舊題魏文帝撰《詩格》

《筆札華梁》約亡佚於北宋中葉，其後僞托者雜取散佚文字，拼湊成帙，並僞題「魏文帝」之名。惟其內容皆有所本，實可以初唐人詩論視之。〔註159〕舊題魏文帝撰《詩格》〔註160〕中有〈句例〉、〈對例〉、〈六志〉、〈八對〉、〈八病〉、〈雜例〉、〈頭尾不對例〉、〈俱不對例〉，頗顯雜碎，蓋爲指點學習之用。

3、佚名《詩式》

佚名《詩式》〔註161〕，主要內容有「六犯」（支離、缺偶、相濫、落節、雜亂、文贅），提點爲詩須避事項。張伯偉推論作者應與崔融同時或稍前。〔註162〕

4、佚名〈論文〉

〈論文〉：

> 且文之爲體也，必當詞與旨相經，文與聲相會。詞義不暢，則情旨不宣；文理不清，則聲節不亮。詩人因聲以緝韻，沿旨以製詞，理亂之所由，風雅之攸在。固不可以孤音絕唱，寫流遁於胸懷；棄徵捐商，混妍蚩於耳目。變之者，自當睎聖藻於天文，聽仙章於廣樂……。〔註163〕

本文追溯前代各家文學特色，批評近代詞人「文乖麗則」、「聽無宮羽」之風，從而提出「詞旨相經」、「文聲相會」的見解。這種融南北文學之長的看法，爲初唐文學總體潮流所向。

綜觀初唐詩壇，唐初宮廷新體詩聲律艱於創變的現象，或與貞觀君臣對齊梁詩風的態度以及唐初宮廷詩人多來自北方有關。但貞觀中走上詩壇的新一代宮廷詩人則與此有別，他們本即以詩擅長，又逢唐太宗對新體詩創作的推波助瀾，於是對新體詩的藝術形式的研討趨之若鶩。「上官體」之流行，除了政治因素之外，當還因爲上官儀總結了一些簡要的作詩法則，使初學者有法可循。〔註164〕

〔註159〕張伯偉：《全唐五代詩格彙考》，頁99。

〔註160〕舊題魏文帝：《詩格》，張伯偉：《全唐五代詩格彙考》，頁99～109。

〔註161〕唐·佚名：《詩式》，張伯偉：《全唐五代詩格彙考》，頁125～126。

〔註162〕張伯偉：《全唐五代詩格彙考》，頁124。

〔註163〕〈論文〉篇名爲肖占鵬主編：《隋唐五代文藝理論匯編評注》一書編者所加，此文內容乃從《文鏡秘府論·南卷·集論》中一段取出，相關問題參見該書頁201；及盧盛江校考：《文鏡秘府論彙校彙考》，頁1536、1568。盧盛江疑「或曰《易》曰」以下至「此明時所當變也」爲《芳林要覽·序》。

〔註164〕杜曉勤：《齊梁詩歌向盛唐詩歌的嬗變》，頁25～27、41、18。

　　上官儀多論詩「法」而偏重於聲律；元兢《詩髓腦》則已轉向字義，爲律詩發展的重要階段。而元兢「以情緒爲先，直置爲本，以物色留後，綺錯爲末」所反映的見解與孔穎達等人相當接近，亦時代整體之思想趨向。又上官儀、元兢等人不厭其煩地解析詩法，當與其參與編纂類書《芳林要覽》不無關聯，反映了實用取向的重「法」時代已經來臨。

　　初唐四傑的詩學，盧照鄰能兼融儒道審美理念，強調「通變」、「適意」，體現了通達的詩學意識；駱賓王重在「感於情」，但其「情」又與「志」連結，亦體現儒道兼融的思想；王勃以儒家立基，欣賞「雄筆壯詞」，但亦能兼融釋、道；楊炯強調「骨氣」、「剛健」以及「隨時」、「應便」，希望通過回歸儒家的詩教傳統來重鑄詩歌的風骨。初唐四傑詩論以復古求變，但批判六朝浮靡文風，其「言志」並未一味宣揚儒家的倫理道德大義，更多的是面對自然與人生際遇而抒發的「述懷」，實際改造並揉合「言志」與「緣情」兩種詩學理論的內涵，從而體現了他們對於詩歌特性的通達意識，承續了爲其所否定的建安詩歌的傳統。〔註165〕四傑從未反對過宮廷文學，其詩文革新乃以貞觀宮廷的雅頌正聲來反對「骨氣都盡，剛健不聞」的龍朔宮廷文風，實質上是以一種宮廷文風反對另一種宮廷文風。四傑的文學貢獻主要在於重新恢復了儒家「詩言志」的創作傳統，詩文創作基本上是舊瓶裝新酒，用南朝文學的形式表達了新的文化精神。〔註166〕四傑詩學既是詩歌發展過渡期的自然反映，也是復古、新變與通變三條詩學路線相互碰撞和交匯的必然結果，〔註167〕同時顯示了當時儒、道、釋三家思想彼此間的互動、影響與融合。

　　陳子昂正面提出了「興寄」與「風骨」的詩學創作主張，其所稱頌的「漢魏風骨」不像鍾嶸那樣強調「怨憤」，而更注重劉勰的那種豪邁悲壯、「梗概多氣」的情調，而又無劉勰必須要合乎經義的風骨含義。盧藏用則高度讚頌陳子昂，而著重文章的經世價值。

　　以上這些對南朝宮廷文學持批判態度的作家，其共同點是均非南方人，也沒有昌盛的家世，處在遠離宮廷的位置。而近體詩的形式主要是在宮廷文

〔註165〕陳伯海、蔣哲倫主編；倪進等著：《中國詩學史‧隋唐五代卷》，頁90、95～97。

〔註166〕杜曉勤：《齊梁詩歌向盛唐詩歌的嬗變》，頁211、213。

〔註167〕參陳伯海、蔣哲倫主編；倪進等著：《中國詩學史‧隋唐五代卷》，頁14。

壇完備起來的。如此看來，反撥南朝而提倡風骨與繼承南朝宮廷文學推進律詩之形成實際上是交織發展的。〔註 168〕

劉知幾則以史家觀點反對史傳文章「體兼賦頌，詞類俳優」，主張文史分別。但他並不以史的原則來衡文，認為文學上的實錄不拘於具體事實之真，而僅求其反映事物的本質真實。初唐其他詩論除承續前人詩論之外，亦大體反映重視詩「法」以及兼融的特色。

此外在初盛唐時期，出現了不少像《李嶠百詠》之類的總結詩歌技法的書，無疑對初唐詩歌的普及和提高產生了一定的推動作用。〔註 169〕又唐前期所編纂之類書數量眾多，且多為官修。大體上兼有類書與總集的性質，對於物象特性不但有基本的描述，且列有前人對於同一題材的創作可供參考，實有建立物象系統之用意。〔註 170〕類書的編纂刺激出另一種出乎其初衷的形式美學訴求，也為宮廷詩人的創作提供了有力的支持。〔註 171〕值得一提的是聞一多〈類書與詩〉及〈宮體詩的自贖〉分別描述了初唐詩歌的演變道路。〔註 172〕這反映出類書與宮體詩的關聯性，並對近體詩格律的探索與發展具有一定的支撐和推波助瀾的效用。

第三節　初唐書論與詩論之比較

一、帝王與政策的影響

一般論及歷史的發展，總與政治脫不了關係，而多數初開國的前幾任帝王相對來講也有較大的影響力。就初唐而言，唐太宗確是關鍵的人物，蔡瑜即認為：

> 太宗面對政治事務的高度理性與自信，使泛政治化的決定論無法成
> 立，並以這種開闊而不避忌的態度，斟酌南北，融合古今，完成大

〔註 168〕〔日〕川合康三著；劉維治、張劍、蔣寅譯：《終南山的變容：中唐文學論集》（上海：上海古籍出版社，2007 年 8 月），頁 8。

〔註 169〕葛曉音：〈創作範式的提倡和初盛唐詩的普及——從《李嶠百詠》談起〉，《文學遺產》1995 年第 6 期。

〔註 170〕蔡瑜：《唐詩學探索》，頁 16。

〔註 171〕王耘：《唐代美學範疇研究》（上海：學林出版社，2005 年 8 月），頁 229～230。

〔註 172〕二文見聞一多：《唐詩雜論、詩與批評》（北京：生活·讀書·新知三聯書店，1999 年 11 月），頁 3～24。

　　唐雅樂的創制，此一態度也正是唐人建立大唐文化之胸襟氣度的寫

　　照。〔註173〕

政治處理的是最現實的問題，其決策自然直接影響相關的事物，而多元並包且以「兼融」為主的發展方向，完全展現初唐大一統的時代格局與需求，這是時代的大走向，於是各類文藝得以在此種氛圍中繼續發展，終開展出有唐一代的輝煌成果。當然這種影響並不完全是政治決策上的，更有時代的氛圍和社會環境的因素在內，因而它就不只是及於某些人物，而是具有普泛性質的（雖然在時、空上容有差異）。就隋唐之際而言，民族的大融合，極可能是先於經濟、政治、文化諸條件形成的具有時代美學特色的根本原因。〔註174〕

　　霍然《唐代美學思潮》論及：

　　唐太宗之仰慕江南文化，乃是在步北魏孝文帝以來倡導交融的諸北

　　朝帝王的後塵。所不同於前人的，只是唐作為一個空前強大的大一

　　統的封建帝國，不再強調地域的南、北，而允許多種美學思潮並存。

　　〔註175〕

初唐在大一統的政治格局之下，確有兼融南北與允許多元因素並存的廣大氣度，其影響層面相當廣闊，書法與詩歌思想當亦受其左右。

　　唐太宗頗看重詩文與書法的影響力，故以帝王之尊親為文論和書論的代表人物陸機和王羲之傳作贊，顯示了唐初文風與書風同步發展的訊息。〔註176〕在唐太宗眼裡，文（詩）與書比畫似乎要來得更為重要，書法的地位於此上升到歷史發展的新高點。在初唐，一人兼有書法與詩之重要理論文字，太宗或恐為唯一之人，可見此期二者在理論方面基本上仍平行發展，並未有太多的自覺連結。

　　唐太宗書學大王一系，詩則受宮體詩風之影響（故有虞世南之警言），就創作而言，大抵順隨時流而無特別突出之處；但在理論上他卻標舉陸機與王羲之，除了在文藝上有自覺的認同外，在策略上當有意藉帝王之力而影響其發展方向。其影響力可從初唐史官論詩文口徑之一致與初唐書風之發展而得其梗概。

〔註173〕蔡瑜：《唐詩學探索》，頁114。

〔註174〕霍然：《唐代美學思潮》（高雄：麗文文化事業，1993年10月），頁51。

〔註175〕霍然：《唐代美學思潮》，頁39。

〔註176〕龔鵬程：〈唐初書法史初探〉，見氏著《書藝叢談》，頁16～17。

二、文人書論與史官教化觀

關於初唐書、詩理論之比較，可從時代、政治與人物的背景觀察起。就人數言，書論多集中在歐陽詢等數人，詩論涉入的人數則較多；若從內容與形式觀察，則前者多係針對書法發論，而後者卻未必如是，或為經學、史論，或為品賞選本，針對詩歌之專論相對較少。再從人物的角度比較，則前期書論之主要人物多編過類書（歐陽詢、虞世南）；而同期表達文教思想之主要人物則多為史官（姚思廉、李百藥、房玄齡、魏徵、令狐德棻、李延壽），二者的共同點是他們皆為朝廷官吏，這使其論述或兼有政策上的考量因素，因而此期有理論與創作悖離的現象，然此悖離在詩歌方面較為明顯（理論上強調兼融南北，實際上卻仍擅宮體詩的創作），書法則相對隱晦（歐陽詢書風較具北方嚴峻的特質，然亦曾學王，如其〈九成宮禮泉銘〉融入了南方秀逸潤雅的風格；虞世南則明顯為二王一脈）；至於初唐後期書論明顯轉至在野人物（孫過庭、李嗣真），雖然詩論方面身為朝官者仍居部份比例，但也增加了不少非在朝的人士，可見初唐後期書論與詩論的重心已有逐漸由朝廷移出的現象，這與初唐後期書法與詩歌的發展脈動一致，理論與創作的連動關係已較前期更拉近了距離。

再進一步探析初唐書論與詩論之差異，可以發現虞世南、歐陽詢等人之所以在朝任官，或未必因為書法的緣故（如二人曾各別輔佐過太子、皆編過類書），則其是否在朝為官與其書論所反映的意義之間應無太大的關聯；反觀史官的官宦色彩明顯，故其論述多有政策之考量或受其影響亦屬自然，因而其朝官的角色與其詩論內容當更具關聯性。事實上：

> 從李世民的「秦府十八學士」到武則天的「北門學士」，其統治思想一脈相承的軌跡清晰可見。表面上看來，歷代封建君主「以馬上得天下，不可以馬上治之」的古訓似乎已被唐人參悟；實際上其精神實質早已偷換成大非儒教傳統本意的內容。非但此風流才子已非彼飽學宿儒之輩，而且統治者起用他們的目的，也不是為了光大儒教，而是以其作為政治上的心腹和酒席宴間的侍從。這是兼政客、文士雙重身分於一身的新興詩人。〔註177〕

〔註177〕霍然：《唐代美學思潮》，頁117。

上引所論當可及於歐陽詢、虞世南等，即此期之書家亦兼政客與文士的雙重身分。由此可見書論受政策之影響較小而受個人之審美觀點影響較大（也許唐太宗例外），而詩論方面在前期則受到政策一定程度的導引，後期才逐漸走出此種影響的籠罩。若追究其因，或與書法、詩歌之本質及二者在當時之地位與功能有關，蓋書法之影響人不在其文字意義而在其形式的直接性，又其地位絕難與詩文相抗；而詩之本質爲「言」，它與文字意義脫離不了關係，本即較易將其理念訴諸理論文字；又因儒家詩教觀的影響，詩歌歷來都受到相當的關注，即使是書法發展的高峰時期，仍難與詩相抗衡。如流行一時的「上官體」詩，當即「以類書爲資料匯編，以類編詩集與秀句集爲創作典範，以詩格爲理論指導」〔註178〕而創作出的成品。於是可以看到文藝在發展的過程中雖不無外在因素的影響，但長期而言，仍有其各自的發展脈動與方向，有時或許因外在的不可抗力而在發展之路上有所屈折，但只要時機、條件合宜，它們終將回歸自己的道路。再者，當劉知幾有意於區別文史，即從另一面呈顯了「文」的獨立地位。而傳統之所謂「文」又包括詩與文，於是有後來的古文運動將詩、文進一步區別，由此亦顯現了實用與文藝逐漸分流的過程。

三、政策引導轉向審美自覺

虞世南詩書兼善，在其書法和詩歌的創作上，卻可以看到前述所論的差異情況，即書論與書風的表現較爲一致，而詩論與詩風的表現則有一種矛盾現象，顯示此期詩歌理論的先行性。理論之所以先行，蓋思有所改革，於是總結前人經驗並加以評價的現象成爲一時之風潮，而創作上卻有較強的延續性，因而產生理論與創作的矛盾現象。這種現象又與詩、書之本質有關，而非作家個人刻意所致。

初唐書風明顯爲二王一系之發展，但在書論上則強調「中和」、「風骨」等概念，因受帝王與政策之影響而崇尚大王；初唐前期宮體詩仍舊擅場，但在詩論上卻批評齊梁詩風，強調融合南北。二者在理論上均有轉向之自覺，在實際創作上則有一定之落差。話雖如此，虞世南〈詠蟬〉卻是此期少有的能夠洗滌齊梁詠物詩庸俗之氣而寄寓深遠的詠物之作；〔註179〕而其承續王書兼有形質的書風，與此表現亦較爲一致。初唐後期，由孫過庭強調書法之「表情達性」與孔穎達詩論之重「情」，則可窺得有向「情」轉移之傾向。

〔註178〕張巍：《杜詩及中晚唐詩研究》（濟南：齊魯書社，2011年10月），頁318。
〔註179〕劉潔：《唐詩題材類論》（北京：民族出版社，2005年11月），頁84。

　　又初唐美學有人品與文品的割裂、道德與審美相脫離的現象，這可以宋之問為代表。他不僅媚上欺下，徇私舞弊，甚至剽竊其他詩人的作品，行為卑劣至極。然而正是這樣「天下醜其行」的人，其作品卻「流布京師，人人傳諷」（《新唐書・文藝傳・宋之問》）。〔註180〕宋之問現象反映了此期「人」與「文」的分離，可見文藝獨立的時代確已來臨（雖然宋之問可以視為一種極端現象）。然而在書論家與詩論家身上似乎看不到這種情況，前者（書論家）例子較少，也許不具可靠的信度與效度，但和書法直接性的本質（人的流出）應有一定的關聯；後者（詩論家）則或許和其朝官特別是史官的身分有關。這也呈顯此期在朝和在野，或者說不同身分者之間在文藝理念上的差異。

　　就書法而言，「人」「文」分離的現象似乎不如詩歌明顯，例如盧照鄰在〈南陽公集序〉中說：「褚河南風標特峻，早鏘聲於冊府。變風變雅，立體不拘於一途；既博既精，為學遍游於百氏。」〔註181〕不但稱美其博精與能變，亦讚揚其「風標特峻」。褚遂良這種兼容並包又懂得應「變」的格局，正適合該時代之需求。〔註182〕就詩歌而言，陳子昂亦為時人所推崇，但其決定因素不在他對六朝彩麗競繁詩風的全盤否定，而主要在於其詩作深入思考了初唐社會所面臨的一系列重大問題。他提倡古樸無華的詩文風格並未被更多詩人所效仿，但其深刻獨到的思維方法卻為整個初唐社會所接受，這是此一時代審美標準進化的明證。〔註183〕

　　年代與虞世南相近的孔穎達從體用著眼，承劉勰之見將「興」釋為「起」，透過「取譬引類」的手段，以「起發己心」，仍具「物感」色彩；又其「情」在「志」的遮蔽下，已喪失身份，儘管他在《左傳正義・昭公二十五年》裡說「在己為情，情動為志，情志一也」，但仍未能揭示「情」與「志」的主從關係。〔註184〕書論中較少針對「興」來立論，初唐則有虞世南〈筆髓論・釋

〔註180〕霍然：《唐代美學思潮》，頁121；以及謝思煒：〈初盛唐的政治變革與文學繁榮〉，見傅璇琮主編：《唐代文學研究・第九輯》（桂林：廣西師範大學出版社，2002年4月），頁110。
〔註181〕盧照鄰：〈南陽公集序〉，《盧照鄰集》。引自李壯鷹主編；唐小敏編：《中華古文論釋林——隋唐五代卷》，頁72。
〔註182〕褚氏書法與歐陽詢同出北方風格，但後來轉習二王，其代表書風較之歐氏更具有二王之特質。
〔註183〕霍然：《唐代美學思潮》，頁127～128。
〔註184〕鄧國軍：《中國古典文藝美學「表現」範疇及命題研究》（成都：巴蜀書社，2009年2月），頁80。

草〉謂：「但先緩引興，心逸自急也，仍接鋒而取興，興盡則已」。此「興」，當指書寫之意興，其中含藏了對創作主體和「自然」之理的強調，虞氏之說應係受到詩文「感興」說的影響，當然其共同源頭或出於《易》之「觀」論。又如孫過庭《書譜》謂：「寫〈樂毅〉則情多怫鬱，書〈畫贊〉則意涉瑰奇，〈黃庭經〉則怡懌虛無，〈太師箴〉又縱橫爭折。暨乎蘭亭興集，思逸神超；私門誡誓，情拘志慘。所謂涉樂方笑，言哀已嘆。」也有濃厚的「感物」意味。此期之「意」，在接續前代「感物」說的氛圍中強調主體性，當然與「興」取得了緊密的聯繫，透過「興」，人與物有了互動、溝通，進一步激發出主體流出的創作衝動，同時也將這種因興而有的心境與情趣含融於作品之中，讀者乃得以從中獲得某種相對的感應。二者論「興」，都強調主體性，一切文藝之創作由「興」出發，一切文藝之欣賞經「興」感通。此期對「興」的強調，實際顯示了對主體情性的重視，然而又隱約透露了向「自然」、「境界」等發展的趨勢。

四、南北兼融與創作滯後

初唐書論因為李世民推尊王羲之而刻意貶低王獻之，使得大王書風成為一時之風潮，小王之書明顯受到冷落；就像當時詩論之批評齊梁淫靡詩風而推尊建安風骨，二者具有一定程度的一致性，只是取法對象略有時代上的差異，然而卻與李世民之標榜陸機和王羲之不謀而合。此期論家不但對前人經驗加以總結、評論，並且多以「中和」為理想，既兼容南北，亦融合儒、道、釋。這種兼融的思想包容力極強，因而具備多元發展的可能性，十分契合於大時代發展的需求。初唐的政治格局為三家思想的融通提供了一個理想的背景，由此而及於各個層面。

政治家、史學家在總結前朝滅亡的教訓時，往往將齊梁以來輕靡浮艷的文風與國家的式微聯繫起來。〔註185〕這樣的聯繫呈顯了一種表面的現象，其間的因果關係尚難論定，甚且可能恰恰相反，文風趨向輕靡浮艷或許是整個社會內質的反映，而非導致其式微的根本原因。揆諸唐代美學思潮史上的第一次浪潮或與此期的新舊門閥之爭有關。〔註186〕六朝書家多為門閥士族，以登臨山水、流連詩酒之餘為書，自然「以流美為能」；而唐人自北朝以來歷經

〔註185〕朱志榮主編：《中國古代文論名篇講讀》（北京：北京大學出版社，2006年1月），頁142。

〔註186〕霍然：《唐代美學思潮》，頁67。

戰火兵燹之亂，長期存在以金戈鐵馬為美的尚武精神，自然形成雄峻堅實的風格。初唐時期審美興趣重心的回歸，更促進了唐代書家自主意識的穎露和唐代書法美學模式的建立。〔註187〕

　　雖然初唐在政策和理念認知上強調兼融南北，但實際是：

> 應制酬對的妍媚之作不絕於筆。以張揚形式美學為核心的浮靡，於初唐表現為妍媚的風格，其流行區域相當廣泛，已不限於文學領域，而彌漫在各種藝術形式中，成為足以覆蓋文論術語的美學範疇。妍媚不同於浮靡，更單純地顯現為形式美學的訴求，卻不夾雜淫濫頹奢的意趣。〔註188〕

可見文藝美學仍有其自身的發展脈絡，雖然在某種程度上不無時代環境的影響，但其大勢似乎有其屬己的運作規律，二者間存在緊密的互動關係，而非簡單的主動與被動的前後因果連結。

　　若從現存詩歌作品來觀察，龍朔（661～663）詩人多歌功頌德、安享富貴，較少述懷言志之作；而武后（684～707）宮廷詩人則常直抒胸臆、表露懷抱。〔註189〕可見此期詩風已有所轉變。基本上，貞觀（627～649）詩壇雖有「變從前纖靡之習」之願，但仍未從根本上擺脫齊梁詩風的影響。他們雖試圖合南北文學之長而去其所短，但未能真正做到將其融合為統一的有機體。其實他們是用齊梁詩風去整合南北文學，因而未能有效地臻至理想。〔註190〕唐初之以南風為美，實沿襲北朝以來北人學南的遺風，這反映了以唐太宗為首的關隴軍事豪強這些仰慕江南文化的西北漢族後裔的審美觀念淵源之所自。〔註191〕初唐這種兼融觀既循社會歷史發展的脈動，又有其主體性的抉擇，可謂水到渠成、順勢而為的時代表現。

五、「意」的深化與「法」的建立和背反

　　初唐之詩學與齊梁時期相類似，多為適應宮庭之藝文生活而發達。詩體既沿襲江左餘風，而詩學即為齊梁詩體之分析，從而走上重「法」之路。其自始即偏向「綴文」之道，而與吟詠「情志」無直接之關聯。〔註192〕雖然此

〔註187〕霍然：《唐代美學思潮》，頁109。

〔註188〕王耘：《唐代美學範疇研究》，頁167。

〔註189〕杜曉勤：《齊梁詩歌向盛唐詩歌的嬗變》，頁253。

〔註190〕喬惟德、尚永亮：《唐代詩學》，頁28。

〔註191〕霍然：《唐代美學思潮》，頁40。

〔註192〕王夢鷗：《初唐詩學著述考》，頁18。

期詩論多重「情」「性」，如姚思廉「文者妙發性靈」、「申紓性靈」；李百藥、令狐德棻「文之所起，情發於中」；房玄齡「賞好生於情，剛柔本於性」；孔穎達「情緣物動，物感情遷」、「興者，起也，取譬引類，引發己心」，然猶可見初唐前期文藝理論尚在「感物」觀的氛圍裡，惟此感物觀有愈來愈向創作主體傾斜之趨勢。書論方面，歐陽詢強調中正，如「又不可瘦，瘦當形枯；復不可肥，肥即質濁」，這與盛唐的雄渾壯逸以及杜甫主張的「瘦硬方通神」不同。歐氏論書於「法」上較隋釋智果更加細緻與更多實際筆劃的分析，而其「意在筆前，文向思後」的強調，則顯露對創作主體之「意」的重視；虞世南亦強調「造意」，但與歐陽詢不同（更與王羲之不同）的是他在書法學習方法上更強調「通靈感物」、「心悟」，這就頗有道家玄學的味道了；而李世民之重視「骨力」、強調「中和」，儒家詩教之立場明顯，應不無政策上的考量。

　　整體而言，初唐書學與詩學，均出現愈來愈重視創作主體之趨向，這種現象深化了「意」的內涵，卻同時伴隨著「法」的制約，於是有了既重「法」又重「意」，既重「格式」又重「情性」的看似矛盾，實際則是雙軌並行且相互牽制甚至於交融的現象。筆者以為此乃時代環境的需求使然，一方面在大一統的社會需要一定的有效規範；另一方面，隨著社會環境和文藝思潮的發展，此期人心也有強烈的表現需求。歷史同時融攝了這兩種需求，遂形成初唐書學與詩學「法」「意」並重、同時發展的特殊景象。

　　又初唐詩學承繼前人聲韻理論並有所發展，如空海《文鏡秘府論・序》即言：「沈侯劉善之後，王皎崔元之前，盛談四聲，爭吐病犯，黃卷溢篋，緗帙滿車。」〔註193〕唐初在創作上試煉，不斷地摸索前進，逐漸將聲韻理論由四聲而平仄，對偶方面更轉進對內容意義的重視，最終完善了近體詩的聲律論。〔註194〕相對地，它也帶來一些限制和影響，王夢鷗即提及初唐：

> 有關詩體之著作，無異於示人以作詩之訣竅；而選集之完成，則又予學詩者以範例。二者相輔而行，可使一時詩篇有如後世之八股文。從其時代意義言之，固可視為有唐一代「律詩」之建立時期；但從

〔註193〕〔日〕遍照金剛撰；盧盛江校考：《文鏡秘府論彙校彙考》，頁14。沈侯為南朝的沈約，倡四聲八病說；劉善是隋朝的劉善經，著有《四聲指歸》；而據學者研究，王皎崔元即指王昌齡、皎然、崔融、元兢。這就是說，自沈約、劉善經之後，中唐皎然以前，談論聲韻的書是很多的。參見傅璇琮：《唐詩論學叢稿》（臺北：文史哲出版社，1995年9月），頁32。

〔註194〕蔡瑜：《唐詩學探索》，頁117。

> 詩之所以爲詩，亦即「風雅之道」言之，則其桎梏詩情，莫此爲甚。
> 故遇一二卓越之才，必排擯而出，矯正已黷之詩法而復返於表現之
> 自然。〔註195〕

物極必反，盛唐時期的李白、張旭，或可分別爲排擯詩、書既定之法的代表性人物。

　　書法之論「法」，從隋釋智果〈心成頌〉始，至歐陽詢對書法的指導，規範了楷書依循一定的方向發展，實際架構了楷書的用筆、結字等方法，使楷書順利走向成熟。虞世南於「法」強調執筆，論書多從大處著眼；李世民論「法」近於虞氏；孫過庭論法較爲全面，但不如歐陽詢之細緻；李嗣眞書論則未及此。文藝範例的表述具有法的樹立作用，加上實際的技法講求，共同推動該文藝的發展，並普遍化於整體之社會，詩歌如是，書法亦同。近體詩的律化和楷書之法的確立，反映時代的需求和藝文的發展，它在初唐蘊釀且初見成果，然而到了盛唐也出現如李白、張旭等人之背反現象。「法」的建立與背反幾乎同時出現在同一階段，這似乎是大一統時代多元兼融格局下的必然現象，而主體之「意」與限制之「法」看似二線平行發展，實又互有關涉，反映了此期文藝的辯證發展。

〔註195〕王夢鷗：《初唐詩學著述考》，頁87。

第五章　盛唐的書論與詩論

第一節　高峰期的盛唐書論

　　盛唐從玄宗開元元年至代宗大曆五年（713～770）杜甫卒，約六十餘年。此期出現書論大家張懷瓘，更有竇臮、竇蒙兄弟之《述書賦》及蔡希綜〈法書論〉，又有徐浩、顏眞卿、杜甫、李華、陸羽等人之論書，是爲唐代書論之高峰期。

一、書論中的《文心雕龍》——張懷瓘書論

（一）張懷瓘

　　張懷瓘（生卒年不詳，唐開元（713～741）年間人）的書法，宋朱長文《續書斷》曾引其自評語曰：「眞、行可比虞、褚，草欲獨步於數百年間。」由此可知他對自己的書法頗爲自信，特別是草書，乃其引以爲自豪者，惜其書作今皆已不傳。然而張懷瓘的書論卻留了下來，且其篇幅之大、論述之廣、資料之富，可謂前無古人。如果說張彥遠是唐代的畫論大家，那麼唐代的書論大家則非張懷瓘莫屬。他有關書法的著述有〈二王書錄〉、《書斷》、〈文字論〉、〈書估〉、〈書議〉、〈六體書論〉、〈評書藥石論〉、〈論用筆十法〉及《玉堂禁經》等。

　　〈二王書錄〉〔註1〕大抵基於他在擔任翰林供奉時鑒賞、審定內府二王書

〔註 1〕張懷瓘：〈二王書錄〉，《法書要錄》卷四，盧輔聖主編：《中國書畫全書（一）》，頁 61～62。另參潘運告編著：《張懷瓘書論》，頁 1～10。

跡的基礎上建構而成的，較具史料意義而乏理論論述。文後落款爲「乾元三年五月」，應是其整理成文的時間。〔註2〕

《書斷》是張懷瓘書論的代表作，凡三萬餘言，歷時四年才完成。《書斷》闡述十種書體之源流，各體之後並有贊，另以神、妙、能三品評述自古以來的一百七十四位書家。其〈書斷序〉曰：

> 文章之爲用，必假乎書，書之爲徵，期合乎道，故能發揮文者，莫近乎書。若乃思賢哲於千載，覽陳跡於縑簡，謀猶在覿，作事粲然，言察深衷，使百代無隱，斯可尚也。即夫身處一方，含情萬里，摽拔志氣，黼藻精靈，披封睹跡，欣如會面，又可樂也。……故其發跡多端，觸變成態，或分鋒各讓，或合勢交侵，亦猶五常之於五行，雖相剋而相生，亦相反而相成。豈物類之能象賢，實則微妙而難名。……幽思入於毫間，逸氣彌於宇內；鬼出神入，追虛補微：則非言象筌蹄所能存亡也。
>
> 心不能授之於手，手不能授之於心，雖自己而可求，終杳茫而無獲。
>
> 或體殊而勢接，若雙樹之交葉；或區分而氣運，似兩井之通泉。〔註3〕

上引文極力說明書之功用及其玄妙，一開始就將書提到「期合乎道」的高度來論述。闡述書之功用，一能察其深衷而使百代無隱，二能自樂；書之所以玄妙，蓋其「追虛補微」、「猶五常之於五行，雖相剋而相生，亦相反而相成」，故「微妙而難名」。張懷瓘對於書法的總體認識，與虞世南較爲接近。

又〈書斷上〉曰：

> （古文）書者，如也，舒也，著也，記也。著明萬事，記往知來，名言諸無，宰制群有，何幽不貫，何往不經，實可謂事簡而應博，豈人力哉！……（行書）夫古今人民，狀貌各異，此皆自然妙有，萬物莫比，惟書之不同，可庶幾也。故得之者，先稟於天然，次資於功用，而善學者乃學之於造化，異類而求之，故不取乎原本，而各逞其自然。……（草書）字之體勢，一筆而成，偶有不連，而血脈不斷，及其連者，氣候通其隔行。

〔註2〕潘運告編著：《張懷瓘書論》，序頁1。

〔註3〕張懷瓘：《書斷》，《法書要錄》卷七~卷九，盧輔聖主編：《中國書畫全書（一）》，頁79~99。另參潘運告編著：《張懷瓘書論》，頁52~225。以下《書斷》引文均見此，不再另註。

夫卦象所以陰騭其理，文字所以宣載其能。卦則渾天地之窈冥，祕
鬼神之變化。文能以發揮其道，幽贊其功。是知卦象者，文字之祖，
萬物之根。眾學分鑣，馳騖不息，或安所習，毀所不見，終以自蔽
也。固須原心反本，無漫學焉。

〈書斷上〉詳論十體書之源流，每體之後並附贊語。張氏強調書法「如」的
本質，要求先稟於天然，次資於功用，而各逞其自然。他更在末段大談《易》
卦與文字的關連，此是將文字視爲書法的根本，因而透過文字上溯《易》卦，
以此連接《易》理，從而建立其書法的本體論。

〈書斷中〉論神品與妙品諸人，其中述及石鼓文時有謂：「若取於詩人，
則《雅》、《頌》之作也。」是爲詩、書比較之先例，蓋言其莊重典雅。

〈書斷下〉續論能品諸人，末有〈評〉曰：

藝成而下，德成而上。……其觸類生變，萬物爲象，庶乎《周易》
之體也；其一字襃貶，微言勸誡，竊乎《春秋》之意也；其不虛美，
不隱惡，近乎司馬之書也。……語曰：「能言之者未必能行，能行之
者未必能言。」何必備能而後爲評。

然書之爲用，施於竹帛，千載不朽，亦猶愈沒沒而無聞哉？萬事無
情，勝寄在我。苟視跡而合趣，或染翰而得人。雖身沉而名飛，冀
托之以神契。

張氏明顯將書藝與人品連結在一起，故有「藝成而下，德成而上」之言。他
在結尾自稱《書斷》有《周易》之體、《春秋》之意，並將之比於《史記》，
其著作之用心昭然若揭。又其「何必備能而後爲評」之說，乃爲首見，頗具
理論批評家之態勢。

〈文字論〉，或以爲是《書斷》的後序，這是因爲〈文字論〉的內容提及
王翰要作〈書賦〉以爲《書斷》後序，結果沒有完成。本文之重點在「深識
書者，惟觀神彩，不見字形」的「神彩」論，以及「從心者爲上，從眼者爲
下」強調心契的重要，這都來自其「玄妙」觀。〈文字論〉曰：

字之與書，理亦歸一。因文爲用，相須而成。名言諸無，宰制群有，
何幽不貫，何遠不經？可謂事簡而應博。……僕答曰：「深識書者，
惟觀神彩，不見字形，若精意玄鑒，則物無遺照，何有不通？」……
「文則數言乃成其意，書則一字已見其心，可謂得簡易之道。……
然須考其發意所由，從心者爲上，從眼者爲下。……有若賢才君子

立行五言，言則可知，行不可見，自非冥心玄照，閉目深視，則識不盡矣。可以心契，非可言宣。」……常嘆書不盡言，僕雖知之於言，古人得之於書。且知者博於聞見，或可能知，得者非假以天資，必不能得。是以知之與得，又書之比言，俱有雲壤之懸。……僕今所制，不師古法，探文墨之妙有，索萬物之元精，以筋骨立形，以神情潤色，雖迹在塵壤，而志在雲霄，靈變無常，務於飛動。或若擒虎豹，有強梁挐攫之形；執蛟螭，見蜿蟺盤旋之勢。探彼意象，入此規模，忽若電飛，或疑星墜。氣勢生乎流便，精魄出於鋒芒。觀之欲其駭目驚心，肅然凜然，殊可畏也。……若智者出乎尋常之外，入乎幽隱之間，追虛補微，探其撥妙，人縱思之，則盡不能解。〔註4〕

「字之與書，理亦歸一。因文為用，相須而成。……闡墳典之大猷，成國家之盛業者，莫近乎書。」其意在凸出書之文化與社會價值，深化書法之地位，顯現書法逐漸受到關注的發展，這在傳統書論中是較少見的，或可與曹丕《典論・論文》之強調「文」相提並論。

作者在此認為「字」與「書」之理歸一，能宰制群有，事簡而應博，又言「文則數言乃成其意，書則一字已見其心，可謂得簡易之道。」與〈書斷中〉以詩比書相類同，將「字」與「書」作了更加深入的比較，「心」似有較「意」更為直接而單純、本質的特質，可謂直探其髓。文中並強調書法重在神彩，而此須從心上著手，故又謂「只可心契，非可言宣」。中段將「知」、「言」與「得」、「書」對舉，謂「知者博於聞見，或可能知，得者非假以天資，必不能得。是以知之與得，又書之比言，俱有雲塵之懸。」另從「僕今所制」直至引文最後，可視為作者書法追求的自我告白，其中「筋骨」與「神情」、「氣勢」與「精魄」、「探彼意象」、「追虛補微」等，殊值注意，特別是「探彼意象」與詩學自有聯繫。

〈書估〉作於天寶十三年（740），乃以王羲之為標準評價九十六位書家之作。書而有價，可算是本文所透露的重要訊息。「夫丹素異好，愛惡罕同，若鑒不圓通，則各守封軌，是以世議紛糅。何不制其品格，豁彼疑心哉！」〔註5〕在這裡，「品格」就是被作為審美評鑑中的審美判斷標準來看待的。

〔註4〕張懷瓘：〈文字論〉，《法書要錄》卷四，盧輔聖主編：《中國書畫全書（一）》，頁64。

〔註5〕張懷瓘：〈書估〉，《法書要錄》卷四，盧輔聖主編：《中國書畫全書（一）》，頁60～61。另參潘運告編著：《張懷瓘書論》，頁36～51。

〈書議〉作於唐肅宗乾元元年（757），摘要於下：

其道有貴而稱聖，其跡有秘而莫傳，理不可盡之於詞，妙不可窮之於筆，非夫通玄達微，何可至於此乎？乃不朽之盛事。

猛獸鷙鳥，神彩各異，書道法此。……夫翰墨及文章至妙者，皆有深意以見其志，覽之即了然。……非有獨聞之聽，獨見之明，不可議無聲之音，無形之相。……皆先其天性，後其學習，縱異形奇體，輒以情理一貫，終不出於洪荒之外，必不離於工拙之間。然智則無涯，法固不定，且以風神骨氣者居上，妍美功用者居下。……逸少則格律非高，功夫又少，雖圓豐妍美，乃乏神氣；無戈戟銛銳可畏，無物象生動可奇，是以劣於諸子。得重名者，以真、行故也，……。然草與真有異，真則字終意亦終，草則行盡勢未盡。或煙收霧合，或電激星流，以風骨爲體，以變化爲用。有類雲霞聚散，觸遇成形；龍虎威神，飛動增勢。岩谷相傾於峻險，山水各務於高深；囊括萬殊，裁成一相。或寄以騁縱橫之志，或托以散郁結之懷；雖至貴不能抑其高，雖妙算不能量其力。是以無爲而用，同自然之功；物類其形，得造化之理。皆不知其然也。可以心契，不可以言宣。……逸少秉真行之要，子敬執行草之權，父之靈和，子之神俊，皆古今之獨絕也。……古之名手，但能其事，不能言其意。今僕雖不能其事，而輒言其意。……夫知人者智，自知者明。論人才能，先文而後墨。羲、獻等十九人，皆兼文墨。

元獻冥運，妙用天資，追虛補微，鬼神不容其潛匿，感通應變，言象不測其存之。〔註6〕

文中破天荒地提出學書要直接師法自然造化，通玄達微，須獨具慧眼方能知其深意。此部分亦將文詞與書法並論。張懷瓘又強調「先其天性，後其學習」，因爲他「以風神骨氣者居上，妍美功用者居下。」這與其「神彩」論一致，而此也是在書法批評史上第一次從理論上提出了書法創作與鑑賞審美標準。〔註7〕又他認爲真、草有別，因而貶抑王羲之的草書，以「逸少秉真行之要，子敬執行草之權」，否定王羲之的獨尊地位，不但較具客觀的批判精神，同時

〔註 6〕張懷瓘：〈書議〉，《法書要錄》卷四，盧輔聖主編：《中國書畫全書（一）》，頁62～64。另參潘運告編著：《張懷瓘書論》，頁11～35。

〔註 7〕王世徵：《歷代書論名篇解析》，頁96。

也達到相當的鑑賞深度。另外他又提到古之名家「但能其事,不能言其意」,而他「雖不能其事,而輒言其意」,此說針對批評理論的專業首次發言,確立了書論家的角色及其地位。最後他指出「論人才能,先文後墨」,若與前段並看,他將文、墨並論,似有意藉文詞來拉抬書法的地位,當然這也顯示書法在其心目中的地位。

〈六體書論〉闡述書法本義,概述大篆、小篆、八分、隸書、行書、草書等六體書法的源流及其特色,茲摘錄首段於下:

> 臣聞形見曰象,書者法象也。心不能妙探於物,墨不能曲盡於心;
> 慮以圖之,勢以生之,氣以和之,神以肅之:合而裁成,隨變所適,
> 法本無體,貴乎會通。觀彼遺踪,悉其微旨,雖寂寥千載,若面奉
> 微音。其趣之幽深,情之比興,可以默識,不可言宣。亦猶冥密鬼
> 神有矣,不可見而以知,啓其玄關,會其至理,即與大道不殊。夫
> 《經》是聖文,尚傳而不密;書是妙迹,乃秘而不傳。存歿光榮,
> 難以過此,誠不朽之盛事也。
>
> 古質今文,世賤之而貴文。文則易俗,合於情深,識者必考之古,
> 乃先其質而後其文。質者如經,文者如緯。
>
> 是故學必有成則無體。欲探其奧,先識其門。有知其門不知其奧;
> 未有不得其法而得其能。
>
> 如人面不同,性分各異。書道雖一,各有所便。順其情則業成,違
> 其衷則功棄,豈得成大名者哉?〔註8〕

〈六體書論〉首段最大的特色乃是把書法提到「經」、「大道」的高度。其中也論及「勢」、「氣」、「神」等,強調「隨變所適」、「貴乎會通」,當然他也再一次指出書法「玄妙」、「不可言宣」的特性,又強調為書須順其性情。

〈評書藥石論〉批評時書的弊病,力主扭轉時風,歸於古道。它和〈六體書論〉都是向皇帝的進獻之作,正如其所言「臣以小學諷君」,當有其特殊之意義。摘要於下:

> 夫馬筋多肉少為上,肉多筋少為下。書亦如之。……若筋骨不任其
> 脂肉,在馬為駑駘,在人為肉疾,在書為墨豬。推其病狀,未即已

〔註8〕張懷瓘:〈六體書論〉,《書苑菁華》卷十二,盧輔聖主編:《中國書畫全書(三)》(上海:上海書畫出版社,2009年12月修訂本),頁62~63。另參潘運告編著:《張懷瓘書論》,頁237~249。

也，非醫緩不能爲之。惟題署及八分，則肥密可也，自此之外，皆
宜蕭散，恣其運動。……書亦須用圓轉，順其天理，若輒成棱角，
是乃病也，豈曰力哉！……故小人甘以壞，君子淡以成，耀俗之書，
甘而易入，乍觀肥滿，則悅心開目，亦猶鄭聲之在聽也。……無物
之象，藏之於密，靜而求之或存，燥而索之或失。……夫物芸芸，
各歸其根，復本之謂也。書復其本，上則注於自然，次則歸乎篆籀，
又其次者，師於鍾、王。……物極則返，陰極則陽，必俟聖人以通
其變，窮則變，變則通，通則久。……爲書之妙，不必憑文按本，
專在應變，無方皆能，遇事從宜，決之於度內者也。

夫良工理財，斤斧無跡。才子敘事，潛刃其間。書能入流，含於和
氣。宛與理會，曲若天成。〔註9〕

以馬爲喻，說明書法之筋骨與肉之間的關係；認爲就書體而言，題署及八分
之外「皆宜蕭散，恣其運動」；又主張「圓轉」，避免棱角外露。以上顯然針
對時書肥滿或棱角外顯的弊端而發。此外張懷瓘也強調「靜」，又以爲書法「上
則注於自然，次則歸乎篆籀，又其次者，師於鍾、王」，能有書法自然的本體
之見及歷史發展的崇古傾向，但他最後卻又再一次強調「通變」，可見其見解
的深刻與圓融。

〈論用筆十法〉闡釋四字口訣用筆規則，如「偃仰向背──謂兩字併爲
一字，須求點畫上下偃仰離合之勢」、「遲澀飛動──謂勒鋒棧筆，字須飛動，
無凝滯之勢，是得法」〔註10〕。末段引《翰林密論》十二種隱筆法，稱「併
用筆生死之法，在於幽隱。遲筆法在於疾，疾筆法在於遲，逆入倒出，取勢
加功；診後調停，偏於寂靜。其於得妙，須在功深」。所論聚焦於「用筆」
法。

《玉堂禁經》則不嫌細碎地一一說明各種勢、用筆、結裏等技法，亦摘
要於下：

夫人工書，須從師授。必先識勢，乃可加功；功勢既明，則務遲澀；
遲澀分矣，無繫拘跼；拘跼既亡，求諸變態；變態之旨，在於奮斫；

〔註9〕 張懷瓘：〈評書藥石論〉，《書苑菁華》卷十二，盧輔聖主編：《中國書畫全書
（三）》，頁65～67。
另參潘運告編著：《張懷瓘書論》，頁250～268。

〔註10〕 張懷瓘：〈論用筆十法〉，《書苑菁華》卷二，盧輔聖主編：《中國書畫全書（三）》，
頁15。另參潘運告編著：《張懷瓘書論》，頁269～273。

奮斫之理，資於異狀；異狀之變，無溺荒僻；荒僻去矣，務於神彩；

神彩之至，幾於玄微，則宕逸無方矣。〔註11〕

這裡非常有序地列出書法學習的先後順序，提示該追求什麼、避免什麼，可謂大體表達了張氏的書法學習觀。今人黃惇認爲張懷瓘以「神采論」爲出發點，首創了以神爲最高標準的「神、妙、能」品評說，並由此拓展出書論中的「寫意說」。〔註12〕

《玉堂禁經・用筆法》：

夫書之爲體，不可專執；用筆之勢，不可一概。雖心法古，而制在當時，遲速之態，資於合宜。大凡筆法，點畫八體，備於「永」字。……

八法起於隸字之始，後漢崔子玉歷鍾、王已下，傳授所用八體該於萬字。墨道最不可遽明，又先達八法之外，更相五勢以備制度。

〈用筆法〉仍強調「通變」，又列八法爲依循，並輔以五勢。可與〈論用筆十法〉參看。

《玉堂禁經・結裹法》：

夫書第一用筆，第二識勢，第三裹束。三者兼備，然後爲書，苟守一途，即爲未得。夫用筆起止，偏旁向背，其要在蹲馭。起伏識勢，豈止於散水、烈火？其要在權變。改置裹束，豈止於虛實展促？其要歸於互出。曉此三者，始可言書。

此處強調「用筆」、「識勢」和「裹束」，相對於三者的是要「蹲馭」、「權變」和「互出」。「蹲馭」乃爲蓄勢；「權變」則是張懷瓘一再強調的重點，其思想基礎或來自於儒之「時中」與道之「順命」觀；「互出」實與用筆和識勢有關，其思想基礎或來自於《易》之「陰陽」觀。（另有《玉堂禁經・書訣》）

張懷瓘書論能言人所未言，如其「能言之者未必能行，能行之者未必能言。何必備能而後爲評？」〔註13〕、「古之能手，但能其事，不能言其意。今

〔註11〕張懷瓘：《玉堂禁經》，《墨池編》卷三，盧輔聖主編：《中國書畫全書（一）》，頁226～228。另參潘運告編著：《張懷瓘書論》，頁274～298。以下《玉堂禁經》引文均見此，不再另註。

〔註12〕黃惇：〈書法神采論研究〉，《書法研究》1986年第3期。收入上海書畫出版社編：《二十世紀書法研究叢書・審美語境篇》（上海：上海書畫出版社，2000年12月），頁151。

〔註13〕張懷瓘：《書斷・下》，《法書要錄》卷七～卷九，盧輔聖主編：《中國書畫全書（一）》，頁99。

僕雖不能其事，而輒言其意。」〔註14〕如此明確地將書法批評從創作中獨立出來，是爲史上第一人。張氏對於書的直接性與言的間接性的本質應有相當深刻的認識，才可能出此言論。他曾自謂其書「眞、行可比於虞、褚」，於草則「數百年內，方擬獨步其間」（〈文字論〉），雖自信若此，但其書未傳；惟張氏於其書論更具信心，且已有相當成績，遂得爲世所重。

張懷瓘論書乃以書道爲綱領的書學體系之集大成，如《書斷》謂：「文章之爲用，必假乎書。書之爲徵，期合乎道。」鄧寶劍認爲：

> 這「道」—「聖」—「跡」一貫的本體論建構正是魏晉南北朝時期
> 「原道」—「徵聖」—「宗經」的藝術精神的表達。而他以「神」、
> 「妙」、「能」三品論書，也正是庾肩吾以上、中、下三品論書的另
> 一種表達形式。散見於魏晉書論中的思想被張懷瓘整合、發揚爲完
> 備的書學系統。〔註15〕

張氏書論實是盛唐以前書論的系統總結和全面深化，也是對盛唐書法輝煌實踐的理論概括，它以《易》爲核心並從此出發，在美學思想上未必純屬儒家，而是儒道兼融的美學觀點，見解十分深刻且論述全面，誠堪媲美於劉勰《文心雕龍》。

二、書法審美批評模式的開拓——《述書賦》

（一）竇臮、竇蒙

竇臮（生卒年不詳，唐天寶（742～756）年間人）有《述書賦》〔註16〕上下二卷，其中注文或說是其兄竇蒙（生卒年不詳，唐天寶（742～756）年間人）所作，或說竇臮自注。《述書賦·語例字格》則爲竇蒙作，意在「曲申幽奧」。

《述書賦》針對周至唐書家二百餘人，一一加以評述。其所論評之書跡作者本人皆曾親見，評述可謂有憑有據，但所論天馬行空，語言亦相對晦澀，讀者不易得到明晰的確解，因而有竇蒙〈語例字格〉之作。《述書賦》針對個別書家一一評述，作者的書法理念則相對隱晦，潘運告認爲《述書賦》提出

〔註14〕張懷瓘：〈書議〉，《法書要錄》卷四，盧輔聖主編：《中國書畫全書（一）》，頁63。

〔註15〕鄧寶劍：《玄理與書道》，頁54。

〔註16〕竇臮、竇蒙：《述書賦》（含「注文」及〈語例字格〉），《法書要錄》卷五、六，盧輔聖主編：《中國書畫全書（一）》，頁67～79。另參潘運告編著：《中晚唐五代書論》（長沙：湖南美術出版社，1997年4月），頁1～152。

了兩個重要的觀點：一是貴「自然」；二是重「忘情」，或可參酌。〔註17〕其〈印記〉一章，兼畫印摹於句下，不特為後來記書畫並載印章者所取法，且開鑑識印譜之先河。〔註18〕

竇蒙〈語例字格〉針對《述書賦》所用較為晦澀的文詞進行釋義（二百四十品），且謂「注有未盡，在此例中；意有未窮，在此格上。」竇蒙以此開創了書法審美批評的新模式。其所釋文雖有助於讀者的理解，但仍如古人具有模糊性的遣詞習慣，如「能：千種風流曰能。妙：百般滋味曰妙。」對於今人而言仍只能得其大概而不易有確解。

《述書賦・上》：「強骨慢轉，逸足難追，斷蓬徵，蔓葛垂，任縱盤薄，是稱元規。」此謂吾人所直觀者乃自然世界，人與世界的生命湧動來自共同的本源，亦具相同之理，書道同此。〔註19〕《述書賦・下》：「風骨巨麗，碑版崢嶸。思如泉而吐風，筆為海而吞鯨。」這是對開元、天寶年間書藝形勢的描述，乃對於此期書法基本美學的估量，具有一股雄渾之氣勢。基本上《述書賦》之論述集中表現於風采、情調、韻味、形態等方面，並由此考察其情致、氣勢的共同流向。〔註20〕

整體而言，《述書賦》呈顯了較濃厚的道家審美意味，所用術語則相對隱晦，其在書論史上最重要的貢獻乃在〈語例字格〉針對某一術語再加解釋，開創了書法審美的新批評模式，影響深遠。

三、筆法師承及「肥」之審美

（一）徐浩

徐浩（703～782）書法以豐腴著稱，宋米芾《海岳名言》評其書曰：「開元以來，緣明皇字體肥俗，始有徐浩，以合時君所好，經生字亦自此肥。」徐浩論書文字有〈論書〉及〈古跡記〉，前者或謂為其書寫心得，實集賢院中書直、御書手的書寫要求，亦即書法教科書。〔註21〕後者記述書作收藏概況，具史料價值而乏理論。茲將〈論書〉摘要於下：

〔註17〕潘運告：《中晚唐五代書論》，頁1。

〔註18〕朱關田：〈竇臬《述書賦》注及所注唐人考〉，劉正成主編：《中國書法全集（23）：李邕卷》（北京：榮寶齋出版社，1996年9月），頁34。

〔註19〕王耘：《唐代美學範疇研究》，頁29。

〔註20〕王明居：《唐代美學》（合肥：安徽大學出版社，2005年4月），頁546～548。

〔註21〕張公者：〈唐代書法史與書家研究的幾個問題——張公者對話朱關田〉，張公者編著：《書學塵談》（杭州：西泠印社出版社，2012年8月），頁154。

德成而上，藝成而下，則殷鑑不遠，何學書爲？必以一時風流，千里
面目，斯亦愈於博奕，亞於文章矣。初學之際，宜先筋骨，筋骨不立，
肉何所附？用筆之勢，特須藏鋒，鋒若不藏，字則有病，病且未去，
能何有焉？字不欲疏，亦不欲密，亦不欲大，亦不欲小。小展令大，
大蹙令小，疏肥令密，密瘦令疏，斯其大經矣。筆不欲捷，亦不欲徐，
亦不欲平，亦不欲側。側豎令平，平峻使側，捷則須安，徐則須利，
如此則其大較矣。張伯英臨池學書，池水盡墨……。俗云：「書無百
日工」，蓋悠悠之談也。宜白首攻之，豈可百日乎！〔註22〕

徐氏認爲學書的地位「愈於博奕，亞於文章」，末段強調學書須經長期努力，
非一日之工。其論書亦以骨爲先，而後肉附焉；用筆則特重藏鋒。結字大小、
運筆捷徐和筆勢平側等皆以辯證法出之，所論仍未脫前人之述。

又徐浩〈論書〉有：「鍾善眞書，張稱草聖，右軍行法，小令破體，皆一
時之妙。」這是「破體」一詞首次出現於書論，當是指書體觀念形成後相對
定體及與其聯繫的書家風格所進行的變革。〔註23〕

（二）蔡希綜

蔡希綜（生卒年不詳，唐天寶年間人）有〈法書論〉，首自述家世及諸家
授受淵源，並多引前人書論展開其論述，可見其對書學淵源的看重。以下摘
要述之：

右軍〈筆陣圖〉云：「夫三端之妙，莫先用筆。」昔李斯見周穆王書，
七日興嘆，哂其無骨。蔡邕入鴻都觀碣，十旬不返，嗟其出群。近
代以來，多不師古，而緣情棄道，才記姓名。夫書匪獨貴於端好，
當先藉其筆力，始其作也，須急回疾下，鷹視鵬遊，信之自然，猶
鱗之得水，雨之乘風，高下恣情，流轉無碍。蔡中郎云：「欲書先適
意任情，然後靜慮，隨意所擬，言不出口，氣不再息，則無不善矣。」
比欲結構字體，未可虛發，皆須象其一物，若鳥之形，若蟲食禾，
若山若樹，若雲若霧，縱橫有托，運用合度，可謂之書。〔註24〕

〔註22〕 徐浩：〈論書〉、〈古跡記〉，《法書要錄》卷三，盧輔聖主編：《中國書畫全書
（一）》，頁55～57。又《全唐文新編》（長春：吉林文史出版社，2000年12
月），頁5134。另參潘運告編著：《中晚唐五代書論》，頁172～187。

〔註23〕 周腑：《書法審美哲學》，頁220。

〔註24〕 蔡希綜：〈法書論〉，《書苑菁華》卷十二，盧輔聖主編：《中國書畫全書（三）》，
頁63～65。另參潘運告編著：《中晚唐五代書論》，頁154～171。以下〈法書
論〉引文皆見此，不再另註。

〈法書論〉多處引用前人論書之言，此段亦見數例。由引文中可見其以「用筆」爲先，重視「骨」、「筆力」、「適意」，並特別強調結構須「象其一物」。其所論大抵前人已述，而「象其一物」甚至限縮了審美視野及理論之深度。又：

> 每字皆須骨氣雄強，爽爽然有飛動之態。屈折之狀，如鋼鐵爲鈎，牽挈之踪，若勁針直下。主客勝負皆須姑息，先作者主也，後爲者客也。既構筋力，然後裝束，必須舉措合則，起發相承，輕濃似雲霧往來，舒卷如林花間吐。每書一紙，或有重字，亦須字字意殊……。
> 是知學成非一師之能致，非好奇博藝之士，不能有知。

此段亦強調「骨氣雄強」，惟其「先作者主也，後爲者客也」略具新意。又其論述亦喜用象喻之法，常引前人相關言論，重「象」傾向相當明顯。引文段末則表達了「轉益多師」的理念。又：

> 夫始下筆，須藏鋒轉腕，前緩後急，字體形勢狀如虫蛇相鈎連，意莫令斷。仍須簡略爲尚，不貴繁冗。至如棱側起伏，隨勢所立。大抵之意，圓規最妙。其有誤發，不可再摹，恐失其筆勢。若字有點處，須空中遙擲下，其勢猶高峰墜石。又下筆意如放箭，箭不欲遲，遲則中物不入；然則施於草迹，亦須時時象其篆勢；八分、章草、古隸等體要相合雜，發人意思；若直取俗字，則不能先發於箋毫。張伯英偏工於章草，代莫過之。每與人書，下筆必爲楷則，云「忽忽不暇草書」。何者？若非靜思閑雅，發於中慮，則失其妙用矣。……此蓋草正用筆，悉欲令筆鋒透過紙背，用筆如畫沙印泥，則成功極致，自然其迹，可得齊於古人。

此段重「勢」，強調下筆「意如放箭」，又謂「圓規最妙」，而此來自「靜思閑雅」的主體涵養。後段強調筆鋒須「力透紙背」，又要「自然其迹」。總其論說，實重「意」、「象」，「意」乃對內就創作主體言；「象」乃對外就外在事物言，論述模式略有辯證意味。「然則施於草跡，亦須時時象其篆勢；八分、章草、古隸等體要相合雜，發人意思；若直取俗字，則不能光發於箋豪。」提出了「參古」、「相雜」的破體方法，唯其反對俗字的看法則似嫌保守。

（三）顏真卿

顏眞卿（709～785）書論有〈永字八法頌〉：

> 側蹲鴟而墜石，勒緩縱以藏機。努灣環而勢曲，趯峻快以如錐。策
> 依稀而似勒，掠仿佛以宜肥。啄騰凌而速進，磔抑趄以遲移。〔註25〕

此八法大抵言書法之勢兼及運筆之遲速，中以「掠仿佛以宜肥」最爲吸睛，正視了「肥」的美感價值，一定程度反映了時代的審美風尚。

此外，顏眞卿〈懷素上人草書歌序〉曰：「開士懷素，僧中之英，氣概通疏，性靈豁暢，精心草聖，積有歲時，江嶺之間，其名大著。」〔註26〕此序關注創作主體，強調懷素之氣概、性靈，與李白〈草書歌行〉一樣凸顯了人書一體的理念。然而「人」與「書」並非對等的關係，而是傾向以「人」爲體，「書」爲其表，表達了由書觀人、書如其人之意涵。

（四）李華

李華（715～766）與蕭穎士齊名，是韓愈和柳宗元古文運動的先驅，有書論〈字訣〉，摘要於下：

> 夫六藝中，此爲難事，人罕曉其奧；予非能也，亦嘗聞其旨。蓋用筆在
> 乎虛掌而實指，緩衄而急送，意在筆前，字居筆後，其勢如舞鳳翔鸞，
> 則其妙也。大抵字不可拙，不可巧，不可今，不可古，華質相半可也。
> 鍾、王之法，悉而備矣。近世虞世南深得其體，別有婉媚之態，凡云八
> 法，學者悉善。予有二字之訣，至神之方，所謂「截、拽」也。〔註27〕

〈字訣〉主要談用筆，多爲前人之論；文中強調「華質相半」，明顯屬於儒家「中和」美學的立場；另提出「截、拽」二法，但未加說明。康有爲《廣藝舟雙楫‧綴法》解釋說：「所謂『截、曳』者，謂未可截者截之，可以已者拽之。」〔註28〕無論李華所謂的「截、拽」爲何，它畢竟是指用筆的技法，這也顯示他對筆法的重視，〔註29〕然而卻看不出對書法的深見。

〔註25〕顏眞卿：〈永字八法頌〉，《文淵閣四庫全書》集部‧總集類‧斷代之屬‧隋唐五代‧《全唐文》卷 338。

〔註26〕顏眞卿：〈懷素上人草書歌序〉，《全唐文新編》卷 337，頁 3864。

〔註27〕李華：〈字訣〉，《文淵閣四庫全書》集部‧總集類‧斷代之屬‧隋唐五代‧《全唐文》卷 338。另參潘運告編著：《中晚唐五代書論》，頁 218～221。

〔註28〕康有爲著，龔鵬程導讀：《廣藝舟雙楫》（台北：金楓出版社，1994 年 4 月革新一版），頁 288。

〔註29〕依據筆者的理解，「截」者斷也，「拽」者引也。筆畫行時用引，指的是運筆的方法；停時用斷，指的是用筆時變換、提按及轉折的方法。

（五）傳蔡邕〈筆論〉

傳東漢蔡邕〈筆論〉，張天弓以其爲僞作〔註30〕，因首見於蔡希綜〈法書論〉引錄，故置於此討論。其文曰：

> 欲書先適意任情，然後書之。若迫於事，雖中山兔毫不能佳也。次須正坐靜慮，隨意所擬，言不出口，氣不再息，則無不善矣。比欲結構字體，未可虛發，皆須象其一物，若鳥之形，若蟲食禾，若山若樹，若雲若霧，縱橫有托，適用合度，可謂之書。〔註31〕

名爲〈筆論〉，自然是重筆法的。此段提出「適意任情」的主張，又言「靜慮」的準備工夫和書寫時的「隨意」，於「形」則強調「象其一物」。惟此「象其一物」似僅得其外形，而未及於內裡之精神，乃論之未深。所論多無新意，卻反映了對前人書論（特別是初唐後期書論，如《書譜》）的承續。

四、草書審美與書如其人

（一）王維

王維（701～761）〈登樓歌〉：「老夫好隱兮墻東，亦幸有張伯英草聖兮龍騰虯躍。」〔註32〕顯示了他對書法（草書）的熱衷。又其〈爲相國王公紫芝木瓜贊並序〉：「人心本於元氣，元氣被於造物。心善者氣應，氣應者物美。故呈祥於魚鳥，或發揮於草木。示神明之陰騭，與天地之嘉會。」〔註33〕可見王維相當重視「氣」，而「氣」就在萬物之中，故「氣應者物美」，人通過「氣」與萬物取得了深層的聯繫。王維重「氣」，與其特賞草書動態之美之審美理念相符合。

〔註30〕張天弓：〈蔡邕〈筆論〉考〉，氏著：《張天弓先唐書學考辨文集》，頁48～50。

〔註31〕傳蔡邕：〈論書〉，見蔡希綜：〈法書論〉，《書苑菁華》卷十二，盧輔聖主編：《中國書畫全書（三）》，頁64。《墨藪》所載略有差異，但文意大抵相類，其文曰：「書者，散也。欲書先散懷抱，任情恣性，然後書之。若急於事，雖中山兔毫不能佳也。次須默坐靜思，隨意擬議，言不出口，氣不再息，沉密若對人君，則無不善矣。字體形勢，若坐若行，若飛若動，若往若來，若臥若起，若愁若喜，若蟲食木葉，若利刀戈，若強弓之末，若水火，若霧雲，若日月勢，縱橫有象，可謂書矣。」

〔註32〕唐·王維：〈登樓歌〉，《全唐詩》卷128，頁1262。

〔註33〕唐·王維：〈爲相國公紫芝木瓜贊並序〉，《文淵閣四庫全書》·集部·別集類·漢至五代·《王右丞集箋注》卷20。

（二）李白

在李白（705〜766）〔註 34〕傳世詩歌之中，論及書法的詩作其實不多，只有〈草書歌行〉、〈王右軍〉、〈獻從叔當塗宰陽冰〉、〈送賀賓客歸越〉、〈猛虎行〉〔註 35〕等五首，且這五首詩意在詠人，只是歌詠的對象與書法有關，才觸及了書法問題。即使這五首詩與書法相關，在李白一千餘首傳世作品中亦僅佔極小的一部分〔註 36〕，實未達有效意義之數量。因此，透過詩歌表達某種對書法之見解，當非李白之主觀意識。〔註 37〕以下摘要述之：

李白〈草書歌行〉：

> 少年上人號懷素，草書天下稱獨步。墨池飛出北溟魚；筆鋒殺盡中山兔。
>
> 八月九月天氣涼，酒徒詞客滿高堂。牋麻素絹排數箱，宣州石硯墨色光。
>
> 吾師醉後倚繩床，須臾掃盡數千張。飄風驟雨驚颯颯，落花飛雪何茫茫！
>
> 起來向壁不停手，一行數字大如斗。怳怳如聞神鬼驚，時時只見龍蛇走。
>
> 左盤右蹙如驚電，狀同楚漢相攻戰。湖南七郡凡幾家，家家屏障書題遍。
>
> 王逸少，張伯英，古來幾許浪得名。張顛老死不足數，我師此義不師古。
>
> 古來萬事貴天生，何必要公孫大娘渾脫舞。〔註 38〕

此詩詩題即有「草書」二字，旨在歌詠懷素草書，乃李白論書詩中與書法相關之字數最多者。其中不但提及前代書法大師，也論到當時的書壇現況，對探討唐代詩書關係而言，具有一定的參考價值。此詩寫懷素醉後書草的情狀，對於草書之創作以文學之手法進行了有效的比喻和描述，強調藝術天賦之重要，並呈顯了人書一體的理念。

此詩寫於李白 59 歲（乾元 2 年，公元 759 年）〔註39〕而懷素 25 歲時，

〔註34〕李白之生卒年一般多作 701〜762，此處依舒大剛、黃修明：〈李白生卒年諸說平議〉（《文學遺產》2007 年第五期）定爲 705〜766。

〔註35〕蔡顯良列李白論書詩共 4 首，分別爲〈草書歌行〉、〈王右軍〉、〈送賀賓客歸越〉、〈獻從叔當涂宰陽冰〉，見蔡顯良：〈唐代論書詩研究〉，《全國第六屆書學討論會論文集》（鄭州：河南美術出版社，2004 年 3 月），頁 217）。本文增〈猛虎行〉一首。

〔註36〕依瞿蛻園等：《李白集校注》（台北：里仁書局，1981 年 3 月）統計，李白詩歌共 1061 首。

〔註37〕筆者不認同蔡顯良的看法而認爲李白詠書詩並無論書的主觀意識。事實上，李白贊畫詩絕大多數也都是人物畫，而非如杜甫之以山水畫爲主，可見李白不論詠書或論畫，皆意在其人而非書或畫。

〔註38〕瞿蛻園等：《李白集校注》，頁 587〜588。

〔註39〕本文李白詩之編年依閻琦等：《李白全集編年注釋》（成都：巴蜀書社，1990 年 4 月）。

懷素草書為唐代狂草二大代表人物之一（另一為張旭），其〈自敘帖〉筆劃瘦勁，字與字多連綿一氣，極放縱之能事，但用筆卻謹守法度，為以篆筆寫草書的典型。〈草書歌行〉對懷素如驚蛇走虺、驟雨疾風的書藝成就推崇備至。其中「醉後」、「須臾掃盡數千張」、「飄風驟雨驚颯颯」、「不停手」、「字大如斗」、「龍蛇走」、「如驚電」等都是用來描述懷素寫草書的狀態和書寫後的結果，強調其既快且大的一股不可抑制的氣勢；此外也以「狀同楚漢相攻戰」來比擬書寫的過程；又謂「家家屏障書題遍」，點出懷素草書在當時受歡迎的程度；最後提到懷素之所以有如此的表現，並不是由「師古」而來，而是憑藉著天生之才。此點頗有自我影射的意味，或許這也是李白對懷素草書如此推崇的原因之一。

〈王右軍〉：

右軍本清真，瀟灑在風塵。山陰遇羽客，要此好鵝賓。掃素寫道經，

筆精妙入神。書罷籠鵝去，何曾別主人？〔註40〕

此詩寫於李白42歲（天寶元年，公元742年）明顯在歌詠王羲之，重點在其人而不在其書，強調的是王氏清真、瀟灑脫俗的性格，又及寫經換鵝之雅事，由此似可得知李白書法審美的大致歸趨，乃在追求清真灑脫無拘無束的自由境界。

又其〈獻從叔當塗宰陽冰〉有「落筆灑篆文，崩雲使人驚」二句，李陽冰是唐代篆書名家，李白用「灑」字來描述其書寫篆文的情形，似有意說明其書寫時之率性灑脫，此與篆書給人嚴肅的感覺適相悖反，藉此而達到一定的驚豔效果。但李陽冰寫篆文時是否真是如此？卻是頗令人懷疑的。這大概只是李白詩文寫作的手法，與事實應有相當之出入，故吾人不宜直接以詩中之文字進行解讀，還須配合常理來加以判斷。至於「崩雲」二字強調的是書寫效果中的氣勢，李白之所以用此詞來描述，當與其用「灑」字之意大類；亦即李白較重視其遣詞的詩歌效果，而模糊了書法之真實。

（三）杜甫

杜甫（712～770）書法系出家學，遠紹褚遂良。〔註41〕他對於書法的觀點多見於詩，其中寄寓書學思想較重要的有〈寄張十二山人彪三十韻〉、〈殿

〔註40〕瞿蛻園等：《李白集校注》，頁1289。

〔註41〕崔成宗：〈杜詩與書法〉，陳文華編：《杜甫與唐宋詩學：杜甫誕生一千二百年九十年國際學術研討會論文集》，頁657。

中楊監見示張旭草書圖〉、〈李潮八分小篆歌〉等，此外與書法相關的有〈飲中八仙歌〉、〈陳拾遺故宅〉、〈醉歌行〉、〈贈特進汝陽王二十二韻〉、〈贈虞十五司馬〉、〈觀薛稷少保書畫壁〉、〈得房公池鵝〉、〈丹青引贈曹將軍霸〉、〈搖落〉、〈八哀詩・贈秘書監江夏李公邕〉、〈壯遊〉、〈寄劉峽州伯華使君四十韻〉、〈寄裴施州〉、〈觀公孫大娘弟子舞劍器行并序〉、〈醉歌行贈公安顏少府請顧八題壁〉、〈送顧八分文學適洪吉州〉、〈發潭州〉等。〔註42〕以下略依時間先後摘述之：

〈寄張十二山人彪三十韻〉：

> 靜者心多妙，先生藝絕倫；草書何太古，詩興不無神。曹植休前輩，
> 張芝更後身。

此詩論及「靜」、「心」、「妙」、「草書」、「古」、「詩興」、「神」等，可見杜甫不但以爲心靜能妙，同時強調了草書之「古」以及詩興之「神」。

〈殿中楊監見示張旭草書圖〉：

> 斯人已云亡，草聖秘難得。及茲煩見示，滿目一淒惻。悲風生微綃，
> 萬里起古色。鏘鏘鳴玉動，落落群松直。連山蟠其間，溟漲與筆力。
> 有練實先書，臨池眞盡墨。俊拔爲之主，暮年思轉極。未知張王後，
> 誰並百代則？嗚呼東吳精，逸氣感清識！楊公拂篋笥，舒卷忘寢食。
> 念昔揮毫端，不獨觀酒德。

此詩值得注意的有三：一是「有練實先書，臨池眞盡墨」，重視張旭學習之勤；二是給予張旭以張（芝）、王（羲之）之後最高的地位；三是凸顯張旭書作之「逸氣」。

〈李潮八分小篆歌〉〔註43〕：

> 倉頡鳥跡既茫昧，字體變化如浮雲。陳倉石鼓又已訛，大小二篆生
> 八分。秦有李斯漢蔡邕，中間作者絕不聞。嶧山之碑野火焚，棗木
> 傳刻肥失眞。苦縣光和尚骨立（一作「力」），書貴瘦硬方通神。惜
> 哉李蔡不復得，吾生李潮下筆親。尚書韓擇木，騎曹蔡有鄰。開元

〔註42〕 杜甫詩文參見〔清〕・楊倫箋注：《杜詩鏡詮》（台北：華正書局，1986 年 8 月），依序爲該書頁 279、423、429、629～630、715～717、875、881～883、940、941、970。

〔註43〕 關於李潮其人，書法史上有二種看法：一是認爲李潮就是李陽冰；一則認爲李潮與李陽冰爲二人。朱關田有〈李陽冰、李潮小議〉（見氏著《唐代書法考評》，頁 193～196。此文原發表於《書譜》1980 年第 1 期），認爲二者並非同一人。

以來數八分，潮也奄有二子成三人。況潮小篆逼秦相，快劍長戟森
相向。八分一字直百金，蛟龍蟠挐肉屈強。吳郡張顛誇草書，草書
非古空雄壯。豈如吾甥不流宕，丞相中郎丈人行。

此詩首先強調「古」，隨後將「古」與「骨」、「神」連線，既爲稱美「小篆」、
「八分」立基，同時也帶出杜甫的書法美學觀。〔註44〕至於杜甫既尊崇張旭
的書法表現，何以此處反而貶低至此程度？這可能有二個原因：一是此詩乃
應其甥李潮之請而作，故借張旭之高知名度以讚揚李潮書法，這種對比式的
誇飾法本極常見，不足爲怪；二是此處主要在凸顯「小篆」與「八分」務實
尙骨之「古」，因而拿草書飄逸雄壯之「今」作爲對比，雖有貶低草書之意，
實則凸顯不同書體的風格特色。若就思想層面立論，則前者偏向儒家重實、
崇古的美學觀，後者則接近道家追求自然、飄逸美學觀。可知杜甫雖甚稱美
張旭，也能欣賞草書的狂逸之美，但基本上他仍是儒家立場的，這與其在詩
學上的主張一致，只是他具有較寬廣的審美視野和深度的理解而已。

〈觀公孫大娘弟子舞劍器行并序〉中有云：

開元三載，余尙童稚，記於郾城觀公孫氏舞劍器渾脫，瀏灕頓挫，
獨出冠時。……昔吳人張旭善草書書帖，數嘗於鄴縣見公孫大娘舞
西河劍器，自此草書長進，豪蕩感激，即公孫可知矣。

此記張旭草書之大進與觀公孫大娘舞西河劍器之關聯，謂其風格「豪蕩感
激」，乃二者之相通處。

〈送顧八分文學適洪吉州〉：

中郎石經後，八分蓋憔悴。顧侯運鑪錘，筆力破餘地。昔在開元中，
韓蔡同贔屭。玄宗妙其書，是以數子至。御札早流傳，揄揚非造次。
三人並入直，恩澤各不二。顧於韓蔡內，辨眼工小字。分日侍（一
作「示」）諸王，鉤深法更密。

杜甫對書史頗爲精熟，此詩中涉及篆、隸、楷、行、草各體書，提到的唐代
書家則有十餘人。至於他的書法，元代鄭杓《衍極・古學篇》謂：「太白得無
法之法，子美以意行之。」〔註45〕明代陶宗儀《書史會要》卷五謂杜甫：「於

〔註44〕 朱小鴻認爲此詩具有三重意蘊：源流論、瘦硬說及傳神論，可分別對應於本
文之「古」、「骨」及「神」。參見朱小鴻：〈《李潮八分小篆歌》三重意蘊說〉，
《杜甫研究學刊》2002年第2期，頁93～97。

〔註45〕 元・鄭杓：〈學古篇〉，華正人：《歷代書法論文選》，頁427。

楷、隸、行無不工者」〔註46〕，而明代豐坊〈書訣〉更將他列入唐代諸大家
筆法傳授的一環，〔註47〕再加上他在〈壯遊〉中自言：「九齡書大字，有作成
一囊」，顯見曾下過一番功夫，且其書與當時喜肥厚的時俗不同，正反映其「瘦
硬」的審美觀。從其自謂「遠師虞秘監」和讚美「褚公書絕倫」，可知其書藝
實宗魏晉古風，且有意矯正時弊。〔註48〕杜甫與顏眞卿爲同代人，年齡僅差
三歲，卻從未在其論書詩中提及顏眞卿，似可一窺他對當時豐腴的主流書風
之態度。

　　一般認爲杜甫最重要的書法審美觀即在〈李潮八分小篆歌〉提及的「書
貴瘦硬方通神」，「書貴瘦硬」實是唐代開元以前書法之主流。〔註49〕唐玄宗
開元、天寶年間，書風出現明顯的變化，米芾《海嶽名言》稱：「開元以來，
緣明皇字體肥俗，始有徐浩，以合時君所好，經生字亦自此肥，開元以前古
氣，無復有矣。」〔註50〕顏眞卿與徐浩年歲接近（顏小徐五歲），二人可爲此
種新變風格的代表人物。〔註51〕杜甫主張與主流相違的「書貴瘦硬」，或有儒
家思想之影響，但亦是其自覺之審美抉擇。

　　又杜甫評書往往書、文並舉，可見他十分重視書家的文學功底。〔註52〕
此外他也有「貴古賤今」之見，其所貴之古，即在通神之「瘦硬」；其所賤之
今，相對地主要針對喜好「豐肥」的時弊而發。杜甫貴古尙骨重瘦硬的書法
美學主張，既是對盛唐豐肥書風的批判，又是盛、中唐書風嬗變的理論先聲。
〔註53〕

〔註46〕　明・陶宗儀：《書史會要》，盧輔聖主編：《中國書畫全書（三）》，頁573。

〔註47〕　明・豐坊：〈書訣〉，華正人：《歷代書法論文選》，頁470。又近人馬宗霍《書
　　　　　林藻鑒》（北京：文物出版社，1984年5月）卷八曾引明代胡儼自言：「嘗於
　　　　　內閣見子美親書〈贈衛八處士〉，字甚怪偉。」然此皆與唐代遠隔，其論述之
　　　　　依據頗令人質疑。

〔註48〕　李祥林：〈論杜甫的書法美學思想〉，《杜甫研究學刊》1993年第3期（總第
　　　　　61期），頁17～18。

〔註49〕　曹建：〈杜甫書法論〉，《東南大學學報（哲學社會科學版）》，第3卷第2A期
　　　　　（2001年5月），頁121～122。

〔註50〕　宋・米芾：《海嶽名言》，華正人：《歷代書法論文選》，頁331。

〔註51〕　翟景運：〈從《李潮八分小篆歌》看杜甫的美學觀〉，《甘肅聯合大學學報（社
　　　　　會科學版）》第20卷第4期（2004年10月），頁21。

〔註52〕　李祥林：〈論杜甫的書法美學思想〉，《杜甫研究學刊》1993年第3期，頁23。

〔註53〕　李林祥：〈杜子美論書「貴古賤今」辨析〉，《杜甫研究學刊》1996年第1期，
　　　　　頁25。

　　李白與杜甫雖皆以詩論書，但李白實未有自覺之論書意識，其論書詩作亦相對較少；杜甫則明顯已有論書的自覺意識，且對書法之認知相當深刻，所論具有個人之審美觀點及時代意義，特別是他常將書、文並舉，顯示二者在其心中之地位。在盛中唐的轉接時期，無論是書論還是詩論，杜甫實皆為重要的關鍵人物。

（四）皎然

　　皎然（約 720～796 至 805）有二詩皆論及草書，分別是〈張伯英草書歌〉及〈陳氏童子草書歌〉。〔註54〕茲摘錄前詩於下：

> 先賢草律我草狂，風雲陣發愁鍾王。須臾變態皆自我，象形類物無
> 不可。……有時凝然筆空握，情在寥天獨飛鶴。有時取勢氣更高，
> 憶得春江千里濤。〔註55〕

此詩讚美張伯英狂草有風雲陣發之勢，「須臾變態皆自我」則強調了創作者的主體性，詩中提及「取勢」、「氣」、「象形類物」、「情」等，並與「意象」有所聯繫。

（五）李陽冰

　　李陽冰（723～787）〔註56〕有〈論篆〉一篇，摘要於下：

> 緬想聖達立卦造書之意，乃復仰觀俯察六合之際焉，於天地山川，
> 得方圓流峙之形；於日月星辰，得經緯昭回之度；於雲霞草木，得
> 霏布滋蔓之容；於衣冠文物，得揖讓周旋之體；於鬚眉口鼻，得喜
> 怒慘舒之分；於蟲魚禽獸，得屈伸飛動之理；於骨角齒牙，得擺牴
> 咀嚼之勢，隨手萬變，任心所成，可謂通三才之品匯，備萬物之情
> 狀者矣。〔註57〕

〔註54〕皮朝綱：《墨海禪跡聽新聲：禪宗書學著述解讀》（上海：上海三聯書店，2013年4月），頁78～79。

〔註55〕皎然：〈張伯英草書歌〉，《全唐詩》卷821，頁9256。又皎然：〈陳氏童子草書歌〉，《全唐詩》卷821，頁9262。

〔註56〕李陽冰生卒年參見黃敬雅：《李陽冰的研究》（新竹：國興出版社，1985年9月），頁87～91。

〔註57〕李陽冰：〈論篆〉，崔爾評選編：《歷代書法論文選續編》（上海：上海書畫出版社，1993年8月），頁38～39。另參《墨池編》卷一，盧輔聖主編：《中國書畫全書（一）》，頁210。此篇又名〈上李大夫論古篆書〉，《全唐文新編》（長春：吉林文史出版社，2000年12月），頁5094。

此篇雖從文字觀點立論，但畢竟所談論的對象爲篆書，而書法前期之發展本與文字不分，故具有論書之意義。此篇論其本源，強調「觀」〔註58〕於宇宙天地萬事萬物而有得於心，自能隨手萬變，任心而成，反映了文字、書法與萬物之間的連繫，一如張懷瓘，具「法象」觀點。可見李氏確能抓住書法與漢字的本質。

（六）懷素

懷素（725～785）有〈自敘〉一篇，敘述他「經禪之暇，頗好筆墨」，文中提及顏眞卿曾教以筆法，更廣引多人對其書作的讚美之詞，如「醉來信手兩三行，醒後卻書書不得」，主要理念乃在乘興而發，呈顯出一股濃厚的浪漫主義氛圍，就此而言，誠如詩之李白。

〈自敘〉摘述：

> 述形似則有張禮部云：「奔蛇走虺勢入座，驟雨旋風聲滿堂」。盧員外云：「初疑輕煙淡古松，又似山開萬仞松」。王永州邕云：「寒猿飲水撼枯藤，壯士拔山伸勁鐵」。朱處士遙云：「筆下唯看激電流，字成只畏盤龍走」。敘機格則有李侍御舟云：「昔張旭之作也，時人謂之張顛，今懷素之爲也，余實謂之狂僧，以狂繼顛，誰曰不可」？張公又云：「稽山賀老粗知名，吳郡張顛曾北面」。許御史瑤云：「志在新奇無定則，古瘦褵褷半無墨。醉來信手兩三行，醒後卻書書不得」。戴御史叔倫云：「心手相師勢轉奇，詭形怪狀翻合宜。人人欲問此中妙，懷素自言初不知」。語疾速則有竇御史冀云：「粉壁長廊數十間，興來小豁胸中氣。忽然絕叫三五聲，滿壁縱橫千萬字」。戴公又云：「馳毫驟墨列奔駟，滿座失聲看不及」。目愚劣則有從父司勳員外郎吳興錢起詩云：「遠鶴無前侶，孤云寄太虛。狂來輕世界，醉裡得眞如」。〔註59〕

此處分別從「形似」、「機格」、「疾速」、「愚劣」著眼論述其書，並頗以此自豪。「形似」非僅重其外形，更及於內在之勢能；「機格」著眼於創作主體與創作的臨場狀態；「疾速」則強調揮灑之迅疾與暢意；「愚劣」言態度，從「狂」、

〔註58〕關於「觀」的意涵，可參見成中英：〈論「觀」的哲學涵義——論作爲方法論和本體論的本體詮釋學的統一〉，氏編：《本體詮釋學‧第二輯》，頁31～60。

〔註59〕懷素：〈自敘〉，《墨池編》卷十三，盧輔聖主編：《中國書畫全書（一）》，頁302。另參潘運告編著：《中晚唐五代書論》，頁228～233。

「醉」中見其人之真境界。今人沃興華認為之所以能「疾迅」的原因，關鍵在於「轉腕」（魯收〈懷素上人草書歌〉：「自言轉腕無拘束，大笑義之〈筆陣圖〉」），而轉腕在結體上產生外拓，在章法上造成一筆書。「形似」可以理解為「形勢」。張旭說：「孤蓬自振，驚沙坐飛」，強調的是「勢」，但懷素在強調「勢」的同時，則特別重視「形」的變化。「飛鳥出林、驚蛇入草」講的是筆勢；「夏雲多奇峰」講的則是體勢的變化。「機格」指創作狀態，而這種狀態就懷素而言是即興、非理性、非程式化的，是蔑視規範，否定權威的。〔註60〕顯然這其中不無佛學的影響。

（七）陸羽

陸羽（733～804）介於盛中唐之間，因其所論書法人物皆為盛唐中人，故將其置於盛唐討論。其論書文字有二：〈釋懷素與顏真卿論草書〉和〈論徐、顏二家書〉，前者乃陸羽〈僧懷素傳〉中之一段，歷述懷素學書情形，並記載了「屋漏痕」、「壁坼路」等書學理念；後者論學右軍書當以得其筋骨心肺為上。摘要於下：

〈僧懷素傳〉：

> 顏公曰：「師豎牽學古釵腳，何如屋漏痕？」懷素抱顏公腳，唱嘆久之。

> 顏公徐問之道：「師亦有自得之乎？」對曰：「貧道觀夏雲多奇鋒，則嘗師之。夏雲因風變化，乃無常勢；又遇壁坼之路，一一自然。」

〔註61〕

此處「古釵腳」和「屋漏痕」都是形象地用來形容書法線條的行筆方法。「古釵腳」雖圓健有力，但行筆較少頓挫而缺少節奏感，顯得較為直率。〔註62〕相對地，「屋漏痕」則強調了行筆的自然頓挫與變化，具有中鋒內斂的特質。懷素另自得於風雲之變化及壁坼之自然，然風雲之變化莫測；壁坼又不如屋漏痕之收斂厚實。這裡透過顏真卿與懷素似禪宗機鋒的對話，強調筆法須自悟的道理，各人的體悟雖然不同，但都是從自然事物中領悟到筆法。

〔註60〕沃興華：《書法問題》（北京：榮寶齋出版社，2009年12月），頁243～245。

〔註61〕陸羽：〈僧懷素傳〉，《書苑菁華》卷十八，盧輔聖主編：《中國書畫全書（三）》，頁96～97。又見《全唐文新編》，頁5029。另參潘運告編著：《中晚唐五代書論》，頁222～226。

〔註62〕胡問遂：〈試談顏書藝術成就〉，《書法》雜誌編輯部編：《書法文庫——群星璀璨》（上海：上海書畫出版社，2008年1月），頁113～124（122）。原刊《書法》1978年第2期（總3期）。

〈論徐、顏二家書〉：

> 徐吏部不授右軍筆法，而體裁似右軍；顏太保授右軍筆法，而點畫
> 不似，何也？有博識君子曰：蓋以徐得右軍皮膚眼鼻也，所以似之；
> 顏得右軍筋骨心肺也，所以不似。〔註63〕

此以徐、顏書法相較，強調筆法所得重在內質的筋骨心肺而不在體裁、外形
的皮膚眼鼻，顯然是以「質」為尚。又此處以人身為喻，亦值注意。

（八）傳王羲之〈草書勢〉

〈草書勢〉首見於朱長文《墨池編》卷二，《書苑菁華》卷三題為梁武帝
〈草書狀〉。朱長文注云：「張彥遠以〈草書勢〉為右軍自敘。……蓋袁昂輩
所作耳，必非右軍書也。」《書畫書錄解題》卷九以其中數語見於張懷瓘《書
斷》行書篇，因而認定「必唐以後人所偽托者」。〔註64〕此篇是否為「唐以後
人所偽托」仍待稽考，惟北宋李昉《太平御覽》卷四十九引有此篇小序，文
與《墨池編》略同，題為王右軍〈自敘草書勢〉，可知唐末此篇已托名於王羲
之。〔註65〕綜上所述，此篇可能在唐張懷瓘《書斷》以後所偽托。內容描述
草書之勢，極言其變化：

> 體有疏密，亦有倜儻，或有飛走流注之勢，驚悚峭絕之氣，滔滔閑
> 雅之容，卓舉跌宕之志，百體千形，巧媚爭呈，豈可一概而論哉？
>
> 〔註66〕

草書之變化以唐之狂草為最，而唐代詠書詩亦多以草書為對象，或言其變化，
或稱其書家，此期草書受到文人之關注遠多於真、行、隸、篆，可知一時風尚。

綜觀盛唐書論，不但是唐代書論的高峰期，也是中國古代書論史的發展
高峰，其最凸出的表現是出現了書論家張懷瓘以及其質量並重的書論作品。
張氏論書不但全面，而且見解深刻，能入其中而具己見，不為時流所限。他
對於王羲之書的看法即是一例，當有扭轉時風之效。繼之而來的竇臮兄弟《述

〔註63〕陸羽：〈論徐、顏二家書〉，《書苑菁華》卷十八，盧輔聖主編：《中國書畫全
　　　　書（三）》，頁97。又見《全唐文新編》，頁5028。另參潘運告編著：《中晚唐
　　　　五代書論》，頁222～226。

〔註64〕余紹宋：《書畫書錄解題》（杭州：浙江人民出版社，1982年11月，依據1932
　　　　年國立北平圖書館排印本影印），卷9，頁18。

〔註65〕張天弓：《張天弓先唐書學考辨文集》，頁118～119。

〔註66〕朱長文：《墨池編・草書勢》，參見盧輔聖主編：《中國書畫全書（一）》，頁221
　　　　～222。

書賦》及其〈語例字格〉，開啓了針對書法審美範疇的理論探討，影響及於晚唐司空圖《二十四詩品》。徐浩對書法之地位有「愈於博奕，亞於文章」之說，強調學書功力，又首見「破體」一詞。蔡希綜〈法書論〉頗重書學淵源，其以「用筆」爲先，重視「骨」、「筆力」、「適意」及結構之「象其一物」，另有「轉益多師」、「參古」、「相雜」等看法。顏眞卿〈永字八法頌〉言書勢兼及運筆，具肥美觀；〈懷素上人草書歌序〉則呈顯了人書一體的理念。李華〈字訣〉認爲書法在六藝中屬「難事」，而他所強調的是用筆法。李白詠書旨在詠人，凸顯了清新自然、飄逸浪漫的審美傾向。杜甫論書頗爲全面，對書史相當精熟，所論涉及篆、隸、楷、行、草各體及唐代書家十餘人。他十分強調「書貴瘦硬方通神」，又「貴古賤今」，除了受儒家思想的影響外，更是針對開元以來喜好「豐肥」的時弊而發。皎然〈張伯英草書歌〉表現了對張伯英草書的高度讚賞以及書家主體性的重視。李陽冰〈論篆〉將文字與篆書完全結合在一起，強調「觀」、「感」的重要性，反映了文字、書法與萬物之間的本源關係。懷素〈自敍〉的主要理念在乘興而發，呈顯了濃厚的浪漫主義氛圍。又他在強調「勢」的同時，特別重視「形」的變化。陸羽〈釋懷素與顏眞卿論草書〉，歷述懷素學書情形，並記載了「屋漏痕」、「壁拆路」等書學理念，並透過顏眞卿與懷素的對話，強調筆法須自悟的道理；〈論徐、顏二家書〉則以人身爲喻，強調學書當以得其內質爲上。總結盛唐書論，除了較前人更爲全面之外，對筆法師承與草書審美明顯有所偏重，前者強調須從自然現象自悟的方法論，後者則多與書家主體聯結，顯示出「書如其人」的理念。又自開元以來，部分論家（如顏眞卿）並有肥美之觀點，反映了時代風潮與帝王審美趨尚的影響力。

第二節　成熟與蘊釀轉折的盛唐詩論

盛唐詩論主要有殷璠《河嶽英靈集》、王昌齡《詩格》、皎然《詩式》等重要著作，又有李白、杜甫、元結……等大家之論詩，亦唐代詩論之高峰期。

一、重「立意」與「意境」的提出

（一）張說

張說（667～731）有《張說之文集》，其詩論主要見於〈唐昭容上官氏文集序〉和〈洛州張司馬集序〉。〈洛州張司馬集序〉云：

> 夫言者志之所之，文者物之相雜。然則心不可蘊，故發揮以形容；
> 辭不可陋，故錯綜以潤色。萬象鼓舞，入有名之地；五音繁雜，出
> 無聲之境。非窮神體妙，其孰能與於此乎？……發言而宮商應，搖
> 筆而綺繡飛。逸勢標起，奇情新拔，靈仙變化，星漢昭回。感激精
> 微，混〈韶〉、〈武〉於金奏；天然壯麗，縟霞於玉樓。〔註67〕

「心不可蘊」說明文之根本在心在志；「辭不可陋」則肯定文辭本須具有潤色
的功能。強調須能「窮神體妙」方能與於此，見解與虞世南論書相近。又其
論及「宮商」、「綺繡」、「逸勢」、「奇情」、「感激精微」、「天然壯麗」等，可
見其頗具道家審美之傾向。〈唐昭容上官氏文集序〉云：

> 臣聞七聲無主，律呂綜其和；五采無章，黼黻交其麗。是知氣有壹
> 鬱，非巧詞莫之通；形有萬變，非工文莫之寫。

「氣有壹鬱」不得不發，須「巧詞」以通之；「形有萬變」，須「工文」方
能寫之。張氏於文詞固重工巧，但此工巧乃基於「通」、「寫」而發揮其效
用。

　　在張說之前的宮廷詩學中，尚未有人將聲律、辭藻和風骨、興寄並舉，
以此作為詩歌創作的理想或批評的標準，而張說則首次合而論之，反映其較
為寬廣的審美觀和時風的轉化，開啟了後來詩學的先聲。〔註68〕

（二）王昌齡

　　王昌齡（約 690～757）〔註69〕既是盛唐的重要詩人，也是本期最重要的
詩論家之一。其詩學思想在整個唐代詩學體系的建構中具有不可或缺的重要
地位。《詩格》是王昌齡重要的詩學著作，另有舊題為王昌齡所著的《詩中密
旨》，但此書實是宋人雜抄元兢《詩髓腦》、崔融《唐朝新定詩格》、佚名《詩
式》、王昌齡《詩格》、皎然《詩議》等書而托名王昌齡以行世。〔註70〕

〔註67〕 張說：〈洛州張司馬集序〉，《全唐文新編》卷 225，頁 2553。又張說：〈唐昭
　　　　 容上官氏文集序〉，《全唐文新編》卷 225，頁 2609。
〔註68〕 陳伯海、蔣哲倫主編：倪進等著：《中國詩學史‧隋唐五代卷》，頁 121。
〔註69〕 穆克宏：〈盛唐著名詩人王昌齡〉依據《新唐書‧王昌齡傳》所載，認為王昌
　　　　 齡之死必在 755 年安史之亂爆發之後，757 年張鎬殺閭丘曉之前。穆氏原文刊
　　　　 《福建師大學報》1981 年第 4 期，頁 85～93；另見中國人民大學書報資料社
　　　　 複印報刊資料 16：《王昌齡傳記資料》，1982 年，頁 1～10。畢士奎則標注王
　　　　 昌齡生卒年為「約 690～756」年，見氏著：《王昌齡詩歌與詩學研究》（南昌：
　　　　 江西人民出版社，2008 年 10 月），頁 14。
〔註70〕 張伯偉：《全唐五代詩格彙考》，頁 190。

　　王昌齡究竟有無《詩格》一書，歷來頗有爭議。《新唐書·藝文志》最早記載王昌齡《詩格》爲兩卷，後來的《崇文總目》記載亦同；南宋陳振孫《直齋書錄解題》記載《詩格》一卷、《詩中密旨》一卷；明人陳應行重編的宋人蔡傳《吟窗雜錄》已收有《詩格》及《詩中密旨》；明代胡文煥《詩法統宗》、清代顧龍振《詩學指南》亦曾收錄；然而清代《四庫全書總目》則斥爲「率皆依托」。近半世紀以來，王昌齡《詩格》逐漸受到重視，學者開始對此一問題加以探討，經羅根澤、李珍華、傅璇琮、張伯偉等人的研究，如今學人多持肯定的態度。〔註71〕然而《詩格》組成的內容複雜，仍有必要加以釐清。據張伯偉《全唐五代詩格彙考》認爲，《文鏡祕府論》徵引部分當出於王氏，然在〈調聲〉一節中，被確認爲王氏《詩格》之文引及錢起、皇甫冉、張謂等人詩句，在年代上均略後於王昌齡，可能係其門人筆錄彙輯而摻入的後來文獻。而《吟窗雜錄》所收則眞僞混雜，明顯有後人整理改竄之跡。〔註72〕本文引用王昌齡《詩格》以張伯偉《全唐五代詩格彙考》爲據。

　　王昌齡《詩格》注意古體詩而未涉及近體詩，特別重視五言的美學追求。其體制雖非獨創，但不同於前人詩論的是它乃爲授詩的記錄，因而更具客觀針對性和現實指導意義。〔註73〕

　　畢士奎則認爲王昌齡的詩學理論創獲最突出的有三點：一是首先明確而完整地提出了「意境」的詩學範疇，並對此進行了較爲深入的探討。二是特別強調和重視詩歌的立意，並將「一」置於極爲突出的地位。三是反對齊梁雕琢的文風而重視自然天成的詩美。〔註74〕然而王昌齡詩歌理論最受矚目的還是關於「意境」的三境說（物境、情境、意境）及三思說（生思、感思、取思）。因此，陳伯海、蔣哲倫主編的《中國詩學史·隋唐五代卷》認爲王昌齡《詩格》將六朝至唐前期詩學成就進一步理論化和體系化，呈現出一種成熟的詩學理論形態，對唐中期以後詩學的發展產生了很大的影響。〔註75〕孫

〔註71〕關於王昌齡詩論研究概況，可參見畢士奎：〈近三十年（1978～2008）王昌齡詩論研究綜述〉，《蘇州教育學院學報》第 26 卷第 3 期（2009 年 9 月），頁 30～35。

〔註72〕張伯偉：《全唐五代詩格彙考》，頁 147。

〔註73〕畢士奎：《王昌齡詩歌與詩學研究》（南昌：江西人民出版社，2008 年 10 月），頁 252。

〔註74〕畢士奎：《王昌齡詩歌與詩學研究》，頁 10～11。

〔註75〕陳伯海、蔣哲倫主編，倪進等著：《中國詩學史·隋唐五代卷》，頁 144。

中峰則認爲王昌齡詩論主要承續了六朝物色論系統而另有創新。〔註76〕以下摘要述之。

王昌齡《詩格》：

> 詩有三境：一曰物境。欲爲山水詩，則張泉石雲峰之境，極麗絕秀者，神之於心，處身於境，視境於心，瑩然掌中，然後用思，了然於境，故得形似。二曰情境。娛樂愁怨，皆張於意而處於身，然後馳思，深得其情。三曰意境。亦張之於意而思之於心，則得其眞矣。詩有三格：一曰生思。久用精思，未契意象，力疲智竭，放安神思，心偶照境，率然而生。二曰感思。尋味前言，吟諷古制，感而生思。三曰取思。搜求於象，心入於境，神會於物，因心而得。〔註77〕

王昌齡首次提出了「意境」的概念，且「三境」說也首開後代意境形態、層次的先河。〔註78〕然而《詩格》中的「境」仍是「意識」的對象，即使三境中的「意境」也是以「意」作爲「意識」的對象，當係指詩歌創作中除了抒情、寫物之外，以明理爲主的一格。這與後來指向詩人的主觀之「意」與客觀之「境」統一並物化於詩中的藝術境界有所差別。〔註79〕

至於「三思」說，乃針對「格」（法）而言，說明如何獲得三種不同的「思」。分別透過「放安神思，心偶照境」、「尋味前言，吟諷古制」、「搜求於象，心入於境，神會於物」的方法來達到創作的目的。「三思」說的重點在將主體的情感與通過感觀感受獲得的客觀對象的感覺經驗加以交融，從而創造出心物交感、情景交融的詩歌意境。〔註80〕

除了「三境」、「三思」，王昌齡亦提到「五用」，《詩格》：

> 詩有五用。一曰用字。用事不如用字也。……二曰用形。用字不如用形也。……三曰用氣。用形不如用氣也。……四曰用勢。用氣不如用勢。……五曰用神。用勢不如用神也。〔註81〕

〔註76〕孫中峰：〈唐代山水詩論探析——以「境」之範疇爲論述核心〉，《興大中文學報》第15期（2003年6月），頁163～193。
〔註77〕張伯偉：《全唐五代詩格彙考》，頁172～713。
〔註78〕畢士奎：《王昌齡詩歌與詩學研究》，頁272。
〔註79〕黃保眞等：《中國文學理論史——隋唐五代宋元時期》，頁149。
〔註80〕畢士奎：《王昌齡詩歌與詩學研究》，頁279。
〔註81〕張伯偉：《全唐五代詩格彙考》，頁189。

「五用」明顯地有前後高低的次序，依序是神、勢、氣、形、字、事。值得
注意的是「勢」位於「神」和「氣」之間，可見「勢」當非指一般顯露於外
的形勢，而是偏向於內在的可感而不可見的「氣勢」、「神勢」。除「詩有五用」
例中論及「勢」之外，《詩格》更有〈十七勢〉，又有〈詩有語勢三〉：「一曰
好勢。二曰通勢。三曰爛勢。」更有〈勢對例五〉：「一曰勢對。二曰疏對。
三曰意對。四曰句對。五曰偏對。」〔註82〕最早將「勢」導入詩論的是王昌
齡，而書論又是各類文藝中最早論及「勢」範疇的，王昌齡論「勢」當不無
書論之影響。

又在屬對方面，王昌齡《詩格》重義類的屬對形式，不拘限於刻板的物
類、物性的區分和詞性的歸屬，而是以呈現意旨的語勢來看屬對關係，開發
了以意、勢為對的詮釋空間，不但將屬對標準放寬，更將其納入詩意的經營
之中。〔註83〕

王昌齡論詩特別重視「意」，其〈論文意〉曰：

夫文字起於皇道，古人畫一之後方有也……。自古文章，起於無作，
興於自然，感激而成，都無飾練，發言以當，應物便是。〔註84〕

引文說明了「文」的本原是「皇道」，其宗旨則在「名教」，而特點是「興於
自然，感激而成」。論詩而推本「道」、「性」，調和於「名教」、「自然」之間，
著重探討詩人與自然的關係與基本規律。於是，「意興」問題便成了王昌齡論
詩的中心。〔註85〕又王昌齡此處所謂「應物便是」頗相當於鍾嶸的「直尋」，
王氏用「便是」，似顯其已注意到縮短了時空的「當下」之美。〔註86〕

〈論文意〉又曰：

夫作文章，但多立意。令左穿右穴，苦心竭智，必須忘身，不可拘
束。思若不來，即須放情卻寬之，令境生。然後以境照之，思則便
來，來即作文。如其境思不來，不可作也。

〔註82〕張伯偉：《全唐五代詩格彙考》，頁183～185。
〔註83〕蔡瑜：《唐詩學探索》，頁19～20。
〔註84〕以下〈論文意〉皆引自張伯偉：《全唐五代詩格彙考》，頁159～172。不再另註。
〔註85〕黃保真等：《中國文學理論史——隋唐五代宋元時期》，頁124。
〔註86〕周策縱：〈詩詞的「當下」美——論中國詩歌的抒情主流和自然境界〉，中國古典文學研究會主編：《古典文學·第七集——中國古典文學第一屆國際會議論文專集》（台北：台灣學生書局，1985年8月），頁694。

> 凡屬文之人，常須作意。凝心天海之外，用思元氣之前，巧運言詞，
> 精煉意魄。

王昌齡頗重「立意」、「作意」，而其要點在於「忘身」、「凝心天海之外，用思元氣之前」。「放情卻寬之」能生境，觀照此境則能生思，思來即可爲文，強調主體的創作狀態必須「有思」；創作主體的「思」呈顯了作品的「意」。古人所謂「意」，蓋非只指思緒上、理性上的「意」，而是包含了主體修養論的「意」。由「意」而「境」，則顯示了強調內外兼融的主體意識層次的傾向。歸結王昌齡「練意」的具體途徑有二：一是凝心以通物，另一是養神以待興。〔註87〕又「天海之外」還體現了「意外」觀念，此一思想後來影響深遠。它意味著，藝術想像（意境）和詩歌作品雖然以觀察自然爲基礎，但卻能在內與外的統一中傳達超出「象」（象外）的美學魅力。〔註88〕儘管晉陸機、梁劉勰、隋劉善經均已論及凝心養神的構思說，但將其視爲詩歌煉意、取境、運思的重要途徑，並納入作品內容與形式構思論，王昌齡堪稱是第一人。〔註89〕

王昌齡又曰：

> 凡詩人，夜間牀頭，明置一盞燈。若睡來任睡，睡覺即起，興發意
> 生，精神清爽，了了明白。皆須身在意中，若詩中無身，即詩從何
> 有。若不書身心，何以爲詩。是故詩者，書身心之行李，序當時之
> 憤氣。

此亦強調「精神清爽」、「興發意生」，又須「身在意中」，當即身在「境」中，強調由身歷其境而有所感。身心並論即強調心須透過身而能有所感，興發的本質即是身與外物的交感，然後才有動心與意生的發展。

又曰：

> 夫文章興作，先動氣，氣生乎心，心發乎言，聞於耳，見於目，錄
> 於紙。紙筆墨常須隨身，興來即錄。若無紙筆，羈旅之間，意多草
> 草。舟行之後，即須安眠。眠足之後，固多清景，江山滿懷，合而
> 生興，須屏絕事務，專任情興。

〔註87〕陳伯海、蔣哲倫主編；倪進等著：《中國詩學史・隋唐五代卷》，頁154。
〔註88〕〔德〕朴松山著；向開譯：《中國的美學和文學理論——從傳統到現代》（上海：華東師範大學出版社，2010年11月），頁148。
〔註89〕陳伯海、蔣哲倫主編；倪進等著：《中國詩學史・隋唐五代卷》，頁156。

此言創作之前，創作者須養足精神（養氣），然「氣」須待「興」來，這就須要主體之心與客體之象交感以使「情興」。

〈論文意〉亦論及格律問題：

> 凡作詩之體，意是格，聲是律，意高則格高，聲辨則律清，格律全，然後始有調。

王昌齡將「意、格」、「聲、律」緊密聯結，而「調」則是「格、律」合而產生的作品整體風味。王氏《詩格》有〈調聲〉〔註90〕之作，已不似元兢等人使用平上去入的四聲系統，而是細辨字聲的「輕重清濁」，當係其創作經驗的闡發，前人詩論未之見。〔註91〕這說明他所遵奉的不是近體詩的聲律標準，而與殷璠所持之「剛柔高下」和「詞與調合」或許相同，實際上代表了盛唐詩學的聲律觀，其共同點乃強調詩歌自然流轉的聲調調和之美。〔註92〕王昌齡《詩格》對聲律的要求，已經不那麼瑣細，而是轉移到更為本質的東西。〔註93〕

王昌齡由傳統文質論中的「以意為主」擴展為意興物色乃至於境思理論，從創作論的角度，提示揉合物色與意興於一的「境照」概念，確實掌握了時代詩歌發展的特質。〔註94〕王昌齡《詩格》的價值在於有時代特徵的獨創。其詩論之可貴在他不被儒家詩教所束縛而能自出新見，從而豐富了古代文學思想的內容。〔註95〕

（三）樓穎

天寶三年（744）芮挺章（生卒年不詳，天寶初舉進士未第）編《國秀集》，樓穎（生卒年不詳，天寶年間進士）為序曰：「昔陸平原之論文，曰『詩緣情而綺靡』。是彩色相宣，煙霞交映，風流婉麗之謂也。」〔註96〕可見他認同「風流婉麗」的詩風。

《國秀集》與《河嶽英靈集》二者大抵皆為盛唐開元、天寶間詩人詩選（前者所選李嶠、宋之問、杜審言、沈佺期四人為開元以前詩人）。二集選詩

〔註90〕張伯偉：《全唐五代詩格彙考》，頁148～151。

〔註91〕喬惟德、尚永亮：《唐代詩學》，頁111。

〔註92〕陳伯海、蔣哲倫主編：倪進等著：《中國詩學史・隋唐五代卷》，頁149～150。

〔註93〕傅璇琮：《唐詩論學叢稿》，頁49。

〔註94〕蔡瑜：《唐詩學探索》，頁124。

〔註95〕傅璇琮：《唐詩論學叢稿》，頁49～50。

〔註96〕清・董誥等編：《全唐文》（北京：中華書局，1983年11月），卷356，頁3619。

旨趣不同，《國秀集》以「彩色相宣，煙霞交映，風流婉麗」爲主要考量，詩體也與《河嶽英靈集》有所差異。前者未選李白詩而多選近體詩，注重辭采與聲律，入選作品多爲婉麗諧洽之作；後者未選杜甫詩而多選古體詩，強調風骨興寄，入選作品則多爲雄渾慷慨之作。〔註97〕

（四）戴叔倫

晚唐司空圖〈與極浦書〉載戴叔倫（容州）（732～789）論詩語：「詩家之景，如藍田日暖，良玉生煙，可望而不可置於眉睫之前也。」〔註98〕戴叔倫頗能凸顯詩的模糊特質，強調「意境」於詩中的表現以及對主體感知的重視。

（五）于劭

于劭（生卒年不詳）〈華陽屬和集序〉：「六義詩人之蘊，雅貫三極，而正存象外。」〔註99〕此「正存象外」當即比興。〔註100〕以「象外」論「比興」，亦可見「意境」觀之發展。

二、「興象」與「風骨」的兼融觀

（一）殷璠

殷璠（不詳，天寶時人）雖無論詩專著，但編選了詩集三種：《丹陽集》一卷，約編成於開元末，已佚，今有陳尚君輯本；〔註101〕《荊揚挺秀集》二卷，已佚，情況不詳；《河嶽英靈集》二卷，編成於天寶末年。《吟窗雜錄》卷四一「雜序」首錄殷璠〈丹陽集序〉：「李都尉沒後九百年，其間詞人不可勝數。建安末，氣古彌高，太康中，體調尤峻，元嘉劯骨仍在，永明規矩已失，梁、陳、周、隋，厥道全喪。蓋時遷推變，俗異風革，信乎人文化成天下。」陳尚君以爲「似爲原序之首段」。〔註102〕

《丹陽集》所選以五言古詩居多，入選者且都是潤州仕途不達的士人。其選編在開元末，較之《河嶽英靈集》收詩於天寶十二年，早約十五年，而

〔註97〕肖占鵬主編：《隋唐武代文藝理論匯編評注》，頁536。
〔註98〕唐・司空圖：〈與極浦書〉，《全唐文新編》，頁9931。
〔註99〕清・董誥等編：《全唐文》，卷427，頁4347。
〔註100〕蕭華榮：《中國古典詩學理論史》（上海：華東師範大學出版社，2005 年 12 月），頁 102～103。
〔註101〕陳尚君：〈殷璠《丹陽集》輯考〉（1996 年 1 月修訂版），見氏著《唐代文學叢考》（北京：中國社會科學出版社，1997 年 10 月），頁 223～243。
〔註102〕陳尚君：〈殷璠《丹陽集》輯考〉，氏著《唐代文學叢考》，頁229。

《丹陽集》所收作者，僅儲光羲一人入選《河嶽英靈集》。〔註103〕在〈丹陽集序〉裡，殷璠所論以前代爲主；在〈河嶽英靈集序〉則以唐代爲重，表明他所關注的重心逐漸隨著當時詩歌推移的軌跡而轉向。〔註104〕

殷璠詩論主要集中在〈河嶽英靈集序〉和〈集論〉。〈河嶽英靈集序〉云：

夫文有神來、氣來、情來，有雅體、野體、鄙體、俗體。……然挈瓶膚受之流，貴古人不辨宮商，詞句質素，恥相師範。於是攻乎異端，妄爲穿鑿，理則不足，言常有餘，都無興象，但貴輕艷。雖滿篋笥，將何用之？自蕭氏以還，尤增矯飾。武德出，微波尚在。貞觀末，標格漸高。景雲中，頗通遠調。開元十五年後，聲律風骨始備矣。〔註105〕

引文指出文有神、氣、情的作用，又有雅、野、鄙、俗之分。殷璠批評輕艷而無「興象」的作品，認爲必須「聲律風骨」兼備才是好詩。蔣凡認爲從〈河嶽英靈集序〉及對有關詩人的評價中，可以看出他「刪略群才」的具體標準有三：一是「惡華好樸，去僞從眞」（此所謂「樸」，乃「眞體內充」的樸實之意）。二是反對時俗輕艷卑陋之習，提倡風雅之作。三是要求格高調逸，聲律與風骨兼備。〔註106〕

引文中之「神、氣、情」，袁濟喜認爲「神」指精神的昂揚向上；「氣」指遒勁的氣骨；「情」指特定的慷慨激昂的情感內容，而「興象」指一種「神來、氣來、情來」，即意思爽朗、情感充沛的詩歌形象。〔註107〕張少康則將「三來」說與「興象」緊密聯繫起來解釋，認爲「神來」是要求「興象」塑造必須以神似爲主，而達到形神並重之妙。「氣來」是要求「興象」具有生氣盎然的特點，表現描寫對象內在的生命活力，昂揚的精神狀態。「情來」則是強調「興象」中應寄寓有作者充沛的、強烈的感情，能夠感染讀者，它是幽遠深

〔註103〕陳尚君：〈殷璠《丹陽集》輯考〉，氏著《唐代文學叢考》，頁242。

〔註104〕陳伯海、蔣哲倫主編；倪進等著：《中國詩學史・隋唐五代卷》，頁323。

〔註105〕此處引文依郭紹虞主編：《中國歷代文論選・第2冊》（上海：上海古籍出版社，2001年10月），頁67。另參〔日〕遍照金剛撰：盧盛江校考：《文鏡秘府論彙校彙考》，頁1506。（後者無「野體」）

〔註106〕蔣凡：〈文學批評史中之殷璠及其《河嶽英靈集》〉，古代文學理論研究編委會編：《古代文學理論研究・第十二輯》（上海：上海古籍出版社，1987年11月），頁147。

〔註107〕袁濟喜：《興：藝術生命的激活》（南昌：百花洲文藝出版社，2001年9月，《中國美學範疇叢書》之七），頁75～76。

厚的，又是非常自然眞實的。〔註108〕而趙樹功將「神」、「氣」、「情」三者合
一，視爲不同層次的理想創作狀態，認爲所謂「神來、氣來、情來」，乃以情
爲氣的入手之處，以神爲氣的最終歸宿。〔註109〕

　　然而李珍華、傅璇琮則以爲殷璠「三來」說乃從作家的總體修養著眼。
而所謂「神」係指一種脫俗的、超然的藝術境界；殷氏更從人的精神力量來
理解和運用「氣」；並將其與「風骨」、「氣骨」聯繫起來，要求詩歌有一種前
所謂有的骨力或風力；而「情」與「物情」相通，其共同屬性爲情致，共同
的媒介是景物。〔註110〕李氏與傅氏更認爲：

> 神看來好像是一種超然物外的境界，是詩人對宇宙之理有所把握感
> 悟之後，再來觀照人世社會，產生一種不爲世俗所累而又能更洞徹
> 世俗之情的意種神理……。氣則是偏重於因現實社會之激發而產生
> 的抑鬱不平，這就使作品有一種氣勢，一種剛健的力量。情似乎較
> 著重於作家個人對自然、對自我的一種富於情趣的感受，它有時比
> 較細膩，但卻是深邃地對一種情懷的傾訴。殷璠把這三者結合起來，
> 成爲一個整體。〔註111〕

於是神、氣、情統合在一起，成爲殷璠「興象」說的內容，此中「形象」與
「思維」亦爲一體，情與景相融。〔註112〕以「興象」描述詩歌，雖首見於殷
璠，但他並未解釋「興象」的具體內涵。徐艷聯繫其語境「都無興象，但貴
輕艷」的後果在於「將何用之」，而認爲這裡的「興象」之「興」尚有儒家功
利目的，且「興」乃由「象」承擔，因此而具有「遠調」之特徵，這就與意
象之內涵較爲接近。〔註113〕張少康以爲「興象」的審美形象所具有的「興」
的特點，已不是傳統儒家所說的「美刺比興」，而是像鍾嶸〈詩品序〉所說的
「文已盡而意有餘」的「興」。〔註114〕於是，「興象」和「興寄」大不同：「興
寄」重在主體情志的寄託或對政治的美刺；「興象」則更注重主體情感的興發

〔註108〕張少康：《中國文學理論批評史・上卷》，頁280。
〔註109〕趙樹功：《氣與中國文學理論體系構建》，頁27。
〔註110〕李珍華、傅璇琮：《河嶽英靈集研究》（北京：中華書局，1992年9月），頁
　　　　　48、56、62。
〔註111〕李珍華、傅璇琮：《河嶽英靈集研究》，頁63。
〔註112〕李珍華、傅璇琮：《河嶽英靈集研究》，頁65～66。
〔註113〕徐艷：《中國中世文學思想史：以文學語言觀念的發展爲中心》，頁287。
〔註114〕張少康：《中國文學理論批評史・上卷》，頁278。

及其在「象」中的包融，焦點已轉向於藝術表現。〔註115〕

殷璠亦重「風骨」，但他所謂「風骨」，具備了「生氣」、「朝氣」、「新鮮」等盛唐「風骨」的新特質。〔註116〕張少康甚至認爲殷璠對於「風骨」的理解還有指超然物外、避世隱居那種仙風道骨般的飄逸之氣。〔註117〕在四傑與陳子昂筆下，風骨與辭彩往往呈對立狀態，殷璠則未將二者對立，而是把聲律與風骨同作爲盛唐詩歌的主要質素。〔註118〕

殷璠另一重要詩論是〈集論〉：

> 昔伶倫造律，蓋爲文章之本也。是以氣因律而生，節假律而明，才得律而清焉。豫於詞場，不可不知音律焉。……夫能文者，匪謂四聲盡要流美，八病咸須避之，縱不拈二，未爲深缺。……故詞有剛柔，調有高下，但令詞與調合，首末相稱，中間不敗，便是知音。……璠今所集，頗異諸家，既閑新聲，復曉古體。文質半取，風騷兩挾。言氣骨則建安爲儔，論宮商則太康不逮，將來秀士，無致深憾。〔註119〕

殷璠強調音律的重要，但又不過度標榜四聲八病之說，而求「文質半取，風騷兩挾」，兼重氣骨與聲律。特別是「詞與調合，首末相稱，中間不敗」的見解，從整體作品著眼，提出有內容又能和諧相稱的要求，無論是「新聲」、「古體」或者是過渡性的詩篇，都必須具有這樣的音律要求。〔註120〕而此主張，體現爲一種不拘泥於聲病規則而追求自然流美的聲律觀。〔註121〕蔡瑜認爲這種扣其兩端、諧合所有對立元素的審美思辨實是《河嶽英靈集》的準則。〔註122〕相對於〈河嶽英靈集集論〉，〈河嶽英靈集序〉的音律說則指出所謂音律者不必固宥於平仄律；同時它也指明了歷史的演進階段。〔註123〕

殷璠論聲律，其內涵頗與前人不同。沈約認爲，妙達宮商，始可言文；殷璠則說，「昔伶倫造律，蓋爲文章之本也」，認爲人對自然音律的發現，爲

〔註115〕喬惟德、尚永亮：《唐代詩學》，頁8。

〔註116〕喬惟德、尚永亮：《唐代詩學》，頁51。

〔註117〕張少康：《中國文學理論批評史・上卷》，頁279～280。

〔註118〕喬惟德、尚永亮：《唐代詩學》，頁52。

〔註119〕此處引文依〔日〕遍照金剛撰；盧盛江校考：《文鏡秘府論彙校彙考》，頁1533。另參郭紹虞主編：《中國歷代文論選・第2冊》，頁71。（後者文字略有出入）

〔註120〕李珍華、傅璇琮：《河嶽英靈集研究》，頁82。

〔註121〕陳伯海、蔣哲倫主編；倪進等著：《中國詩學史・隋唐五代卷》，頁142。

〔註122〕蔡瑜：《唐詩學探索》，頁78。

〔註123〕李珍華、傅璇琮：《河嶽英靈集研究》，頁88。

文學創作之運用聲律提供了依據；「是以氣因律而生，節假律而明，才得律而清焉」，音律是藝術思維中起作用的重要因素之一；「詞有剛柔、調有高下」，聲調服從於內容、風格。而殷璠所言「風骨」也與陳子昂有很大的不同。陳子昂所說的「漢魏風骨」，以反映世積亂離，風衰俗怨，政失民憤爲內容的作品所創造的蒼涼悲慨的藝術美；而殷璠所說的「風骨」（氣骨），則是指奮發向上，馳逐塞垣，立功報國的時代精神。殷璠之「風骨」（氣骨），不僅用於創作理論，作爲概括時代精神和社會內容的概念；而且用於審美理論，作爲一個審美範疇。〔註124〕殷璠突破了陳子昂詩論惟從文質兩端著眼的侷限，而涉及到辭藻、情感的品味高低，以及物象與情興契合程度等更深層次的問題。〔註125〕陳子昂提出「頓挫」、「有金石聲」，其意尚不脫自然音律的束縛；而殷璠則很重視六朝以來愈講愈精的體現語音內在規律的聲韻現象，並將之作爲完美詩歌創作的必要條件。〔註126〕

　　唐代既重視詩歌的評選，而且比較自覺地通過評選表達各自的文學主張和審美意向，其中《河嶽英靈集》堪稱最爲突出。《河嶽英靈集》未收杜甫詩，很難確定係因「崇尚風骨而不在聲律」的緣故。殷璠非常明確地試圖通過盛唐詩歌的評選提出他的詩歌主張，亦即詩要有「神來、氣來、情來」，要求建立「既多興象，復備風骨」，「既閑新聲，復曉古體」，「言氣骨則建安爲體，論宮商則太康不逮」，這種既繼承又超越的論點，正是盛唐詩在理論上的反映。其次他也提出了好幾個值得探索的美學概念，如「三來」說、「興象」說、「風骨」及其聲律理論等。〔註127〕概括地說，殷璠詩學思想的核心，是既標舉興象又倡導風骨與聲律，要求三者的統一兼備。〔註128〕

（二）李白

　　孟棨《本事詩・高逸》謂：「白才逸氣高，與陳拾遺齊名，先後合德。其論詩云：『齊梁以來，艷薄斯極，沈休文又尚以聲律，將復古道，非我而誰與？』故陳、李二集律詩殊少。嘗言：『興寄深微，五言不如四言，七言又其靡也，

〔註124〕黃保真等：《中國文學理論史——隋唐五代宋元時期》，頁89〜90。
〔註125〕陳伯海、蔣哲倫主編；倪進等著：《中國詩學史・隋唐五代卷》，頁139。
〔註126〕汪湧豪：《風骨的意味》（南昌：百花洲文藝出版社，2001年10月，《中國美學範疇叢書》之六），頁158。
〔註127〕李珍華、傅璇琮撰：《河嶽英靈集研究》，頁30〜31。
〔註128〕陳伯海、蔣哲倫主編；倪進等著：《中國詩學史・隋唐五代卷》，頁138。

況使束於聲律俳優哉！」〔註129〕李白（701～762）自己則曾在〈大獵賦序〉
說：「白以爲賦者古詩之流，辭欲壯麗，意歸博遠。……臣白作頌，折中厥美。」
〔註130〕指出賦的「壯麗」、「博遠」之特質，以此批評淫靡之風，並自陳其「折
中厥美」的立場。

李白〈感興〉其二：「陳王徒作賦，神女豈同歸。好色傷大雅，多爲世所
譏。」〔註131〕亦表現了相類的觀點。可事實上李白在創作中卻並未走美刺教
化的路子，當其顯現出崇古、希慕大雅時，應該是著意於政治而非文學，這
也反映了初盛唐詩人對於其時代的普遍認知。〔註132〕而他獨尊《詩經》、否定
屈宋以來的詩歌發展趨向與成就，在盛唐詩人中也不是孤例，當時詩人如李
華、賈至、獨孤及等，都表示過相同的思想歸趨。〔註133〕又其不滿律詩，喜
尚古體，蓋在恢復樂府民歌之自然感興、自由興發的創作機制，這與其所追
求的自然清眞的美學思想基本一致。〔註134〕

李白詩：「清水出芙蓉，天然去雕飾。逸興橫素襟，無時不招尋。」（〈經
亂離後天恩流夜郎憶舊游書懷贈江夏韋太守良宰〉）、「蓬萊文章建安骨，中
間小謝又清發。俱懷逸興壯思飛，欲上青天攬明月。」（〈宣州謝脁樓餞別校
書叔雲〉）、「自從建安來，綺麗不足珍。聖代復玄古，垂衣貴清眞。群才屬
休明，乘運共躍鱗。文質相炳煥，眾星羅秋旻。」（〈古風〉其一）、「一曲裴
然子，雕蟲喪天眞。……大雅思文王，頌聲久崩淪。」（〈古風〉其三十五）、
「右軍本清眞，瀟灑在風塵。山陰遇羽客，要此好鵝賓。掃素寫道經，筆精
妙入神。書罷籠鵝去，何曾別主人。」（〈王右軍〉）等〔註135〕，皆可見李白
有重視「骨」、「壯」、「清」、「逸」和「天然」的審美傾向。綜合看來，李白
復古的主張似乎相當明確，但他在認爲「綺麗不足珍」，強調「文質相炳煥」
的同時，凸顯其對「清眞」、「天眞」的重視，或許這才是他眞正的心聲。除
孟棨外，終有唐一代，在提及李白時沒人認爲他在詩歌領域提倡復古。因此，

〔註129〕《文淵閣四庫全書》‧集部‧詩文評類‧本事詩‧《本事詩‧高逸第三》。
〔註130〕唐‧李白著；郁賢皓選注：《李白選集》（上海：上海古籍出版社，1990 年 10
月），頁 547～549。
〔註131〕瞿蛻園等：《李白集校注》，頁 1385。
〔註132〕蔡瑜：《唐詩學探索》，頁 194。
〔註133〕陳伯海、蔣哲倫主編；倪進等著：《中國詩學史‧隋唐五代卷》，頁 133。
〔註134〕劉紹瑾：《復古與復元古：中國復古文學理論的美學探源》（北京：中國社會
科學出版社，2001 年 1 月），頁 272～273。
〔註135〕瞿蛻園等：《李白集校注》，頁 726、1077、91、156、1289。

不說他「以復古爲革新」，而說他反對綺麗，提倡「清眞」應該更符合實際。
〔註136〕

　　所謂「清新自然」，除了意境的清新以外，應當還包括詩歌語言明白似話，如脫口而出，不思而得，而又凝煉規範，餘味無窮。〔註137〕這與狂草的本質十分接近。作爲一種審美理想，「清水芙蓉」不只是一種辭采質樸的美，它是對詩的內容和形式的統一的美學要求，而眞率的感情和自然樸素的語言，構成了李白詩歌的「清水芙蓉」之美。〔註138〕從人物風神上說，它表現爲清虛、靈動、瀟灑、自由；從詩歌作品上說，它表現爲清朗、淳眞、精妙、傳神。〔註139〕

　　顯然李白崇尚自然清眞的文藝思想，當源於道家思想的影響。在詩體上，他推崇古樂府，主張恢復古體，所體現的基本上不是儒家的復古思維，更不是儒家的詩教主張，而是要恢復「風」的傳統精神，此正體現了道家復元古的美學思想。〔註140〕

三、「以詩論詩」的新批評模式

（一）杜甫

　　杜甫（712～770）的詩學思想比較集中地表現在他晚年創作的〈戲爲六絕句〉中。這種「以詩論詩」開創了新的批評模式，影響深遠。茲摘要於下：

> 庾信文章老更成，凌雲健筆意縱橫。今人嗤點流傳賦，不覺前賢畏後生。
>
> 王楊盧駱當時體，輕薄爲文哂未休。爾曹身與名具滅，不廢江河萬古流。
>
> 不薄今人愛古人，清詞麗句必爲鄰。竊攀屈宋宜方駕，恐與齊梁作後塵。
>
> ……別裁僞體親風雅，轉益多師是汝師。〔註141〕

<hr>

〔註136〕羅宗強：〈清水芙蓉，天然去雕飾──李白審美理想蠡測〉，郭紹虞等：《古代文學理論研究叢刊》（台北：新文豐出版公司，1989年6月台一版），頁227～242（229、231）。

〔註137〕黃保眞等：《中國文學理論史──隋唐五代宋元時期》，頁83～84。

〔註138〕羅宗強：〈清水芙蓉，天然去雕飾──李白審美理想蠡測〉，郭紹虞等：《古代文學理論研究叢刊》，頁233～238。

〔註139〕王明居：《唐代美學》，頁232。

〔註140〕劉紹瑾：《復古與復元古：中國復古文學理論的美學探源》，頁268～270。

〔註141〕杜甫詩文參見清・楊倫箋注：《杜詩鏡銓》，頁碼依序爲〈戲爲六絕句〉397～399、〈奉贈韋左丞丈二十二韻〉24～25、〈游修覺寺〉347、〈獨酌成詩〉155、〈同元使君春陵行序〉602、〈進雕賦表〉1040、〈江上值水如海勢聊述短〉345、〈解悶十二首〉817。

杜甫對待繼承借鑒以及詩論，其著眼點多在藝術形式方面，但亦能兼重內質。基本上，杜甫論詩，在風格藝術方面，隨時揄揚，幾乎無一貶責；但在思想內容上則不妄加評點，也不輕易譽人，表現其對詩歌內容的重視與嚴肅審慎的態度。〔註142〕杜甫所說的清詞麗句，以屈原、宋玉為範式，而恐步齊梁淫麗詩風之後塵；最後他提及了「轉益多師」的看法。

此外，杜甫常提到「神」，他是以「神」論詩的第一人。如〈奉贈韋左丞丈二十二韻〉：「讀書破萬卷，下筆如有神」、〈游修覺寺〉：「詩應有神助」、〈獨酌成詩〉：「詩成覺有神」、〈寄薛三郎中據〉：「乃知蓋代手，才力老益神」等。關於創作規律的問題，杜甫的特殊貢獻及其重大影響在於他將其概括為「神」與「法」一對範疇。而杜甫所說的「神」，是指詩人在從事詩歌創作的過程中所起到的精微奧妙、難以言狀的作用；他還將「神」看作是詩人藝術技巧的高度純熟，達於化境的表現。〔註143〕

又杜甫〈同元使君舂陵行序〉讚美元結：「復見比興體制，微婉頓挫之詞」，表明自己是立足於儒家的文學原則。但是，這裡杜甫首先肯定了元結詩歌創作與政治實踐的一致性。〔註144〕其〈進雕賦表〉又言：「則臣之述作，雖不能鼓吹六經，先鳴諸子，至於沉郁頓挫，隨時敏捷，揚雄、枚皋之徒，庶可企及也。」亦稱己文具「沉郁頓挫」、「隨時敏捷」之特長，頗有鍛鍊色彩與凝重意味，並能視情況之需要而隨時變化，實亦儒者「時中」、「權變」之表現。乍看來，「隨時敏捷」似偏於情與神氣，而「沉郁頓挫」則偏於學養鍛鍊，前者屬盛唐「主情」之路，後者則開啟了中唐「主意」詩學，杜甫將之完滿結合，已暗示了盛唐詩學思想向中唐過渡的必然性。〔註145〕

杜甫〈江上值水如海勢聊述短〉：「為人性僻耽佳句，語不驚人死不休。」又〈解悶十二首〉：「陶冶性靈存底物，新詩改罷自常吟。熟知二謝將能事，頗學陰何苦用心。」杜甫肯定詩歌陶冶性靈的功能，又對詩法頗為用心，律詩及諸種詩體的詩歌形式堪稱無不兼備。其「新詩改罷自常吟」更顯示他對詩歌聲律和創作過程的重視。

〔註142〕鄭慶篤：〈杜甫〉，牟世金主編：《中國古代文論家評傳》（鄭州：中州古籍出版社，1988 年 8 月），頁 332、330。
〔註143〕黃保眞等：《中國文學理論史——隋唐五代宋元時期》，頁 104、106。
〔註144〕黃保眞等：《中國文學理論史——隋唐五代宋元時期》，頁 98。
〔註145〕陳伯海、蔣哲倫主編；倪進等著：《中國詩學史·隋唐五代卷》，頁 172～173。

　　總體而言，杜甫把感事寫意作爲創作宗旨，在盛唐的寫景抒情的詩學觀念中加入「事」的成分，更擴大「意」的含量，學問與工夫兼融並進，使詩學風氣發生了確實的轉變。〔註146〕

四、儒家詩教的基本立場

（一）顏眞卿

　　顏眞卿（709～785）〈尚書刑部侍郎贈尚書右僕射孫逖文公集序〉：

> 古之爲文者，所以導達心志，發揮性靈，本乎咏歌，終乎雅頌。帝庸作而君臣動色，王澤竭而風化不行，政之興衰，實繫於此。然而文勝質則繡其鞶帨，而血流漂杵；質勝文則野於禮樂，而木訥不華。歷代相因，莫能適中，故詩人之賦麗以則，詞人之賦麗以淫，此其效也。漢魏以還，雅道微缺，梁陳斯降，宮體聿興；既馳騁於末流，遂受嗤於後學，是以沈隱侯之論謝康樂也，乃云靈均已來，此未及睹。盧黃門之序陳拾遺也，而云道喪五百歲，而得陳君。若激昂頹波，雖無害於過正，權其中論，不亦傷於厚誣！〔註147〕

顏氏以爲文者在「導達心志，發揮性靈」，但持質文並重的中庸之見，對梁陳以來之宮體則不以爲然，屬復古的儒家觀點，而此觀點亦與其書法表現若合符契。

（二）岑參

　　岑參（715～770）〈敬酬杜華淇上見贈兼呈熊曜〉：「得君江湖詩，骨氣凌謝公。」又〈送魏升卿擢第歸東都因懷魏校書陸渾喬潭〉：「君不見三峰直上五千仞，見君文章亦如此。如君兄弟天下稀，雄辭健筆皆若飛。」〔註148〕可見他欣賞有「骨氣」、「雄健若飛」的風格。

（三）元結

　　在殷璠編成《河嶽英靈集》之後約七、八年，元結（719？～772）於唐肅宗乾元三年（760）編《篋中集》〔註149〕，所收大多是安史之亂前的詩作，其中有的也已收入《河嶽英靈集》。

〔註146〕陳伯海、蔣哲倫主編；倪進等著：《中國詩學史・隋唐五代卷》，頁159。

〔註147〕顏眞卿：〈尚書刑部侍郎贈右僕射孫逖文公集序〉，《全唐文新編》卷337，頁3863。

〔註148〕岑參：〈敬酬杜華淇上見贈兼呈熊曜〉，《全唐詩》卷198，頁2030。又岑參：〈送魏升卿擢第歸東都因懷魏校書陸渾喬潭〉，《全唐詩》卷198，頁2060。

〔註149〕《篋中集》之編年見〈篋中集序〉。

元結〈篋中集序〉：

> 風雅不興，幾及千歲，溺於時者，世無人哉？……近世作者，更相
> 沿襲，拘限聲病，喜尚形似；且以流易爲辭，不知喪於雅正，然哉！
> 〔註150〕

又〈劉侍御月夜宴會序〉：

> 文章道喪蓋久矣。時之作者，繁雜過多，歌兒舞女，且相喜愛，繫
> 之風雅，誰道是耶？諸公嘗欲變時俗之淫靡，爲後生之規範，今夕
> 豈不能導達情性，成一時之美乎？〔註151〕

元結把《詩經》以後的詩歌一筆抹殺，其復古之烈，遠甚於陳子昂；又其針
對唐代乃至同時的大多數詩人加以批判，更切近時弊；其〈二風詩論〉：「吾
欲極帝王理亂之道，係古人規諷之流」〔註152〕，所重在「規諷」，故其所謂「風
雅」顯然較陳子昂之「興寄」要狹窄得多。〔註153〕可視爲白居易詩歌批評理
論的先聲。〔註154〕

然其〈繫樂府序〉云：

> 古人歌咏，不盡其情者，化金石以盡之，其歡怨甚耶戲。盡歡怨之
> 聲者，可以上感於上，下化於下，故元子繫之。〔註155〕

又〈訂司樂氏〉有謂：

> 偶有懸水淙石，泠然便耳。……況懸水淙石，宮商不能合，律呂不
> 能主，變之不可，會之無由，此全聲也。司樂氏非全士，安得不甚
> 謝之？〔註156〕

〈繫樂府序〉重情之盡與聲之感化作用，仍在儒家詩教範疇，然〈訂司樂氏〉
卻以自然爲宗，顯然又參雜了道家的理念。

總體而言，元結的詩學思想較貼近於當時的復古派顏眞卿和獨孤及等
人。〔註157〕

〔註150〕元結：〈篋中集序〉，《全唐文新編》卷381，頁4388。

〔註151〕元結：〈劉侍御月夜宴會序〉，《元次山集》（台北：河洛圖書出版社，1975年
　　　　10月）卷3，頁36。

〔註152〕元結：〈二風詩論〉，《全唐文新編》卷382，頁4393。

〔註153〕陳伯海、蔣哲倫主編；倪進等著：《中國詩學史・隋唐五代卷》，頁175。

〔註154〕周品生：《從詩論到文論：中國狹義文學批評論綱》（成都：巴蜀書社，2006
　　　　年10月），頁119。

〔註155〕元結：〈繫樂府序〉，《元次山集》卷2，頁18。

〔註156〕元結：〈訂司樂氏〉，《全唐文新編》卷383，頁4404。

〔註157〕陳伯海、蔣哲倫主編；倪進等著：《中國詩學史・隋唐五代卷》，頁174。

（四）獨孤及

獨孤及（725～777）〈檢校尚書吏部員外郎趙郡李公中集序〉：「志非言不形，言非文不彰，是三者相為用，亦猶涉川者假舟楫而後濟。……潤色愈工，其實愈喪。」〔註158〕強調「實」而反對潤色之「工」。又〈唐故殿中侍御史贈考功郎中蕭府君文章集錄序〉（按：蕭府君即蕭立（726～？））：「神靜氣和，才與道并……故夫子之文章，深其致，婉其旨，直而不野，麗而不艷。」「君子修其詞，立其誠，生以比興宏道，歿以述作垂裕，此之謂不朽。」〔註159〕可見獨孤及堅守儒家詩教的立場。其〈送開封李少府勉自江南還赴京序〉又云：「緣情者莫近於詩」〔註160〕；〈盧郎中潯陽竹亭記〉云：「夫物不感則性不動，故景對而心馳也。欲不足則患不至，故意愜而神完也。耳目之用繫於物，得喪之源牽於事，哀樂之柄成乎心。心和於內，事物應於外，則登臨殊途，其適一也。」〔註161〕〈唐故左補闕安定皇甫公集序〉：「至若麗曲感動，逸思奔發，則天機獨得，有非師資所獎。每舞雩詠歸，或金谷文會，曲水修禊，南浦愴別，新聲秀句，則加於常時一等，才鍾於情故也。」〔註162〕論及「情」、「感」、「性」、「心」、「意」、「神」、「天機」等，則已參入部分釋、道之審美理念，反映當代所謂儒家詩教的特色。

（五）尚衡

尚衡（生卒年不詳，唐至德中人）〈文道元龜〉：「君子之作，先乎行，行為之質；後乎言，言為之文。行不出乎言，言不出乎行，質文相伴，斯乃化成之道焉。志士之作，介然以立誠，憤然有所述，言必有所諷，志必有所之，詞寡而意愨，氣高而調苦，斯乃感激之道焉。詞士之作，學古以攄情，屬詞以及物。及物勝則詞麗，攄情逸則氣高；高者求清，麗者求婉，恥乎質，貴乎情，而忘其志，斯乃頹靡之道焉。」〔註163〕尚衡批評「清高」、「婉麗」和「貴乎情」，堅持「質文相伴」，其儒家詩教立場似乎較為狹窄。

〔註158〕獨孤及：〈檢校尚書吏部員外郎趙郡李公中集序〉，《全唐文新編》卷388，頁4455。

〔註159〕獨孤及：〈唐故殿中侍御史贈考功郎中蕭府君文章集錄序〉，《全唐文新編》卷388，頁4451。

〔註160〕獨孤及：〈送開封李少府勉自江南還赴京序〉，《全唐文新編》卷389，頁4454。

〔註161〕獨孤及：〈盧郎中潯陽竹亭記〉，《全唐文新編》卷388，頁4462。

〔註162〕獨孤及：〈唐故左補闕安定皇甫公集序〉，《全唐文新編》卷388，頁4451。

〔註163〕尚衡：〈文道元龜〉，《全唐文新編》卷394，頁4518。

（六）梁肅

梁肅（735～793）論詩重視緣情感物，如〈周公瑾墓下詩序〉：「詩人之作，感於物，動於中，發於詠歌，形於事業。事之博者其詞盛，志之大者其感深……」又〈送元錫赴舉序〉：「孰曰有情，而不嘆息；傷時臨歧者，得無詩乎？」〔註164〕此皆反應梁肅基於主體的立場肯定詩歌的抒情功能，但其詩觀很明顯的係持儒家詩教之立場。

五、融儒、道、釋於一的皎然詩學

皎然（約720前後～796至805）俗姓謝，字清晝，一說名晝，湖州長城人，謝靈運十世孫。他有《詩式》、《詩議》等詩論著作，乃盛唐過渡至中唐的重要詩論家。皎然生當北宗漸衰，南宗日盛的時代，其禪法屬於南宗。唐代的詩僧很多，但詩論家只有皎然一人，究其原因，除了家學淵源之外，或在於他比一般禪僧更重視對佛、道、儒三家思想的兼容並包。〔註165〕

《詩式‧總序》：

> 夫詩者，眾妙之華實，六經之菁英，雖非聖功，妙均於聖。彼天地日月，玄化之淵奧，鬼神之微冥，精思一搜，萬象不能藏其巧。其作用也，放意須險，定句須難，雖取由我衷，而得若神表。至如天真挺拔之句，與造化爭衡，可以意冥，難以言狀，非作者不能知也。〔註166〕

又〈文章宗旨〉：

> 曩者嘗與諸公論康樂爲文，真於情性，尚於作用，不顧詞彩，而風流自然。彼清景當中，天地秋色，詩之量也；慶雲從風，舒卷萬狀，詩之變也。不然，何以得其格高，其氣正，其體貞，其貌古，其詞深，其才婉，其德宏，其調逸，其聲諧哉？〔註167〕

此處「情性」一語不僅意味著詩言之本旨非說理論道而是「吟詠情性」，更重要的是它意味著一種境界（不顧詞采而風流自然），首次將情性論推進到境界的層次。〔註168〕

〔註164〕以上梁肅詩文見《全唐文新編》卷518，頁6051、6057。
〔註165〕黃保真等：《中國文學理論史——隋唐五代宋元時期》，頁129。
〔註166〕唐‧皎然：《詩式》，張伯偉撰：《全唐五代詩格彙考》，頁222。
〔註167〕唐‧皎然：《詩式‧文章宗旨》，張伯偉撰：《全唐五代詩格彙考》，頁229。
〔註168〕吳興明等著：《比較研究：詩意論與詩言意義論》，頁90。

「眾妙」語出《老子》，此句當指詩歌乃宇宙萬物特定本質的一種外在藝術表現，其著眼點在於詩歌的審美特質。而「作用」一詞在漢譯佛典出現以前極少見，且都在有限的用法中，但自佛典大量翻譯之後，「作用」一詞的使用頻率就一下子提高了。「作用」本有製作運用和發揮功能的含義，引入佛典後，又被賦予了兩種不同的內涵用法：一是表有為法諸相之間的因果聯繫，強調客觀性（在唯識學派中較普遍）；一是指佛性的外在顯現，由於佛性存在於心體之中，其顯現與否取決於修行主體的能動性，因此強調一種主觀性（在禪宗的語錄中較常見）。〔註169〕張伯偉認為「作用」一詞在佛學中的原意，可簡稱「用」而與「體」相對；「作用」即「體用」之「用」。〔註170〕皎然的「作用」當是他禪宗思想背景下的語彙，大致的含義是思維的運作或意識的創造性活動。但在具體語境中，又附著了其他語義。〔註171〕

《詩式》第一條即論「明勢」，其中比喻多強調飛動活潑的態勢，之後才提出了具有方法論意義的「明作用」，可見「作用」與「勢」有一定的關聯。皎然所謂「作用」或可另從廣狹二義解之，廣義指詩之作法，如「真於情性，尚於作用」；狹義則指構思階段對所欲表達之意旨的籌劃安排。〔註172〕

綜合皎然「作用」說的涵義，頗近於陸機的「用心」和劉勰的「神思」，亦即藝術思維。實際上它包括四方面的內容：聲對、體勢、比興和取境。〔註173〕

皎然《詩議》有云：「律家之流，拘而多忌，失於自然，吾嘗所病也。」〔註174〕又《詩式・詩有七至》：「至險而不僻，至奇而不差，至麗而自然，至苦而無跡，至近而意遠，至放而不迂。」〔註175〕皎然論作用，無論情事，都有一個最終衡量效果的尺度——「自然」，由作用而達於自然。經過鍛煉而歸於自然，皎然應是最早的倡導者。〔註176〕但是，皎然所提倡的「自然」，乃出自作家辛苦構思和精心陶煉的自然，是高度藝術化的自然。對「自然」的崇

〔註169〕甘生統：《皎然詩學淵源考論》（北京：人民出版社，2012年9月），頁161、167。
〔註170〕張伯偉：《禪與詩學》（北京：人民文學出版社，2008年4月），頁45～46。徐復觀有〈皎然《詩式》「明作用」試釋〉，載《中國文學論集續編》，頁149～154。張伯偉以為其說可補徐說。
〔註171〕甘生統：《皎然詩學淵源考論》，頁169～171。
〔註172〕陳伯海、蔣哲倫主編；倪進等著：《中國詩學史・隋唐五代卷》，頁193。
〔註173〕黃保真等：《中國文學理論史——隋唐五代宋元時期》，頁143。
〔註174〕唐・皎然：《詩議》，張伯偉撰：《全唐五代詩格彙考》，頁204。
〔註175〕唐・皎然：《詩式》，張伯偉撰：《全唐五代詩格彙考》，頁226。
〔註176〕趙樹功：《氣與中國文學理論體系構建》，頁232～233。

尙影響了皎然一系列的詩學觀點。就創作動機而言，他強調「語與興驅，勢逐情起」，隨著情興的自然生發而取境造詞。在風格的把握上，他主張「取由我衷」，順其自然。在聲調格律方面，他則不拘泥於前人的瑣細規則。〔註 177〕

關於「苦思」，殷璠《河嶽英靈集》已多次論及。〔註 178〕而皎然所謂的「情性」，並非泛指一般的思想情感，而是指合性之情。〔註 179〕故《詩議》有云：「夫詩工創心，以情爲地，以興爲經」。〔註 180〕

又皎然十分重視「用事」與否。他把借徵引古事抒發己志理解爲比而不是用事，如果完全敘說古事則「是用事而非比也」，如果「借此成我詩意」便是「語似用事，義非用事」。〔註 181〕王夢鷗曾說明：「所謂『用事』者，爲使用成語或故事；而所謂『以事成之』者，即設辭以說明或推演上句之語意。所謂立『興』者，爲所因以起感之物色；而『以意成之』者，即抒寫其感興之所在。」〔註 182〕

皎然《詩式・用事》云：

> 詩人皆以徵古爲用事，不必盡然也。今且於六義之中，略論比興。
> 取象曰比，取義曰興。義即象下之意。凡禽魚、草木、人物、名數、
> 萬象之中義類相同者，盡入比興。〔註 183〕

又《詩議・六義》：

> 賦者，象事布文，以寫情也。比者全取象外以興之，「西北有浮雲」
> 之類是也。興者立象於前，後以事諭之，關雎之類是也。〔註 184〕

皎然以「象」釋「賦、比、興」，發揚了王昌齡之意，對賈島和李仲蒙或有直接的影響。他對比興的區分在「取象曰比，取義曰興」，則比只取象興情而不明言其意，興是立象之外又取義論事，故云：「義即象下之意」。〔註 185〕可知皎然已不從傳統美刺諷諭的角度立論，美刺諷諭只被視爲興論的一種手法，

〔註 177〕陳伯海、蔣哲倫主編；倪進等著：《中國詩學史・隋唐五代卷》，頁 191～192。

〔註 178〕甘生統：《皎然詩學淵源考論》，頁 13～14。

〔註 179〕陳伯海、蔣哲倫主編；倪進等著：《中國詩學史・隋唐五代卷》，頁 190。

〔註 180〕唐・皎然：《詩議》，張伯偉撰：《全唐五代詩格彙考》，頁 209。

〔註 181〕陳伯海、蔣哲倫主編；倪進等著：《中國詩學史・隋唐五代卷》，頁 196。

〔註 182〕王夢鷗：《古典文學論探索》（台北：正中書局，1984 年），頁 301～303。或見王夢鷗：〈試論皎然《詩式》〉，《中華文化復興月刊》1981 年第 14 卷第 3 期。

〔註 183〕唐・皎然：《詩式》，張伯偉撰：《全唐五代詩格彙考》，頁 230。

〔註 184〕唐・皎然：《詩議》，張伯偉撰：《全唐五代詩格彙考》，頁 219。

〔註 185〕蔡瑜：《唐詩學探索》，頁 156。

傳統的比興功能由「作用」取代，且僅爲「作用」之一端。〔註186〕吾人可以說，在某種程度上，皎然之重「象」與其重「勢」有所聯繫和一致性。又皎然將「用事」和「比」加以區別：「比」偏重於比喻的修辭技巧，而「用事」則著重於實際徵引的內容是否達到寄託諷諭的效果。〔註187〕

《詩式》卷一提出了「三偷」之說：

> 三同之中，偷語最爲鈍賊……。其次偷意，事雖可罔，情不可原，若欲一例平反，詩教何設？其次偷勢，才巧藝精，若無朕跡……。

〔註188〕

皎然「詩有三不同：語、意、勢」揭示詩歌創作可以師古，師古之法有三：偷語、偷意、偷勢。唐代詩僧惟一注意到模仿問題的是皎然。他雖主張自然創新，但並不反對模仿，「三偷」之說便與藝術模仿有關。〔註189〕

「三偷」之外，皎然《詩式》卷一尚有「詩有四不」一條，其中云：

> 氣高而不怒，怒則失於風流；力勁而不露，露則傷於斤斧；情多而不暗，暗則蹶於拙鈍；才贍而不疏，疏則損於筋脈。〔註190〕

皎然於此列舉了氣力才情，且未論優劣。《詩式》又有「詩有四深」條，其一爲「氣象氤氳」。〔註191〕一般而言，「氣象」指向創作的整體特點。《詩式》又有「詩有七德」云：「一識理，二高古，三典麗，四風流，五精神，六質幹，七體裁」。〔註192〕顯然「德」也是指詩篇所共有的特殊本質。〔註193〕

皎然另一重要詩學論述是他的「取境」說。《詩式・取境》：

> 或云詩不假修飾，任其醜樸，但風韻正，天眞全，即名上等。予曰不然。無鹽闕容而有德，曷若文王太姒有融而有德乎？又云不要苦思，苦思則喪自然之質。此亦不然。夫不入虎穴，焉得虎子？取境之時，須至險至難，始見奇句。成篇之後，觀其氣貌，有似等閒，不思而得，此高手也。有時意靜神王，佳句縱橫，若不可過，宛若

〔註186〕蔡瑜：《唐詩學探索》，頁 156～157。
〔註187〕彭雅玲：《唐代詩僧的創作論研究——詩歌與佛教的綜合分析》（台北縣永和市：花木蘭文化出版社，2009 年 9 月），頁 120。
〔註188〕唐・皎然：《詩式》，張伯偉撰：《全唐五代詩格彙考》，頁 238。
〔註189〕彭雅玲：《唐代詩僧的創作論研究——詩歌與佛教的綜合分析》，頁 120。
〔註190〕唐・皎然：《詩式》，張伯偉撰：《全唐五代詩格彙考》，頁 224。
〔註191〕唐・皎然：《詩式》，張伯偉撰：《全唐五代詩格彙考》，頁 224。
〔註192〕唐・皎然：《詩式》，張伯偉撰：《全唐五代詩格彙考》，頁 227。
〔註193〕黃保眞等：《中國文學理論史——隋唐五代宋元時期》，頁 140。

神助。不然,蓋由先積精思,因神王而得乎?〔註194〕

「取境」概念的提出,標誌了詩論家對詩歌意象之幻象性質的自覺意識以及對構思過程中主觀能動作用的肯定。〔註195〕皎然在「取境」時強調貴精思、好奇險。其〈辨體〉又云:「夫詩人之思初發,取境偏高,則一首舉體便高;取境偏逸,則一首舉體便逸。才性等字亦然。」〔註196〕皎然的「境」論雖與劉勰、鍾嶸、殷璠、王昌齡等人的啓發有關,但更重要的還是和佛教,尤其是唯識理論的關係。法相唯識之學中所說的「相分」,「境」與「心」或「識」之間有密切關係,因此,在皎然看來,「境」是心造的。佛家之「境」或指勝妙智慧之對象,即是佛理(真如、實相),它可貫通「法性」、「真如」、「佛性」,通過對「境」的體認可以體認到真如佛性,亦即佛家所追求的最高境界。〔註197〕

皎然的境論主要有四點:「取境」、「造境」、「緣境」、「境象有虛實」。〔註198〕對皎然來說,「禪境」是「意境」的思想源頭之一,故其《詩式・中序》云:「世事喧喧,非禪者之意,假使有宣尼之博識,胥臣之多聞,終朝目前,聆道俙義,適足以擾我真性,豈若孤松片雲,禪坐相對,無言而道合,至靜而性同哉?」〔註199〕而「物境」是構成「意境」的客觀因素,「心境」是構成「意境」的主觀因素,「意境」則是「物境」與「心境」的審美統一。這與王昌齡的「三境」說已有明顯的差異。〔註200〕

關於皎然的「取境」,基本上有兩種具體的方法:一是「取象」與「取義」結合;一是「苦思」與「靈感」結合。〔註201〕而關於「意境」的創造,皎然則提出了三點看法,即「尚意」、「情景交融」和「三外」(言外、象外、文外)。「三外」說強調「意遠」、「意厚」、「味深」,應有「含蓄之情」。〔註202〕如〈辨體〉有云:「緣境不盡曰情」、「意,非如松風不動,林狖未鳴,乃謂意中之境」、「遠,非如渺渺望水,杳杳看山,乃謂意中之遠」,它要求在境中使

〔註194〕唐・皎然:《詩式》,張伯偉撰:《全唐五代詩格彙考》,頁232。

〔註195〕蔣寅:《百代之中:中唐的詩歌史意義》,頁119。

〔註196〕唐・皎然:《詩式》,張伯偉撰:《全唐五代詩格彙考》,頁241。

〔註197〕甘生統:《皎然詩學淵源考論》,頁172～173、175～176。

〔註198〕彭雅玲:《唐代詩僧的創作論研究——詩歌與佛教的綜合分析》,頁56。

〔註199〕唐・皎然:《詩式》,張伯偉撰:《全唐五代詩格彙考》,頁243。

〔註200〕古風:《意境探微》,頁64～66。

〔註201〕古風:《意境探微》,頁66～67。

〔註202〕古風:《意境探微》,頁69～73。

人感到綿綿不盡的情思，也表達了情在象外，意在言外的特點。〔註203〕而《詩式‧重意詩例》亦云：「兩重意以上，皆文外之旨。」〔註204〕皎然有此觀點，當係莊禪合流的結果。〔註205〕皎然〈辨體〉的十九種分類未作體系之處理。〔註206〕而其分體標準，皆兼內容與風格而言。〔註207〕吾人可以說，在皎然的十九體中，每一體都潛藏著詩人對於情思的追索和高逸的要求。〔註208〕

皎然〈秋日遙和盧使君遊何山寺宿易上人房論涅槃經義〉云：「詩情緣境發，法性寄筌空。」〔註209〕皎然「緣境」說將詩情與詩境看成是緊密緣合的關係，其內涵顯然與唯識學所論「識緣境相而生」有著高度的類似性。而皎然的「境象虛實」說，則直指詩家偶對不知活用虛實，拘限聲律一體。《詩議》云：「夫境象不一，虛實難明。有可睹而不可取，景也；可聞而不可見，風也。雖系乎我形，而妙用無體，心也；義貫眾象，而無定質，色也。凡此等，可以對虛，亦可以對實。」〔註210〕將虛實二義應用於詩境，當以皎然為鼻祖；又將「門」的概念應用於詩論，亦以皎然為最早。〔註211〕如《詩式‧序》：「列為等第，五門互顯」。又皎然作於大曆十年（775）的〈酬別襄陽詩僧少微〉〔註212〕，亦為「詩僧」一詞之首度出現。再者，皎然又是首先對宋之問、沈佺期高度肯定的詩評家。〔註213〕可見皎然詩論確有獨見，具有重要的時代發展意義，乃不容忽視的盛唐詩論家。

皎然詩論還強調「復變之道」，但並未闡明其變證關係。《詩式》卷五論云：「作者須知復變之道，反古曰復，不滯曰變。」〔註214〕他在實際批評中，

〔註203〕喬惟德、尚永亮：《唐代詩學》，頁 64。

〔註204〕唐‧皎然：《詩式》，張伯偉撰：《全唐五代詩格彙考》，頁 233。

〔註205〕王耘：《唐代美學範疇研究》，頁 272。

〔註206〕林淑貞：《詩話論風格》（台北市：文津出版社，1999 年 7 月），頁 378。

〔註207〕黃保真等：《中國文學理論史——隋唐五代宋元時期》，頁 141。

〔註208〕蕭水順：《從鍾嶸詩品到司空詩品》（台北市：文史哲出版社，1993 年 2 月），頁 56。

〔註209〕《全唐詩》（台北：文史哲 1971 年影印版），卷 815，頁 9175。

〔註210〕唐‧皎然：《詩議》，張伯偉撰：《全唐五代詩格彙考》，頁 205。

〔註211〕彭雅玲：《唐代詩僧的創作論研究——詩歌與佛教的綜合分析》，頁 76、78、100。

〔註212〕《全唐詩》卷 818，頁 9217。

〔註213〕蔡瑜：《唐詩學探索》，頁 83。

〔註214〕唐‧皎然：《詩式》，張伯偉撰：《全唐五代詩格彙考》，頁 331。

則未能完全堅持復變統一的觀點。他沒有看清以陳子昂爲代表的「復古」思潮的革新意義，也未批評以沈、宋爲代表的沿襲江左餘風守舊實質的一派。
〔註215〕皎然在強調「復」與「變」的同時，其實更強調「變」，而他所說的「復」主要是向漢魏古詩和南朝作家學習，其資源主要來自漢魏六朝文學。
〔註216〕

　　皎然論詩有別於傳統以政教爲核心的思考方式，而是從文學的本質及其演變的內因來勾勒文學發展的歷史，並反思唐代詩歌的走向，落實唐人創作上的具體分析，完全切合當代詩學轉化的需求。〔註217〕他不再像王昌齡強調「以意爲主」，而是更重視整體的相互爲用與彼此呈顯。〔註218〕在論證詩學時，往往先尋出內在的矛盾與對立之兩端，以互相定義或並陳得失的方式打破二元對立的思考僵局。〔註219〕這種獨特的思維模式，或受佛學之影響。

　　又皎然《詩議・論文意》曰：

> 且夫文章關其本性，識高才劣者，理周而文窒；才多識微者，句佳而味少。是知逆情廢語，則語樸情暗；事語輕情，則情闕語淡。巧拙清濁，有以見賢人之志矣。大抵而論，屬於至解，其猶空門證性有中道乎。何者？或雖有態而語嫩，雖有力而意薄，雖正而質，雖直而鄙，可以神會，不可言得，此所謂詩家之中道也。〔註220〕

皎然論詩講「中道」，不是折衷而是對立的統一，類似禪宗「出語盡雙，皆取對法，來去相因」。〔註221〕又其所謂「詩道」，主要是從五言律詩的角度入手的；他以爲「詩道」的淪喪，不自齊梁始，而是發端於大歷江南詩人，且道喪的時間跨度並不大，只有短短的數年而已。〔註222〕

〔註215〕黃保眞：〈皎然詩學評議〉，古代文學理論研究編委會編：《古代文學理論研究》（上海：上海古籍出版社，1987 年 11 月），頁 183～184。

〔註216〕甘生統：《皎然詩學淵源考論》，頁 107。

〔註217〕蔡瑜：《唐詩學探索》，頁 136～137。

〔註218〕蔡瑜：《唐詩學探索》，頁 151。

〔註219〕蔡瑜：《唐詩學探索》，頁 136～137。

〔註220〕唐・皎然：《詩式》，張伯偉撰：《全唐五代詩格彙考》，頁 209。或見〔日〕遍照金剛撰：盧盛江校考：《文鏡秘府論彙校彙考》，頁 1442。

〔註221〕丁福保註釋：《六祖壇經箋註》（台北市：天華出版事業股份有限公司，1992 年二版），〈付囑品第十〉，頁 95。

〔註222〕甘生統：《皎然詩學淵源考論》，頁 28。

又《詩式・重意詩例》：

> 若遇高手如康樂公，覽而察之，但見情性，不觀文字，蓋詩道之極
> 也。〔註223〕

《詩式》又云：「夫詩人造極之旨，必在神詣。」〔註224〕可見皎然所謂「詩道」，強調的是從整體把握詩家情性之呈顯，文字只是不得不的形式媒介。難怪《詩議》會說：「律家之流，拘而多忌，失於自然，吾嘗所病也。」又言：「或曰：今人所以不及古人者，並於儷詞，予曰：不然⋯⋯但古人後於語，先於意。」〔註225〕「追求自然」和「意先語後」顯然是皎然詩學的重要觀念。〔註226〕王夢鷗曾指「文鏡秘府論西卷，羅列自初唐至皎然時代諸說詩者發見詩文語病二十八種，凡屬聲調之病，皎然皆無所說，故其措意者爲在意格二端，是又爲其論詩之一特色。」又「皎然十九字體，雖分類欠精，然其五格之設計，實足顯示其評詩標準，要以自造語爲功。」〔註227〕皎然重視詩家情性及追求自然之詩學理念當可確認。

皎然詩論，追求詩歌特有的藝術形式與審美趣味，內容豐富又具眞知灼見，大抵可歸納爲：情性的追求、境界的探索、風格的辨析、及「復變」的論述等。〔註228〕而佛學的影響使他超脫傳統儒家審美觀念的束縛，接觸到詩歌更深層次的本質規律，正好可以補足「言志」、「抒情」的不足。〔註229〕

總結盛唐詩論，張說強調「窮神體妙」，又重工巧，但他將聲律、辭藻和風骨、興寄並舉，以此作爲創作的理想和批評的標準，初步反映了時風的轉化。

王昌齡則是盛唐的重要詩人和詩論家，其《詩格》具有重視立意、反對齊梁雕琢文風、關注創作準備和構思活動等特點。然而王昌齡詩論最受矚目的還是關於「意境」的三境說（物境、情境、意境）及三思說（生思、感思、

〔註223〕唐・皎然：《詩式》，張伯偉撰：《全唐五代詩格彙考》，頁233。

〔註224〕唐・皎然：《詩式》，張伯偉撰：《全唐五代詩格彙考》，頁330。

〔註225〕唐・皎然：《詩議》，張伯偉撰：《全唐五代詩格彙考》，頁207～208。

〔註226〕蕭水順：《從鍾嶸詩品到司空詩品》（台北市：文史哲出版社，1993年2月），頁44。

〔註227〕王夢鷗：《古典文學論探索》，頁301～303。或參見王夢鷗：〈試論皎然《詩式》〉，《中華文化復興月刊》1981年第14卷第3期。

〔註228〕張文勳：《儒道佛美學思想探索》（北京：中國社會科學出版社，1988年9月），頁145～153。

〔註229〕張文勳：《儒道佛美學思想探索》，頁158。

取思）。前者首次提出了「意境」的概念，亦首開後代意境形態、層次的先河；後者乃針對「格」（法）而言，說明如何獲得三種不同的「思」，其重點在將主體的情感與通過感觀感受獲得的客觀對象的感覺經驗加以交融，從而創造出心物交感、情景交融的詩歌意境。王昌齡更有「五用」之說，依序是神、勢、氣、形、字、事；又論〈十七勢〉，他是最早將「勢」導入詩論者。又其聲律標準與殷璠所持之「剛柔高下」和「詞與調合」或許相同，共同點在強調詩歌自然流轉的聲調調和之美。若殷璠詩論是對漢魏六朝以來主情詩學的深化，則王昌齡詩學乃由主情向主意詩學過渡的肇端。〔註230〕又樓穎注重辭采聲律，讚賞風流婉麗之作。而于劼則以「象外」論「比興」。

殷璠詩論著眼於當代詩壇，因而具有積極的時代發展性。他明確地通過盛唐詩歌的評選提出詩要有「神來、氣來、情來」，要求建立「既多興象，復備風骨」，「既閑新聲，復曉古體」，「言氣骨則建安爲體，論宮商則太康不逮」的論點，正是盛唐詩歌在理論上的反映。

李白有重視「骨」、「壯」、「清」、「逸」的審美傾向。李白復古的主張似乎相當明確，但他在認爲「綺麗不足珍」、強調「文質相炳煥」的同時，凸顯了對「清眞」、「天眞」的重視。李白崇尚自然清眞的文藝思想，當係源於道家的影響。

「以詩論詩」的形式雖萌芽於《詩經》，但成熟於杜甫的〈戲爲六絕句〉，影響了晚唐司空圖《二十四詩品》等。詩的論述性不若文之清晰，但此時卻出現以本質相較模糊之詩來論述詩，則顯示了在思想觀念及操作手法上的轉變，杜甫是否覺得以詩來論述詩，反而更能貼近詩的眞髓，又在論述的同時呈顯出詩之美呢？

杜甫詩論之著眼點多在藝術形式方面，但亦能兼重內質。其所謂的清詞麗句，以屈原、宋玉爲範式，而恐步齊梁淫麗詩風之後塵；此外他提出「轉益多師」的看法，並將創作規律的問題概括爲「神」與「法」一對範疇。而其稱己「沉郁頓挫」、「隨時敏捷」，實乃儒者「時中」、「權變」之表現。「隨時敏捷」似偏於情興神氣，屬盛唐「主情」之路；而「沉郁頓挫」偏於學養鍛煉，則開啓了中唐「主意」詩學。杜甫把感事寫意作爲創作宗旨，在盛唐的寫景抒情的詩學觀念中加入「事」的成分，更擴大「意」的含量，使詩學風氣發生了確實的轉變。

〔註230〕陳伯海、蔣哲倫主編；倪進等著：《中國詩學史・隋唐五代卷》，頁157。

　　盛唐詩論多有持儒家詩教立場者，其中亦有部分參融了道家審美觀點，已開啓盛中唐詩風及詩論的轉化先機。其中，元結把《詩經》以後的詩歌一筆抹殺，復古之烈，遠甚於陳子昂；他又針對當代詩人加以批判，頗能切近時弊；然其所謂「風雅」重在「規諷」，顯較陳子昂之「興寄」來得狹窄。又其以自然爲宗，則摻有道家審美理念。

　　皎然乃盛唐過渡至中唐的重要詩論家。他所提出的「作用」說，廣義可指詩之作法；狹義則指構思階段對所欲表達之意旨的籌劃安排，而其涵義，頗近於陸機的「用心」和劉勰的「神思」，亦即藝術思維，實際上它包括聲對、體勢、比興和取境等四方面的內容。皎然論作用，無論情事，爲最後衡量之尺度，即由作用而達於自然。皎然所提倡的「自然」，乃出自作家辛苦構思和精心陶煉的自然，是高度藝術化的自然。他雖主張自然創新，但並不反對模仿，因有「三偷」之說，此外他十分重視「用事」與否，且有「取境」、「造境」、「緣境」、「境象有虛實」之境論。皎然以「象」釋「賦、比、興」，他對比興的區分在「取象曰比，取義曰興」，已不從傳統美刺諷諭的角度立論，美刺諷諭只被視爲興論的一種手法。皎然又強調「復變之道」，實則他更偏向於「變」，而他之所「復」，主要是向漢魏古詩和南朝作家學習。皎然論詩乃從文學的本質及其演變的內因來勾勒文學發展的歷史，並反思唐代詩歌之走向，落實於唐人創作上的具體分析，完全切合當代詩學轉化之需求。他不再像王昌齡強調「以意爲主」，而是更重視整體的相互爲用與彼此呈顯。其「文外之旨」、「但見性情，不睹文字」說可能啓發了晚唐司空圖「韻外之致」、「味外之旨」、「思與境偕」等主張。此外他強調中道，往往以互相定義或並陳得失的方式打破二元對立的思考僵局，頗具釋家思維之特質。

第三節　盛唐書論與詩論之比較

一、作者身分背景的轉換

　　綜觀盛唐，不論書法或詩歌，理論或創作，均是整個唐代的高峰期。在創作面出現了顏眞卿、懷素等書法大家和李白、杜甫等大詩人，在理論方面出現了張懷瓘、竇臮兄弟等重要的書論家和王昌齡、殷璠、皎然等重要的詩論家。此期詩、書理論家與初唐最大的不同，在於初唐時詩、書理論多出朝廷要員之手，此一現象在盛唐已不復見，相對而言，他們都非朝廷要員，甚

且只是在野的文人，可見強力的政策引導因素已逐漸淡出，於是此期詩、書之理論重點不只是發展方向的強調，更在於內容之深化。

此外值得注意的是盛唐後期釋家的介入，在詩歌方面有皎然，書法方面則有懷素。懷素在書論上的貢獻遠不及皎然在詩論上的貢獻，但他在創作上的表現適可彌補在書論方面的不足。同是盛唐後期的釋家人物，卻也都佔有一席之地，顯示此期儒道釋的思想已經過了磨合期而能完全地融合為一；又從二者的主要表現一在理論一在創作的差異，或可推知係因其本質的影響，蓋詩以文義而書以字形為主要的表現媒介，所重不同，作者對理論與創作的傾心程度自然有別。事實上，盛唐禪宗思想的逐漸成熟助長了草書創作的流行，懷素的表現堪為代表。然而皎然在詩論方面的用心，也許可以視為意外，顯示其更具有融儒釋道三家為一的格局。

二、論述內容的發展與開創

盛唐在書論方面，張懷瓘不但論述全面且見解深刻，不為時流所限，既是歷來書論的總結，又富新意；竇臮兄弟則開啟了針對書法審美範疇的理論探討，在探討書法美學的方法上具拓展性。同樣地在詩論方面，殷璠、王昌齡、皎然也有類似的現象，內容之拓展與深化自不待言，更具體反映時代特質，提出批判與建言，引領風潮走向。

張說是跨越初、盛唐的人物，他強調詩文須能「窮神體妙」的見解，與虞世南謂「書道玄妙」「必資神遇」頗為近似，隱約透露了藝術純度的提升，逐漸從政治教化之中脫離出來之趨向。書法之地位本無法與詩文相比擬，於是書法之純從藝術角度著眼較詩歌為早；而詩歌的藝術價值似乎一直要到了盛唐才受到比較獨立的對待，唐代詩與文的分流，堪為此現象作一註解。

張懷瓘書論從《易》出發，他把書法提到「大道」的高度，強調書法「如」的本質，要求「先稟於天然，次資於功用」，而各逞其自然。明顯將書藝與人品連結在一起，強調心契，注重神彩，而有「隨變所適」、「貴乎會通」之論。張懷瓘的美學思想能兼融儒道，而道家的審美觀點十分明顯。在〈文字論〉、〈書議〉中他且將文詞與書法並論，又謂「論人才能，先文後墨」，一定程度上反映了書法的當代地位。在學習方面，張氏強調「先其天性，後其學習」。他更有古之名家「但能其事，不能言其意」、「何必備能而後為評」之說，為分離評論與創作之首見。張懷瓘〈文字論〉「文則數言乃成其意，書則一字已見其心」之說，更有深化書意之意味。

　　在初、盛唐，作者人品——創作主張——作品風格之間，並無一以貫之的內在邏輯模式，初唐沈、宋等人文品與人品相脫離的美學風氣，到了盛唐，發展爲不受創作主張侗縛的創作實踐。〔註231〕這種不爲所限的表現，與張懷瓘「何必備能而後爲評」之理念相似，反映了創作與理論分流的結果。可見整個大時代有一個「分流」的趨向：詩與文分，理論與創作分。在此分的同時，卻也拉近了詩歌與書法的距離，這或許是因爲書法地位的提升，更或許是時代環境對於「藝術」的開發與重視。

　　王昌齡詩論最受矚目的是關於「意境」的三境說及三思說，首開意境論之先河。其〈論文意〉：「夫作文章，但多立意……如其境思不來，不可作也」、「凡屬文之人，常須作意」，此與李世民論書「皆先作意」之說及虞世南：「但先緩引興……興盡則已」之論，何其相似。其實張懷瓘對於書法的總體認識，也與虞世南比較接近。對於「意」在「筆」先，書法似乎更爲看重，也更早論及。王昌齡是最早將「勢」導入詩論的人，而各類文藝中最早論及「勢」範疇的又屬書法，或許王昌齡論「勢」不無書論之影響。法國學者余蓮認爲王昌齡所引用的書法論「最重要的原則是在同一個表意字裡的兩個構成要素之間創造相吸但相斥的張力（即兼具了「向背」）」〔註232〕，這其實與書法之所謂「勢」相當接近，蓋「書勢」乃構成要素之間彼此的關係所形成的一種內含的力。

　　張懷瓘論書全面而深刻，又能具己見而不爲時流所限，正是盛唐書論之代表；相對地，王昌齡和殷璠詩觀也有這樣的特色。殷璠論詩著眼於當代，他通過盛唐詩歌的評選而提出詩要「神來、氣來、情來」，要求建立「既多興象，復備風骨」，「既閑新聲，復曉古體」的論點，亦是盛唐詩歌在理論上的反映。又蔡希綜〈法書論〉與徐浩〈論書〉皆和殷璠一樣，將氣、骨與力量相提並論，反映了當時代的見解，亦難怪杜甫有「苦縣光和尚骨立，書貴瘦硬方通神」之說。〔註233〕

　　一般而言，盛唐把雄豪壯偉的氣勢情緒納入了「法」的規範，但又保留了那種磅礡的氣概和情勢，只是加上了形式上的約束和規範。〔註234〕

〔註231〕霍然：《唐代美學思潮》，頁229。

〔註232〕〔法〕余蓮著；卓立譯：《勢：中國的效力觀》，頁103。

〔註233〕李珍華、傅璇琮撰：《河嶽英靈集研究》，頁55。

〔註234〕李澤厚：《美的歷程・盛唐之音》，頁182～183；另可參見李澤厚：〈盛唐之音——關於中國古典文藝的札記之一〉，《文藝理論研究》1980年第1期。

三、批評模式的推陳出新

詩論對所評對象各繫以評贊的體例可能即起自殷璠，這是中國文學批評一個重要形式的創設。〔註235〕惟書論中此種評贊模式卻更早於詩論，如梁袁昂〈古今書評〉即是，而竇臮兄弟《述書賦》及其〈語例字格〉，則開啓了針對書法審美範疇的理論探討，晚唐司空圖《二十四詩品》的論述形式當受其一定之影響。事實上，張懷瓘《書估》與竇臮《述書賦》，在書論史上都是創體之作。〔註236〕

此外還須注意「以詩論詩」的形式雖萌芽於《詩經》，但於盛唐開始成熟，如李白〈古風〉（「大雅久不作」）、杜甫〈戲爲六絕句〉，以致影響了晚唐司空圖《二十四詩品》等。詩的論述性不若文之清晰，但此時卻出現以本質相較模糊之詩來論述詩，顯示了在思想觀念及操作手法上的轉變。雖然杜甫言其六絕句乃「戲爲」，也不應使吾人忽視其嘗試和突破的貢獻。雖然以詩的形式進行論述僅能籠統爲之，較難精確地敘述，但尚未溢出文字字義表達的本質範疇之外，而書論亦是透過文字之字義才能進行表述，它無法以書法自身進行字義的表述，這是本質上的限定。由此可見「以詩論詩」具有二重性：它一方面是詩論，另一方面它又是詩。盛唐以詩論詩的嘗試，或是以文爲詩的先聲，或亦影響了宋代詩風的轉變。

此外，詠書、論書詩在唐代也獲得了較大的發展，部分詩人自覺地以詩論書，當時的書法審美觀點也因此在一定程度上得到符合時代精神的闡釋，雖然其總量尚不到百首，且未發現楷書詩歌，但題材與體裁比較全面，對後來的論書詩影響深遠。〔註237〕綜觀唐代以詩論詩和論書詩的發展，杜甫堪稱爲最重要的關鍵角色。

四、高峰與蘊釀轉折

盛唐是一個詩、書都達到高峰的時代，卻也是蘊釀大轉折的時代。當文學語言系統逐漸強化了自身系統內的自足性，對外部世界的敞開就相對減弱。如李白之將「我」作爲詩歌的直接表現對象，可說是對當時精緻而自足的文學語言系統的一次挑戰。〔註238〕李白詩歌語言以「我」爲表現對象，具

〔註235〕李珍華、傅璇琮：《河嶽英靈集研究》，頁24。
〔註236〕龔鵬程：〈張懷瓘書論研究〉，氏著《書藝叢談》，頁30。
〔註237〕蔡顯良：《宋代論書詩研究》（北京：人民出版社，2013年3月），頁31～32。
〔註238〕徐艷：《中國中世文學思想史——以文學語言觀念的發展爲中心》，頁306。

自我心靈的探索意味，這與張旭狂草對楷書（法）之衝撞意義相類。狂草在盛唐之大盛，凸顯了此期美學思想對自我探索之重視與自我情感抒發之必要的時代風尚。作為詩人的李白，雖乏書論，但仍留有描述書家神彩及書作風貌的詩作，可知其書法審美與其詩歌審美的一致。又李白所謂「清新自然」，除了意境的清新以外，應當還包括詩歌語言明白似話，如脫口而出，不思而得，而又凝煉規範，餘味無窮。〔註239〕此亦與狂草的本質接近。李白與張旭在此時出現，又同是影響深遠、表現突出的大家，只是一在詩歌，一在書法，可知「自然」抒發的情感需求，乃時代發展的階段性特色，由此成就了盛唐詩、書風貌。其實，盛唐詩壇在詩歌創作中反雕飾，追求真率自然的美，並非李白一人。在審美趣味上崇尚自然，應該說是當時詩歌創作的主要傾向，也是書畫中一種普遍的審美趣味。〔註240〕

　　假若張旭可相對於李白，則顏真卿恰可比擬於杜甫；甚至，張旭與顏真卿之關係也可相對於李白與杜甫的關係。他們一不為法限，個性表現溢出於法度之外；一則謹持故壘而能有所出新，堪為以復古為通變的表率。蘇東坡〈書黃子思詩集後〉即曾謂：

> 予嘗論書，以謂鍾王之跡，蕭散簡遠，妙在筆墨之外。至唐顏柳始集古今筆法而盡發之，極書之變，天下翕然以為宗師，而鍾王之法益微。至於詩亦然，蘇李之天成，曹劉之自得，陶謝之超然，蓋亦至矣。而李太白、杜子美，以英瑋絕世之姿，凌跨百代，古今詩人盡廢；然魏晉以來，高風絕塵，亦少衰矣。〔註241〕

蘇軾以為書之顏、柳以筆法變鍾王之跡，猶如詩之李白、杜甫亦一改魏晉以來之高風絕塵。東坡以顏、柳比李、杜，或未必是，但盛唐詩、書之風較之魏晉確實有了很大的改變。如果說王羲之書法除清麗之外，又體現出一種率意而精微的品質，〔註242〕那麼唐代的狂草則近於有意的抒發，乃所謂「不平則鳴」。前者是在文質相兼的情況下強調「自然」，為初唐書家之所追求；而

〔註239〕黃保真等：《中國文學理論史——隋唐五代宋元時期》，頁83～84。

〔註240〕羅宗強：〈清水芙蓉，天然去雕飾——李白審美理想蠡測〉，郭紹虞等：《古代文學理論研究叢刊》（台北：新文豐出版公司，1989年6月台一版），頁238、239。

〔註241〕蘇軾：〈書黃子思詩集後〉，曾棗莊、劉琳主編：《全宋文》（上海：上海辭書出版社，2006年8月），卷1936（第89冊），頁285。

〔註242〕鄧寶劍：《玄理與書道》，頁94。

－217－

後者所重則爲書者情感「不平」的抒發，爲盛唐書家在書寫情態上的轉變。顏真卿一改二王書風，立起了盛唐雄健勁逸的大旗，足爲盛唐氣象之代表。相對地，杜甫在詩歌方面的表現亦然。

　　杜甫是首先在詩論中引入「神」概念的唐代詩人，其詩論中的「神」實際上更多的是對魏晉以來書論（也含畫論）用語獨有會心的移入與借鑒。其論詩重骨力，論書重骨氣，杜甫後期對「骨」的追求可謂一以貫之，自謂其作「沉郁頓挫」、「隨時敏捷」，這是他美學成熟的一個標誌。〔註243〕卻與當時書壇重肥壯的美學風尚有別，已開啓中晚唐書法傾向瘦勁之機。又其〈觀公孫大娘弟子舞劍器行并序〉記張旭因觀舞而書藝大進，與詩人所主張的「轉益多師」實亦同調。杜甫對詩法頗爲用心，「新詩改罷自常吟」顯示他對詩歌聲律、形式和時間性的重視。其廣大的兼容並包的能力，實爲成就其重要歷史地位的有力支撐。杜甫雖有寬大的包容力，但其個人之喜好與風格則甚明顯，在書法與詩歌的表現上亦頗爲一致。

　　如果說杜甫作於肅宗乾元二年（759）的〈秦州雜詩〉「是老杜五律由雄勁向瘦勁轉化的一個標誌」〔註244〕，則恰可比擬於顏真卿雄勁書風（盛唐）向柳公權瘦勁書風的轉化。然而杜甫「新詩改罷自常吟」，「新詩」可以吟了又改，改了又吟，力圖聲律和諧完美，同時也透過不斷的品味而加以修正至最完美的境界；書法則不能如是，通常一筆下去就無法再加以修改，因而書法所展現的是創作者當下的情境，而詩所展現的可以是當下的、更是歷時的情境，這就凸顯書法與詩歌在創作時的差異。由此當可推知詩論與書論之差異，大抵來自於其本質上的規定，而其雷同之部分，或多係時代思想和情境使然。

　　盛唐詩人除了李、杜之外，王維「詩畫合一」的現象或許也值得一提。由於中國文字之特性，成熟於唐代的五言詩體式，頗適於表現自然物象的空間美。〔註245〕王維既重「氣」，又特賞草書之美，當「詩畫合一」完成於王維，實際上更可能是詩書畫合一，只是其書法在書家輩出的唐代尚未達到重要書

〔註243〕章繼光：〈杜甫的詩藝與唐代書法〉，《江西社會科學》2004 年 4 月，頁 94、95。

〔註244〕翟景運：〈從《李潮八分小篆歌》看杜甫的美學觀〉，《甘肅聯合大學學報（社會科學版）》第 20 卷第 4 期（2004 年 10 月），頁 22。

〔註245〕戴麗珠：《詩與畫》（台北：聯經出版社，1978 年），頁 64。

家的地位，也可能係其書法風格不爲時人所賞之故。〔註246〕然而吾人似乎可以大膽推論王維在詩書畫三方面審美觀的一致性。嚴格說來，謂王維「詩中有畫」，亦只能揭示其山水詩的一面特點，而忽略了其融和音樂、書法等藝術的其他方面。

　　跨盛中唐的詩僧皎然，既是僧人、詩人，又是個詩論家，這種多重身分兼於一身的現象，似乎也反映了盛中唐多元並包的文化；在書法方面，適巧也有一位書僧懷素可與之相比擬。詩、書在此期之地位似已更爲接近了。

　　皎然於詩論提出所謂「作用」說，又提倡出自作家辛苦構思和精心陶煉的高度藝術化的「自然」。他以「象」釋「賦、比、興」，又強調「復變之道」，已是從藝術審美的角度來進行論述，幾乎嗅不到有儒家詩教的觀點。皎然曾以「驚鴻背飛，却顧儔侶」比喻詩句中文勢似斷而意脈連屬的現象，這與〈明勢〉所言相近，但更具動態感。〔註247〕此種詩論用語實際上與前人書論用語無別，乃以自然界富有生氣的生物之動「態」來比喻文勢、意脈，這是皎然以「象」釋「比、興」觀點的反映，而與書法重視書勢的潛藏之力和隨機變化雷同。

　　皎然從文學的本質及其演變的內因來勾勒詩學發展的歷史，並反思唐代詩歌之走向，落實於唐人創作上的具體分析，完全切合當代詩學轉化之需求；盛唐書論亦有此現象，能結合評論當代書家而反映當代書學之走向。又皎然強調中道，能打破二元對立的思考僵局，頗具釋家思維之特質。相對地，盛唐書論家更多地是受到傳統《易》學的影響，即使後來中晚唐出現了不少的書僧，但亦未出現任何一位以書論留名的書僧。這種差異，若從詩、書二者之本質加以考察，實亦無多少令人驚異之處。

　　此外因於書法與文字始源的一體性，書論在一開始就重視人與自然的關係，特別是到了盛唐，人們相當強調筆法自悟及師承關係；在詩論方面似乎就找不到對應的觀點。盛唐詩論偏向強調奠基於功力之上的自然，只重視取法之對象而未強調師承之關係。書論自亦重視功夫，但似更強調「自悟」的關鍵作用，這就與詩論有別了。

〔註246〕這是很有可能的，我們只要看看古代釋家之書跡（如泰山石谿金剛經、廣東四山摩崖）以及現代弘一法師之書法作品，便可以發現均有強烈的內斂風貌，而這樣的風貌與盛唐雄逸的時代格調顯然有較大的距離。中晚唐出現多位有名的書僧，但多以草書名，而王維則頗能欣賞草書之美。想其書法，或多率意之筆，但又非如張旭一般的狂草。

〔註247〕陳伯海、蔣哲倫主編；倪進等著：《中國詩學史・隋唐五代卷》，頁194。

　　又盛唐時人頗能欣賞草書的動態之美，並常與書家這個「人」聯繫起來，反映了某種層面的「書如其人」觀點；相對地，盛唐詩論固有如李白之重視「逸氣」，但整體而言，其「詩如其人」之觀點具有較濃厚的儒家色彩，而不若書論之更多的道家美學內涵。盛唐書論與詩論固皆受到儒、道、釋三家思想之影響，但其顯現的影響程度並不一致。雖然在初、盛唐時期，書法之地位確有一定之拉升，但仍難與詩相頡頏，故就盛唐詩論與書論加以比較，部分詩論仍難擺脫傳統儒家詩教之影響，而盛唐書論則多能從藝術、美學角度著眼，此蓋其個別歷史發展之背景使然，亦受其本質之規定而有以致之。